D1925775

Gabriel Barylli schreibt Romane über die Liebe und über die Sehnsucht nach Glück und Verläßlichkeit in einer Zeit, in der allenthalben Beziehungen zerbrechen.
Martin, Architekt, ehe- und beziehungserfahren, reist mit Maria nach Venedig, um in der alten Lagunenstadt den Beginn einer neuen Liebe zu wagen. So ungewöhnlich wie der Titel – die Metapher ›Butterbrot‹ steht hier für Realismus, Bescheidenheit, Alltagspoesie – ist dieser Liebesroman eines Mannes zum Thema ›Abschied vom Märchenprinzen‹. Ein zauberhaftes, prickelndes, ehrliches, vor Wortlust sprühendes Buch, das die Liebe endlich wieder auf humorvolle Weise ernst nimmt.
In seinem Roman ›Honigmond‹ erzählt Gabriel Barylli eine moderne Version der Geschichte vom ›Fliegenden Holländer‹ – aus der Sicht einer Frau. Als Linda Rosenbaum an einem 20. August im kürzesten Kleid der Welt in einem alten Kaffeehaus sitzt, ahnt sie, was ihr Schutzengel gemeint haben könnte mit dem Satz: ›Liebe und tu, was du willst.‹ – denn da kommt Martin. Und es ist Liebe auf den ersten Blick …
Ein Buch für alle, die noch an die Liebe und ans Glücklichsein glauben, für all diejenigen, die sich nach Geborgenheit sehnen und trotzdem ihre Freiheit genießen.
Der Roman wurde verfilmt mit Veronica Ferres, Gabriel Barylli und Uwe Ochsenknecht in den Hauptrollen.

Gabriel Barylli wurde 1957 als Sohn eines Wiener Philharmonikers und einer Sängerin geboren. Nach seiner Ausbildung am Wiener Reinhardt-Seminar folgte ein Engagement am Burgtheater, später Engagements in Berlin und Salzburg. Neben zahlreichen Rollen für Film und Fernsehen schreibt Barylli Theaterstücke. Sein erster Roman, ›Butterbrot‹ (1989), brachte ihm, auch als Theaterstück und als Film, großen Erfolg. Zuletzt erschien sein Roman ›Wer liebt, dem wachsen Flügel‹ (1999).
Weitere Titel im Fischer Taschenbuch Verlag: ›Folge dem gelben Steinweg‹ (Bd. 11483), ›Schmetterling‹. Ein Roman von Gabriel Barylli und Sharron Gold (Bd. 11900), ›Nachmittag am Meer‹ (Bd. 14004).

Gabriel Barylli

Butterbrot & Honigmond

Zwei Romane

Fischer Taschenbuch Verlag

Limitierte Sonderausgabe
Veröffentlicht im Fischer Taschenbuch Verlag GmbH,
Frankfurt am Main, Juni 1999

Lizenzausgabe mit freundlicher Genehmigung der
F.. A. Herbig Verlagsbuchhandlung GmbH, München
›Butterbrot‹:
© Nymphenburger in der F. A. Herbig Verlagsbuchhandlung GmbH,
München 1989
›Honigmond‹:
© Nymphenburger in der F. A. Herbig Verlagsbuchhandlung GmbH,
München 1993
Druck und Bindung: Clausen & Bosse, Leck
Printed in Germany
ISBN 3-596-50193-8

Butterbrot

Für
Inka, Garcia, Chico
und …

«Wer nicht an Wunder glaubt, ist kein Realist.«

Niels Bohr

Frauen alles zu verzeihen, nur weil man mit ihnen ins Bett gehen möchte, ist Selbstmord.
Ich kenne keine einzige, die nicht genau wüßte, daß sie mit den Männern alles machen kann, was sie will – nur weil die begonnen haben, sich auf das Spiel einzulassen – und dieses Spiel der Spiele nennt man Liebe.
Die Karten sind ungerecht verteilt, und das weiß jeder, der sich an den Tisch setzt, denn auch das gehört zu dieser Partie. Einer hat die Hände voller Asse, der andere hat nur Kreuz-Sieben.
Mein Gott, was soll's – ich habe aufgehört – ich will nicht mehr – der Jackpot ist geleert – ich geh' nach Haus.
Nach Haus …
Ein schönes Wort – es stimmt nicht mehr, weil alles nicht mehr stimmt, wenn man anfängt, die Augen aufzumachen und der Wahrheit ins Gesicht zu sehen.
Besser gesagt – wenn die Wahrheit einem die Augen öffnet, und man nicht mehr anders kann, als hinzusehen und zu erkennen, daß die Erde keine Scheibe ist.
Durchschaubar!
Es ist alles so durchschaubar.
Man sieht jede Bewegung und jedes Zucken in den Wimpern, jeden Ansatz eines Lächelns im Gesicht eines anderen. Man sieht sogar den Ursprung des Gedankens, der einem Lächeln vorausgeht – die Morgen-

röte jeder Empfindung liegt auf einem silbernen Tablett zum Greifen nah. Aber man kommt nicht hin, man kommt nicht hin, denn das, wodurch man den anderen sieht, ist Panzerglas – spiegelfreies Panzerglas, hinter dem man jede Lüge offen verbergen kann – und dieses Panzerglas heißt Nähe.
Wozu?
Wozu das Ganze?
Um nicht allein zu sein?
In jeder Einsamkeit hat man zumindest einen Partner – sich selbst. Wenn man sich aber über die Reling beugt, um zu dem anderen Schiff eine Hand hinüberzustrecken, stürzt man ab und landet im Meer.
Es liegt alles am Anfang –
die erste Millionstelsekunde eines Anfangs zwischen einem Mann und einer Frau trägt schon wie ein Samenkorn die ganze Geschichte einer Begegnung in sich – alles – alles – alles liegt in dieser Filmdose zusammengerollt bereit, und man hat sogar die Möglichkeit der Ahnung – des Wissens – des Sehens ... Irgend etwas in einem selbst kennt den ganzen Film, der da aufgerollt herangereicht wird, und das Herz weiß alles – und trotzdem beginnt man schon in der zweiten Millionstelsekunde die Bilder nacheinander ablaufen zu lassen, obwohl man erkannt hat, wo der Filmriß einprogrammiert ist.
Man setzt die Scheuklappen auf und startet durch – als Mann, als Held, als Sieger.
Das wäre ja noch schöner, wenn man das Schicksal nicht geradebiegen könnte –
wenn man die hundert Meter nicht in vier Sekunden sprinten könnte –

die Erde nicht doch flachhämmern könnte.
Und das alles, weil man die Wahrheit nicht erträgt. Die Wahrheit, die in neunundneunzig von hundert Fällen ganz einfach ist. Ein tarnendes Lächeln, ein singender Gang, ein heißer Nachmittag, ein kluges Gespräch über Beirut, ein warmes Parfum voller Sehnsucht, ein Schweigen inmitten des Lärms.
Aber nein –
so einfach darf es nicht sein –
es muß ja – wenn schon – Liebe sein.

»Drum stürz dich rein und sag nicht nein
zum ewig süßen, wilden Wein ...«

Es ist immer der Anfang.
Konkret –
da sitzt, da geht, da steht eine Frau – man sieht sie – die Attraktion – die Filmdose – die erste Millionstelsekunde, alles könnte ganz einfach sein – und schön – und gut.
Die Möglichkeit zur Hingabe an die Wahrheit schwebt im Raum.
Peng!
Ende – Aus – Beziehung – Wahnsinn – Schluß!
Es ist logisch, daß ein Mann mit einer Frau ins Bett möchte – und sie mit ihm.
Aber zuerst muß ihre Abwehr kommen, dann sein Drängen, dann ihre Versprechungen, dann seine Schwüre – gleichzeitig merkt er, daß er sicher nicht der einzige ist, der diese Insel umkreist – Haifischrükkenflossen allerorten, und alle steuern sie diese kleine blonde, brünette, schwarze oder rote Insel an. Also muß man sein Tempo verdoppeln – also muß man der Beste sein, der Sieger, der Held – der einzige, der lan-

den darf. Immer wieder beugt man sich über die eigene Reling und streckt die Hand aus, um die Handlung des Filmes zu verändern, in Richtung ewiges Glück – denn das wollen sie ja alle hören – alle – alle – alle.
Wer hat gesagt: »Die Frauen, die man nicht mit Geld kauft, die kauft man mit Liebe«?!
Ich hab es vergessen – nur daß es stimmt, kann man nicht vergessen, wenn man nicht als Einsiedler sterben will – als Eremit – als Krebs – als Stein.
Ja – und dann erobert man eben – mit so viel Druck und Kraft, daß man das Burgtor und die Burgmauer in einem niederreißt und, von dem Schwung getragen, bis in die Burgkapelle geschleudert wird, um dort das »Jawort« abzuliefern.
Denn wenn man schon so viel Lebenskraft investiert hat, dann will man auch ganz sicher sein, daß einem diese Eroberung niemand mehr wegnehmen kann. Dann hat man endlich unter Dach und Fach, was in Wahrheit ein wunderbarer Abend gewesen wäre, eine wunderbare sanfte Welle am Strand des eigenen Lebens – auf die im ewigen Rhythmus andere folgen.
Konkret –
Ich bin seit fünf Jahren verheiratet und kann die Hände nicht mehr vor die Augen, die Ohren und den Mund halten. Egal wohin das führen wird – ein Zurück ist nicht mehr möglich – ich bin erwacht.
Mein Gott, Lilly!
Unser erster Abend war so schön.
Ich war dreißig Jahre alt geworden, und es gab eigentlich nichts mehr, was mich erschrecken konnte. Ich hatte von meinem Vater einen Schuhmacherladen

übernommen und hatte ihn zum »ersten Haus am Platz« gemacht.
Ich liebe diesen Ausdruck – mein Vater hat zu mir gesagt: »Mach unseren Laden zum ersten Haus am Platz – wenn es einer kann, dann du.«
Ich hatte Freude an diesem Geschäft, vor allem – ich konnte riechen, wohin der Trend gehen würde. Es ist so wie Pilze suchen, eigentlich ist das kein Suchen, sondern ein Finden. Man weiß nicht, wieso man im Wald um die Tanne rechts biegt – obwohl man auch nach links biegen könnte. Egal – man biegt um die Tanne rechts und steht vor einer Gruppe zarter Champignons. Es ist fast so, als hätten sie einen gerufen und man hätte es gehört,... ja – fast möchte ich sagen: der Champignon im eigenen Herzen hört das Rufen hinter der Tanne, die da rechts steht.
Das hat nichts mit Erfahrung zu tun – sondern mit Instinkt. Und diesen Instinkt hatte ich auch bei Schuhen.
Ich war der erste, der plötzlich wußte, welches Leder in welcher Farbe in welchem Schnitt im Kommen sein würde. Ich wußte, welche Höhe die Absätze haben würden, und bestellte extra flache in einer Zeit, als noch Hochhaus angesagt war.
Ich fuhr nach Italien, um in der Nähe von Perugia Handwerker aufzutreiben, die den doppelten Kreuzstich in Rindsledermokassins nähen konnten, in einer Zeit, als alle Welt einfachen Kreuzstich trug.
Meine Aktion mit den türkisen Aufnähern war unvergleichlich. In der ersten Woche wäre mein Lager leer gewesen, wenn ich nicht »in Pink« doppelt soviel bestellt hätte.

Tja – wir wurden das »erste Haus am Platz«, und ich war glücklich.
Mit den Frauen gab es überhaupt keine Probleme, weil ich immer genau wußte, wo die Demarkationslinie verläuft – außerdem konnte ich bei meinen Reisen nach Perugia immer wieder der Matrose sein, der in den Hafen nur einfährt, weil er weiß, daß das Schiff wieder ausläuft.
Ich hatte viele glückliche Momente in dieser Zeit – viele – Anna – Sophia – Charlotta.
Sie waren froh, daß ich kam, froh, daß ich blieb, und froh, daß ich wieder ging –
Nein, nein, nein – nicht, weil wir uns auf die Nerven gingen. Eben nicht. Sie waren froh, daß ich ging, »bevor« wir uns auf die Nerven gehen konnten. Und ich war froh – Erfolg im Beruf – Abwechslung in den Häfen – was wollte ich mehr.
Dann kam der Abend.
Ich war zu Freunden eingeladen, die eine »Scrambled-eggs«-Party gaben.
Eine »Scrambled-eggs«-Party ist eine Party, zu der nur Menschen eingeladen werden, die überhaupt nichts miteinander zu tun haben, einander nicht kennen, einander nicht vorgestellt werden, aber einander kennenlernen wollen, um ihre Üblichkeiten hinter sich zu lassen.
Bei einer »Scrambled-eggs«-Party sitzt ein Teilchenphysiker neben einer Eisverkäuferin und lernt wieder, eine Sprache zu sprechen, die verständlich und einsichtig ist.
Ein »Becher zu vier« sind vier Kugeln, ein »Becher zu sechs« sind sechs Kugeln. Ohne Wenn und Aber und

ohne Wahrscheinlichkeitsberechnungskurven, sonst schmilzt das Ganze zusammen, und man bekommt klebrige Finger.

Fußballer sitzen neben Souffleusen –

Dichter neben Hausfrauen –

und Lilly saß neben mir.

Besser gesagt – zuerst ging sie nur an mir vorbei, während ich dasaß und ihre Beine sehen konnte.

Sie hat so wunderschöne Beine, schlank und zart um die Knöchel und mit einer durchgehenden Linie über die Waden, das Knie, die Oberschenkel, über die Hüften bis zum Hals.

Ununterbrochen.

»Ununterbrochen«, dachte ich mir, als diese Beine an mir vorübergingen. In schwarzen, halbhohen Stöckelschuhen – genau solchen Schuhen, von denen ich wußte, daß sie erst wieder in zwei Jahren …

Sie trug ein rotes Strickwollkleid, das ganz weich und fließend um ihren Körper herumgegossen war. Hochgeschlossen, mit kleinem runden Halsausschnitt und Ärmeln, die bis zum halben Unterarm reichten.

Es war diese Wolle – ich weiß nicht, wie sie heißt – von der so zarte, kleine Härchen wegstehen. Ganz kurz und zart und weich. Und wenn man die Hand auf den Rükken legt, spürt man die Wärme des anderen Körpers.

Fast ist es so, als würde dieses Kleid die Wärme nicht nur weiterleiten, sondern sogar verdoppeln. Die Haut wärmt das Kleid, das Kleid den Körper, und so weiter und so fort, bis sich eine Wolke der Wärme und der Glut einstellt, die einem fast den Atem nimmt.

Ich habe mit ihr getanzt, bevor wir unser erstes Gespräch begonnen haben.

Ich bin ihr einfach nachgegangen und habe gefragt: »Wollen wir tanzen?« –
Und sie hat gesagt: »Warum nicht?«
Gott sei Dank lief ein langsames Lied – ein alter, italienischer Schlager mit dem Titel »Genova per noi« – unsagbar – aber zum Tanzen wie geschaffen.
Wir haben getanzt, als hätten wir nur darauf gewartet, nein, nein, nein – es war nichts »Explosives« oder Tierhaftes – oder »aufgewühltes Verlangen«.
Es war – selbstverständlich.
Ja, das ist das Wort – es war selbstverständlich, daß wir zu dieser Party gekommen waren, selbstverständlich, daß ich sie gefragt hatte, und selbstverständlich, daß wir jetzt tanzten, wie wir tanzten.
Punkt – Schluß – Anfang.
Nicht mehr und nicht weniger.
Sie hatte eine weiche Art, sich in meinen Arm zu lehnen und ihre Hand auf meine Schultern zu legen, die mich fast ohnmächtig machte.
Ich hatte nach einer Weile das Gefühl, als würde meine Hand durch die Wärme ihres Kleides, durch die Wärme ihrer Haut in die Wärme ihres Körpers eintauchen und so warm und selbstverständlich dort bleiben, wie unsere Art zu tanzen selbstverständlich war.
Manchmal lächelte sie, als hätte ich etwas zu ihr gesagt, dabei redeten wir kein einziges Wort, solange diese Musik spielte.
Sie spielte sehr lange!
Ich glaube, diese Nummer dauert ungefähr dreihundertsiebenundvierzig Jahre und fünf Minuten.
Zimt, Orchideen, Vanille und warmer Pfeffer.
Das war die Summe des Duftes, der um sie herumlag

wie ein warmer Sommerwind – und ihre Augen waren braun.
Irgendwann haben wir beschlossen, diese Party zu verlassen, und sind gegangen. Ich habe die Kassette mitgenommen und bin mit ihr in einen Park gefahren – habe sie eingelegt, die Türen aufgemacht, und wir haben ununterbrochen zu dieser Musik weitergetanzt, so, als gäbe es nichts anderes zu tun, als zu dieser Musik zu tanzen,
»Genova per noi«
Was für eine Nacht –
der Fehler war der Park.
Ich bin nämlich nicht gleich nach unserem ersten Tanz mit ihr da hingefahren – nein, nein – ich war fast klug – nach unserer ersten tanzenden Berührung.
Als die Nummer vorbei war, sind wir noch einige Sekunden gestanden, bevor wir uns wieder losgelassen haben.
Ich habe gewartet, bis sie ihre Augen wieder öffnet, und sie hat gewartet, bis ich wieder in die Welt schauen konnte. Dann habe ich »danke« gesagt und mich zart verabschiedet.
Ich habe mich zart verabschiedet.
Nun – das heißt – ich habe sie angelächelt, weil sie mich angelächelt hat. Und dann bin ich wieder zu meinem Platz gegangen, von dem ich ausgezogen war, um mit ihr zu tanzen. Eines war ganz deutlich in ihren Augen zu lesen – sie war überrascht und froh, daß ich sie nicht sofort zur Seite zog und ihr meine Sozialversicherungsnummer aufschrieb – und mein Monatseinkommen und meine Sechszimmerwohnung und meine Lebensversicherungen und mein Angebot,

mit ihr auf einen Urlaub nach Barcelona zu fliegen – gleich morgen am besten – was heißt morgen – jetzt – hier – heute – sofort – gleich – ohne Umschweife –
Sie war froh, daß ich uns ausklingen ließ – zur Ruhe kommen nach dieser Expedition in unbekanntes Land, dachte ich.
Dann bin ich dagesessen und habe getrunken, etwas Whisky mit etwas Grand Marnier und etwas Eis und mit etwas Soda und mit einer guten Zigarette und mit etwas Wut im Bauch, weil sie nicht allein dasaß und an mich dachte.
Sie tanzte.
Irgendwie wollte ich es nicht glauben und habe einen zweiten Whisky mit etwas Hiervon und etwas Davon getrunken – und habe zugesehen.
Ich meine, es war nicht mehr »Genova per noi« – aber die Nummern, die danach kamen, waren auch nicht schlecht.
Ich konnte zusehen, wie die Musik in sie hineinfloß, wie der Wind in Birken hineinfließt und sie zum Schwingen bringt – und dieses Schwingen hielten dann irgendwelche anderen im Arm und konnten es genießen.
Ich hatte plötzlich Lust, irgend etwas kaputtzumachen – den Plattenspieler vielleicht oder die Sandwichtabletts oder den Idioten, der seine Hand langsam über ihre Hüfte gleiten ließ und sie dann so tief auf ihr liegen hatte, wie ich es nicht so schnell hatte tun wollen.
Ich wußte auch nicht, ob dieses Lächeln auf ihrem Mund der Musik galt oder mir oder einem von den anderen –

»Vielleicht lächelt die immer so« – dachte ich kurz, vielleicht ist die einfach etwas blöd und lächelt immer so – wer weiß – na gut, dann hab ich dort nichts verloren und schau einmal nach, was sonst noch im Angebot ist –
Nichts –
Nichts war im Angebot – rein gar nichts.
Sie hatte einfach das unverschämte Glück, aus einem Margeritenbeet als Glockenblume herauszuragen – wer weiß, wie sie im Vergleich mit peruanischen Rosen gewirkt hätte. An diesem Abend jedenfalls war sie konkurrenzlos. Vielleicht war sie sogar eine Rose und nicht nur eine Glockenblume – egal – sie war auffallend, und ich war wütend.
Irgendein Fußballer zog sie dann zu sich auf ein Sofa und redete wie ein Wasserfall auf sie ein. Er hatte so eine unangenehme »Ich bin Mittelstürmer – ich treffe immer ins Netz«-Ausstrahlung, die bei fast allen Frauen irgendwie ankommt – vor allem bei denen, die es nicht zugeben.
Diese »Mich beeindrucken nur geistige Werte«-Haltung von Frauen ist ja nur ein Abfangtest für Männer, die nicht wissen, daß das Tier in der Frau immer nur das Tier sucht – wegen der Fortpflanzung – wegen der Genetik!
Die Frau will nämlich immer spüren, daß das Männchen überlegen ist. Daß es einen Schutz bieten kann in der Natur und im Leben gegen die Gefahren und das Wetter und, und ... gegen alles ganz im allgemeinen.
»Gut«, dachte ich – »wenn sie auch so eine ist, dann kann sie sich ja von dem Linksaußen eine Flanke schie-

ßen lassen«, und zündete mir eine letzte Zigarette an, bevor ich gehen wollte.
In dem Moment stand sie auf und ging in die Küche – und ich hinterher.
Vielleicht war also nicht nur der Park der entscheidende Fehler – vielleicht war es vielmehr die Küche.
Ich kam gerade zurecht, als sie aus einer weißen Porzellanschüssel Karamelsoße schleckte. Sie nahm dazu den Zeige- und den Mittelfinger und schob sie wie einen Löffel in die dicke, cremige Karamelsoße und hob sie dann in ihren schönen, roten Mund. »Der Mund ist genauso rot wie ihr Kleid« – dachte ich – und hätte ihr ewig dabei zusehen können, wie sie diese dicke, cremige Karamelsoße schleckte. –
»Wahrscheinlich hat sie zwei Wochen lang nach dem Lippenstift gesucht« – dachte ich, während ich ihr zusah. Frauen können ja eine nicht zu glaubende Gradlinigkeit entwickeln, wenn es darum geht, einen Lippenstift zu finden, der in der Farbe zu dem neuen Kleid paßt, das seit zwei Wochen im Schrank rechts vorne hängt.
»Ganz unten müssen Birnen sein«, sagte ich und lächelte sie an, als sie sich erschrocken umdrehte.
»Ach was«, sagte sie mit vollem Karamelmund und lächelte mir direkt in die Augen – »Sie waren wohl auch schon heimlich hier.«
»Nein«, sagte ich – »aber ich kenne Elisabeth – wenn sie eine Party gibt, dann gibt es auch immer diese Wahnsinnscreme« –
»Mit Birnen« – lächelte sie.
»Mit Birnen.«
Was man für Blödsinn redet – dachte ich, während sie

die Porzellanschüssel in den Eisschrank zurückstellte und sich sanft über ihre Lippen wischte, um die Reste der Karamelcreme zu verbergen. Gott sei Dank wissen erwachsene Menschen, daß nicht alles so blödsinnig ist, wie es sich anhört, was sie in dem Moment sagen, in dem ihre Stimme irgendwelche Sätze von sich wirft – Gott sei Dank sind diese Sätze nur zwei Prozent der Botschaft, die die Menschen einander zusenden, wenn sie in einer Küche stehen und jeder sich fragt, wie es weitergeht. Gott sei Dank sind achtundneunzig Prozent die unverbergbare Wahrheit dessen, was man tatsächlich denkt und fühlt. Und diese achtundneunzig Prozent hört der andere wirklich – sieht der andere wirklich.

Wie langsam sie die Schüssel zurückstellt – dachte es in mir – wie zart sich die Finger ihrer Hand von dem dicken Rand dieser weißen Porzellanschüssel lösen, und wie sanft sie die Eiskastentüre schließt und noch einmal eine halbe Sekunde lang nachdrückt, obwohl das überhaupt nicht nötig wäre – wie sie sich jetzt umdreht und auf die Tischkante setzt, ihre Beine wissen genau, daß ihr rotes Kleid dadurch eine Handbreit höher rutscht und daß ihre Oberschenkel durch das Holz unter ihr etwas breiter werden.

Sie stützt sich mit ausgestreckten Armen auf die Tischplatte, um nicht abzurutschen – ein Bein schlägt sie über das andere, und die schwarzen Strümpfe, die sie trägt, schimmern leicht durchsichtig und singen, wenn sie aneinanderreiben – ihr Hals ist leicht gebogen, und ihr Mund lächelt mit halb offenen Lippen – sie hat kurz mit ihren weißen Zähnen über ihre Unterlippe gestreift, und die ist jetzt noch ein bißchen feucht und glänzend wie ein Rosenteich im Serail, auf dem der Vollmond seinen Spiegel liebt.

»Im heißen Tempel deines Rosenmundes verberg
ich meine stille Glut –
das Feuer deiner Kohlenaugen erweckt in mir des
Löwen Mut …«

sagt der Dichter –

Aus!

Schluß damit!

Nie wieder besoffen sein! Nie wieder zwischen den Zeilen lesen!

Nie wieder arabische Gedichte über eine alltägliche Küchensituation stülpen – nie wieder, nie wieder – nie!

Aber an diesem Abend war es so – und es war schön. Es war so schön – so schön! –

Ich stand an den Türbalken gelehnt und sah sie an und sagte nichts. Sie sah mich an, und wir schwiegen eine halbe Ewigkeit.

»Viele Menschen hier«, hörte ich auf einmal ihre Stimme, und dann zogen wir unsere Mäntel an, und ich nahm die Kassette mit »Genova per noi« und fuhr mit ihr durch die Stadt. Und dann landeten wir in diesem Park, in dem dieser kleine See liegt, in dem sich die gelben Parklampen so spiegeln, und dann machte ich die Autotüren auf, und dann tanzten wir zu unserem Lied, bis wir nicht mehr bemerkten, daß das Band abgelaufen war und es schon zu dämmern begann.

Das alles waren achtundneunzig Prozent.

Und warum das alles – um sie zu erobern – um der einzige zu sein – um durch das Burgtor durchzubrechen

– um sie zu spüren – um sie zu haben – allein zu haben – für immer zu haben –
Nie wieder – nie wieder achtundneunzig Prozent!!!
Keine Frau auf dieser Welt ist fähig zu antworten.
Ich meine – keine Frau auf dieser Welt ist fähig, in einem menschlichen Rhythmus auf Angebote ihrer Umwelt eine angemessene Reaktion zu setzen.
»Flexible response« heißt das –
Ich schieße eine Rakete –
Du schießt eine Rakete –
Das nenne ich angemessen – aber nein – sie tun nichts! Das heißt, wenn sie wenigstens »nichts« tun würden! Im Gegenteil – sie bieten sich an wie Holzenten!
Mit jeder Geste und jedem Wort – mit achtundneunzig Prozent plus zwei Prozent sagen sie: »Los – schieß alle deine Raketen auf einmal ab – mal sehen, was passiert!!!«
Und dann schießt man sie ab – alle auf einmal. Bloß, weil an so einem verfluchten Abend keine andere da ist, die auch ein paar Treffer erhalten möchte!
Ich weiß nicht, wann das begonnen hat, ich weiß es nicht –
Ich weiß nur – ich höre damit auf! Auf für immer und für ewig – für den Rest des Universums höre ich auf damit – weil dieses Verhalten eines denkenden Menschen unwürdig ist – und da liegt nämlich auch der Haken – beim Denken – Frauen können nämlich nicht denken – sie tun nur so, als könnten sie denken – und wenn sie einmal denken sollten – dann denken sie nur uns zuliebe, wie sie so tun könnten, als dächten sie – weil sie genau wissen, daß wir denken können – also

tarnen sie sich mit denkähnlichen Äußerungen, damit wir meinen, sie seien Menschen – Frauen sind aber keine Menschen – sie sind nicht einmal Tiere – bei einem Tier erkenne ich ja schon von weitem: »Aha – ein Tier«!

Frauen aber sind menschenähnlich, und das ist das Teuflische – sie sind Teufelsfallen für Männer auf der Suche nach menschlichen Beziehungen!!!

Ich habe damit nichts mehr zu tun, ich bin darüber hinaus. Ich erkenne und ich weiß, daß ich aufgrund körperlicher Anziehungskraft mit einem Menschen mein Leben geteilt habe – besser gesagt – zerteilt habe, bis von dem, was ich bin, von dem, was mich ausmacht, nichts mehr übriggeblieben ist.

Ich habe mich über einen Korb mit Kätzchen gebeugt, um sie zu streicheln, und habe erkennen müssen, daß es ausgewachsene menschenfressende Berglöwen waren, die nach meinem Herz trachteten! Nach meinem Herz, nach meinem Wesen, nach meiner Seele!

Ich habe den Hexenspuk durchschaut und drei Kreuze geschlagen. Auf und davon über den Fluß und in die Wälder, wo der Mann noch der Mensch ist, der er ist.

Gut – von mir aus – vielleicht hätte ich sie nach dem Park nicht zu mir nehmen sollen – vielleicht war das nach der Küche und dem See der dritte Fehler – aber was wäre gewesen, wenn ich nicht nachgesetzt hätte?

Ich kann es dir sagen, Martin – der Fußballer wäre am nächsten Tag vor ihrer Türe gestanden und hätte einen Elfmeter verwandelt.

So sieht es aus – weil Frauen, wie gesagt, nicht antworten können.

Sie sagen nicht: »Oh, dieser Abend war ein so traum-

hafter erster Schritt – ich möchte gerne ausatmen und dann von mir aus den nächsten Schritt tun« – nein, das sagen sie nicht!
Sie stehen da und sagen: »Oh, das war ein traumhafter Abend, aber vielleicht ist der Torschütze noch traumhafter – wer weiß?!«
Und so stehen sie am Waldesrand wie scheue Rehe und beobachten, wer von den beiden das größere Geweih hat – wer der Stärkere ist – der Sieger, mit einem Wort.
Frauen haben nämlich an der Entwicklung der Menschheit viel weniger teilgenommen als der Mann. Tief drinnen sind sie nach wie vor Tiere, die in ihrer Höhle warten, daß das Männchen Beute bringt – und wer die meiste Beute bringt, ist Sieger.
So war es – so ist es – und so wird es immer sein.
Oh mein Gott ... die Nacht mit ihr war wie im Paradies –
Ich hätte überhaupt nicht warten können auf ihren Antwort-Schritt – ich mußte mit ihr in einem Bett liegen und ihre warme Haut umarmen und ihre weichen Haare auf meiner Schulter liegen sehen und ihre tiefen, zärtlichen, herrlichen Augen küssen bis zum Wahnsinn, bis zur Ohnmacht. Ich konnte gar nicht anders, als mit ihr sein – bei ihr sein – in ihr sein – immer wieder und wieder bis zur Auflösung – bis zum Taumeln – bis zum Schweben – bis zum Fliegen – bis zum Heiratsantrag.
Na gut – ich hab sie geheiratet, und?
Was hätte ich sonst tun sollen – angesichts der Tatsache, daß wir nur einmal leben, machen wir uns viel zu oft in die Hose.

Also hab ich sie geheiratet.
Was sonst soll man mit einer Frau machen, die so schön ist und so zärtlich und so anders als all die anderen – was?
Soll man sie laufenlassen –?
Soll man sie mit den anderen modernen Menschen in einer modernen Welt teilen?
Na also –
Frauen brauchen Kontinuität und Geborgenheit.
Sie brauchen die Bestätigung, daß man sie liebt in der Außergewöhnlichkeit, die ihnen nur die Heirat bieten kann. Es fällt einfach die letzte Barriere, der letzte Schutzwall vor ihrem Allerheiligsten, wenn sie »ja« gesagt haben. Es ist einfach für eine Frau etwas anderes, wenn sie neben einem Mann aufwacht und ihr erster Gedanke ist: »Das ist mein Mann.«
Es löst einfach Urängste in ihr auf, die bis zu diesem erlösenden »Ja« in ihr schlummern und ihren Seelenfrieden zerfressen wie Piranhas ein junges Kalb in Mexikos Grenzflüssen.
Es ist auch so, daß jeder Mann das spürt. Er spürt dieses letzte der letzten Geheimnisse in der Frauenseele, das sich selbst dem geliebtesten Geliebten erst dann offenbart, wenn er vom Geliebten zum Mann geworden ist.
Man spürt als Mann, daß man es in der Hand hat, ob sich die Frau nur herschenkt oder ob sie sich hingibt.
Eine Geliebte schenkt sich her – die eigene Frau aber gibt sich hin –
So ist das, so war das, und so wird es immer sein.
Alles andere ist Partygeschwätz, um auf dem neue-

sten Trend zu liegen – die Vielfalt ist der Frauen Sache nicht – eher schon die Einfalt.
Ich meine die schlichte Einfalt und die edle Größe, *das eine das einzige*, das Göttliche in der Frau – die Madonna eben.
Es ist der Ausdruck des »Gelandetseins«, der auf den Zügen der Frau zu schimmern beginnt, wenn man sie aus dem Freien geholt hat und ihr eine Burg zu bauen beginnt. Ein seliges Weichwerden und Empfangsbereitsein für das eine und vor allem für den einen – den Sieger – den Helden – den Mann.
Frauen sind realistisch – sie halten sich an Fakten – und das Faktum, verheiratet zu sein, bedeutet ihnen immer noch mehr als jede noch so freie Liebe – im Gegenteil – Liebe ist für sie nur ein Sprungbrett in die Umzäunung des gesetzlich verankerten Zustandes der Ehrenhaftigkeit.
Woher soll die Frau denn auch wissen, daß der Mann sie nicht behandelt wie jede andere billige Hure, die sich für süße Worte und zarte Augenblicke besinnungslos herschenkt?!
Die Männer sind alle gleich – das wissen die Frauen – und sie wissen auch, daß jede andere genau solche Mittel einsetzen kann wie sie: weiche Kleider, süße Düfte, sanfte Blicke, feuchte Lippen usw. usw. Und die Frau hat ja erlebt, daß diese Blüten den Duft verströmen, der die Bienen anzieht. Wie also soll sie sicher sein, daß nicht schon morgen eine andere Blüte zu duften beginnt?!
Eben – aber die Heirat verändert alles … alles – alles – alles – alles – alles – alles – alles – alles – alles – alles – alles!
Selbst wenn er dann den Kopf noch nach anderen Far-

ben wendet und mit den Flügeln schlägt, ja sogar, wenn er einmal aus dem Bienenkorb hinausfliegen sollte – die andere ist niemals das, was sie ist – nämlich die einzige, die Herrin, die Siegerin, die Göttliche, die Mutter meiner noch zur Welt zu bringenden Söhne und Töchter, die allumfassende, schutzgewährende, hoch über allem unerreichbar sitzende, unvergleichliche Madonna der Madonnen.

Vor allem wollte ich nicht, daß sie nach mir noch mit anderen ins Bett geht.

Man muß den Mut zur Wahrheit haben, und das ist die Wahrheit – und ich möchte denjenigen sehen, der etwas anderes sagt.

»Lügner« – »Lügner«, würde ich ihm zurufen – »Lügner« – »Lügner«, und dann würde ich mich abwenden.

Den Mann muß man mir zeigen, der es erträgt, daß ein anderer seine Geliebte berührt, seinen Honig saugt, seinen Schatz hebt, zu dem nur er die Karte besitzt.

Ich meine jetzt natürlich nicht die Abenteuer, die am Fenster der Seele vorbeifliegen wie Telefonmasten am Abteilfenster eines D-Zuges – nein – ich meine, wenn »es« geschehen ist ... das Unvergleichliche. Wenn man einmal wirklich und zum ersten Mal erlebt hat, daß sich das Herz zu öffnen beginnt bei einem Kuß, daß der Atem in der Nacht zu einem Atem wird, und daß man nicht mehr weiß, wo der eigene Körper endet und der andere beginnt – das meine ich – wenn man das erlebt hat, dann möchte ich denjenigen sehen, der bereit ist, so eine Frau, so eine Möglichkeit zu lieben mit anderen zu teilen –

Vordergründiges »Alles-ist-möglich-Geschwätz« von hingabeängstlichen Postmodernisten, die in der

Panik, mit ihren Eltern verwechselt zu werden, gegen ihre Urgefühle antreten.
Wie wäre das denn wirklich, wenn man so eine Frau nach so einer Nacht wieder ziehen läßt – nach dem Grundsatz: »Der Wind weht, wo er will«, wie wäre das?!
Den möchte ich sehen, der dann nicht versucht, sie am nächsten Abend anzurufen, um sie wiederzusehen – um das Herrliche wieder zu erleben – und – was macht er dann, wenn das Telefon läutet und sie nicht abhebt – wie?! – »Gut«, wird er sich sagen – »es ist erst zwanzig Uhr – vielleicht ist sie bei einer Freundin, ich versuche es später« – dann wird er in die Küche gehen und sich ein Sandwich machen und wird sich wundern, wieso er die Mayonnaise danebenklatscht – seltsamerweise danebenklatscht – anstatt auf den Schinken, unter dem er die Butter vergessen hat, es wird ihm gar nicht schmecken – sein Sandwich – und um zwanzig Uhr dreißig wird er wieder anrufen, und dann sagt er sich – »Gut – sie sind ins Kino gegangen« – und dann setzt er sich vor den Fernseher und trinkt ein Bier aus der Flasche und verschluckt sich, weil er irgendwie zu hastig trinkt und den Krimi, der da läuft, schon kennt. Um zweiundzwanzig Uhr ist sie dann immer noch nicht da und um dreiundzwanzig Uhr und um vierundzwanzig Uhr und um ein Uhr und zwei Uhr und zwei Uhr dreißig ... und dann steht er in der Küche und wird einsam. Denn woher soll er wissen, daß sie nicht tatsächlich ihre Freiheit genießt – so wie man es locker dahingeplaudert hat – und dann sieht er auf einmal irgendeinen Sportler über sie gebeugt und hört sie seufzen und sieht den zarten,

feuchten Schleier auf ihrer Brust und sieht, wie sie ihre Nägel in einen anderen Rücken gräbt und überhaupt nicht an ihn denkt – denn das wäre ja nicht ein freies »Hier-und-Jetzt-Sein« – oh – da wird ihm übel werden, unserem Freund, der so viel von den freien Vibrationen zwischen autonomen Individuen zu erzählen wußte, solange er noch nicht verliebt war – ja verliebt.
Denn das ist er plötzlich und bereut es grauenhaft, sie nicht in der ersten gemeinsamen, traumhaften Nacht mit diesen drei lächerlichen kleinen Worten an sich gebunden zu haben –
Ich liebe dich –
Ist das so schwer – ist das so unaussprechlich – wo es doch ohnehin zum Greifen nah im Raum schwebt und wo es doch beide erleben in einer wirklichen Liebesnacht – ich meine eine wirkliche Liebesnacht und keine vorbeifliegenden Telefonmasten –
Na also –
Eng wird ihm werden, unserem Freigeist – weil er seinen Körper gefühlt hat und die eigene Glut und ihre Glut – und das packt jetzt ein anderer an –?!
Ha, ha, ha –
ich lache jedem ins Gesicht, der da behauptet, es krampfe ihm nicht den Solarplexus auf Mausehirngröße zusammen und ziehe ihm nicht die Mundwinkel zu den Fersen –
ha, ha, ha.
Durch diese Schule müssen alle gehen, die Liebe mit einer Philosophiestunde für Anfänger verwechseln. Im Kleinhirn sitzt noch das Krokodil in uns, und wenn im Dunkeln eine Türe quietscht, stellen sich unsere Haare auf, und ausgerechnet in unserer elementar-

sten Tierhaftigkeit tun wir so, als würde die Sonne nicht mehr oben sein und die Nacht nicht mehr finster und schwarz?!

Haben muß man sie – haben und besitzen und dem anderen einen Stoß vor die Brust geben, wenn er es nicht erwartet.

Zack –

Peng –

Aus und Sieg.

So ist das, meine Herren – und so habe ich es gemacht.

Am nächsten Morgen habe ich eine Reise für zwei Personen ins Morgenland gebucht, und eine Woche später hatte sie ihren Heiratsantrag zu Füßen der Pyramiden in der Tasche – oder war es zu Füßen der Sphinx, das weiß ich nicht mehr so genau – fünf Jahre sind eine lange Zeit.

Warum Ägypten, wird man sich fragen.

Weil es so weit weg ist – werde ich antworten.

Außerdem liebe ich die Hitze und die Hotelzimmer in Assuan, an deren Decke sich silberne Ventilatoren drehen, und die Palmen auf der Hotelterrasse und die Ägypter in roter Pagenlivree, die den Kaffee servieren –

Ich liebe den Sand und die Stille und den Sonnenaufgang in der Wüste und die unsagbare Ewigkeit, die einen ergreift, wenn man Hand in Hand auf einer Sanddüne steht und in die Einöde blickt.

Gelbe Wellen unter einem dröhnend blauen Himmelsmeer und mittendrin ein C-Dur-Akkord, der brüllend heiß seine Bahn beschreibt.

Im Rücken den Nil mit seinen grünen Ufern und auf den Wellen ein Fellache, der mit seinem Segelboot auf die Rückkehr seiner zwei Passagiere wartet.

Das hatte Stil –
Das fällt einem Sportler nicht so schnell ein – und für Lilly war das Beste das, was ihr gerade noch entsprach.
Man muß den Mut haben, Zeichen zu setzen. Zeichen zu setzen und zu ihnen zu stehen – die Wüste ist der beste Platz für solche Momente – wer die Wüste kennt, der weiß, wovon ich rede.
Das war die Wüste am Nil – und dann begann unsere Ehe –
Sie löste ihre Wohnung auf und brachte alle ihre Sachen zu mir.
Sie konnte alles so einrichten, wie sie es sich wünschte – denn was sie sich wünschte, das waren auch meine Wünsche. Und ganz ehrlich – sie machte alles viel schöner, als ich es je gekonnt hätte – das nennt man die weibliche Hand, denke ich – warum Vorzüge leugnen, die sie eindeutig haben?!
Das Gefühl für Farben zum Beispiel – oder für Formen – da gibt es nichts zu sagen. Mit Pflanzen zum Beispiel können sie viel besser umgehen als unsereins – ja wirklich. Alle Dinge, die ihnen nicht widersprechen können, sind ihr eigentliches Königreich. Das stellt gewissermaßen das Training für die Kinder dar, die eines Tages umhegt werden sollen und die ja auch nicht widersprechen können.
Und irgendwann kommt dann der Moment – der magische Moment, wie ich es gerne nenne –
Der magische Moment, an dem ein Mann merkt, daß er gar nicht gemeint war, als sie »ja« sagte – vor einem Tischchen, auf dem ein Kreuz steht oder ein Gesetzbuch oder beides. Nein – er war nicht gemeint als Per-

son oder Wesen oder Seele, er war gemeint als derjenige oder – besser gesagt – dasjenige, von dem man Kinder haben kann. Darauf läuft es hinaus. Und wer jetzt denkt, daß ich verbittert bin – dem sage ich: »Ja – jawohl, ich bin verbittert. Aber gerade deswegen sehe ich der Wahrheit in die Augen und nehme die goldenen Scheuklappen von meinem Verstand.«

Es kommt der Tag, an dem die Natur ihr Recht fordert in dem Weibe, und diese Natur ist stärker als die Liebe, als die Ehe, als Gott und Teufel und alle Heerscharen des Himmels –

Es ist eine telepathische Erkenntnis, die dem Herzen des Mannes eines Nachts unmißverständlich zuflüstert: »Sie will Kinder haben – darum liegt sie neben dir – darum – und nicht, weil du der Unvergleichlichste von allen bist – sondern weil du durch deinen Sieg über die anderen Hirsche deinen Platz erobert hast, an den die einzige Aufgabe geknüpft ist, an der sie kreatürliches Interesse hat – Kinder zu kriegen.«

Halt –

ich muß was klarstellen – bevor du mich falsch interpretierst –

Ich habe nichts gegen Kinder, Martin – ich liebe Kinder. Ich muß lächeln, wenn sie auf mich zulaufen und mir Sand in die Schuhe schütten. Ich trage sie gerne auf dem Arm und wische ihnen das Eis von der Nase. »Dumbo der Elefant« ist einer meiner Lieblingsfilme, und wenn Bambis Mutter stirbt, muß ich weinen, darum sehe ich mir diesen Film auch nie wieder an – ich hoffe, das sagt dir alles über mein Verhältnis zu Kindern und vor allem über das Verhältnis zu dem Kind in mir –

Ich bin nämlich noch sehr jung in meinem Herzen – Martin, sehr jung sogar – und ich möchte mir erst alle meine Hosen an den Knien zerreißen, bevor ich dunkle Anzüge zu tragen beginne – innerlich, meine ich natürlich.

Lilly konnte das nicht verstehen –

Sie sagte zwar nie, daß ich mich beeilen sollte oder etwas ähnliches in der Richtung, aber es lag in der Luft – nach drei oder vier Jahren lag es in der Luft – außerdem – wozu hatten wir eine Wohnung mit sechs Zimmern? Zwei davon könnte man doch farblich verändern – oder?! Das eine rosa – das andere blau – und kleine Betten hineinstellen – und niedere Stühlchen und niedere Tischchen und fliegende Elefanten auf den Tapeten?!

Ich wollte noch nicht – ich konnte noch nicht – ich wollte noch etwas Zeit – noch etwas – so schnell geht das nicht – dachte ich mir – so schnell darf das nicht gehen – so wie im Tierreich – riechen – sehen – Paarung – Drillinge.

Ich – ich wollte erst einmal – ja, ich wollte erst einmal Lilly – und mit ihr – ich weiß nicht – ich meine, es ging alles so schnell, Martin – so wahnsinnig schnell, manchmal habe ich das Gefühl, daß einen der Schwung, den man braucht, um eine Burgmauer zu überspringen, am anderen Ende der Festung gleich wieder hinauswirft.

Ich wollte das Tempo drosseln – ich wollte mich einmal hinsetzen und mir zuhören – ich wollte meinen Atem in meiner Brust fühlen und schauen, was für ein Mensch da eigentlich mit mir in meiner Sechszimmerwohnung lebt – wer das ist, der da mein Badezim-

mer mit lachsfarbenen Kacheln und sechsseitigen Spiegelfliesen umgestaltet und mir am Morgen verschlafen zulächelt, wenn ich den Kaffee mache.
Wie soll man all das einlösen, was man in den ersten Wochen auftürmt, um der Beste zu sein.
Man kann hundert Meter einmal unter zehn Sekunden laufen, aber dieses Tempo ist nicht für Marathon gedacht – oder für Hürden – die Ehe ist beides –
Das meine ich nicht zynisch – ehrlich – es kann ja wirklich schön sein, wenn man gemeinsam die Klippen umschwimmt und dabei weiß, das Ziel ist das eigene Leben.
Ich wollte nur etwas Zeit, um …
Ich wollte nicht wie alle anderen zwischen zwanzig und dreißig schon werdender Großvater sein und nie …
Ich habe meine Schuhe fest im Griff, und ich weiß, welches Leder in welcher Farbe für welchen Typ das beste ist – ich fahre keine Formel-Eins-Rennen, und ich schreibe keine Dissertationen. Aber ich weiß trotzdem sehr gut, daß mein Leben eine einmalige Sache ist und daß ich nichts wiederholen kann, falls es schiefläuft. Und darum lerne ich gerne aus den Fehlern, die ich bei anderen sehe. Und mit zwanzig Kinder kriegen ist vielleicht biologisch richtig, aber für mich als Mensch – als Peter Steiner – der noch einige Jahre die Welt sehen möchte, ohne doppelsaugfähige Windeln im Koffer zu haben – für mich kommt das erst in einiger Zeit in Frage, und das – das – ich weiß auch nicht.
Aber eines weiß ich – wenn sie mich in dieser Zeit einmal weinen gesehen hätte, dann hätte ich verloren gehabt!

Ich sage »hätte« –
Das – mein lieber Martin – ist nämlich eine ganz gemeine, hinterhältige Falle – der neue Mann – der sanfte, neue, zärtliche Mann, der auch mal weinen kann und nicht nur Muskeln hat – denn jede Frau weint, wie sie will, wo sie will und wann sie will, und jeder macht mit ihr, was er will – und daher weiß die Frau aus eigener Erfahrung, daß man Zweiter ist, wenn man sich Gefühle erlaubt, und keine Frau will ein Mann sein, der Zweiter ist. Einen Mann haben, der Zweiter ist, meine ich natürlich.
Das ist so, das war so, und das wird immer so sein.
Wer daran rütteln möchte, rüttelt an den Grundsätzen der Biologie und der ewigen Gesetze, die das Universum beherrschen. Und gegen das ewige Gesetz kommt keiner an – nicht einmal ich.
Wie hätte ich ihr denn erklären sollen, daß ich Gefühle in mir habe, die über das hinausgehen, was ich sagen kann oder zeigen kann.
Man darf einer Frau nicht zumuten, dem Mann gegenüber die Stärkere sein zu müssen – nur weil er einmal Lust hat, seinen Gefühlen freien Lauf zu lassen.
Ich hätte es gerne getan – aber eine Stimme hat mich stets davor gewarnt: »Das ist ein Löwe, der nur darauf wartet, daß du stolperst«, hat es oft in mir gesagt, wenn sie so neben mir gelegen ist und geschlafen hat – »ein Löwe, der schnurrt, solange er satt ist – und satt ist er, solange du der Stärkere bist und der Sieger, derjenige, der die beste Beute bringt und die gesündesten Kinder macht und die anderen Hirsche zerstampft.«
Mein Gott, ich wollte so oft sagen: »Lilly – ich bin es – ich bin es – ein Mensch wie du, und ich möchte mit

dir reden – ich möchte wissen, wer du bist, und ich möchte dir sagen, wer ich bin, wenn ich einmal das Schwert und den Schild aus der Hand lege.«

Ich habe es nicht getan – Martin – ich habe es nicht getan!

Ich wollte oft nur meine Zeit haben mit mir und nicht immer neben ihr aufwachen und die Richtung fortsetzen, die wir begonnen haben zu gehen.

Gott sei Dank gab es Perugia.

Die Einkaufsfahrten dorthin wurden immer mehr zu einer Aqua-Lunge, mit der ich aus dem Korallenriff heraustauchen konnte –

Susanna – Eluisa – Marianna.

Da konnte ich mich gehenlassen, weil ich mich erst gar nicht hinsetzte – bis sie mir draufkam.

Ab dem Tag war alles anders – alles, alles, alles – alles, alles, alles, alles!

Es ist wie mit dem Osterhasen. Ab dem Tag, an dem man seinen Vater dabei beobachtet, wie er Schokoladeneier versteckt und hinterher scheinheilig fragt: »Ja, wo war denn der Osterhase?!« – Ab dem Moment ist eine gewisse Art von Lächeln nur mehr Theater und eine gewisse Art von Vertrauen für immer dahin.

Sie hat nicht einmal geweint – sie hat mir nur das Foto von Eluisa und mir, das ich in meiner Anzugtasche vergessen hatte, auf die Kaffeetasse gelegt und ihren Toast gestrichen.

Mein Gott, ich wollte das nicht – wirklich – ich wollte es nicht, aber – was soll ich tun, was soll ich tun, Martin – ich habe nicht einmal versucht, ihr zu erklären, daß ich – oder gar zu lügen – so ein Schwachsinn – lügen ist der größte Schwachsinn. Jede Frau hat An-

tennen für so etwas, das ist Instinkt und Vererbung – was das anbelangt, sind sie uns überlegen – von jeher – also wozu lügen. Vielleicht wäre das der Moment gewesen, mit ihr zu reden – die Wahrheit zu sagen – wer weiß – wer weiß – wie auch immer – jetzt bin ich ein freier Mann – Martin – verstehst du mich – ein freier Mann bin ich, ein freier Mann – ach mein Gott.
Oh mein Gott!

Ist es weise, einer Frau alles zu sagen?!
Ich meine – ist es weise, alles das zu sagen, von dem sie genaugenommen überhaupt keine Ahnung haben müßte und auch nie etwas ahnen würde? Wenn man so weise wäre, nicht alles zu sagen?
Alles das, was für eine beglückende Zukunft in friedvoller Harmonie völlig unnötig und überflüssig ist und von dem sie folglich überhaupt nichts vermissen würde, wenn man es ihr nicht erzählt hätte – in einem irrationalen Anfall gefallsüchtiger Offenheit, der zur Fußangel der eigenen zukünftigen Geheimnisse werden kann?
Warum habe ich ihr jetzt eine Stunde lang die Ehegeschichte des Schuhverkäufers Peter Steiner erzählt, und noch dazu mit einem Brustton der inneren Anteilnahme, als wäre sie meine Geschichte? Meine – die ja im Gegensatz zu Peter Steiners Schicksalsode eine absolut liebenswerte Beichte eines Hoffenden und Suchenden ist?
»Du bist eben ein Idiot – Martin Sterneck«, seufzte mir einer der vielen bepelzten bocksfüßigen Wasserträger auf dem Weg zu den Mühlen meiner eigenen Unzulänglichkeit ins Ohr – »ein Idiot, der die Fahrkarte nach Venedig umsonst investiert haben wird – Ha ha ha ha ha ha ha …«
Achselzuckend wanderte der Abgesandte des ge-

schlechtsspezifischen Realismus mit diesen Worten wieder aus dem Blickfeld meiner innersten Verzweiflung und ließ mich sorgenvoller zurück als einen überfüllten Lazaretthubschrauber bei der Flucht aus Saigon.
»Alle Frauen wollen Zorro – aber mit der Seele eines Postbeamten«, munterte ich mich auf und konnte nur hoffen, daß sie einer Erzählung nur den Stellenwert gab, den sie verdiente.
»Eine Erzählung ist eine Erzählung, und die Realität ist die Realität« – erkannte ich messerscharf, und die Tatsache, daß die Realität »Maria und Martin in Venedig« hieß, lockerte etwas den Würgegriff der Unbesonnenheit, der nach meinem Bericht über Peters Abenteuer im Dschungel der Gefühle um meine Kehle gelegen hatte.
»Vielleicht ist es besser, etwas zu sagen, um die Spannung zu lösen« – schlug ich mir aufheiternd vor und sagte daher mit einem leichten Unterton, der voll war von schwebender Ironie: »Bon giorno Bambina« –
Sie lächelte mich kurz an und blickte dann wieder auf ihren Kaffee, von dem sie während meiner Erzählung nur hie und da einen Schluck genommen hatte.
Nun gut – man muß ja nicht immer gleich wie aus der Pistole geschossen zurückscherzen, wenn man wo zusammensitzt und plötzlich einer von beiden unverabredet damit anfängt, mit Fremdwörtern um sich zu werfen.
Man muß ja nicht alles immer gleich auf die Waagschale der ewigen Werte legen, die jedem Schweigen und jedem Atemzug sofort finale Bedeutung beimessen möchte – oder?
Was?

Wie?
Vielleicht braucht sie nur ein wenig Stille – dachte ich mir – Stille, um sich auf das Hier und Jetzt zu konzentrieren, in dem wir gemeinsam trieben wie die Flaschenpost glückseliger Schiffbrüchiger, die eine falsche Positionsangabe ihrer Insel in die Wellen geworfen hatten, damit niemand sie irrtümlicherweise von ihrem Traumparadies der Weltentrücktheit hinwegretten konnte.
Man soll Menschen diese Momente nicht nehmen wollen – dachte ich mir – und begann im selben Augenblick im schweigenden Staunen über unser »Hier und Jetzt« zu versinken.
Venedig –
Nach Venedig fährt man, um Zeit zu haben –
An diesem Morgen haben wir viel Zeit – dachte ich – als ich durch die gläserne Pendeltüre in das Bahnhofscafé trat und mich mit ihr an die lange, geschwungene Bar stellte.
Die Theke wird alle fünf Minuten mit einem Tuch abgewischt und ist immer sauber und immer eine Einladung, Zeit zu haben und anzukommen, den ersten Cafe-Latte zu trinken und die Nachtfahrt im Zug abzustreifen.
Nur Anfänger sausen sofort zu den Taxibooten und rasen zum Markusplatz oder zum Hotel oder in eine Galerie.
Nach Venedig kommt man, um Zeit zu lernen – und die erste Übung ist, am Bahnhof zu bleiben, sich hinzusetzen und einen ersten Kaffee zu trinken – ein Mineralwasser, in dem eine Zitronenscheibe schwimmt, und vielleicht ein kleines »Dolce«.

Ich liebe diese weichen Teigkrapfen, die mit Vanillecreme gefüllt sind und einen Hauch Zucker auf ihrem braunen Rücken tragen, man muß sie langsam essen, damit die Vanillecreme nicht zu schnell herausquillt und auf das Hemd tropft –
Das ist die zweite Übung im Zeithaben – der langsame, vorsichtige Biß in den Vanillekrapfen, der einen Geduld lehrt. Am besten beißt man in ihn hinein, indem man gleichzeitig einatmet und auf diese Weise Riechen und Schmecken zu einem Akkord verbindet, der ein Sandkorn voller Glück sein kann.
Wenn man auf diese Weise eingetreten ist, ergeben sich aus diesem ersten, langsamen Schritt wie von selbst alle anderen, die man in dieser Stadt tun wird – wie von selbst klinkt man sich auf diese Weise aus dem Rhythmus der Wahnsinnigen aus, die mit weißen Hüten und kurzen Hosen entehrend an den Aufforderungen zum Innehalten vorbeidröhnen, die hier ausschließlich zu finden sind.
Das Ganze hier ist ein Denkmal des Zeithabens, ein Denkmal des anderen Lebens, das möglich sein könnte – ein Denkmal, das den Ankommenden umarmt und in die Mitte stellt – sich betrachten läßt und gleichzeitig im Rücken ist, wenn man sich umdreht – da gibt es kein Ziel und keine Route, keinen Hauptausgangspunkt und kein Finale – das Zentrum ist das Ganze – auch wenn das Ganze so weise ist und sich mit diesen Tauben in der Mitte als Mittelpunkt tarnt, um die Eiligen abzusaugen auf den Sammelplatz ihrer Hast und Ungeduld.
Man soll sie ruhig laufen lassen, denke ich mir – wie wir wissen, haben ja Erklärungen nie einen Sinn, da

sie ohnehin nur der versteht, der sie begreift – und die anderen hören nur Worte, aber keine Empfehlung.
»Wer Eile hat – der mache einen Umweg« – und der erste schöne Umweg ist ein Zuckerkrapfen mit heißem Kaffee und einem Mineralwasser an der Bar.
Sie schweigt und hat den Löffel neben ihre Tasse gelegt, und ich schaue ihr zu.
Wer ist dieser Mensch, wer ist diese Frau, mit der ich hier in Venedig sitze und Zeit habe, während draußen auf dem Bahnsteig Hunderte panischer Gruppenreisender auf abfahrende Züge hechten und schon längst den Namen der Stadt vergessen haben, aus der sie sich entfernen – wer ist sie?
Wir sind hierher gekommen, um dem Anfang unserer Geschichte ein Anführungszeichen zu geben – ein heiteres, liebevolles, zärtliches, ironisches, augenzwinkerndes Anführungszeichen an den Anfang einer Geschichte, von der wir beide spüren, daß sie seit einer Woche unabwendbar geworden ist – seit dem Tag vor einer Woche, an dem ich sie zum ersten Mal gesehen habe.
Es war ein Dienstag, und ich bin, wie so oft, vor einem Spielwarengeschäft gestanden – versunken meditierend über die Vielzahl von reitenden Plastikindianern, die seit neuestem auf dem Markt sind.
Ich habe nämlich nie aufgehört, mich um die Entwicklung auf diesem Sektor der Spielwarenindustrie zu kümmern – nie! Ich kann sagen, daß ich der glückliche Besitzer der achten oder neunten Generation von reitenden Plastikindianern bin, seit ich meine erste Gruppe vor siebenundzwanzig Jahren geschenkt be-

kommen habe – und seitdem war ich stets auf dem neuesten Stand der Innovation.
Das heißt – um ehrlich zu bleiben – es gab eine Pause von zweieinhalb Jahren während meiner Ehe mit Susanna – in dieser Zeit war ich meinen Indianern sozusagen mehr geistig verbunden als durch die Tat des Aufbauens auf dem Küchentisch.
Susanna wollte das nie so wirklich haben auf ihrem Tisch und – irgendwie kann ich es auch verstehen, denn, ich stelle meine Indianer nicht nur einfach so hin – nein, nein –, ich schütte fünf Kilogramm Sand auf und forme richtige Dünen mit Wäldern und Felsen, und da hinein stelle ich dann die –
Nun gut – lassen wir die Details – sie mochte es nicht, und ich habe nachgegeben.
Zwei Monate nach unserer Scheidung habe ich dann beim Auspacken meiner Kisten die alten Kartons wiedergefunden und sofort ein herrliches »Little Big Horn« aufgebaut. Ich habe nämlich selbstverständlich auch amerikanische Kavallerie – gegen irgendwen müssen sie ja siegen, meine tapferen Reiterscharen.
In dieser Nacht ist etwas mit mir geschehen – ich weiß es noch ganz genau –, ich bin dagesessen – stundenlang bin ich am Boden an der Wand gesessen und habe auf das »Little Big Horn« geblickt. Es lag ein wunderschönes, warmes Licht über der Szene – ich hatte Kerzen angezündet und sah den flackernden Schatten zu, die über den Boden tanzten – und auf einmal sagte eine Stimme in mir: »Wer mich liebt – der liebt mich ganz.«
Dieser Satz klingt so einfach und klar, daß man nicht so schnell erkennt, was er für mich bedeutet. Ich

meine, wer mich liebt, der liebt auch das, was er nicht versteht – was er nicht einsieht und nicht begreift.
Es ist ja nichts leichter, als einen Hamsterzüchter zu lieben, wenn man selber Hamsterzüchter ist – aber bei Anakondazüchtern wird es für den Hamsterliebhaber schon etwas steil – aber das ist genau der Punkt, an dem es sich entscheidet – das Schicksal sendet uns nämlich oft Anakondazüchter, die etwas in uns lieben muß, obwohl wir Anakondas auf den Tod nicht ausstehen können. Das aber ist die Prüfung, das ist die Weggabelung – das ist die Frage, um die es wirklich geht – kann Liebe das erfassen, was man nicht begreift – ich sage »ja!«, denn ich bin ein hemmungsloser Idealist und mein Hamsterkäfig ist aus anakondabißfestem Glas.
In der Folge ist jedermann klar, was es für mich bedeutete, daß Susanna meine kleinen Krieger nicht mochte – es war ein Zeichen für das Ganze, es war der Haarriß in einem Damm, der nur durch das Mikroskop zu erkennen ist und von dem der Laie sagen würde: »Ach, dieser kleine Riß – das hält dieser Damm schon aus.«
»Nein«, antwortet der Wissende – »er hält es nicht aus – denn wo ein Haarriß ist, entsteht bald auch ein zweiter – ein fünfter – ein zweiunddreißigster – und eines Tages ist es dann unwiederbringlich soweit, und das ganze Gebäude stürzt zusammen.«
Es wäre falsch zu sagen, daß meine Ehe wegen meiner Indianer gescheitert ist – das wäre Unsinn.
Nein – sie ist nicht daran gescheitert – aber auch dieser Punkt war einer von vielen, an denen man eine Hochrechnung vornehmen konnte.
Ich möchte es auf eine kurze Formel bringen: »Ein

Sandkorn im Auge des Weisen sagt ihm – ein Strand ist in der Nähe« –
Und dieser Strand war das Hindernis, an dem der Kiel meiner Ehe aufgeschlitzt wurde.
Ich stand also vor diesem Geschäft und spürte plötzlich, daß ich nicht allein war. Ich fühlte ganz deutlich, daß mich jemand beobachtete, und drehte mich um – da war aber niemand – links von mir – rechts von mir – und auch hinter mir absolut niemand.
Ich werde alt – dachte ich – und blickte wieder in die Auslage, als ich sie plötzlich sah –
Sie stand in dem Geschäft und lächelte zu mir hinaus. Durch die Regale mit Rennbooten und Stoffkatzen und automatischen Seilbahnen lächelte mir dasselbe Gesicht entgegen, das mir jetzt am venezianischen Bahnhof gegenübersitzt und schweigt.
Ich stand vor meinen Indianern und dachte mir: »Warum lächelt sie so« – und war etwas verwirrt von diesem direkten Zeichen und auch von der Tatsache, daß sie mich vielleicht schon seit einiger Zeit beobachtet hatte. »Vielleicht macht sie sich über mich lustig oder – vielleicht lacht sie, weil ich immer etwas benommen aussehe, wenn ich vor dieser Auslage stehe – oder ...« – ich mochte es nicht, so plötzlich angelacht zu werden, obwohl es ein wunderschönes Lächeln war, das muß ich schon sagen. Ich war etwas verlegen und wollte schon weitergehen, als sie auf einmal neben mir stand.
»Little Big Horn ist nichts dagegen – was«, sagte sie, und ihr Lächeln wurde noch heller und meine Knie noch weicher –
Das gibt es nicht – dachte ich mir – das gibt es einfach

nicht – hier läuft ein Film, von dem ich noch keine Ankündigung gesehen habe – das ist Wahnsinn – das ist eine Zumutung – das ist nicht wahr. »Little Big Horn!«
Ich weiß nicht – ich glaube, es gibt 2,9 oder 3,2 Milliarden Frauen auf der Welt – auf jeden Fall einige Millionen Frauen mehr, als es Männer gibt – und diese 3,2 Milliarden verteilen sich auf alle Kontinente und gehen den unterschiedlichsten Tätigkeiten nach, die sie mehr voneinander unterscheiden, als man denkt. Die einen bekommen Kinder, die anderen putzen Fische, wieder andere handeln mit Aktien – viele leben mit Männern, die sie lieben oder hassen oder einfach nur bekochen – alle denken an 3,2 Milliarden verschiedene Dinge in diesem Moment, und ausgerechnet hier steht eine von diesen 3,2 Milliarden neben mir und sagt: »Little Big Horn ist nichts dagegen – was!«
Was sollte ich tun – ich sagte: »Ja – es ist nichts dagegen«, lächelte zurück und ging mit ihr in ein Kaffeehaus, um das Gespräch fortzusetzen.
Das mit dem »Little Big Horn« war natürlich fast ein Zufall, weil sie zwei Tage zuvor den Film gesehen und sich die Szene eingeprägt hatte, in der Custer sterbend und schießend in die Knie geht und hundert Rothäute Staubwolken rund um ihn herum auftürmen.
Gut – aber andererseits – was heißt schon »Zufall«. Sie hatte diesen Film gesehen – ich stand vor den Plastikreitern – sie sieht mich, denkt an Custer und muß lächeln – das ist doch mehr als Zufall – das ist – ja, was ist das eigentlich?!
Das ist die Lebensfrage, die ich mir stelle und von der ich weiß, daß auch sie sich diese Frage stellt. Und

darum haben wir beschlossen, nach Venedig zu fahren.
Wir sind hierher gefahren, um dieser Frage nachzuspüren, was der Zufall bedeutet, was das Schicksal bedeutet, was eine Begegnung bedeuten kann, die in ihrer ersten Millionstelsekunde so eine Ausgangsposition erlebt.
Vorsicht ist angebracht.
»Vorsicht« meine ich – nicht Zaudern – nicht Ängstlichsein – nicht feige, bedeckt und abwartend sein – nein, ich meine: »Nachvornesehend« – vor-sichtig eben – so wie die alleinreitenden Späher der Sioux vor-sichtig sein mußten, um Gefahren schon am Horizont zu erahnen und den Stamm rechtzeitig warnen zu können.
In diesem »Little Big Horn« lag beides – Sieg oder Niederlage – es kam nur darauf an, auf welcher Seite man stand.
Ich war schon längere Zeit ohne eine Frau an meiner Seite durchs Leben gegangen, weil ich von diesen Wesen die Nase gestrichen voll hatte, und dementsprechend groß war meine Sehnsucht, wieder einmal glücklich zu sein.
Ich meine, mit einer Frau glücklich zu sein – obwohl meine Freunde Peter Steiner und Stefan Kowalsky mir schriftlich versichern wollten, daß das auf diesem Planeten unmöglich sei – aus biologischen, sittlichen, ethischen und religiösen Gründen unmöglich – ausgeschlossen – unnatürlich.
Gut – ich verstehe, daß Peter einen Koffer voll Ingrimm mit sich herumträgt und Stefan überhaupt in anderen Welten lebt, als Künstler. Aber ich – ich bin

doch ein ganz normaler Mann und habe eben noch Sehnsüchte in mir, die ich nicht unter den Teppich der Resignation kehren wollte. So dumm war ich nicht, daß ich meine Situation mir selbst gegenüber maskierte.

Ich war zwar ein Realist geworden und nicht mehr bereit, anders zu leben als auf diesem Planeten in diesem, meinem persönlichen Schicksal, aber wer nicht an Wunder glaubt, der ist eben kein Realist.

Vielleicht war das dieses Wunder, das –

Vorsicht!

»Vorsicht«, sagten meine Späher zu mir – »das ist eine ganz wunderbare Möglichkeit zu einer wunderschönen Falle. Du wanderst allein durch die Welt, glücklich, zwei Freunde gefunden zu haben, mit denen du große Teile deines Lebens teilen kannst – aber eine große Ecke in deinem Zimmer ist nach wie vor leer, und seit Susanna hat sich da auch niemand hingesetzt und hat die anderen Teile deines Lebens mit dir erlebt, die man eben nur bei einer Frau erleben kann – und da gehst du jetzt eines schönen Tages so mir nichts, dir nichts durch die Stadt, und der Zufall sendet dir jemanden, der ausgerechnet eines deiner verborgensten Stichwörter kennt.«

Peng!

Natürlich fallen da alle Dämme in sich zusammen – denn wenn diese Frau etwas so Geheimes wie dieses Code-Wort kennt, dann könnte man doch sofort eine Hochrechnung machen, daß sie viel mehr kennt, viel mehr in sich trägt, viel mehr mit dir teilen kann – daß sie vielleicht überhaupt die Traumfrau aller deiner Reinkarnationen ist, die sich auf deinem Lebensweg

durchgearbeitet hat – von Karma zu Karma in Ewigkeit amen!
Vorsicht.
Ich schließe nicht aus, daß das alles möglich ist – nur werde ich nie wieder »glauben«, daß das schon zur Realität geworden ist, bevor ich voll Geduld und Hingabe die Hufspuren im Sand auf ihr Alter untersucht habe. Vielleicht stellt sich heraus, daß alles ganz einfach ist, ein Film, der sie letzten Endes gelangweilt hat, ein Spielwarenladen – eine flapsige Bemerkung – und nun – wir werden ja sehen.
In unserem ersten Gespräch, das wir nach unserem Treffen vor der Auslage hatten, gab es einige wirklich – wie soll ich sagen – es gab einige wirklich neugierig machende Augenblicke.
Um die Wahrheit zu sagen – alles machte mich neugierig – nicht nur Augenblicke. Aber so schnell wollte ich diesen Gedanken nicht von meinem Sprachzentrum in mein Herz sinken lassen, ich wollte ihr erst einmal zuhören.
»Ich kenne fast keine erwachsenen Männer, die so traumverloren vor Indianerfiguren stehen wie Sie – deswegen mußte ich lachen – verstehen Sie?«
Natürlich verstand ich, was sie sagte – aber was heißt »fast« keine erwachsenen Männer –
Wieso »fast« – wer waren die anderen, wie viele gab es – gibt es – oder wird es geben?!
»Also gut – ich wollte sagen – ich kenne keine, außer meinem Bruder, aber der erlaubt sich ja alles mit mir.«
Sie lächelte schon wieder so wunderschön, während sie das sagte, daß ich fast nicht mehr zuhören konnte.

Ihr Lächeln war so eine schimmernde Perle, die in hundertdreiundzwanzig Schichten in die Tiefe leuchtet, und jede Schicht Perlmutt erzählte eine andere Strömung dessen, was sie bis zu diesem Tag erlebt hat. Ganz vorne war es ein wunderschönes, weiches, deutliches, offenes Gesichtlächeln – mit zarten Bögen über den Wangen und einem offenen, gleichmäßigen Lippenmund, auf dem kein Rotstift die Farbe ihrer Haut belog.
In der nächsten Tiefe waren es ihre Augen, die mitlächelten und aus denen eine weiche, grüne Heiterkeit herausklang, hinter der wiederum ein zarter Schleier einer blauen Melancholie stand, der hinter sich das eigentliche letzte Leuchten dieses Lächelns nicht verbergen konnte.
So war das – und wenn es zu Ende ging, gab es da noch einen Nachhall in ihrem Gesicht – so wie ein letztes Wehen im Gras, wenn sich der Abendwind beruhigt und es still wird zwischen Tag und Nacht.
Eigentlich lachten wir ununterbrochen während dieses Gesprächs, weil wir beide bemerkten, daß da etwas in Gang kommen konnte, das unabsehbar war, und da lächelt man dieses Lächeln, von dem man nicht weiß, von wo es kommt, von dem man nur spürt, daß ein einziges Wort dahintersteht, und dieses Wort heißt – »endlich«.
Endlich, endlich, endlich, endlich, endlich, endlich, endlich ...
Aber was – »endlich«?!
Heißt das: »Endlich ist da ein Fremder – ein Unbekannter, von dem ich nicht einmal weiß, ob er lachsfarbene Dessous trägt, ein potentielles Schlagloch also

auf der Straße des eigenen Schicksals, oder heißt das nicht vielmehr – endlich ist da jemand, dessen äußeres Bild auf irgendeine halbmystische Weise dazu beiträgt, meine persönlichen Phantasien laufenzulassen, die mit dem Wesen des anderen überhaupt nichts zu tun haben müssen – heißt das etwa – um es auf einen Nenner zu bringen – endlich ist da eine Filmleinwand, auf die ich das Cinemascope meiner Sehnsüchte werfen kann, die mit der Filmleinwand gar nichts zu tun haben müssen?!«
»Oh Sehnsucht – Sehnsucht – Mutter aller Illusionen!«
Wo finde ich die Wahrheit – wo?

Wir saßen uns am Bahnhof gegenüber und schwiegen – ich hatte mir in der Zwischenzeit einen dritten Cafe-Latte bestellt und ihn auch schon zur Hälfte getrunken.
Ich liebe es, daß dieses Getränk in hohen Gläsern serviert wird und nicht in Porzellanschalen wie jeder andere Kaffee. Ich schütte mir dann immer zwei bis drei Säckchen Zucker hinein und löse diesen dann nicht zur Gänze auf, so daß der Geschmack beim Trinken süßer und süßer wird, je mehr man sich dem Bodensatz nähert.
An der Innenwand des hohen Glases bleiben dann nach jedem Schluck feine Zuckerstraßen zurück, die mit einer kleinen, rundlichen Schwenkbewegung in das milchbraune Urmeer zurückgelockt werden können. Das Schöne daran ist, den letzten Schluck so zu dosieren, daß die Bodenzuckerreste in einem letzten, gekonnten Schwung den Weg vom Glas in den Mund

finden, um dort leise knirschend ihr süßes Leben auszuhauchen. Wenn dieser köstlichste aller Schlucke getrunken ist, gibt es dann aber immer noch eine allerletzte Sensation – nämlich den zarten Schaum, der sich – Gott weiß wie – über die ganze Genußzeit eines Glases lang beharrlich an den Wänden festgehalten hat und nun als Überlebender am Boden blitzende Bläschen wirft.

Ja, ja – schon, schon – man kann ihn zwar mit einem langstieligen Löffel herausholen wollen – aber auch das kann nie wirklich restlos gelingen. Man muß diesem Kaffee sein Reservat belassen – seine letzte intimste Verweigerung, zur Gänze getrunken zu werden, mit Haut und Haaren, sozusagen – in maßloser Gier, aber das wäre ja auch gegen die Schule des »Zeithabens«, wegen der man ja doch hierher gekommen ist – also bestellt man sich lieber noch ein Glas, um das Spiel erneut zu beginnen.

Wahrscheinlich ist die verschlüsselte Botschaft dieser Ereignisse die Erkenntnis, daß man nichts auf Erden jemals »ganz« besitzen kann und niemals »ganz« erfahren kann, wahrscheinlich ist das auch die Keimzelle aller Mißverständnisse – daß man den Dingen, den Momenten, den Menschen, denen man begegnet, den letzten Bodensatz ihres Daseins auslöffeln möchte, um sie zu besitzen, zu erobern und zu begreifen.

Oh Gott – aber wo ist die Grenze?!

Ab wann ist der nächste Schluck schon eine Vergewaltigung des Allerheiligsten, und ab wann ist es zaudernde Kraftlosigkeit, den nächsten Schluck nicht zu tun?!

Ab wann ist eine Aktion ein Überfall und Abwarten

lähmende Passivität? Wer kann es mir sagen – wer kann mich erlösen – oh Mami – oh Papi – oh Gott – oh lieber Herr Lehrer, der Osterhase soll bitte kommen und mir helfen – ja!?
»Woran denkst du?« sagte sie und nahm meine Hand –
»An den Osterhasen«, antwortete ich und freute mich über ihr Lachen, das der Situation auf erlösende Weise die Sporen gab.
Sie lachte so unverschämt lieblich, daß die italienischen Ober wie Marionetten ihre dunklen Köpfe herumwarfen und Witterung aufnahmen. Mit blitzenden Augen in den Tiefen ihrer Genetik erfaßten sie, daß dieses Wesen an dem Punkt, an dem es sich gehenlassen würde, ein strombolischer Vulkan sein konnte – und trotzdem umsonst.
Auch wenn sich ihre Rücken strafften und ihre Kelleraugen eine unverschämte Sekunde lang zu tief in ihre herrlichen Gebirgsseen tauchen wollten, während sie mir den vierten Kaffee hinstellten – die Hand, die sie selbst in hemmungslosestem Lachen festhielt, war meine Hand – war meine Hand – war meine Hand!
Es war eine wohltuende Selbstverständlichkeit in dieser Abgrenzung – in dieser Vertrautheit, in diesem Burgwall, den wir gegen das Wolfsrudel errichteten, das unser warmes Feuer umkreiste.
»Ah ja – an den Osterhasen«, lachte sie und streichelte mein Gesicht mit ihren zärtlichen Augen, die von einer Sekunde zur anderen alle Fragen des Universums zu Stecknadelkopfgröße verkleinerten.
So schnell kann sich das hohe Gebäude der Urfragen des Menschen im Wüstenwind einer wahrhaftigen

Zärtlichkeit umblasen lassen – dachte ich und war glücklich darüber, daß die Wärme ihrer Hand alle Querschaltungen in meinem Großhirn mit einem Kurzschluß torpedierte.
Ich spürte, wie sich die Seele ihrer Hand mit der Seele meiner Haut zu verbinden begann und sich dieses Gefühl bis in meine Beine fortsetzte und von dort in den Bauch und in den Rücken und in die Hüften und in den Verstand – in das Bewußtsein!
Nein, nein – wir waren noch nicht miteinander ins – also, wir hatten noch nicht gemeinsam eine Nacht verbracht – wir waren noch immer am Anfang, der vor einer Woche begonnen hatte und von dem wir beide nicht wollten, daß er uns mit hundertachtzig Stundenkilometern aus der Kurve trägt.
Mir wurde oft leicht taumelig, wenn ich ihr näher kam, weil eine Art der Schwerkraft zu wirken begann, wenn wir uns auf weniger als vier Zentimeter näherten, die einen Kometen in eine Umlaufbahn zwingen konnte.
»Langsam, langsam« – hatte sie gesagt, als wir uns zum ersten Mal in ihrer Wohnung küßten.
»Ja – Vorsicht, Vorsicht« – hatte ich geantwortet, denn eines wollte ich ganz bestimmt nie wieder erleben – ich wollte nie wieder, von der Besinnungslosigkeit der erotischen Mächte getrieben, alles über Bord werfen, woran ich mühsam zu glauben begonnen hatte. Ich meine Wachheit, Klarheit, analytisches Denken und all die anderen Dinge, die mit den Kräften der Natur nicht im Einklang stehen.
Es war herrlich zu bemerken, daß es ihr ähnlich ging – daß auch sie ein Mensch war, dem Leidenschaft nur

das schafft, was im ersten Teil des Wortes steckt – nämlich »Leiden«.
Es ist betörend, einer Frau zu begegnen, die diesen Aspekt des Lebens genauso zu empfinden begonnen hat wie man selbst. Es ist wie das Besteigen der Eiger-Nordwand in sauerstoffgerätlosem Alleingang, und plötzlich taucht eine Begleitung auf, die denselben Gipfel ansteuert. Der »Yeti«, zuckt es im ersten Moment durch das Hirn des Alpinisten, weil er sich nicht einmal im Traum vorstellen konnte, jemals eine menschliche Parallele zu finden auf dieser Eroberungstour zur höchsten Erkenntnis – dann aber wird aus dem Schrecken ein staunendes Schweigen, das der Einsicht zu weichen beginnt, daß auch Frauen Menschen sein können. Nein, nein, nein – das war jetzt ein Zitat auf Peter Steiner – ich bin ja nicht besoffen – aber trotzdem, irgendwo trifft er in seiner Schuhverkäufer-Direktheit manchmal gar nicht so weit daneben.
»Sie hält meine Hand noch immer fest« – dachte ich, und von mir aus hätte sich überhaupt nichts daran ändern müssen. Die italienischen Zentauren begannen sich auch wieder zu beruhigen, weil sie erkannt hatten, daß dieser Griff nach meiner Hand kein Zufall war, sondern eine vom Herzen geleitete Geste, hinter der mehr verborgen war als nur ein Handschlag unter Bekannten.
»Noch mehr ein Tier sein« – dachte ich, als ich auf ihre Hand sah, die ihre Finger zwischen meine Finger schob und mit sanftem, starkem Druck meinen Arm zu sich zog –
»Noch mehr Tier sein und nur mehr das erleben, was die Wahrheit unseres Wesens ist« – dachte ich – »noch

mehr alles über Bord werfen, was sich im Laufe eines dreiunddreißigjährigen Lebens oberhalb der Gürtellinie aufzubauen beginnt – und zum Bleigürtel zu werden droht, der sich als Rettungsring tarnt.«

Sind denn nicht alle Gedanken über die Frauen in den Hirnen der Männer nur aus Schmerzen geboren worden – fragte es in mir, hätte denn jemals ein seliges Männermännchen angefangen, sich über sein polares geschlechtliches Gegenüber Gedanken zu machen, wenn es ein himmlisches Tier geblieben wäre – nein – sage ich – nein – und spreche aus harter Erfahrung.

Jeder Gedanke, jedes Wort, das mir zu Frauen einfällt, ist eine bewußt formulierte Konsequenz aus Schmerzen, die durch diese fremdartigen Wesen in meinem Herzen erzeugt worden sind.

Jedes »In-den-Griff-bekommen-Wollen« ist doch nur der Beweis dafür, daß einem da etwas aus der Hand gerutscht ist – aus der Hand geschlagen wurde – aus dem Herzen – aus der Seele – so ist es doch, und das zu wissen, ist der erste Schritt, sich wieder danach zu sehnen, ein Tierchen zu sein, das nur unterscheiden kann zwischen warm und kalt und nah und fern und Freund und Feind – keine Labyrinthe der Erläuterungen mehr – nur mehr der einfache Satz: »Ich liebe deine Hand.«

Ach du liebe Güte – das wollte ich nicht sagen, also – ich meine – offensichtlich wollte ich es schon sagen, sonst hätte ich es ja nicht gesagt, aber ich wollte es nicht so schnell sagen – nicht so früh – nicht so unverblümt – nicht so gefühlsduselig drauflos und – mit der Tür ins Haus.

Jesus, was wird sie jetzt machen – brüllte es in meinem Kopf – ich meine, es war eine herrliche erste

Woche gewesen, mit viel Lachen und gemeinsamen Blicken in dieselbe Richtung, aber keiner hatte auch nur andeutungsweise oder irgendwie direkt das Wort »Liebe« in den Mund genommen. Wir hatten nicht einmal theoretisch darüber geplaudert – nicht einmal einander mitgeteilt, was andere Menschen zu diesem Thema dachten oder erlebten – nein – wir waren – wir waren voll Harmonie – und die wird ja bekanntlich immer gestört, wenn die Liebe ins Spiel kommt.
Und jetzt sage ich so einen Kindergartensatz, den sie sicher von jedem anderen erwartet hätte, aber doch nicht von mir –
»Ich liebe deine Hand« – so ein Wahnsinn!
Ich meine – das Wort steht zwar nicht allein, aber doch immerhin – es ist da – es war zu hören und wahrscheinlich auch im Klang meiner Stimme zu spüren. Ich kenne mich – wenn ich etwas wirklich meine, bekommt meine Stimme so einen warmen, sanften, unwiderstehlichen Cello-Klang, der alles zum Schwingen bringt – widerlich!
Da sitze ich ganz gelassen an einem der schönsten Plätze der Welt und erzähle ihr in charmantem Plauderton das verirrte Liebesstreben meines Freundes Peter Steiner – gleichsam als ironischen Hinweis, daß mir nie mehr in meinem Leben irgendwelche Fehler – ganz zu schweigen von solchen wie Peter Steiners Fehler – unterlaufen werden – und dann dieser hinterhältige Überfall aus den dunkelsten Schichten des Unbewußten. Ein terroristischer Torpedo der Sentimentalität, aus den Herzkammern abgeschossen und auf den Lippen zur Detonation gebracht – ich Vollidiot.
»Doch so einer, dem man nur die Hand halten muß

und einmal lächeln, und seine Grammatik ist in der Blutbahn« – wird sie denken und sich innerlich von mir entfernen, wie die Marssonde Phöbos von der Erde. Ihr Lächeln wird von einer Sekunde auf die andere etwas starrer werden – weil sie sich ja unter Kontrolle hat und nicht so plump ist, sich sofort in die Karten schauen zu lassen – dann wird sie ihre Hand zurückziehen und vielleicht sogar noch etwas mehr lächeln, als Draufgabe sozusagen, und dann wird sie sagen: »Ach ja, wie schön für dich« – oder – »Ach komm, bitte nicht so – ich dachte, wir wollen Freunde werden« – das wird sie sagen, und ich werde hoffentlich grinsend erwidern: »War nur ein Test, wie du auf das Thema reagierst, Süße«, dann wird sie sagen: »Quatsch keine Opern, Alter«, und wird aufstehen und gehen wollen – ich werde ihr nachspringen und sie festhalten, worauf sie mir eine ins Gesicht schlagen wird, und zwar mit der Hand, an dem der Brillantring ihres Verehrers steckt, der sie für sein Schloß gekauft hat. Dieser Ring wird mir einen blutigen Kratzer unter das linke Auge reißen, und ich werde das warme, süße Blut auf meinen Lippen schmecken und werde in die Knie sinken und schluchzen: »Bleib – bitte bleib, bitte, bleib – bleib – bitte – ich hab es nicht so gemeint.« Angewidert wird sie sich losreißen und einem dieser wartenden Mafiosi einen unauffälligen Wink geben. Dieser Spaghettifresser wird mir dann noch unauffälliger sein sizilianisches Klappmesser in den Bauch rammen, um den Tod langsam zu erzielen, der bei einem Herzstich ja sofort eintreten würde. Das soll aber nicht sein, damit ich sterbend noch mitverfolgen kann, wie sie der smarte Herr in hellem Tuch am

Arm packt und sie mit sich durch die gläserne Pendeltür zieht und hämisch grinsend zu mir herüberruft: »Ciao, Tesoro – io amo la tua mano!«
So wird es sein – so muß es sein – so und nicht anders.
»Ich deine.«

Ganz egal, was man vom Leben erwartet oder befürchtet – es kommt immer anders. Es kommt immer so, daß man überhaupt nicht mehr weiß, wozu man eigentlich Erfahrungen macht – wenn man mit fortschreitendem Alter doch nur erfahren muß, daß man nie eine Erfahrung anwenden kann.
Vielleicht ist die Summe aus all den Tagen des Voranschreitens diejenige, daß man ganz still wird und sagt: »Der Wind weht, wann er will, und wenn er auf das Segel meines Lebensschiffes trifft, ist es gut – wenn nicht – dann nicht.«
Diese zwei kurzen Worte waren eine unerwartete Böe, die mich schlagartig dreihundert Kilometer aus der Flaute meiner Ängste und Sorgen hinaustrieb und wieder in Fahrt brachte.
»Ich deine« – hatte sie gesagt – und offensichtlich genauso unüberlegt wie mein Versuchsballon, der in den Himmel über unseren Herzen gestiegen war. »Santa Maria, was sind wir nur für zwei verwirrte Menschenkinder«, dachte ich und beschloß, ganz ehrlich zu sein.
»Ich stelle fest, daß ich ganz schön beschädigt sein muß«, sagte ich und trank mein Mineralwasser aus – »ich stelle fest, daß ich keinen einzigen Gedanken und kein einziges Gefühl ohne doppelten Boden in mir stattfinden lassen kann.«

»Das nennst du beschädigt –«

»Ja – das nenne ich beschädigt – ich meine – es wäre doch das Natürlichste von der Welt, dir zu sagen, wie schön es ist, die Stunden der letzten Woche mit dir geteilt zu haben, und wie herrlich es ist, daß wir jetzt in Venedig sind. Ich kann es immer noch kaum glauben, daß du auch mit mir nach Venedig fahren wolltest – obwohl es fast ein halber Scherz war, als ich das gesagt habe. Aber was tue ich – ich sitze hier, und wenn mein Herz sagt: ›Zwei plus zwei ist vier‹, dann kommt eine kleine, graue Maus und beißt kichernd Löcher in diese Rechnung.«

»Verstehe –«

»Du verstehst?!«

»Ja, ich verstehe – weil es mir ganz genauso geht.«

»Ja?!«

»Ja –«

»Das freut mich –«

»Mhm.«

»Ich meine, dann ist das ja ein Moment, in dem wir beschließen könnten, uns gegenseitig zu helfen, wenn so ein Schatten der Vergangenheit auftaucht.«

»Ich bitte dich darum.«

»Ja, wirklich – willst du?!«

»Ja, ich will wirklich – egal, was daraus wird – jetzt sind wir hier, und keiner kennt uns, und keiner erwartet etwas von uns – wenn die Schatten auftauchen, machen wir gemeinsam das Deckenlicht an – abgemacht?!«

»Abgemacht –«

Wir gaben uns die Hand und waren froh.

Wir hatten der siebzehnköpfigen Schlange, die das Paradies bewacht, einen ihrer Köpfe abgeschlagen und lachten über ihre verdrehten Augen und ihre gespaltene Zunge, die ihr aus dem Munde hing wie einem Schnürsenkelverkäufer die Restware vom vorigen Winter.

»Ich möchte dir so viel erzählen«, sagte ich und rutschte auf meinem Sessel nach vorne und strich mit meiner Hand sanft über ihre Haare –

»Mach nur weiter – erst du – dann ich – dann wieder du – und dann wieder ich …«

»Gut«, sagte ich und sah sie an.

»Ja gut, wir können doch zwei bis drei Tage bleiben, wenn es so sein soll – oder?«

»Ich glaube nicht, daß uns der Gesprächsstoff ausgehen wird«, sagte ich und strich über ihre Wange –

»Die Geschichte von deinem Freund Peter ist noch nicht zu Ende, oder?!«

»Nein, ist sie nicht.«

»Du warst beim freien Mann angekommen.«

»Wo?!«

»Er hat zu dir gesagt: ›Ich bin ein freier Mann – ich bin ein freier Mann, o Gott.‹«

»Ah so – ja.«

»Warum bist du da steckengeblieben?!«

»Ich bin da steckengeblieben, weil es mir wichtiger war, dein Gesicht anzuschauen und den Mund zu halten.«

»Ach so –«

Sie blickte vor sich auf den Tisch und stützte ihr Kinn in die linke Hand. Sie kann auf so eine unwiderstehliche Weise über etwas nachdenken, daß ich total zu schmelzen anfange, am liebsten würde ich ihr unlösbare Differentialgleichungen vorlegen, nur um sie bei ihrem Nachdenken zu beobachten – stundenlang und ohne Pause –

»Was hat eigentlich seine Frau gesagt?«

»Sie hat nichts gesagt – sie hat etwas getan.«

»Und zwar –?!«

»Sie hat ihn betrogen –«

»Nein!«

»Doch!«

»Und –?«

»Was und?!«

»Wann – wie – wo?!«

Sie wollte es natürlich genau wissen, und ich mußte ihr recht geben, es genau wissen zu wollen, schließlich war ich es gewesen, der ihr angeboten hatte, alles aus meinem Leben zu erzählen – alles – von der Gegenwart in die Vergangenheit zurück, und ich hatte bei meinem jetzigen Leben begonnen – bei Peter Steiner, bei Stefan Kowalsky – obwohl – Stefan hatte ich mir eigentlich für übermorgen aufgehoben, weil er einfach eine größere Bedeutung für mich hat als Peter – aber wie auch immer.

Ich hatte angefangen, und jetzt gab es kein Zurück mehr. Ich wollte einmal in meinem Leben sehen, was geschieht, wenn man die Gegenwart als die Stufe zur Zukunft betrachtet, die aus der Vergangenheit hervorgewachsen ist. Also wollte ich so viele wie möglich von den verschiedenen Waben im Bienenstock meiner Erinnerungen aufmachen und sie kosten lassen.

»Also komm« – sagte sie – »mach weiter. Peter ist also bei dir gesessen, und ihr habt Rotwein getrunken und über die Frauen geschimpft.«

»Er hat geschimpft –«
»Gut – er hat geschimpft, und du hast genickt.«
»Von mir aus.«
»Also – er hat gesagt – ich bin ein freier Mann, ich bin ein freier Mann – o Gott.«
»Ja –«
»Und?! –«
»Und« – sagte sie – »und?!« Hm – und ...

»Gut – du bist ein freier Mann ... und –? – was weiter?« sagte ich zu Peter und schenkte ihm sein Glas wieder voll.
»Ja – ich bin ein freier Mann und werde sie nie mehr wiedersehen – nie mehr, nie mehr wiedersehen.«
Er trank seinen Rotwein in einem Zug aus und stellte das Glas so hart auf den Tisch, daß der Stiel in siebzehn Teile zerbrach – dann zog er ein Kuvert aus der Tasche und schob es vor mich hin. Ich nahm es und zog einen in zwei Teile zerfetzten Brief heraus, in dem folgendes zu lesen stand:

> »Mein liebstes Wildkätzchen – ich sehne mich danach, Dir Deinen Rücken zu zerkratzen, so wie der Panther im dicken Urwald seine Pantherin überfällt und blutig kratzt und beißt vor brennender Lust.
> Laß uns in das kochende Meer der hemmungslosen Gier hineinfallen wie am letzten Wochenende, als Du endlich wieder einmal frei warst für Deinen kleinen Wilden.
> Hundert Küsse – Dein R.«

»Aha«, sagte ich und schob ihm sein Dokument wieder zurück.
»Und dieses Machwerk habe ich heute gefunden, wie

ich mich in Schale schmeiße, um mit meinen lieben Freunden Stefan und Martin meinen Geburtstag zu feiern – schöner Geburtstag – Scheißgeburtstag. Scheiße – alles ist Scheiße, alles ist Scheiße!
Ich hab geglaubt, ich bring sie um – wir haben uns zwei Stunden lang angebrüllt, und dann bin ich zu euch gefahren wie die Feuerwehr. Dann hat sie natürlich noch so laut, daß es alle Nachbarn hören können, gebrüllt, daß ich nie mehr wiederzukommen brauche – hahaha – als ob ich auch nur eine einzige Sekunde in meinem Leben daran denken würde, zu dieser Bestie zurückzugehen – erschlagen müßte ich sie – erschlagen und vierteilen und an die Stadtmauer hängen, als Warnung und Denkmal für alle Männer, die an ihre Frauen auch nur einen einzigen freundlichen Gedanken verschwenden –«

»Aber –«

»Was aber –?«

»Aber du hast sie doch auch –«

»Was?!«

»Ich meine, du hast – also – betrogen – nicht?!«

»Natürlich hab ich das – ich bin aber ein Mann, verstehst du mich – das ist etwas anderes, mein Lieber – das ist wie Tag und Nacht, wenn ein Mann sich einmal gehenläßt, das ist wie niesen im Hochsommer – ein Idiot, nur ein Idiot denkt dabei an eine Grippe, die einen Monat dauert. Man niest, und die Sache hat sich – bei einer Frau ist so was aber immer gleich eine Lungenentzündung, weil bei diesen Tieren ja auch immer gleich das Herz dabei sein muß – verstehst du mich?«

»Ja, ja.«

»Nichts – ja, ja – ich sage dir, es ist so, das war immer so, und das wird auch immer so sein – weil sich die Frauen verschieben lassen wie Bowling-Kugeln. Der Meistbietende kriegt alles und nicht nur die Hälfte wie bei uns – Scheiße, ich – ich –«
Er hat zu weinen begonnen und hat eine Viertelstunde nicht mehr aufgehört. Es war ein seltsamer Abend, den wir so ganz anders geplant hatten.
Stefan hatte eine seiner wunderbaren Torten gebacken und Curryhuhn mit Mandelsplittern gekocht – ich hatte eine Kiste von unserem besten Rotwein aus dem Geheimdepot im Keller heraufgeholt – wir hatten zwei Platten mit Peters und Lillys Lieblingsmusik bereitliegen und wollten mit den beiden in aller Ruhe und Beschaulichkeit Peters Geburtstag feiern. So richtig gemütlich wie bei Onkel und Tante. Aber nein – da muß diese blöde Kuh Peter betrügen, und der dumme Ochse muß auch noch draufkommen – und jetzt saß ich mit diesem heulenden Elend, drei leeren Weinflaschen und den Scherben eines meiner schönsten Biedermeiergläser allein auf einer gemütlichen Geburtstagsparty. Stefan war zur Vorstellung ins Theater gegangen und wollte erst vor Mitternacht wieder da sein, um die Kerzen auf Peters Torte ausblasen zu können – aber bis dahin?
Ich sage dir – ich war einer der einsamsten Menschen an diesem Abend. Vor allem wußte ich überhaupt nicht, wie ich diesen Wasserfall stoppen konnte, der da aus Peter herausgebrochen kam und offensichtlich nie mehr aufhören wollte.
»Ich habe sie so geliebt« – rief er immer wieder. »Ich habe sie so geliebt, und das war mein Fehler – das war

der größte Fehler meines Lebens. Ich kenne keine Frau auf der Welt, die es erträgt, geliebt zu werden – keine einzige – es ist einfach nicht in ihren Zellen einprogrammiert, daß ihr Besieger sie zu lieben beginnt, verstehst du mich. Das ist aber das Elend dieser Welt, daß die Männer in den Frauen die Seele suchen und ein Gespräch von Herz zu Herz führen wollen, bis der Tod sie scheidet.

Wer hat gesagt, Frauen haben keine Seele – Thomas von Aquin, glaube ich – und recht hat er gehabt. Welcher Mensch mit einer Seele würde sich im dicken Dschungel von einem fremden Panther den Rücken zerkratzen lassen – du vielleicht – na also, aber ich mache nie wieder diesen Irrsinn mit – nie wieder.

Wenn ich daran denke, was für zärtliche Gesichtchen meine Püppchen in Perugia haben, wenn ich kurz einmal vorbeischaue, weil die nämlich Sehnsucht danach haben, daß ich einmal nett bin zu ihnen und mein Herz öffne. Aber ich bin ja nicht blöd, denn dann wäre es aus, dann hätten sie Oberwasser, aber nicht mit mir. Ich kann dir sagen, was das Problem mit den Frauen ist – sie wollen dir zu Füßen liegen und dich anbeten – sie wollen sich wie eine Schlange an einem gesunden Baumstamm emporschlängeln, um ans Licht zu kommen – sie wollen spüren, daß sie schwächer sind, und sie wollen Schmerzen empfinden vor Sehnsucht – das ist ihre natürliche Programmierung – und wehe dem, der sich gegen dieses Naturgesetz stellt.

Hast du nicht schon hundertmal erlebt – ich meine, als du jung warst – Martin – ich frage dich, hast du denn in deiner Jugend nicht auch hundertmal erlebt, wie das ist, wenn du zu einer Frau wirklich so zärtlich bist, wie du es sein könntest? – Du mußt nicht antworten – ich sage dir, was du erlebt hast – mitten in der prikkelnden Anspannung des ersten Flirts konntest du zuschauen, wie ihnen auf einmal das Gesicht einschläft, weil die Spielregeln nicht mehr gelten, wenn der Mann auf einmal freundlich, warmherzig und gütig wird, so ist es doch gewesen – laß uns doch ehrlich sein – und das waren dann die Momente, die uns für den Rest unseres Lebens geprägt haben.

Herr im Himmel – zeig mir doch ein junges Mädchen, dem ein schneller Schlitten nicht tausendmal lieber ist als ein empfindsames Liebesgedicht eines verliebten Klassenkameraden!

Weißt du, was ich dir sage, ich werde es nie vergessen, wie das war, als ich siebzehn geworden bin.

Ich war so unendlich verliebt in eine aus meiner Klasse, daß ich lieber gestorben wäre, als ohne sie in einer Reihe zu sitzen. Ich habe ihr die Schultasche getragen und ihr die Schokolade aus meinem Pausenpaket auf ihren Tisch gelegt und war selig, wenn sie gefragt hat: ›Von wem ist denn diese Schokolade?‹ und ich dann gesagt habe – ›Von mir!‹ – Von mir – verstehst du mich – von mir – der Schokolade über alles liebt – über alles, aber sie war eben meine Prinzessin – meine Königin – meine Nummer eins, und es hat ihr sogar eine Zeitlang Freude gemacht, daß ich sie nach Hause begleitete und ihr dann auch hie und da einen Kuß gegeben habe.

Mein Gott, Martin – dieser erste Kuß mit ihr war flüssiger Rosenduft – flüssiger Rosenduft, Martin –, aber ich war ja nur ein Notnagel, wie ich bald bemerken durfte, denn eines Tages kam etwas Besseres daher – und weißt du, was das Bessere war – ich sag es dir – es war ein rotes Cabriolet mit Ledersitzen und einem Kerl drin, der zehn Jahre älter war als ich und sie immer gleich geküßt hat, wenn sie nach der Schule in seinen Wagen geklettert ist – und frag mich nicht, wie er sie geküßt hat – wie ein Tier. Er hat sie irgendwo am Hals gepackt und ihr den Mund gestopft – dann hat er müde gelächelt, den ersten Gang eingelegt und ist abgebraust. Und sie – was hat sie gemacht – sie ist wie besoffen neben ihm gelegen, weil er ihr gezeigt hat, wo es langgeht, und sich einfach genommen hat, was er wollte, so sieht es aus, mein Freund. Nicht flüssiger Rosenduft einer empfindsamen gleichaltrigen Seele ist gefragt – sondern die abgebrühte Bestialität eines Rennfahrers, der sich holt, was er braucht. Und das geht jedem so – nicht nur mir, verstehst du mich – was glaubst du, wie viele am Wochenende so wie ich in ohnmächtiger Wut hilflos zugeschaut haben, wie ihre Mädchen von den älteren Bullen verschleppt wurden. Das sind die prägenden Momente, mein lieber Freund – das sind die Stunden, in denen man sich schwört, auch so eine Dreckskarre zu haben eines Tages – und zwar eine noch schnellere – und dann genauso das Gemüse auszurupfen, wie die es vor unseren jungen, offenen Augen gemacht haben. Martin – ich beschwöre dich, sag, daß du weißt, daß ich recht habe. Wie oft hast du in diesen Jahren gehört, daß eine von deinen Angebeteten geflötet hat, daß sie ›mit jungen Buben nichts anfangen kann‹. Ich sage dir warum, und du weißt, daß ich recht habe. Weil die wirkliche Empfindsamkeit nicht in ihnen eingebaut ist, sondern nur die

Lust, erobert zu werden. So sieht es aus, mein Freund, das wird immer so sein, ob wir es wollen oder nicht. Das sind die Jahre, in denen aus Menschen Männer geformt werden, die das Gesetz der Jagd beherrschen, und dieses Gesetz heißt: ›Das Weib will Härte und Unnachgiebigkeit und sonst gar nichts.‹ – Du kannst ja einen Schlüssel auch nur reinstecken, wo ein Loch ist – nicht – wenn du weißt, was ich meine? – Ach Gott, Martin ... Ich habe gedacht, mit Lilly ist es anders – ach Gott, ach Gott.«
Er schlug die Hände wieder vors Gesicht und weinte wie ein kleiner Bub. Ich hatte das Gefühl, daß er vielleicht seit zehn Jahren schon nicht mehr so geweint hatte, und setzte mich neben ihn – er wollte kurz tapfer sein, aber dann spürte er, daß ich ihn verstand, und dann war er endlich wieder einmal der, der er seit seiner Kindheit nicht mehr sein durfte.

Sie schwieg eine Weile und sah mich an. Dann sagte sie: »Und an diesem Abend ist er dann zu euch gezogen?«
»Ja – an diesem Abend.«
»Mhm, und du –«
»Was denn?«
»Denkst du auch so?«
Da war sie wieder – die Weggabelung – die Weiche – die Entscheidung.
Was war zu tun?
Die Wahrheit sagen?
Notlügen, um eine weiße Weste zu haben und den Aufenthalt hier nicht zu gefährden? –
Wenn aber Wahrheit – welche Wahrheit?! Und vor

allem, wieviel davon, doch nicht etwa die ganze – wo es für mich doch schon schwer genug ist, meine Wahrheit zu tragen, und ich bin immerhin seit dreiunddreißig Jahren mit mir bekannt und konnte mich daran gewöhnen.

Warum also nicht sagen: »Ach was, Liebes – nicht im mindesten – habe ich etwa meinen Jackettbutton nicht anstecken, auf dem draufsteht ›Frauen sind die besseren Männer‹ oder ›Wie kannst du so etwas nur fragen‹ – wäre ich jemals mit dir hierher gekommen, wenn ich auch nur im Ansatz so über Frauen denken würde wie Herr Peter Steiner – seh ich aus wie ein Schuhverkäufer?«

Ja, das wäre eine Möglichkeit – dann würde sie wahrscheinlich lächeln und »Gott sei Dank« sagen, und ganz tief drinnen würde ich mich und sie zu verachten beginnen.

Mich – weil ich lüge, und sie – weil sie auf meine Blendung hereinfällt. Alle Blicke, alle Berührungen, alle Vanillekrapfen würden einen Haarriß bekommen haben, und jeder weitere Atemzug würde den Odem der Fäulnis in sich tragen. Denn eines ist sicher – jeder Mensch weiß um die Wahrheit Bescheid – nur darf er es sich selbst fast nie eingestehen, daß er alles weiß – sonst würden die Verabredungen der Lügen nicht mehr tragen, auf denen unsere Welt aufgebaut ist. Das Sozialversicherungssystem würde zusammenbrechen, und ich hätte keinen Grund mehr, Steuern zu zahlen.

»Nie wieder«, sprach es still in mir – »nie wieder, niemals – nie.«

Lieber fahre ich mit dem nächsten Zug zurück, als

diese Möglichkeit, eine Minute meines Lebens in Ehrlichkeit zu leben, von mir zu weisen.
Habe ich es nötig zu lügen – wer bin ich denn – ich bin Martin Sterneck – dreiunddreißig Jahre alt – Architekt – Zwilling mit Wassermannaszendent – Indianersammler und ein hervorragender Koch. Ich habe ein ruhiges Leben mit meinem Freund Stefan Kowalsky, das ich seit mittlerweile drei Jahren in steter Gesundheit ohne auch nur den geringsten Silberstreifen von Zank und Hader teile, und bin bereit, vom Blitz getroffen zu werden und auf der Stelle tot umzufallen, denn meine letzten zehn Minuten auf Erden hätte ich fehlerfrei gelebt.
Wozu also lügen?
Damit jemand mit mir durch Venedig bummelt, den ich belogen habe und der eventuell so blind war, das nicht zu durchschauen – oh nein – das ist eines tapferen Sioux unwürdig – also los – und sag, was du denkst.
»Also – die Wahrheit ist« – sagte ich – »die Wahrheit ist, daß es sicher viele Männer gibt, die eine ähnliche Meinung haben wie Peter Steiner – und ich. Ich möchte sagen dürfen, daß auch ich in gewissen Bereichen seinen Formulierungen zwar nicht immer zuzustimmen bereit bin, der Grundtenor jedoch, der hinter seinen Äußerungen steckt, meine Mißbilligung in weiten Bereichen nicht unbedingt erhalten muß – ja?«
»Also ja!«
»Ich würde lügen, sagte ich dezidiert zu jeder seiner Ansichten ein kategorisches ›Nein‹.«
»Gut.«
Sie blickte auf ihre Fingernägel und dachte nach. Mir war leicht taumelig, aber nichtsdestotrotz stand ich zu

der einfachen Klarheit meiner Aussage wie ein Mann im Zentrum eines Orkans.
»Fährst du jetzt zurück?« fragte ich und war etwas verärgert, daß meine Stimme so hoch klang – wie ein gesprungener Flaschenhals. Na ja – vielleicht hatte sie es überhört in ihrer Nachdenklichkeit –
»Warum sollte ich?«
»Was?«
»Warum sollte ich?«
»Naja – weil –«
»Weil du mich nicht belügst?
Das wäre doch töricht – nicht – und das wollen wir ja nicht mehr sein – oder?«
»Nein.«
Na siehst du – jetzt lächelte sie wieder und war um sage und schreibe siebenhundertdreiundneunzig Kilometer näher gerückt.
»Ich danke dir, daß du das Risiko eingehst«, sagte sie und nickte mir zu – »das ist alles nicht so einfach – was?«
»Nein, das ist alles nicht so einfach ...«
»Sag einmal, wie lange sitzen wir denn schon hier?« fragte sie nach einer halben Ewigkeit, die nur von den Augen ihrer Augen in den Augen meiner Augen gesehen wurde.
»Hm« – sagte ich und fuhr mir mit der Hand über das Gesicht, um wieder »zu mir zu kommen« – »es sind jetzt ungefähr zwei Stunden seit unserer Ankunft vergangen – ja.«
»Hast du Lust, jetzt einmal in unser Hotel zu gehen?« fragte sie und hatte dabei überhaupt keine Eile in der Stimme.

»Ja – gehen wäre jetzt vielleicht ganz gut.«
Sie winkte einen Venezianer an unseren Tisch und lud mich auf die vier Cafe-Latte, fünf Vanillekrapfen, drei Mineralwasser und zwanzig Zahnstocher ein, die ich in den letzten zwei Stunden niedergemacht hatte. Dann standen wir auf und gingen vor den Bahnhof.

Wir hatten keine Lust, uns zu beeilen, ließen die Boote rechts liegen und wanderten über die erste große Brücke in die Stadt hinein.
Wir gingen schweigend nebeneinander und ließen unsere Blicke überall hängen, wo eine kleine Schlinge aus unserem Weg hervorragte.
Die schmiedeeisernen Gitter, hinter denen eng an die rötlichen Wände gedrückter Oleander wucherte und mit rosafarbenen Blüten Werbung für sich machte.
Die abgegriffenen Messingkugel-Türgriffe der hellen Holztüren, die in die Häuser auf unserem Weg führten, und aus denen es nach Kindern, Sportschau, Pasta und Mamas dröhnte.
Die steinernen Löwenköpfe, denen jeder Idiot so wie ich eins auf die Schnauze hauen muß. Und die kleinen Bars, die immer dichter wurden, je mehr wir uns der Taubenzuchtanstalt näherten.
Wir wanderten langsam über den Markusplatz und beschlossen, uns erst viel später im Caffè Florian über die Musik zu mokieren, die uns schon aus der Ferne »Moon River« in die Ohren preßte.
Wir seufzten gleichzeitig, als wir an der dazu passenden Brücke beim Dogenpalast vorbeikamen und setzten unseren Weg an der Meerespromenade Richtung Hotel fort.
»Via Garibaldi.«

Vier bis fünf Brücken weiter – am Kai – ein italienisches Kriegsschiff mit der Nummer 437 auf dem grauen Bug – Lampenketten über die Straße gespannt und irgendwie daheim und doch nicht zu Hause.
Diese Straße ist breiter und kürzer und doch größer als die anderen – ich glaube, es ist ein ehemaliger, zugepflasterter Kanal, den sich einige der Bewohner vor hundert oder zweihundert Jahren zu einem Dorfplatz umbauen wollten, ich muß sagen, es ist ihnen gelungen.
Einerseits glaubt man, noch das Gurren der Touristenattraktionen zu hören – andererseits ist man wie auf dem Lande.
»Ein Refugium in einer Stadt, die als Refugium begonnen hat«, dachte ich und war von meinem Historiensinn ganz ergriffen –
Gott sei Dank lag schon linker Hand unsere Pension, und ich mußte mich bei den beiden alten Damen, die den Schlüssel unter Verwahrung haben, um unser Zimmer kümmern, sonst hätte ich noch begonnen, sentimentalen Blödsinn zu reden.
Sätze wie: »Hast du ›Amarcord‹ gesehen?« sind ja gerade noch erträglich – aber wenn es auf das Niveau von »Ach, herrlich – Italien!!« rutscht, ist es aus.
Diese Klippe konnte ich also umschiffen, obwohl ich Lust hatte zu sagen: »Ist das hier nicht Fellini?«
Solche Bemerkungen können mehr zerstören als eine Notlüge, darum sollte man sie auch wirklich erst nach ein bis zwei kleinen Grappa oder nach einer heißen Dusche von sich geben.
Wir nahmen unseren Schlüssel, stiegen die Treppe in den ersten Stock in das einzige große Zimmer mit Balkon und Blick auf das Kriegsschiff.

Ich warf meine Reisetasche in die Ecke, drückte die grünen Holzbalkenläden auseinander und seufzte tief auf –

»Herrlich – was – das ist Italien!« sagte sie und fiel rücklings aufs Bett.

»Ja – Fellini ...«, antwortete ich und schmiß mich daneben.

»Gibt es irgendeinen Grund, dieses Zimmer innerhalb der nächsten eineinhalb Stunden zu verlassen?« fragte sie, und ich konnte nur verneinen.

»Gut«, flüsterte sie – »dann laß uns doch ein wenig rasten und schweigen.«

Wir lagen nebeneinander und atmeten ruhig und erleichtert – nichts mußte geschehen – nichts mußte erledigt werden – niemand mußte dem anderen Energie vorspielen, wo doch glückliches Faulsein genügte.

Die Sonne zog quer über die Decke einen hellen Streifen und versuchte, ihre Hitze in den kühlen Frieden unseres Zimmers zu schneiden. Auf der Straße liefen ein paar Kinder einer leeren Bierdose hinterher, und noch weiter weg brummelten die Motoren des schläfrigen Kriegsschiffes vor sich hin, fast war es schon Zeffirelli.

Als ich nach zwei Minuten aus einer süßen Ohnmacht erwachte und die Augen wieder aufschlug, war der Sonnenzeiger am Plafond zwei Stunden weitergerückt, und aus dem Badezimmer klang das Rauschen einer italienischen Dusche.

Italienische Duschen sind diese festmontierten, suppentellergroßen Aluminiumdinger mit gewölbtem Rand und schrotkugelgroßen Löchern, die immer nur irrsinnig heißes oder irrsinnig kaltes Wasser versprü-

hen können, und das wiederum nur mit einem Feuerwehrdruck, der den ungeübten Gast über den Badewannenrand werfen muß.
Sie schien Übung zu haben in dieser Prüfung, denn aus dem Badezimmer drang nicht nur das Tosen des Niagaras, sondern auch eine warme Stimme, die zur Begleitung des prasselnden Wassers ein Lieblingslied von mir sang. »I need more of you … turning my rain into sun –«… di di di da da – da da di di di – di di da dum.
Ich hörte ihr zu und begann, ohne es zu wollen, mitzusingen – ganz leise versteht sich, damit ich nicht störend in ihre Meditation eindrang.
Wassermeditationen sind das Heiligste, was den Menschen zur Verfügung steht, um bereit zu sein für den Wahnsinn der Welt. Rituelles Abstreifen aller Schalen und Schichten, die sich im Laufe eines Tages oder einer Nacht aufgebaut haben und verhindern, daß man Neuigkeiten wahrnehmen kann, die das Leben an einen heranträgt.
Das fließende Wasser umschmeichelt nicht nur die Beine, den Körper, den Kopf und die Haare – es greift vielmehr auf sanfte Weise in die dunklen Flecken der Aura, die entstehen, wenn wir uns ärgern müssen oder anstrengen oder aus öffentlicher Rücksichtnahme Hände schütteln sollen, die an Menschen hängen, denen wir niemals unsere Bademäntel borgen würden. Das alles hinterläßt kleine Krater in unserer Schale, die die ebnende Bewegung des fließenden Wassers wieder auszugleichen beginnt.
»Angewandter Biomagnetismus« sage ich stets denjenigen, die bei solchen Hinweisen skeptisch an magi-

sche Pygmäenrituale denken, anstatt dankbar zu akzeptieren, daß es für fast jede Unbill auf Erden eine zärtliche Erlösung geben kann, wenn man nur bereit ist, die Augen zu öffnen.
Meine Augen waren in diesem Moment jedenfalls weit offen, und meine Ohren und alles andere, was dazu diente, die Farben der Wirklichkeit zu erkennen.
Ich streckte mich auf unserem Bett ein wenig in die Länge und schob beide Arme unter meinen Kopf, um eine bequemere Perspektive auf unser Reich zu haben, das wir uns in den nächsten Tagen teilen wollten.
Ich lag auf weichem, weißem Leinenbettzeug in einem alten, dunklen Doppelbett mit halbhohem Fußende. »Gott sei Dank ist es halbhoch –« dachte ich – »und nicht so ein altdeutscher Vogelkäfig, der offensichtlich nur dazu dient, jedermann in der Position zu halten, die er am Beginn der Nacht eingenommen hat.«
Leider, leider – gibt es auch altitalienische Betten, die sich in dieser Beziehung überhaupt nicht von altdeutschen Betten unterscheiden – was vielleicht ebenfalls mit zum Ausbruch des Ersten Weltkrieges beigetragen hat – denn irgendwo mußten die Menschen ja ihrem Drang nachgeben, sich zu bewegen. Führt dieser Gedanke zu weit?
Vielleicht nicht – wenn ich so nachdenke, muß ich wirklich sagen, daß eine Nacht, in der ich mich bewegen kann, wie es der Impuls verlangt, alles in mir zum Schweigen bringt, was nach Töten und Schießen giert – im Gegenteil, versöhnendes, heiteres Gedanken- und Gefühlsgut überschwemmt meine Peripherie und will sich sogar den sogenannten Feinden zur Verfü-

gung stellen und ihnen raten: »Vergrößert eure Betten!«
Nun – wie auch immer – dieses altvenezianische Bett war ein Friedensbett und wie geschaffen für seliges Verbummeln kostbarer Lebenszeit.
Links und rechts vom Kopfende standen zwei Nachtkästchen mit zwei milchig-weißen Marmorplatten, auf denen zwei Nachttischlämpchen ruhten, die einen blütenförmig gewellten rosarot-perlmuttblaufarben schimmernden Glaslampenschirm zur Wand wendeten, um nicht ein allzu grelles, allzu direktes Licht auf den Ort der Seligkeiten zu schleudern.
Wie weise durchdacht – sagte ich zu mir und fuhr mit der Hand über eine der beiden zwei Zentimeter dicken Platten. Sie war rechteckig und an den Schmalseiten abgeschliffen, wie ein Bachkiesel nach Millionen von Jahren des Rollens im Bett seines Baches.
Man konnte völlig vergessen, daß das ein Stein war, der da lag und dem Kästchen als Abschluß, als Höhepunkt und als Zierde diente. Das ist das Material, aus dem Michelangelo seinen David gemeißelt hat, die Pietà und den Moses, dasselbe geronnene, schimmernde Licht, dieselben begütigenden Kurven, die verhindern sollen, daß man sich bei einer schnellen Kopfbewegung in der Nacht Platzwunden zuzieht, die unabsehbare Konsequenzen zur Folge haben.
In solchen Momenten ist dann nämlich nie ein Pflaster zur Hand – geschweige denn Alkohol, um das Bluten zu stillen – das Zimmertelefon streikt, und die Pensionsbesitzerin schläft natürlich schon lange, denn wer denkt schon daran, daß sich ein stürmischer

Mensch als Folge seiner Impulse um vier Uhr früh den Kopf blutig schlägt, all diese Unbill ist auf das leichteste zu vermeiden, wenn man dafür sorgt, daß es im Zusammenhang mit einem Doppelbett nur runde Formen, keine Kanten und niedere Fußenden gibt.

Die Wände unseres Zimmers waren weiß gestrichen. Der Boden bestand aus breitem Holzparkett aus der Dogenzeit – so dunkel und betreten lag es von Wand zu Wand.

Gegenüber von unserem Bett stand ein Sofa – ein Kanapee, besser gesagt – auf dem sie ihre Reisetasche liegen hatte. Einige Blusen hingen über den Lederrand der Tasche, ein schwarzer Gürtel, ein Band für die Haare, ein Täschchen voll weiblicher Details und seidig schimmernde Strümpfe.

Die Hälfte des Zimmers war ein Zebra – die Lamellenbalken vor unserem Fenster begannen nämlich langsam die weiterwandernde Sonne zu zensieren und nur mehr jeden zweiten Strahl zu uns durchzulassen. Mein Bett war ein Zebra, die Eingangstüre war ein Zebra, die Nachtkästchen, die Rückwand hinter meinem Bett, meine Beine, mein Bauch, überhaupt ich als Ganzes war ein Zebra.

»Na, du Zebra«, sagte sie in diese Betrachtungen hinein und tauchte in der Badezimmertüre auf –

Sie war so schön wie ein blühender Rosenbusch.

Ihre nassen Haare waren aus ihrem Gesicht gekämmt und lagen glänzend um ihren Kopf und tropften ihr auf den Rücken, das dicke, weiße Handtuch, das noch zuvor auf dem runden Tisch vor dem Balkonfenster gelegen war, hatte sie um ihre Brust gewickelt und an der Seite mit einem Knoten befestigt. Ihre Haut war weich und feucht und frisch magnetisiert und ihre Lippen noch kühl von dem aufweckenden kalten Regenguß, mit dem sie ihre Dusche beendet hatte.

Sie gab mir einen kleinen Kuß auf den Mund und strich mir mit der Hand über die Wange.

»Sind wir ausgeschlafen« – fragte sie und lächelte mir in die Augen wie ein geliebtes Goldarmband, das man plötzlich unter einer Birke wiederfindet, bei der man es vor einem halben Jahr verloren hat, ohne es zu bemerken.

»Sind wir« – sagte ich und legte meine Hand auf ihren nassen Hals.

»Das ist gut« – flüsterte sie – dann stand sie wieder auf und ging zu ihrer Tasche. »Was soll ich anziehen?« fragte sie und stand vor ihren Schätzen wie ein Abenteurer vor zwei einander widersprechenden Lageplänen.

»Was ist im Angebot?« mischte ich mich ein und war froh, daß sie meine Entscheidungshilfe ohne weitere Umstände annahm.

»Ich habe das blaue und das schwarze – die weiße Bluse und vielleicht den – hilf mir!«

Sie stand vor dem Bett und hielt sich abwechselnd Pullover, Kleider und Blusen vor das Badetuch, bis die Entscheidung völlig klar war.

»Das helle, blaue Kleid und die weiche, cremefarbene Jacke, falls es am Abend kühler wird«, sagte ich unumstößlich und ließ mich in mein Kissen zurücksinken wie Salomon nach seiner letzten Entscheidung.

»Ich danke Ihnen«, sagte sie und verschwand wieder im Badezimmer.

»Es ist Zeit, sich langsam zu erheben«, sprach ich zu

mir und schwang mich aus dem Bett und erschrak vor dem fremden Mann, der plötzlich neben der Türe stand.
»Oh Gott – das bin ja ich«, erkannte es sich in mir und schritt auf den hohen, drehbaren Spiegel zu, der an der Wand neben der Eingangstüre stand – gewissermaßen als letzte Sicherheitsschleuse, bevor man sich in den Strom des Lebens stürzt.
Meine Botschaft an andere Augen war rosa, weiß und braun –
Ich trug eine weiße Hose aus mittelfestem, zerknittertem Stoff – eigentlich war es eine Art Bluejeans-Stoff – nur eben in Weiß, in leicht gebrochenem Eischalenweiß, um genau zu sein – keine Bluejeans in Weiß also – sondern vielmehr eine »Broken-egg-jeans«. Ein weites, rosafarbenes Hemd mit richtigen alten Perlmutterknöpfen, auf die ich unendlich stolz war, hellbraune Indianermokassins und einen genauso hellbraunen Gürtel mit eingeprägtem Muster, das man nur erkennen konnte, wenn man sich ganz nahe zu mir bequemte.
Ich hatte in diesem Augenblick einen seltsamen, zufriedenen Gesichtsausdruck an mir, der mich zutiefst überraschte.
Eigentlich war ich es gewohnt, in solchen Momenten der Selbstüberprüfung einem Herren gegenüberzustehen, der einen wachen, skeptisch-nachdenklichen Zug in der Mimik hat. – Ein abwartendes, wissendes Zuschauen in den Augen, die schon so viele Sonnen hatten untergehensehen – wenn schon ein Lächeln um die Lippen, dann immer nur eines, das in der Hälfte durch langsame Ironie abgefangen wurde – er-

kenntnisgeladen mit der Einsicht, daß das Leben nun eben mal so ist, wie es ist.
Aber nun – ein leichtfertig lächelnder junger Mann stand da bildfüllend vor mir und stemmte seine Hände in die Hüften, als wäre das Leben tatsächlich nur so, wie es ist.
»Was ist mit der Vorsicht«, murmelte etwas in mir, das sich von diesem Abbild der guten Laune leicht irritiert fühlte und warnend einspringen wollte.
»Ach, halt doch die Schnauze«, sagte ich zu mir und hatte plötzlich eine Hand vor meinen Augen.
»Na, führen wir schon Selbstgespräche«, sagte die zärtlichste Stimme der Welt und lehnte sich an meinen Rücken.
»Das kommt davon, wenn man mich so lange allein läßt.«
»Wir sollten hinuntergehen.«
»Ja – gehen wir hinunter.«
Was gibt es Schöneres, als mit einem Menschen seines Vertrauens gemeinsam das gleiche im gleichen Augenblick zu wollen.
Eine Treppe kann in so einem Moment hunderttausendmal mehr sein als nur die potentielle Möglichkeit, zu stolpern und sich den Fuß zu verstauchen. Sie wird zu einem roten Teppich, der zur schneeweißen Marmorhalle der Harmonie führt, in der das Leben in Gemeinschaft mit anderen zum Gegenstand der Verehrung wird.
Ist denn nicht jedes entspannende Übereinstimmen ein Sieg über die Kobolde des falsch verstandenen Individualismus? –
Ja, ist es denn nicht vielmehr wahrhaft gelebter Indivi-

dualismus – das gewußte, überprüfte Zustimmen zu einer anderen individuellen Sichtweise der Welt?
Die Waagschale des Lebens, in die man die Augenblicke werfen kann, die von einer Entscheidung bestimmt sind – neigt sie sich nicht am erlösendsten zu jenen Momenten, in denen ein Akkord mit einem anderen Menschen entsteht – und schmerzt nicht jedes gewogene Sandkorn der Uneinigkeit wie verdoppelter Hohn?!
Erzwingen läßt sich gar nichts – aber bereit sein, die Freuden der Gemeinsamkeiten zu erwarten und durch dieses Erwarten ihr Eintreten erst zu ermöglichen – das – Freunde – das heißt Mensch sein. Das heißt Individuum sein – das heißt, der Tristesse der Verlorenheit im Selbst eine Absage zu erteilen, vor der sie sich verkriechen muß wie ein räudiger Kater, den man aus der warmen Herberge hinaus in das Gewitter der alltäglichen Mißverständnisse hetzt!
Es lebe das Jetzt.
Es lebe das Hier.
Es lebe der Entschluß, gemeinsam aus dem Zimmer hinunterzugehen!
Wir hielten uns an der Hand und traten auf das warme Pflaster unserer Via Garibaldi.
»Links oder rechts?« fragte ich und folgte ihr in der nächsten Sekunde nach links hin zu den kleinen Läden, die neben dem Eingang zu unserem Schloß nebeneinander lagen und auf uns gewartet hatten.
Diese Stadt rechnet damit, daß man ihr alles verzeiht.
Die Auslagen waren vollgestopft mit Plastikgondeln, Plastikbrücken, Plastikfächern in sämtlichen Maßstäben von 1:5 bis 1:394. Beleuchtet, bepinselt, beklebt

und bezuckert lag ein Querschnitt der Perversion dieses Ortes vor unseren Augen.
Überall anders muß man sofort eine Toilette aufsuchen, wenn einem diese fluoreszierenden Markuslöwen ihre Vampirflügel in die Augen klatschen – aber hier ist man bereit, sogar zu lächeln und mit zärtlichem Tonfall zu sagen: »Mein Gott, ist das ein Kitsch.«
In der Art, wie man das sagt, schwingt auch mit, daß auch er offenbar seine Berechtigung hat, denn sonst würde es ihn ja wohl nicht geben. Irgendeine unbestimmte Sehnsucht nach der Verzerrung des Erhabenen in Kunststoffspiegelbilder muß vorhanden sein, sonst hätte ich nicht selbst einen dieser Fächer seit zehn Jahren in einer Hemdenschublade bei mir daheim herumliegen.
Vielleicht ist es auch nur eine stille Aufforderung, sich für nichts zu schämen, was in unseren Herzen auf und nieder brodelt und nicht immer den Höhenflug echter Carrara-Marmor-Nachttischplatten durchhält, sondern manchmal den Absturz in die billige Plastikimitation geradezu braucht.
Die Nachtseiten des eigenen Wesens nicht nur anzuerkennen, sondern genauso zu lieben wie den Höchststand der Kultursonne in unserem Streben, ist eine unumgängliche Notwendigkeit, wenn der Baum unseres Daseins Blüten der Vielfalt tragen soll – dachte ich mir, als wir uns von Fenster zu Fenster treiben ließen und an nichts etwas Schlechtes entdekken wollten.
Konnte man denn nicht aus diesen Verirrungen der Tourismusindustrie die Lehre ziehen, daß man auch

den Verirrungen im Tourismus der Herzen gnädiger gegenüberstehen sollte, als man es tut?
Ich meine – wenn so eine kleine, blöde, blinkende Plastikgondel, die man sich zur Abschreckung mitnehmen könnte, einem ein verzeihendes Lächeln entlockt – sollten dann nicht auch die kleinen, blöden, blinkenden Plastikgefühle, die man manchmal in sich trägt – sollten diese rührenden, über ihren eigenen Anspruch stolpernden Gefühlchen nicht auch ein Lächeln verdienen, so wie man es hier bereit ist zu lächeln?
Die Antwort, mein Freund, weiß ganz allein der Wind – und da ich mich sehr gut mit dem Wind verstehe, darf ich seine Antwort verraten – sie lautet: »Genau –«!
Genau – denn das ist das Geheimnis der Botschaft von Venedig – deshalb kommen diese vielen händehaltenden, einander umarmenden, schlendernden, suchenden, stehenbleibenden, lächelnden Menschen hierher – nicht nur um den Kanal zu besichtigen, in den Katharine Hepburn gefallen ist – nein – sondern um diese Spannweite des alles Erlaubten zu erleben.
Sie kommen, um in die Krone des Baumes der wahrhaftigen Schönheit zu blicken und dabei mit den Füßen durch das abgefallene Laub um seine Wurzeln zu rascheln.
Sie kommen, um zu erleben, wie mit der höchsten Blüte der Vollkommenheit der schale Spiegel ihres Verwelkens im Maßstab 1:17 im Angebot ist. Und sie kommen, um zu sehen, wie all das Prächtige, dem man begegnet, auf Westentaschengröße reduziert, vor Überheblichkeit warnt.
Das ist eine der vielfältigen Aufforderungen, im künf-

tigen Beisammenleben gnädiger miteinander umzugehen, als man es in der Reihenhaussiedlung gewöhnt ist – geduldiger das In-die-Knie-Gehen eines Partners im Leben zu betrachten und ihm helfend die Hand hinzustrecken, damit er wieder so groß werden kann, wie er im Original geplant ist.

Ich sah sie von der Seite an und war unendlich glücklich, daß sie mir eines ihrer geliebten ironischen Lächeln schenkte, als sich ihr Blick von meinen Augen berührt fühlte.

»Kann es sein, daß wir dasselbe denken?« – sagte sie und zog mich in eine der halbleeren Seitengassen, die von unserer Via Garibaldi abbogen und das Meer hinter sich ließen.

»Tja – ich beginne es zu glauben«, sagte ich und legte ihr meinen Arm um die Schulter.

»Dann ist es gut« – sie legte ihre Hand um meine Hüften und ihren Kopf auf meine Schulter, und so wanderten wir in die Stadt hinein, die in diesen Gassen eine Atempause machte.

Ich hielt sie fest und streichelte im Gehen ihren Oberarm, und sie legte ihren Kopf hie und da an mich – alles andere war unwichtig geworden an diesem Nachmittag, der nur uns gehörte und mit dem wir machen konnten, was wir wollten.

Wir gingen durch namenlose Arkaden und über nie gefilmte Brücken, die ganz normale Menschenhäuser miteinander verbanden, die weit davon entfernt waren, mit ihren Palazzobrüdern einen Zweikampf zu riskieren.

Hinter diesen Fenstern wurde einfach gekocht und geschlafen, gegessen und gelesen, geputzt und gewa-

schen – ohne Festlichkeit, ohne Kristallüster an der Decke und ohne heimliche Sehnsucht nach Einfachheit.
Diese Häuser machten Atempause im Rezitieren der Ballade der »Serenissima« und färbten unseren Gang durch ihre Stille mit friedlicher Gelassenheit.
Wir schwiegen das gleiche dichte Schweigen und spürten, wie schön es war, den anderen beim Gehen zu fühlen. Ich mochte ihre Hüften, die sich im selben Rhythmus bewegten wie meine Hüften, und ich mochte meinen Blick, der schon seit einer Weile immer dorthin folgte, wohin sie ihren Kopf wandte.
Wir zeigten einander alte Frauen in halbhellen Durchgängen, die aus gelben Plastikschüsseln Wasser vor ihre Haustüre schütteten. Wir sahen gemeinsam einer jungen Katze zu, die fünf Minuten lang brodelnden Anlauf nahm, um auf einen Vogelkäfig zu springen, der am Fenster gegenüber aufgehängt war. Der Vogel pfiff ungerührt weiter, da er genau wußte, daß sie ihn erstens nie aus dem Käfig holen konnte und zweitens an den Stäben abrutschen würde, um fünf Meter tief auf die Straße zu plumpsen – von dort unten sah sie dann mit einem gelangweilten »Pfuh – ich wollte ja ohnehin nur hier herunterspringen«-Blick zu dem Käfig hinauf und schlich dann zu neuen Herausforderungen um die Ecke.
Wir wichen im selben Moment einem Motorroller aus, auf dem ein junger Draufgänger seiner Süßen mal so richtig zeigte, was losgeht, wenn man über die Treppen der Brücken rumpelt – und hatten den gleichen Takt, als wir langsam wieder in dichterbesiedelte Regionen vorstießen, die sich schon drei Häuser vor-

weg durch den Anstieg der Lebensgeräusche ankündigten, die sich um die Ecken verirrten wie tollkühne Vorposten der 6. US-Kavallerie auf der Suche nach Gegnern.

»Einen ganz kleinen Hunger habe ich eigentlich schon«, sagte sie in meine Schulter hinein und biß auch gleich zu wie ein Kätzchen auf der Suche nach frischen Leckereien.

»Wie gut sich das trifft«, antwortete ich, da ich, wie von einer magischen Hand geführt, den Weg zu einer meiner liebsten Bars auf der Welt gefunden hatte, die nicht so ohne weiteres zu finden ist, wenn man den Schlangenweg geht, der uns gewählt hatte.

Von vorne ist es gar nicht schwer – drei Straßen vom Markusplatz, links hinten an der Ecke – aber diese Route gehen nur Anfänger und Dilettanten, die dem Zufall nicht vertrauen und sich in der Folge auch wirklich verirren.

Wir aber hatten es von hintenherum geschafft, was mich mit zartem Stolz erfüllte, als ich sagte: »Was hältst du davon, hier eine kleine Pause zu machen?«

»Phantastisch« – sagte sie, und dann setzten wir uns in die kleine grüne Bar an der Ecke drei Straßen links »hinter San Marco, wo es die besten Tramezzinis der Welt gibt.

»Tramezzinis –«
Eßbar gewordene Sonette an das Genießenkönnen des Lebens.
Einfacher gesagt – ich werde jedesmal ohnmächtig, wenn ich in diese rindenlosen Weißbrotdoppeldeckerdreiecksverführungen beiße – ich weiß, ich weiß – Weißbrot ist der Anfang vom Untergang der Menschheit, das einzige, was kauenswert ist, ist zweifach ungesäuertes Landlagervollkornschrotschwarzsauerbrot, bei dem jeder Bissen zwanzig Minuten dauert – von mir aus – aber nicht, wenn ich glücklich sein will, und Tramezzinis machen mich glücklich.
Dieser herrliche, schädliche Teig, aus dem diese Schnitten gemacht sind, tippt genau auf diese Saite im menschlichen Verhalten, die exakt auf der Trennungslinie zwischen Barbar und Patrizier aufgespannt ist.
Die erste Berührung mit einem guten Tramezzino löst den Urreflex aus, der mit einem sinnlichen Erlebnis so verknüpft ist wie das Herz mit dem Körper. Verstandesloses Stöhnen aus den Tiefen des Leibes, die auf Erlösung warten, wie die Sahel-Zone auf Regen – ein wohliges, bebendes Stöhnen, das nur durch den geschlossenen Mund aufgefangen wird – der das Tramezzino aufzunehmen beginnt. Nach einigen Sekunden des ersten erotisierenden Schocks, der den Tiger ge-

weckt hat, gleitet das urhafte »Habenwollen« in ein verfeinertes »Genießenkönnen« über – das kätzchenhaftes Seufzen als äußeres Zeichen nach sich zieht.
All das ist kein Wunder, sondern gehört zu den Realitäten des Lebens wie Sonne, Mond und Sterne – das einzig Verwunderliche ist, wie selten wir mit den Realitäten des Lebens in Kontakt kommen, die am Rande unseres Weges blühen und nur darauf warten, gepflückt zu werden.
Ist nicht auch das ein offener Hinweis darauf, den Weg des Erlebbaren nicht blind zu durchhetzen – in der Absicht, ein vages Ziel in der Form eines Phantasiesandwiches zu erlangen, das angeblich in der Ferne auf uns warten soll?
Ist denn nicht auch ein einfaches Tramezzino so glückbringend erleuchtend wie Buddha – den der Zen-Meister in einem Stock wiedererkennt, der auf der Straße liegt?
Ganz besonders diese Art, die mit Lachs, Spargel und harten Eiern gefüllt ist – ich denke, die Antwort ist klar – noch dazu dann, wenn ich sage, daß es in dieser meiner Lieblingsbar zu diesem Lachstramezzino eine zarte, leichte Kräutermayonnaise gibt, die ich am liebsten in einem Eimer nach Hause tragen möchte.
Falls es noch Zweifler geben sollte, kann ich eine kleine Geschichte erzählen, die im China des 8. Jahrhunderts nach Christus spielte.
Eines Tages hörte der greise Kaiser Yu-Wang-He, der sein Leben der Suche nach der Erleuchtung gewidmet hatte, daß in einem kleinen Dorf an der Küste im Nor-

den ein Zen-Meister entdeckt worden war, der sein Dasein als einfacher Fischer bestritt.
Sofort entsandte Yu-Wang-He eine berittene Eskorte, um den Meister an seinen Hof bringen zu lassen.
Der Kaiser wartete vier Wochen auf die Rückkehr seiner Gesandten aus dem Norden, aber kein Reiter wurde am Horizont sichtbar.
Also sandte er erneut eine zweifach verstärkte Gruppe von Berittenen in den fernen Zipfel seines Reiches, und als auch diese Truppe und nach ihr noch eine dritte Schwadron von Panzerreitern nicht wiedergekehrt war, schickte sich Yu-Wang-He selbst an, den Meister der Erleuchtung zu suchen.
Der Herrscher wählte für seine Reise die einfache Verkleidung des Kaisers von China, da er auf diese Weise sicher sein konnte, überall erkannt zu werden.
Nach elf Tagen erreichte er auch wirklich das kleine Dorf am Nordkap des Reiches und stieg aus seiner Sänfte, um dem Meister, wie alle anderen Söhne des Himmels, zu Fuß entgegenzugehen.
Als er sich der Dorfmitte näherte, erblickte er zu seinem größten Erstaunen die Pferde seiner Boten, die ohne Sattel und Zaumzeug herumliefen und ohne die Bürde eines kaiserlichen Reiters, der ihnen die Flanken mit dornigen Sporen zerstoßen wollte, friedlich grasten.
Ja – er sah seine Untergebenen selbst in lächelnd-erlöster Haltung auf den Stufen der niedrigen Häuser lagern und ihrem Herrscher in heiterer Stimmung zuwinken und Lieder singen, die er noch nie gehört hatte.
»Er muß der Meister sein, den ich suche«, bemerkte

Yu-Wang-He und beschleunigte seine Schritte, als er in einer schlichten Hütte das Heim des Erleuchteten erkannte.
Und wirklich – als er eintrat, saß da in der Mitte des Raumes ein einfacher Fischer, in dessen Augen das Lachen derjenigen nistete, die mit der Erleuchtung so umgehen wie andere Sterbliche mit dem Lichtschalter.
»Sag mir, wie finde ich den Weg zur Erleuchtung – Verehrungswürdiger?« fragte der Kaiser und verbeugte sich tief vor dem Heiligen.
Da klatschte der Erhabene in seine Hände, um einen Ton zu erzeugen, woraufhin ein junger Novize dem Kaiser ein kleines, unscheinbares Ding in die Hand drückte, das den Atem des Meeres in sich trug –
»Beiß« – sagte der Göttliche und hielt sich den Bauch vor Lachen.
Der Kaiser tat, wie ihm geheißen – er biß – und erkannte im selben Augenblick: das – was er immer gesucht und nie gefunden hatte, war – ein Thunfischtramezzino.
Ein Thunfischtramezzino, zubereitet in der einfachsten Einöde seines Landes – weit entfernt von den goldenen Schüsseln seines Palastes, die ihm immer den Blick in das wahre Paradies auf Erden verdeckt hatten.
Marco Polo hat dann diese Entdeckung mit sich gebracht und hier an der Ecke diese kleine Bar gegründet, die jetzt noch das alte Rezept aus dem Reich der Mitte zur Verfügung hat, um den Suchenden zu helfen und die Hungernden zu laben.
Es machte mir unbeschreibliche Freude, zu sehen, wie sich ihre Augen in seligem Glück erhellten, als sie das Erlebnis Yu-Wang-Hes zu teilen begann.

»Mein Gott«, murmelte sie und kümmerte sich nicht um die neben ihr sitzenden Menschen, die etwas von uns abrückten, als wir uns dem Genuß so hingaben, wie man es tun soll – nämlich hemmungslos.
Hemmungslos – und mit dem Wissen, daß jede Minute auf Erden die letzte sein kann.
Das ist auch einer der Gründe, warum ich vornehme Restaurants meide wie der Teufel das Weihwasser – ich kann und will es mir nicht antun, Kurzschlüsse in meinem Wesen zu erzeugen, und es ist ein Kurzschluß, wenn ein Genuß zu einem sagt: »Ja, los – laß dich gehen«, und die Etikette sagt: »Sitz gerade, und schmatze nicht.«
Das Leben ist zu kurz, um sich mit Blödheiten zuzuschnüren, die aus der brodelnden Gischt des Meeres geordnete Bächlein machen möchten.
Aber was soll man auch von einer Kulturgesellschaft anderes erwarten, die ihre Wurzeln in zu schmalen und zu engen Betten hat, die noch dazu so knarren, daß man einen Lachkrampf bekommt, wenn der Nachbar Weihnachten feiert.
Ach du mein lieber Gott – es ist kein Wunder, daß der Osterhase sich von solchen Planeten zurückzieht, auf denen das Leben nie so gefeiert wird, wie es das verdient hätte.
Ich frage mich manchmal, ob die Menschen wirklich glauben, sie hätten einen zweiten oder dritten Versuch offen für das Ganze – das ist ein schwer zu büßender Irrtum, den man leider viel zu spät bemerkt. Wir sind mitten in der Premiere und nicht in der Generalprobe – und unterbrochen kann nicht mehr werden, sonst hagelt es Verrisse.

Aber wo soll man denn das lernen – wo soll man es üben, wenn es schon daran scheitert, daß man beim Essen nicht schmatzen darf und beim Lieben nicht brüllen, weil sonst die Nachbarn dasselbe tun, und beim Arbeiten nicht träumen und mit den Träumen nicht arbeiten.
Dabei ist das doch alles so einfach, wenn man es nur in seiner Vielfalt und Schönheit erkennt, das Schmatzen zum Beispiel – man schmatzt ja nicht aus Mundfaulheit – sondern um während des Essens über den offenen Mund den Duft des Essens besser wahrzunehmen und dadurch doppelt zu genießen. Aber Genuß ist verboten, und darum rücken die Leute von einem ab, wenn man das tut, was sie selbst auch am liebsten täten, denn das ist ja auch eine gefährliche Hochrechnung: Wenn einer beim Essen schmatzt und genießt, so wie kein anderer, dann lebt der ja auch vielleicht wie kein anderer und denkt ganz sicher nicht so wie ein anderer und ist in der logischen Konsequenz auch keine Stütze der Gesellschaft wie ein anderer und also potentieller Terrorist und in der Folge am besten gleich zu erschießen.
Es ist schon einmal so: Nichts ist den eingesperrten Menschenherzen zu gering, um nicht daran zu erkennen, daß ein anderer begonnen hat, die Ketten abzuwerfen, die alle seit der ersten Kinderrassel zu tragen beginnen, und so ein Ausbruch muß sofort verhindert werden, denn wo einer ausbricht, folgen bald alle nach. Und wenn ganz Venedig beim Tramezini-Essen schmatzen wollte, würden die Gondolieri vergebens »La bella sole« singen.
Es ist gewissermaßen die Weltverschwörung der Gon-

dolieri, die es sich zum Ziel gesetzt hat, die Dinge so zu belassen, wie sie sind, damit ihr Gesang nicht im Jubel der befreiten Herzen untergeht.
Der grauenhafteste Irrtum des Menschen ist nun mal eben, dem Strom des Lebens Dämme bauen zu wollen, und diese Dämme baut man nur aus der Furcht vor Bewegung, von der man nie weiß, ob sie ein Hochwasser wird oder eine Dürre.
Die einzige Antwort auf diese Angst aber heißt: schwimmen lernen und laufen können!
Der breitest angeschwollene Fluß trägt einen Fisch, und in dem trockensten Bachbett kann man zur nächsten Quelle laufen – wenn man aber immer aus Gründen der Sicherheit bei einem Staudamm hockt, bekommt man Muskelschwindsucht, und das Wasser wird brackig.
Zu allem Überfluß bricht dann ja doch eines Tages die Böschung ein, weil sich kein Ding auf Erden jemals wirklich seine Lebendigkeit rauben läßt, und dann sind diejenigen bitter dran, die weder schwimmen noch laufen gelernt haben.
Darum – ein Hoch auf alle Schmatzer, sie sind die Vorboten der Erlösung von den Fesseln des ausklingenden Jahrtausends – bei den Eskimos war das übrigens schon immer so.
»Mein Gott – was denkst du denn die ganze Zeit« – sagte sie plötzlich in meine hellrosa Spiralen hinein, die hinter meiner Stirn zu schimmern begonnen hatten.
»Ich denke, daß ich es mit dir auch in einem Iglu aushalten würde«, sagte ich todernst und starrte sie an wie ein hypnotisierter Seelöwe, dem man eine Forelle vor die Nase hält.

»Oh Gott – in einem Iglu, da müssen wir uns aber gegenseitig sehr wärmen, um das zu überleben – was?«
»Ja« – nickte ich – »die Wärme ist das wichtigste in der Kälte.«
»Jesus« – lachte sie – »hat dein Mineralwasser zuviel Zitronengehalt, oder ist dir zu heiß oder so?«
»Nein – aber ich schmelze« – sagte ich und meinte damit die erstarrte Lava, die seit dem letzten Vulkanausbruch in meinem Leben um mein Herz lag wie die eingerostete Rüstung Don Quichottes.
»Du schmilzt?«
»Ja – ich schmelze« – sagte ich. »Ich habe in deiner Nähe die Gelassenheit, meinen Gedanken nachzugeben, ohne dabei Angst zu haben, daß du fortgelaufen bist, wenn ich daraus wieder auftauche.«
»Aber warum sollte ich denn fortlaufen – ich kenne ja hier niemanden, der mir solche Tramezzinis zeigt.«
»Lach nicht« – sagte ich – »alle Frauen laufen weg, wenn ein Mann sich einmal nicht um sie kümmert.«
»Herr Peter Steiner?!« sagte sie und schenkte mir Wasser in mein Glas, das ich in der Aufregung in einem Zug geleert und vor sie auf den Tisch geknallt hatte.
»Nein – das ist Martin Sterneck life«, schrie ich und handelte mir sofort eine verkleinernde Bemerkung einer Bus-Touristin ein, die feststellte, »daß noch andere Leute hier im Lokal sind«.
»Sie gehören wohl auch zu denen, die Angst haben, zu ihrem eigenen Begräbnis zu spät zu kommen«, wollte ich eigentlich sagen, war mir aber der Würdelosigkeit dieses möglichen Zwistes durchaus bewußt und zog es daher vor, zu schweigen, besser gesagt, etwas leiser zu reden und die Bus-Touristin zu ignorieren.

»Ich habe es doch am eigenen Leib erfahren«, flüsterte ich exaltiert über den Tisch gebeugt – »am eigenen Leib erfahren, was das heißt, die Werbung zu unterbrechen – warum glaubst du, ist es mit Susanne auseinandergegangen, nach zweieinhalb Jahren Ehe – warum wohl!?«

»Du wirst es mir sagen.«

»Ja – ich werde es dir sagen – weil Frauen gewohnt sind, der Mittelpunkt im Leben eines Mannes zu sein – besser noch – der Mittelpunkt im Leben vieler Männer – weil sie von klein auf gelernt haben, daß es genügt, ein Mädchen zu sein, und alle Welt streut ihnen Blumen, ohne daß sie dafür etwas leisten müssen –.«

»Komm, Peter – trink was.«

»Mach dich nicht lustig über mich!«

»Warum flüsterst du so?!«

»Weil man die Wahrheit nicht laut sagen darf in dieser Welt, und diese Wahrheit heißt: ›Frauen müssen sich nie um ihre Lust bemühen – sie wird ihnen unentwegt angeboten, und sie müssen nur ›ja‹ oder ›nein‹ sagen.‹«

»Was glaubst du, wie enervierend dieses ewige Nein-Sagen sein kann.«

»Hahaha – ich weiß schon – jetzt kommt diese Leier, die alle Frauen an diesem Punkt vom Stapel lassen – Mein Gott, wie furchtbar – gestern auf der Party stehe ich ganz gelangweilt und noch dazu ungeschminkt vor einer Bücherwand, und zwei Kerle wollen meine Telefonnummer haben – und erst heute mittag in der Stadt, als Frau kann man ja nicht einmal allein in einem Restaurant sitzen und essen, ohne daß irgendein Wicht einen zum Schiurlaub einlädt –

Hihihi – sage ich und Peter Steiner und Millionen anderer, wissender Brüder –
Ich möchte nicht sehen, was geschieht, wenn eines Tages wirklich kein einziger Mann seinen Kopf nach euch verdreht, wenn ihr in einem neuen Kleid durch die Straßen wandert, oder wenn einmal einen Monat lang wirklich niemand die Telefonnummer haben möchte – panisch vertrocknen würdet ihr ohne das ständige Umworbensein von allen Seiten, an das euch schon eure Väter gewöhnt haben, für die ihr die Prinzessin ward. Hihihi …«
»Du kicherst wie ein alter Waldschrat –«
»Lieber ein alter Waldschrat als jemals wieder in diese Tretmühle der Pflichterfüllungen zurück«, zischte ich und bestellte noch zwei Mineralwasser – was der Ober erst verstand, nachdem er sich ganz nahe zu mir gebeugt hatte, da ich immer noch auf alle möglichen Gruppenreisenden Rücksicht nahm.
»Keine Konventionsvollstreckung mehr«, trommelte ich mit dem Mittelfinger auf die Tischplatte und blickte mich über die Schulter um, ob wir vielleicht belauscht würden.
»Aha.«
»Ja.« –
»Darum also mit mir in den Iglu –«
Ich blickte ihr in die Augen und kam wieder zu mir.
»Du weißt doch, was ich meine« – und lehnte mich wieder ein wenig auf meine Tischseite zurück.
»Ja – ich kann es mir denken.«
»Und mit dir ist es eben anders.«
»Mhm.«
»Alles – verstehst du?«

»Verstehe.«
»Auch diese Bar hier –«
»Diese Bar.«
Ich blickte sie eine Weile an und nahm wieder einen Anlauf zu einem mutigen Satz, den ich ihr sagen wollte.
»Wir bleiben bei der Wahrheit!«
»Wir bleiben bei der Wahrheit.«
»Also gut – nachdem ich Susanna geheiratet hatte, war ich auch hier mit ihr – in Venedig.«
»In Venedig –«
»Ja.«
»Mhm.«
»Wir waren auch in dieser Bar –«
»Mhm.«
»Aber wir waren nicht in dem Hotel – in dem wir ...«
»Mhm.«
»Aber in dieser Bar –«
»Ja –«
»Schlimm?«
»Nein.«
»Wirklich nicht?«
»Wichtig ist doch nicht das ›Was‹, sondern das ›Wie‹ – oder?!«
»Du sagst es.«
Sie hatte wieder einmal den Nagel in das Brett getrieben, in dem er stecken sollte.
Das »Wie« mit Susanna war immer anstrengend gewesen.
So einfach kann man es sagen – es war anstrengend, weil ich ununterbrochen fühlte, daß ein nicht endendes Umwerben notwendig war, um den Fluß unserer

Beziehung in Gang zu halten. Es war kein großartiges, ostentatives »Hundert-Rosen-mit-einem-Helikopter-über-ihrem-Haus-Abwerfen« mehr nötig, aber ein unterschwelliges, dauerndes Wachsein in mir war nötig, um einander nicht zu verlieren.

Man muß unendlich vorsichtig sein, darüber zu reden, weil ein einziger zu schwerer Begriff das schwebende Netz zwischen zwei Menschen zerreißen kann, anstatt es zu beschreiben, dieses Wachsein findet nämlich auf der Ebene statt, die jenseits von Aktionen steht wie Drachentöten oder Rosenabwerfen –

Dieses subtile, feine Gespinst des Verbundenseins liegt in den Reichen der Telepathie zwischen zwei Menschen, die das Leben, eine Beziehung und einen Eisschrank teilen. Die Ebenen der Gedankenübertragungen, auf der jedes »An-den-anderen-Denken« oder »-nicht-Denken« einen Kontaktpunkt darstellt, dessen Veränderung der Partner auf der subatomaren, subquantischen Ebene erfühlt.

In diesem elektromagnetischen Feld, unter dessen Kuppel zwei Herzen miteinander schlagen, spielt sich Vehementeres ab, als es das Erlegen und Darbringen von Kriegsbeute sein kann, die die Liebste beeindrukken soll. Dieses Feld meine ich, wenn ich sage, daß ich mir nie erlauben konnte, einmal ganz bei mir zu sein, um meine rosa Spiralen laufen zu lassen.

Susanna empfand dieses »Zu-mir-Gehen« meiner Impulse immer als ein »Nicht-mehr-umhegt-Sein« und war wie ein losgelassenes Boot, das vom Kai wegtrieb.

Das hängt jetzt nicht mit der Autonomie eines Menschen zusammen, der zufällig als Frau geboren worden ist – in der nächsten Reinkarnation wird sie eben wieder ein Mann, um zu lernen, was man alles anrichten kann – nein – es liegt in den Teilen des Wesens, die dem Willen unzugänglich sind, und dort fühlte ich stets, daß ich es mir nicht leisten konnte, ganz bei mir zu sein – weil ich nie sicher war, daß das Boot nicht weggetrieben sein würde, wenn ich an das Ufer zurückkam.

Um ehrlich zu sein – letzten Endes konnte sie überhaupt nichts dafür, so zu sein, wie sie war, weil sie als Frau von Mädchen auf programmiert war, für diese Tatsache allein schon Zuwendung zu erhalten.

Ich verfluche nicht die Opfer dieser Fehlprogrammierung, ich verfluche die Programmierer. Ich verfluche die Väter und Mütter, die aus den kleinen Menschenseelen Männer und Frauen machen, die einander nicht begreifen können, weil die Haltegriffe so blöd angebracht worden sind, daß man jeweils daran abrutscht, wenn man beim anderen dorthin greift, wo sich beim eigenen Geschlecht die Sessellehne befindet.

Das nennt man dann den »Kampf der Geschlechter«, von dem die Boulevardblätter leben, weil er regelmäßig Äxte oder Kreissägen im Rücken des Ehepartners hervorbringt, wenn der Druck unerträglich wird.

Ganz tiefliegender Haß ist es, der sich in solchen Taten entlädt, die aus der Verzweiflung kommen, in die einen das Rollenspiel der Geschlechter hineingetrieben hat.

Aber auch dieser Haß ist mehr als nur ein Haß auf den Partner, der einen ankeift, wenn man zwei Stunden zu spät nach Hause kommt und sich gar noch erlaubt, gute Laune zu haben, obwohl das Essen schon kalt geworden ist –

Dieser offene Haß ist, wie alles auf Erden, nur ein Sichtbarwerden eines viel tieferen Zeichens, eines viel tieferen Hasses, der die bittere Frucht der verzweifelten Seelen ist, nicht ihre Bestimmung erleben zu können. Und diese Bestimmung heißt, als Pole eines Ganzen zur Einheit zu werden und durch den entstehenden Fluß der Spannung zwischen Yin und Yang die Dynamik des Lebens erst zu ermöglichen.

Die Spannung des Lebens – sage ich – und nicht die pervertierten äußeren Verschiedenheiten der Geschlechter, die an dieser Urbestimmung vorbeivegetieren.

Diese Spannung – die in sich ja erst Leben ermöglicht, ist als solche wertfrei und von kosmischer Unabhängigkeit den Kategorien gegenüber, die Bus-Touristen über ihre Entfaltungsmöglichkeiten stülpen wie Netze über freifliegende Schmetterlinge.

Keinem Menschen würde einfallen zu sagen: »Einatmen ist böse – Ausatmen ist gut« oder »Gnade Gott dem Südpol – es lebe der Nordpol«. Jedermann würde sofort losschreien, was für ein Blödsinn das sei, auf diese Weise Noten zu verteilen, und würde das Klassenzimmer verlassen.

Bei Süden und Norden zwischen den Männern und Frauen allerdings bleiben alle hocken und machen Fleißaufgaben im Mißverständnis ihrer Bestimmung, um dann als Abgangszeugnis Waffenscheine ausgehändigt zu erhalten, die ihnen ein freies Schußrecht auf den anderen erlauben.

Kein Wunder, daß Leute wie Peter und Lilly gleich

eine US-M-1-Halbautomatik kaufen, um dem anderen zu zeigen, wer der Stärkere ist.
Man frage doch einmal den Nordwind und den Südwind, wer »der Stärkere« von ihnen beiden sei.
Ich garantiere, sie würden sich in die Windhose machen vor Lachen über so viel Mißverständnis der ewigen Gesetze Gottes.
»Und mit mir ist das alles anders«, sagte sie und zündete sich eine Zigarette an.
Was geschieht, wenn ich jetzt »ja« sage, dachte ich – glaubt sie dann, das Ganze sei eine besonders raffinierte Nummer, die ich abziehe, um ihr ihre Außergewöhnlichkeit vorzugaukeln – fragt sie mich das, um zu testen, ob ich besoffen bin, und dann zu gehen, weil sie meine Fahne nicht erträgt?
Ich glaube nicht, daß das so ist – ich glaube, ich führe hier zum ersten Mal in meinem Leben ein Gespräch, wie ich es mir immer gewünscht hatte – ich sagte, was ich dachte, ohne Rücksicht auf Verluste – denn das, was ich sagte, waren die Wahrheiten meines Standpunktes, den ich zu dieser Sekunde in diesem meinem Leben hatte und der mir Heimat meiner Gefühle war.
Also wozu die ängstlichen Gedanken – hier war die Chance, die Prägung der Angst zu überwinden, die immer dann in mir aufsteigt, wenn ich ganz so bin, wie ich bin, weil ich mir dann nämlich nicht sicher sein kann, für das, was ich bin, geliebt zu werden. Aber will ich denn für eine Maske geliebt werden, die ich sicherheitshalber vor mir hertrage? Erstens wählt man ja ohnehin immer die falsche Schminke und gibt sich als Cowboy bei Frauen, die Sehnsucht nach peitschenknallender Dominanz in sich tragen – oder als

Windelverkäufer bei einem Weibe, das nach Zorro giert – wie auch immer – jede Täuschung ist Tand – daher ist Ent-Täuschung das kostbarste Wort in unserer Sprache, die ein herrliches Vehikel sein kann, um falsch verstanden zu werden.

Vorwärts also in aller Vorsicht – nicht gezaudert und taktiert – der Blitz soll mich beim Scheißen treffen, wenn ich zurückweiche vor der Strahlkraft der Wahrheit meiner Empfindungen!

»Ja« – sagte ich – »mit dir ist das alles wirklich anders.«

»Hm … schön …« – sagte sie – küßte ihre Handfläche und blies mir den Kuß auf die Lippen.

»Mit dir auch –«

Oh Gott, diese vereinfachenden Aussagen, die in ihrer Schlichtheit so viel Raum für Mißverständnisse in sich tragen.

Wie viele hunderttausend verliebte Menschen sagen in dieser Sekunde zueinander, daß alles ganz anders sei als das letzte Mal, als sie in der Sackgasse landeten. Wie viele Schwüre und Beteuerungen des Prinzen- und Prinzessinnentums verlassen eben jetzt völlig unüberlegt die Münder ihrer Urheber und bauen Hoffnungen auf, die niemals eingelöst werden können, weil die Basis fehlt, weil kein Realitätsbezug da ist, weil einfach alles hinten und vorne schiefgehen muß, solange wir versuchen, so zu sein, wie uns Hollywood einredet, daß wir sein sollen –

Aber was soll ich machen – es ist einfach wirklich ganz anders mit ihr, weil ich als Realist Vergleiche anstellen kann und weil mein Computer nie wieder Fehlprogramme zum Abschuß von Raketen anweisen wird,

wenn sich nur eine einsame Hupfdohle in mein Frühwarnradar verirrt hat.
Das ist eben der Zauber des Älterwerdens, man hat endlich die Chance, eine Täuschung zu erkennen, und ist ihr nicht, so wie in der Jugend, auf Gedeih und Verderb ausgeliefert – und – das wichtigste ist, man kann es auch manchmal wissend genießen, eine Täuschung zu erleben – weil man es auch hie und da gerne glänzen läßt, wo kein Gold im Spiel ist.
Nur Unwissende denken dabei an Zynismus – und pervertieren die Chance zur Erkenntnis der Realität – denn jeder wirkliche Realist weiß, daß alle Täuschungen der Welt doch nur dann wirksam sein können, wenn es das Wissen gibt, daß etwas vorhanden ist, das ertäuscht werden kann.
Und dieses Etwas ist das wirkliche Edelmetall, das ich langsam aber sicher in dieser Frau zu entdecken glaubte, die mit mir in meiner Lieblingsbar bei einem kleinen Imbiß saß. Es ist Gold, wovon ich rede – das wirkliche Gold, das es gibt in den Bergen der Menschen, wenn die Lawinen ihrer Erfahrungen die Überhänge abgerieben haben, unter denen sich ihre glänzenden Adern verbergen. Dieses strahlende Etwas, das das einzige ist, wonach es sich zu suchen lohnt.
»Na – gefunden?«
»Bitte – wie?!«
»Du hast so einen grübelnden Gesichtsausdruck, daß ich mir denke: ›Er sucht etwas‹ – kann ja sein, daß du es schon gefunden hast.«
»Ach so … ha … nein, ich … ich stecke erst meinen Claim ab.«
»Aha.«

»Ja. – Ich habe manchmal das Gefühl, ganz dicht davor zu stehen und nur mehr die Hand ausstrecken zu müssen, um es zu erreichen, aber irgend etwas hält mich am Genick fest und läßt mich zögern. Es ist dasselbe Gefühl, wie wenn man den Namen eines Schauspielers nennen möchte, den man in ›Ben Hur‹ gesehen hat, damit jeder weiß, wen man meint, aber der Name liegt zu weit links hinten, und man kann ihn nicht sehen, obwohl man ganz sicher weiß, daß er da ist. Diese angespannte Ungeduld ist es, die ich manchmal habe, wenn ich dich ansehe – und ich weiß nicht, warum das so ist. Ich weiß nicht warum – und vor allem – ich weiß nicht einmal, was das ist, vor dem ich stehe – Hilfe!«
Ich sah zu ihr hinüber wie die Schwerverbrecher, die für ewige Zeiten nach Australien verschifft worden waren, auf die kleiner werdenden Kreideklippen von Dover geblickt hatten und wußten: »Das war's –«
Ich war hilflos und verwirrt, ohne einen einzigen einsichtigen Grund zu haben – der Neumond war vorbei, der Vollmond noch nicht in bedrohlicher Nähe, der Himmel war blau, die Luft nicht zu heiß, und dieser Nachmittag war einer der cremigsten dieses Jahrhunderts. Und doch war ich kurz vorm Heulen, ohne zu wissen warum.
Ich frage mich manchmal, ob sich solche Gefühle nur einstellen, damit die Harmonie nicht zu langweilig wird, und haue mir dann immer im selben Gedankenzug auf die Backe, um mich für solch eine Hybris zu bestrafen.
Ich weiß doch ganz genau, daß sich die Gefühle der anscheinend sinnlosen Trauer erst dann an das Tageslicht

wagen, wenn der Weg vor ihrer Haustür klar ist und sie die Chance haben, wahrgenommen und nicht verdrängt zu werden.

Wie auch immer – plötzlich war ich bodenlos traurig und gleichzeitig wütend, daß mir das jetzt passieren mußte, wo ich Maria doch wirklich alles bieten wollte, nur keine Wolken am Himmel – noch dazu solche unerklärbaren Kumulushäufungen, die verdammt nach Regen aussahen.

»Du« – sagte sie und griff wieder einmal nach meiner Hand.

»Ja ...«

»Es ist alles gut.«

»Ja, ja ...«, sagte ich und lächelte sie durch einen dichter werdenden Nebel an, der von Nordwesten her einsetzte.

»Du – ich bin da –«

»Mhm.«

»Ist es, weil du an Susanna denkst, weil du auch hier warst mit ihr?«

Ich sah sie an und hätte gerne etwas gesagt, aber das war unmöglich, weil ich schon genug damit zu tun hatte, mich nicht für mein leises Weinen zu schämen – nicht auszudenken, was geschehen wäre, wenn mein lautes Schluchzen den Billigtouristen eine neue, unerwartete Sensation geliefert hätte.

Hol's der Henker – sie hatte so recht mit dem, was sie sagte, und ich hatte doch so fest geglaubt, schon Lichtjahre weit von diesem Schmerz entfernt zu sein.

»Irrtum«, sagte der Igel zum Hasen – »ich bin noch immer da«, und piekte ihn höhnisch in seine Löffel.

Ich hatte immer noch ungekaute Rinde von diesem Erlebnis in mir, das nun doch schon über zwei Jahre zurücklag, aber offensichtlich noch Nachbeben brauchte, um ganz zur Ruhe zu kommen.
Die letzten Wellenringe erreichen ja auch erst dann das Ufer, wenn der Stein, den man in die Mitte des Sees geworfen hat, schon lange am Grunde des Wassers mit Sand bedeckt schläft.
Ich war aber auch wirklich zu übermütig gewesen, mit Maria ausgerechnet in meine grüne Bar zu gehen, in der ich mit Susanna nach unserer Hochzeitsnacht gesessen hatte und überdreht war wie ein alter Gashahn. Wahrscheinlich wollte ich mir heimlich zeigen, was ich für ein Kerl war und unsentimental und darüberstehend und Batman und Robin in einem. Ja – so schnell wird die Rechnung präsentiert, wenn man sich mit sich selbst verplaudert und nicht auf die Warnblinkanlage achtet.
»Erzähl es mir bitte, wenn du magst«, sagte sie und hielt immer noch meine Hand, wie zuvor am Bahnhof – nein – nicht wie zuvor am Bahnhof, sondern anders. Von außen gesehen konnte ein eiliger Gast sicherlich dasselbe Bild beschreiben: »Die junge Frau hielt die Hand des jungen Mannes – hohes Gericht – ja, es handelt sich um dieselbe Person.«
Soviel zur Außenansicht der Ereignisse – in Wahrheit aber hielt sie nicht nur meine Hand, sondern schon immer größere Teile meines ganzen Wesens, und gab mir Mut und Gelassenheit, meine Gefühle vor das Haus treten zu lassen, um sich zu strecken.
»Und nimm keine falsche Rücksicht, bitte. Ich habe vor diesem heutigen Tag auch schon andere Menschen

geliebt als dich, und vielleicht weine ich nur etwas später als du.«

»Warum haben wir uns nicht schon früher getroffen«, brabbelte ich verschnupft vor mich hin und nickte gleichzeitig, weil ich ihre Antwort ganz genau kannte. Sie sprach sie auch gar nicht aus, denn sie wußte, daß diese Frage nur an den Wind gerichtet war – der ja, wie schon erwähnt, zu meinen näheren Bekannten zählt und auch nicht immer »neun« ruft, wenn ich rhetorisch anfrage, wieviel drei mal drei ist.

»Ich hab sie geheiratet, weil ich verliebt war wie ein Trottel – ich war berauscht, süchtig, höhenkollerartig animiert, alle Rekorde im Dauerlauf zu brechen, und ganz im allgemeinen unfähig, die Bedeutung der Worte in unserer Sprache zu erfassen. Darum sagte ich auch lachend ›ja‹, als mich ein würdiger Herr danach fragte, ob ich mit der Frau an meiner Seite bis zum Tode durchs Leben wandern wollte.

Eine Frage in einer Situation, in der ich noch nicht einmal wußte, was Leben, geschweige denn Tod ist – und vor allem den Menschen da neben mir überhaupt nicht kannte und wirklich nicht wußte, ob ein ›Miteinander-Gehen‹ überhaupt machbar ist, aber wenn die Hormone Tango tanzen, sagt man zu allem möglichen ›ja und amen‹, Hauptsache, es sieht nach Ewigkeit aus.

Und das ist es ja, worauf es hinausläuft – auf die Behauptung, daß man auf ewig glücklich sein möchte, und dabei hofft man, daß dieses Wollen allein schon genügt.

Ich finde, wenn man schon von öffentlichen Liebesschwüren nicht abrücken möchte – ganz einfach, weil der Steuersatz für Eheleute günstiger ist als für frei-

heitlich liebende Menschen – dann sollte man es doch umdrehen –
Es ist doch viel würdiger und schöner und erhabener, wenn man zwei Menschen, die – sagen wir – seit fünfunddreißig Jahren in liebender Weise die Entwicklungsschritte ihres Begleiters teilen, nach diesen fünfunddreißig Jahren öffentlich und vor Zeugen fragt: ›Hast du, lieber XY, diese letzten fünfunddreißig Jahre als eine Bereicherung im Reifeprozeß deiner Seele erfahren, und würdest du also sagen, daß du durch deinen liebenden, geliebten Partner Z weiter vorangeschritten bist, als du es ohne ihn geschafft hättest? – Wenn das also so ist, dann antworte mit einem lauten und deutlichen ›Ja‹!
Das hätte Sinn –
Und um beim Kuhhandel zu bleiben, den die Gesetzgeber mit der Liebe treiben, könnte man ja im Anschluß an so ein ›Ja‹ von mir aus die Pensionsraten erhöhen, um den Steuerverlust wieder auszugleichen, der in fünfunddreißig Jahren entstanden ist. Um etwaigen Habsuchtstendenzen entgegenzuwirken, muß dieses ›Ja‹ selbstverständlich unter Messung des elektromagnetischen Hautwiderstandes durch einen Lügendetektor erfolgen, der dem Ganzen seinen Segen erteilt. Den Segen der Wahrheit nämlich, der viel schwerer wiegt als der Segen der naiven Absicht, die man mit zwanzig oder fünfundzwanzig Jahren am Standesamt mit sich trägt.
Ich war einfach überfordert durch den eigenen Anspruch an mich, so zu sein, wie ich dachte, daß sie mich wollte.
Niemand hatte uns gelehrt, daß das Leben seinen

Sinn darin erhält, sich auszudehnen und zu wachsen.
Wir waren wie Millionen andere zusammengeworfen in eine Zweieinhalbzimmerwohnung und mußten jetzt allen Erwartungen, ein glückliches Paar zu sein, gerecht werden.
Diese Aufgabe kostete so viel Kraft und verpulverte so viel Energie in das Aufrechterhalten der äußeren, sichtbaren Fassade, die mit ›Glück‹ gleichgesetzt wird, daß wir keine Zeit mehr hatten, zu bemerken, daß sich unsere Seelen und Herzen ja immer noch ausdehnten und wuchsen und Raum brauchten, um das zu tun –
Dieser Raum kann aber oft nur erobert werden, indem man Teile des Weges wiederum allein geht, ohne Begleitung, deren Schutz manchmal zur lähmenden Gewöhnung wird und die die Anspannung im Wachsen behindert und große Sprünge zu Froschhopsern degenerieren läßt.
Das ist nämlich nicht in der Programmierung vorgesehen – daß man den Liebsten auch ziehen lassen muß, um ihm zu ermöglichen, daß er sich häutet und – größer geworden – zurückkehrt, was wiederum die eigene Entwicklung vorantreibt.
Jedes noch so kurze Auslassen der Hand wird ja sofort als erste Stufe des Verlassenwerdens mißverstanden, weil Selbständigkeit von Seelen ja nicht in der Verfassung verankert ist und auch im TV-Programm nur selten propagiert wird.
Die Sehnsucht nach Nähe ist die schönste Kraft auf Erden, nur kann sie eben bloß in der Entfernung entstehen. Aber das zu akzeptieren würde zu weit führen im Streben nach ewiger Sicherheit, die als Ergebnis

nur Enge und Magengeschwüre produziert. Um aus dieser dumpf erkannten Situation auszubrechen, gehen betuchte Leute zum Segeln – einkommensschwächere Schichten klauen im Großmarkt eine Axt und verschaffen sich Luft, indem sie sie zwischen die Augen des Ehepartners donnern, dessen unentwegt fordernde Blicke ihnen zum Dickicht geworden sind, das sie daran hindert, ihr Fenster zu öffnen und frische Luft hereinzulassen.
Ja, ja – ich weiß schon – das ist die Spitze des Eisberges, aber um bei dem Vergleich zu bleiben, muß ich sagen daß ich auch nicht die Basis unter Wasser sein möchte, die so viel Sozialisierung und Kultur hat, nicht den direkten Weg zu gehen.
Die Axthiebe erfolgen dann eben in der Art, daß man nicht mehr ›Guten Morgen‹ sagt – oder mit dem Satz ›Nimm eben eine Tablette‹, wenn der andere Kopfschmerzen hat, die ja nur Symptome sind für ein viel tieferes Weh, das erlöst werden möchte.
Ich möchte nicht die Basis sein, die aus verzweifelten Frauen besteht, die man im Supermarkt an ihren hohen, eingesperrten Stimmen erkennt, wenn sie nach einigen Jahren ewigen Glücks die Klopapiermarke zu wechseln beginnen, damit sich wenigstens irgend etwas ändert. Dieselben Frauen, die doch einmal so voller Lust gebrüllt haben in der ersten Nacht mit dem Mann, über dessen Speckansatz sie jetzt zu ihren Freundinnen sagen: ›Er ist eben ein bißchen bequem.‹
Und ich möchte nicht die Basis des Eises sein, das aus steinäugigen Männern besteht, die am Sonntag unter ihre Autos kriechen, um dort vielleicht den Grund zu finden, warum der Karren im Dreck steckt.

Oh nein – das wollte ich nicht sein und vor allem nicht werden, darum ist es auseinandergeplatzt wie eine Handgranate, die sich versehentlich selbst abgezogen hat.
Weißt du« – sagte ich – »was mir noch manchmal so weh tut, ist der Schmerz, es nicht geschafft zu haben. Ich meine nicht den Schmerz, die Formen der Perversion nicht doch geschafft zu haben – nein – ich meine den Schmerz, der sich einstellt, wenn man erkennt, daß einen die Formen, die Impulse erdrückt haben, die am Anfang standen und die lebendig und gut waren.«
»Ja, ich weiß« – sagte sie und sah mich an – »ich weiß.«
»Ja, du weißt, und ich weiß, daß du weißt, und ich weiß auch, daß du weißt, daß ich weiß, daß du weißt – sonst könnte ich dir das alles überhaupt nicht erzählen. Sonst wüßte ich nicht, daß ja eigentlich schon alles gesagt ist zwischen uns in der ersten Minute am ›Little Big Horn‹ – oder?«
»Tja«, lachte sie und fuhr mir durch die Haare, und für diesen Moment hätte ich alle Tramezzinis der Welt gegeben, wenn man mich gezwungen hätte zu wählen.
Glück ist, wenn man nicht gezwungen wird zu wählen, sondern wenn ein gütiger Schutzengel sagt: »Wozu denn ›entweder – oder‹ – nimm beides, und genieß es mit Verstand.«
Ich war Gott sei Dank bei Verstand und sagte eine Zeitlang kein Wort mehr, schloß die Augen und ließ ihre Hand auf meinem Kopf liegen.
Obwohl eine zärtliche Wärme von ihr ausging, kühlte

ihre Hand meine Stirn und meinen Hals und machte meinen Atem wieder ruhiger und tief.
Das Treiben der Stadt summte an meinen Ohren und verwandelte sich in ein beruhigendes Plappern unendlich vieler Schicksalsfäden, die zu einem großen, sternförmigen Muster verwebt wurden, in dessen Mittelpunkt das Bild einer einzigen gemeinsamen Sehnsucht stand.
Ich legte meine Hände über ihre Finger und küßte sie ohne Absicht, ohne Gedanken und ohne Anfang und Ziel.
Nach einer Ewigkeit öffnete ich meine Augen und sah sie an – wieder war der Grundakkord ihrer Musik etwas deutlicher geworden und die Farben ihres Bildes leuchtender und tiefer. Ich sah einen Schritt weiter in sie hinein, und ohne zu drängen und ohne Hast öffnete sie die Flügeltüren ihrer Fluchten und ließ mich einen Raum weiter in ihre Bereiche.
»Dann werden wir jetzt diesen Ort verlassen«, sagte sie schließlich leise, und ihre Hand nahm Abschied von meinen Lippen wie ein Rosenblatt, das leise zu Boden sinkt.
»Ja, das werden wir tun«, sagte ich und winkte einen Ober an unseren Tisch. »Ich darf dich einladen?«
»Vielen Dank.« Sie lächelte und trank langsam den letzten Rest Mineralwasser aus, der noch in einer dieser vielen Flaschen war, die eine durchsichtige »Golden Gate Bridge« zwischen uns bildeten.
Insgesamt waren es acht Tramezzinis gewesen und sieben Aqua Minerale con lemone, aber das letzte Geschenk beim Genuß eines Tramezzino besteht darin, daß man das Gefühl hat, überhaupt nichts gegessen zu

haben – im Gegenteil – fast verläßt man die Stätte der Einweihung leichter und unbeschwerter, als man sie betreten hat.
Ein weiterer Hinweis darauf, daß wahres Genießen des Lebens die »Kunst des Leichtbleibens« genannt werden sollte.

Wir traten auf die Straße, blickten im Weitergehen auf unseren Tisch in der grünen Bar – die ich deshalb die »grüne Bar« nenne, weil die Hauptfarbe ihrer Einrichtungsgegenstände nicht blau ist – und winkten ihm einen kleinen Gruß zu, den er sich wirklich verdient hatte –

Irgendwie sah er anders aus als vor unserem Besuch und vor unserem Zusammensein zu dritt. Er war Teil und Träger eines Teils der Geschichte von Martin und Maria geworden und ließ sich das auch in ruhigem Selbstbewußtsein anmerken.

Er hatte eine Unterstützung angeboten für einen Moment, der in dieser Welt und in diesem Universum niemals wiederkommen würde und der in jeder anderen Stadt und in jeder anderen Bar und an jedem anderen Tisch anders ausgefallen wäre, als wir es erlebt hatten. Es ist nämlich nicht so, daß die Tiere und Möbel nur in den Rauhnächten sprechen, sie sprechen vielmehr ununterbrochen – nur wir Menschen sind so bequem geworden, ihnen nur mehr in den Rauhnächten zuzuhören.

Unser Tisch grüßte uns ebenfalls kurz und voller Freundschaft, um sich daraufhin ohne Hast auf seine nächste Aufgabe vorzubereiten, die in der Unterstützung eines jungen, offensichtlich aus Portugal stammenden Liebespaars bestand, das ratsuchend an ihm Platz nahm.

Er war ein öffentlicher Tisch und als solcher Durchgangsstation für viele Reisende, die einen Teil ihres Schicksals auf ihm abstellten, und diese Aufgabe erfüllte er mit einem Stolz und einer Einmaligkeit, die über der ganzen grünen Bar lag, die jetzt langsam hinter uns zurückblieb, als wir die Straße entlanggingen, die zum Meer führt.

Wieder legte sie ihren Arm um meine Hüften, und wieder hielt ich ihre Schulter und blinzelte in den Wind über den Wellen, die manchmal von Möwen zerschmissen wurden, die sich im Jagdeifer auf die zweieinhalb Fische stürzten, die in diesem Wasser noch überlebt hatten.

Es war mittlerer Nachmittag geworden, und das Treiben der Menschen am Kai stand gerade auf der Kippe zwischen Verfestigung vom Vormittag und Auflösungstendenzen, die den Weg zum kommenden Abend bereiteten.

»Weißt du, was ich jetzt gerne machen möchte?« sagte sie und zog mich etwas fester an sich –

»Du wirst es mir sagen –«

»Weißt du – es ist nicht so, daß ich dir nur zuhöre wie ein leerer Koffer, in den man die Hemden für eine kommende Reise legt« – sagte sie – »ich erlebe alles, was du sagst, genauso deutlich, wie du es erlebt hast, und diese Dinge bringen sehr vieles in Gang, was in meinem Leben geschehen ist bis zu dem Tag am ›Little Big Horn‹.«

»Mhm.«

»Ich möchte gerne eine kleine Pause machen, um auszuatmen und meinen eigenen Gedanken nachzugehen.«

»Gut« – sagte ich – »und wie möchtest du, daß diese Pause aussieht?«
»Ich möchte dich bitten, mich eine Weile allein zu lassen – ja?«
»Gut.«
Sie sah mich an und küßte mich auf die Wange – »Ich danke dir.«
»Alles klar – es ist dir nicht –«
»Nein, es war mir nicht zuviel – keine Sorge, aber Ausatmen ist genausogut wie Einatmen – oder?«
Wir sahen uns an und lachten in der blühenden Sonne wie zwei Schmetterlinge, die um dieselbe Blume flatterten, deren Duft sie über zwei Kilometer weit angezogen hatte.
»Also bis später« – sagte ich und wollte meines Weges ziehen.
»Martin!« rief sie und schüttelte lachend ihren Kopf.
»Ja?«
»Wann und wo –«
»Ach ja, entschuldige« – ich blieb stehen und überlegte –
»Männer« – sagte sie und machte mir ein Angebot, das ich nicht ablehnen konnte. »Sagen wir in zwei Stunden in Venedig am Markusplatz im Caffè Florian« –
»Hervorragend«, rief ich und schickte ihr rückwärtsgehend einen fliegenden Kuß zu, der sein Ziel nicht verfehlte.
»Bis gleich« – hörte ich ihre Stimme über ihre Schulter, die langsam kleiner wurde, bis ich nur mehr einen zarten hellblauen Tupfen erkennen konnte, der schließlich in der Menschenmenge verschwand.

Ich wanderte am Wasser entlang und sah den schaukelnden Gondeln zu, die ununterbrochen zu einer Frage nickten, die ihnen von einer unsichtbaren Macht gestellt wurde – schlenderte in eine der kühlen Arkaden und setzte mich schließlich auf die Treppen eines Hauses, das aufs Meer hinausblickte.

Ich lehnte mich an die steinerne Wand und ließ mich treiben im Fluß der Erinnerungen und der Augenblicke, die vor mir lagen.

Ich sah auf die Bilder vor mir, die ich auch mit Susanna gesehen hatte und die doch nicht die gleichen waren.

Eine deutlichere Vergänglichkeit lag über allem, wohin ich blickte, und gleichzeitig eine größere Schönheit.

Einmal mehr verzauberte das Abschiednehmen von Momenten ihren Wert in eine vierte und fünfte Dimension. Ich hatte das Gefühl, wie dieser Nachmittag auf der Kippe zu stehen zwischen Vergangenheit und Zukunft und beides überblicken zu können auf dem Gipfel des »Hier und Jetzt«, wie eine dieser kreisenden Möwen ihren Fischplatz überblickt und sich entscheidet.

Das Wunderbare an diesem Zustand war nur, daß ich überhaupt nicht das Gefühl hatte, irgend etwas willentlich zu entscheiden, sondern vielmehr das tiefe Empfinden verspürte, daß alles seinen Gang nahm, dem es verpflichtet war, und daß meine schönste Möglichkeit darin bestand, es dabei nicht zu stören.

»Heißt das ›im Fluß sein‹?« fragte ich meinen Schutzengel, der neben mir saß und einen Flügel um meine Schultern gelegt hatte.

»Heißt das – ›Vertrauen haben‹ in das Schicksal, das ja immer nur von der Quelle ins Meer fließen kann und sich folglich grenzenlos über die Menschen amüsiert, die seinen Fortgang verändern wollen – hm?!«
»Heißt das – ›durch den Papierreifen springen‹, der auf unseren Wegen immer dann zu finden ist, wenn es eine Stufe zu nehmen gilt?!«
»Mhm« – nickte er und lächelte gütig und still –
»Ich danke dir für diese Einsicht« – sagte ich und rückte etwas näher an ihn heran – »ich danke dir für diesen Moment des Schwebens über den Fischen – für das Blinken der Sonne und für die Erleichterung, der zu sein, der ich bin –«
Wir saßen schweigend nebeneinander und waren glücklich, zueinander zu gehören und endlich einmal Frieden zu haben.
Bislang war er in meinem Leben nämlich fast noch nie so entspannt neben mir gesessen, weil es immerzu etwas aufzufangen galt, was mir sonst auf den Kopf gestürzt wäre, und manchmal hatte ich mich schon zu schämen begonnen, daß ich ihm immer nur Mühen und Sorgen bereitete.
Das heißt – ich sah es ihm nie an, daß es ihm Mühen und Sorgen machte, weil sein Gesicht stets die gleiche Gelassenheit ausstrahlte, seit ich ihn zum ersten Mal erblickt hatte –
Vielleicht war es sogar so gewesen, daß ich voller Schuldgefühle meine eigenen Sorgen und Mühen in sein Antlitz gespiegelt hatte, das mir nur helfen sollte, mich selbst zu erkennen. Wer weiß? Ich bin mir nicht sicher, da er so viele Dinge hat, über die er nicht spricht, und ich diese Tatsache gerne respektiere. Ein

Schutzengel ist schließlich kein Postbote der letzten Geheimnisse Gottes – er ist eine Chance, die man jede Sekunde hat, und er hört nie auf zu warten, ob man sie ergreift.
Jetzt aber hatte ich doch das deutliche Gefühl, daß er – unabhängig von meinen Regungen – heiter war und entspannt.
Ich war fast ein wenig stolz darauf, ihm endlich einmal nicht nur Arbeit zu machen, und hatte nichts dagegen, diesen Zustand noch eine Weile fortzusetzen ...

»Was Maria wohl macht« – dachte ich leicht vor mich hin und war froh, keine Sorge in diesem Gedanken mitschwingen zu fühlen – keine Ungeduld in den Zehen kitzeln zu haben und keinen verbogenen Hals, der sich nach ihr verrenkte.
Ich war gelassen und froh, sie auf diesem Planeten und in dieser Stadt zu wissen und eine Verbindung mit ihr zu haben.
Was wollte ich mehr als dieses Gefühl, nicht allein zu sein in all dem Gewühle.
»Ich meine natürlich unter den Menschen«, dachte ich zu meinem ewigen Begleiter, der schon vor meiner Erklärung gewußt hatte, daß ich ihn nicht übersehen wollte.
»Was Maria wohl macht« – dachte ich daher so sorgenfrei und erlöst, wie ich noch nie in meinem Leben einen ähnlichen Satz gedacht hatte, und stand wieder auf. Wir wanderten langsam durch enge, kühle Gassen und blieben vor einer wunderbaren hellblauen Perlenkette stehen.
»Die will ich ihr schenken«, dachte ich und ließ mich

daher bereitwilligst von einem der vielen Nachfahren Marco Polos aufs Kreuz legen.
»So eine ähnliche habe ich Susanna geschenkt«, schoß es mir plötzlich durch den Kopf, und ich blieb stehen.
»Susanna« – dachte ich und sah sie vor mir in ihrem Hochzeitskleid, das sie sich von einer Reise nach Madrid mitgebracht hatte. Es war rötlichgelb mit verschwimmenden Rosen, so daß sie wie ein großes Bukett aussah, das laufen konnte.
Ich hatte lachen müssen, als ich versucht hatte, die Knöpfe am Rückenteil zu finden, weil die bei diesem Modell nämlich vorne an der Brust angebracht waren und dort zusätzlich noch unter einer Stoffleiste versteckt, damit man Tobsuchtsanfälle bekommen sollte vor Luststau.
Sie hatte so gelacht an diesem Tag und so sehr geweint an unserem letzten Abend.
Wir hatten uns so sehr bemüht – wirklich – wir hatten tatsächlich versucht, unser Bestes zu geben – aber umsonst.
Das heißt – kann das denn wirklich »das Beste« sein, das man gibt, wenn man letzten Endes damit nur Elend erzeugt? Ich weiß es nicht. Ich weiß überhaupt nichts mehr. Ich weiß nur, daß wir nie gelernt hatten, wir selbst zu sein und das auch zu wissen, um dem anderen in der Folge zeigen zu können, wo meine Wiese beginnt und meine Blumen blühen.
Wir stecken alle in Geschichten, die von anderen Leuten geschrieben werden –
Ich bin doch ich, und Susanna ist Susanna, aber ich glaube nicht, daß sich Martin und Susanna jemals getroffen haben, um miteinander zu gehen, sondern

immer nur ihre Schatten, die vom Licht der Öffentlichkeit auf den Boden geworfen wurden.
Ich weiß, daß sie versucht hat, eine »gute Frau« zu sein. Ich weiß, daß sie alle Details auf einem Teller versammelt hat, von denen es heißt, daß eine Frau einen Mann damit glücklich machen kann – aber was heißt schon »eine Frau«, und was heißt »ein Mann«?
Sie war doch sie und hatte in der tiefsten Tiefe ihres Herzens nie Lust gehabt zu kochen – dafür wollte sie um so öfter mit mir ans Meer fahren, um das Ehebett mit dem Sternenhimmel am Strand zu vertauschen. Es tut mir leid, daß ich Sonnenallergien bekomme und lieber in weichen Betten meinen Verstand verliere – aber bevor ich mir das eingestehen konnte, hatte sie schon hundertmal zu oft Forellen gebraten und ich viel zuviel Kalzium gegen Nervenschäden geschluckt.
Was wäre geschehen, wenn wir uns am Anfang die Wahrheit gesagt hätten, solange noch die Liebe bei uns wohnte, und nicht erst in der letzten Nacht, in der der grinsende Haß die Schleusen öffnete, um der Sehnsucht nach dem eigenen Selbst den Weg ins Tal zu ermöglichen?
Liebe deinen Nächsten wie dich selbst – dachte ich und hielt mich an der blauen Halskette fest wie ein Gibbon-Äffchen an der Haarkrause seiner Mutter – aber wer hat mir denn schon jemals beigebracht, ohne Schuldgefühle zu mir zu stehen – wer hat uns denn immer eingetrichtert, daß man nicht egoistisch sein darf und in der Folge »selbst-bewußt«.
Aber nur mein Selbst ist es doch, das sich voll Freude zu einem Nächsten hinwenden kann, um seinem Selbst zu schenken, was es gerne hat. Und das kann ich

doch nur dann tun, wenn ich aus eigener Erfahrung weiß, daß ein anderes Selbst nichts dagegen hat, wenn mein Selbst fünf Kilogramm Sand aufschüttet, um historische Momente nachzubauen.
Man muß sich doch auf einen Menschen, mit dem man das Leben teilt, verlassen können. Und in diesem Ausdruck steckt das Wort »lassen« drinnen und auch »verlassen« als Vorgang des Weggehens, von dem beide wissen, daß es nur die einleitende Stufe ist zum Anlauf, der vor dem Wiederkommen steht.
Im großen wie im kleinen –
Es gibt doch nichts Herrlicheres, als die eigene Frau im Kreise ihrer Freundinnen zu wissen, wo sie sich über das Leben auf eine Weise die Lippen fusselig plaudert, die ein Mann nie verstehen wird und gar nicht verstehen kann, weil er einen nachmeßbar anderen biologisch festgelegten Ablauf seiner Mikrobewegungen hat, die ja das eigentliche treibende Element eines Dialoges sind – Herrgott, ich kann doch nichts dafür, daß die Wissenschaft erst in unseren Tagen die Beweise dafür nachliefern kann, daß vier und vier immer schon acht war.
Ahnend gewußt haben wir es immer schon – nur gelebt haben wir unsere Ahnungen nicht, sondern nur zur Perversion benutzt und zur Unterdrückung des anderen Selbst, weil das ja »egoistisch« ist.
»Oh Mißverständnis der menschlichen Notwendigkeit, eine Gemeinschaft zu bilden« – dachte ich und wanderte solistisch durch die Wogen der Venedigbenutzer, die alle schon irgendwelche »Vergißmeinnichts« in den Händen hielten.
»Oh fehlgeleitete kosmische Energien – oh verlorene

Pole des All-Einen ... oh sinnlos wehende Winde – vergebens um die durchlöcherten Seelen unserer sinnentleerten Welt blasend – um Seelen – die doch Segel sein sollten, das Schiff der Erkenntnis an Paradiesens Strand zu treiben ...«

Susanna hatte so geweint – ich habe auch so geweint – wir haben beide so geweint und ganz tief drinnen haben wir auch gewußt, daß wir nicht nur weinten, weil ab morgen niemand mehr den Salzstreuer zum Frühstücksei stellen würde – sondern weil wir einen Teil des Lebens vergeudet hatten, in eine Sackgasse zu kriechen, in die wir niemals hätten hineinrobben müssen, wenn unsere Programmierungen anders ausgesehen hätten.

Vielleicht hätten wir uns treffen können in den Ereignissen, die uns miteinander glücklich gemacht hätten – wenn wir es gelernt hätten, daß ein Mensch allein für den anderen nicht alles sein kann.

Vielleicht hätten wir gemeinsam staunen können über die Reiseberichte des anderen zu den Stränden, die uns verborgen bleiben mußten und die nur durch Erzählungen des Liebsten Gestalt annehmen konnten – wenn wir gewußt hätten, daß zwei Menschen nicht immer auf einem Sessel sitzen können.

Und vielleicht hätten wir uns entfalten können in gelassener Freude über die Spannweite des anderen – wenn wir geahnt hätten, daß »Flügel haben« nicht gleichbedeutend ist mit – »Fluchtvorbereitungen treffen«.

Im Gegenteil, sage ich, und ich weiß, wovon ich rede, denn mein Schutzengel lächelt schon wieder.

Ach ja – »Wer Freiheit schenkt, gibt Liebe« – ein netter

Satz, aber er funktioniert nur, wenn das Leben in Angstfreiheit gelebt werden kann. Und da Angstfreiheit schon im Kindergarten vom Lehrplan gestrichen wird, könnte man an schlechten Tagen im November, wenn Tiefdruck herrscht, fast ein wenig in die Knie gehen.

Nicht so hier –

nicht so heute –

nicht so in Venedig –

Nicht an diesem Tag, an dem die Chance für einen Neubeginn so blauperlend durch die Herzen gleitet wie diese herrlich kitschige Kette durch meine suchenden Hände.

Wenn es nämlich irgendeinen Sinn hat weiterzuleben, dann doch nur den, um aus Irrtümern zu lernen und kein Wiederholungstäter zu sein, der den Wahn der Gewohnheit mit dem Glück der Ewigkeit verwechselt.

Man sollte diesen Verirrten Brillenputzmittel zur Verfügung stellen und ihnen eins hinter die Ohren pfeffern, damit sie aufwachen und sich der Erkenntnis stellen, daß sie in einer Minute tot sein könnten – erschlagen durch eine vom vierten Stock beim Fensterputzen abgestürzte Rentnerin, die gar nicht weiß, wie ihr geschieht.

Nach so einem Erlebnis hat es nämlich für den Astralleib überhaupt keinen Sinn mehr, verzweifelt über dem Geschehen zu schweben und den Notarzt zu beobachten, der die verblichene eigene Hülle zudeckt und abtransportiert –

Da kann man dann hundertmal beteuern, daß man in der Rente eigentlich hätte anfangen wollen an der

Weisheit zu arbeiten – jetzt ist jetzt, und jetzt kann gleich wieder vorbei sein, also gibt es keine Ausreden auf später – sonst muß man eine neue Reinkarnationsrunde antreten und kommt vielleicht zur Strafe als Goldfisch zur Welt – was wirklich nicht abendfüllend ist.

»Hinweg, ihr taumelnden Spießgesellen – klebrige Polypenarme zu überwindender Kulturgeschichte – des Menschen edelste Aufgabe ist es, sein Karma zu brechen – ein Feigenbaum für schattige Anläufe zu diesem Sprung findet sich immer irgendwo – wenn auch oft in verborgener Gestalt.

Aber das ist es doch, was Buddha uns sagen wollte, als er schrieb: Kein Tramezzino ist zu gering, um nicht das Lächeln des Allerhöchsten in sich zu bergen.«

Sinnend schritt ich weiter und steckte die blaue Perlenkette in meine Hosentasche.

Ich fühlte mich wieder um eine Haaresbreite größer und um ein Engelsgramm leichter. Aus den Geschäften taumelten konsumberauschte Ebenbilder Gottes, bei denen die Konturen nur etwas unscharf geworden waren, um gleich darauf in die nächste Fangreuse für reisende Geldspuckerheringe zu flitzen, in denen sie die noch fehlenden Kappen und T-Shirts anramschten, auf denen zu lesen stand, wo sie sich eigentlich befanden.

Immer wieder aber sah ich auch zu meiner großen Freude Menschenpaare, die mit einem anderen Blick und mit einer anderen Aufrichtigkeit durch das Gewoge ihre Bahn zogen.

Verliebte Menschenkinder, die von einem Paar lächelnder Begleiter beschützt waren, die meinem Hel-

fer immer dann zulächelten, wenn wir aneinander vorbeischritten.
Schwebende Herzen, die auf der Suche nach einer besseren Welt einen anderen gefunden hatten, der dieselbe Absicht in sich trug, ohne es zu wissen.
Es gibt nämlich eine geheime Türe aus dem Tanzsaal der Überflüssigkeiten, die mit einem rötlich aufflammenden Lichtschild gekrönt ist, auf dem alle zwei Sekunden ein Wort auftaucht, und dieses Wort heißt »Liebe«.
Die Liebe ist nämlich eine Himmelsmacht, die als Steigbügel gedacht ist, um die Verwirrungen des Erdenlabyrinthes hinter sich zu lassen –
Es ist nämlich nicht so, daß die Verliebtheit die Welt in unrealistischen Farbtönen zeigt, die mit dem Sinken der Sonne schon wieder zu fahlem Grau werden sollen – nein – sie zeigt uns vielmehr die größte aller Realitäten, die es gibt – und an unseren kleinmütigen Hirnen liegt es, zu glauben, das sei nur ein rosaroter Traum, der nicht praktisch erlebbar ist.
Er ist praktisch erlebbar, und er ist der einzige Sinn auf dieser Welt – eröffnet zu werden durch den Sonnenstrahl der Liebe, die erleichternd, erheiternd, erlösend, Verständnis erweckend, Freiheit schenkend, Grenzen überwindend, Einigkeit schaffend in unser Leben eintreten kann – wie ein Zeremonienmeister bei einer Festgesellschaft, die durcheinanderpurzelnd Raum zum Atmen braucht. Diesen Raum zum Atmen schenkt uns die Liebe, wenn sie uns im Geschenk eines Begleiters begegnet, mit dem die Augenblicke zur Ewigkeit werden – zum Geschenk eines schweigenden Wissens um die Tatsache, daß jedes Sandkorn

die Botschaft des gesamten Universums in sich trägt – und zum Geschenk der Gelassenheit, die in der Erfahrung wurzelt, daß alle Grenzen zwischen den Dingen auf Erden nur Aufforderungen sind, sie zu durchschreiten.
Wenn diese Geschenke der Realität aber von lebensfeindlichen Erziehungen in uns bloß als hormoneller Schub denunziert werden – als Eigenbautrip gewissermaßen, der billiger ist als eine Kinokarte – dann allerdings werden die Türen wieder geschlossen, die geöffnet wurden, um in das Paradies unserer Möglichkeiten zu schauen.
Die Wirklichkeit drängt sich nämlich nicht wie ein billiges Flittchen auf – sie schließt vielmehr wieder langsam die Augen und wartet ohne Hast auf einen neuen Versuch – die Schutzengel atmen einmal mehr ganz tief in die Brust und nehmen die Arbeit wieder auf – und das Licht über der Tür verlischt für eine Weile, um zu warten.
Jedesmal hat man die Chance, der Wirklichkeit den Namen zu geben, den sie verdient, wenn man eines Tages plötzlich und unverhofft in zwei Augen blickt, die einen durch den Nebel der alltäglichen Verwirrungen anlachen und den Vorschlag unterbreiten, aus der Kälte in die Wärme zu reisen.
Jedesmal öffnet sich dann die Türe und beginnt das Licht wieder zu leuchten, und die Helfer rund um uns warten in geduldiger Neugier, ob es vielleicht diesmal gelingt – und zwei Menschen die Augen offen halten können und nicht irrtümlich meinen, daß sie träumen.
Ich gebe natürlich zu, daß dieses Unterfangen in unse-

rer Glücksverhinderungsgesellschaft äußerst schwierig ist, da ihre höchsten Kulturleistungen ja nur darin bestehen, die Menschen auf die Errichtung von Zweieinhalbzimmerwohneinheiten zu konditionieren, in denen sich die Schutzengel ja schon im Vorzimmer die Federn beim Ausbreiten der Flügel abbrechen – ganz zu schweigen von den Betten, die eigentlich nach dem Ausbruch des Dritten Weltkrieges schreien.
Jedoch – ein Schuft und kriechender Hund, der diese Umstände als für alle Zeiten festzementiert betrachtet – Erlösung harrt auf diejenigen, die sich ewig strebend bemühen, und wer möchte schon von sich behaupten, Goethe nicht verstanden zu haben – eben.
Das ewig Weibliche zieht uns hinan, und mich zog es zum Caffè Florian, in dem wir ja vorhatten, die Parallelen unserer Lebenswege einander wieder etwas näherzuführen.
»Praxis ist es – Praxis, nichts als Praxis.«
Die Praxis der täglichen Kleinigkeiten, die in ihrer Summe einen Strand ergeben, an dem es sich gut sitzen läßt.
Eine der Fußfallen auf dem Weg zur Erleuchtung besteht nämlich listigerweise darin, das Handwerk der Verliebtheit zu übersehen oder gar geringzuschätzen.
»Ich liebe dich, ich liebe dich – auf ewig sei die Meine, auf ewig ich der Deine –«
Schöne Worte, helle Klänge – aber wie soll das denn aussehen, bitte – wie gehen wir es an am Morgen nach dem Aufwachen, wenn die Träume nach Verwirklichung schreien und das Leben geformt werden will?
Auf welcher Seite bitte steht – um es auf den Punkt zu bringen – deine Zahnbürste, und wo steht meine?

Nein – falsch – Fehler – Fehler – Fehler!
Es ist der alte Fehler, an dieser Stelle zu schmunzeln und zu meinen, das sei doch wohl eine zu lächerliche Frage angesichts der Erhabenheit ewiger Liebe –
»So« – frage ich – »das ist also eine zu lächerliche Frage – na gut – dann gehören Sie wohl auch zu denjenigen, die die Dichtungsringe der explodierten Mondrakete für eine übersehbare Gummiwurst gehalten haben und Eisberge auf der Route der Titanic für willkommene Pinguinbetrachtungsmöglichkeiten!«
Nichts, sage ich – nichts, aber auch gar nichts ist zu gering, um nicht doppelt überprüft zu werden bei dieser Raumfahrt zum ewigen Glück –
Die Nasa scheint das endlich auch eingesehen zu haben und hat – wie man berichtet – nicht nur die Dichtungsringe gänzlich neu entwickelt, sondern ist sogar, wie man hört, dabei, den Mars zur Gänze zuzubetonieren, damit bei zukünftigen Landungen keine Unebenheiten das Ganze zum Wackeln bringen.
Dies ist natürlich das andere Extrem – aber es illustriert doch sehr deutlich, daß es nicht genügt, nur dazustehen und zu rufen: »Ich will hinauf – ich will hinauf« – und sich zu wundern, daß man nach zwei Jahren immer noch am Marktplatz in Pfutzingen steht anstatt am Jupiter.
Je weiter die Reise geht, um so genauer will der Koffer gepackt sein, und die Liebe ist die weiteste Reise in diesem Universum.
Irgendein Kobold läßt aber leider die Vorlagen zum Glück, die man im Kino bewundern kann, immer dann aufhören, wenn es eigentlich beginnt, und die armen Zuschauer versuchen, das auch so zu machen

wie Robert Redford, und tatsächlich – das Ergebnis ist ein wirklich dickes, fettes »ENDE«.
Daher gilt es nichts zu verachten, was sich als unscheinbare Zahnpasta tarnt – der Teufel schläft nicht, und diesen Vorsprung von acht Stunden täglich können wir nur mit Geduld, Genauigkeiten und Verabredungen wieder einholen.
Verabredungen wie zum Beispiel: »In zwei Stunden in Venedig am Markusplatz im Caffè Florian.«
Das nenne ich der Programmierung ein Schnippchen schlagen, die da behauptet, zwei frisch verliebte Menschen müßten doch ununterbrochen Werbung für Sekundenkleber machen, und das natürlich ohne die geringsten Abnützungserscheinungen.
Keiner von beiden hat dann natürlich den Mut, dem anderen einzugestehen, daß ihn die Fülle des plötzlichen Glücks nicht nur schwindelig, sondern auch etwas müde macht, und daher sprintet man weiter ohne Pause in siebentausend Meter Höhe hinauf – die Euphorie, die sich durch diesen Sauerstoffschock einstellt, nennt man dann »berauscht vor Glück«, und man wird natürlich panisch, wenn die Natur ihr Recht fordert und Pausen erzwingt.
»Du liebst mich wohl nicht mehr«, heißt es dann, wenn die Nächte irgendwann einmal nicht mehr so schlaflos zugebracht werden wie in den ersten zwei Wochen und die Kußfrequenz so weit abfällt, daß man wieder einmal durch den eigenen Mund atmen kann.
Oh Irrtum über Irrtum –
Oh sprachloses Blättern im Wörterbuch der Gemeinsamkeiten, in dem die Druckerei die Übersetzungen vergessen hat –

Wie soll man es machen, ohne es falsch zu machen, in einer Welt, die einem die Vorbilder verweigert, die einen Ausweg darstellen könnten!
Ganz einfach – man tue nur das, was man will, und dies tue man deutlich, nach einiger Zeit der Übung wird es dann auch nicht mehr ruckartig geschehen und wird diejenigen, mit denen man in Verbindung steht, nicht mehr rütteln, sondern jeder Schritt, den man setzt, wird verständlich sein und von gelassener Ruhe –
»Manchmal habe ich wirklich das Gefühl, von heißen Eislutschern zu träumen, wenn ich mir so zuhöre« – dachte ich und bog endlich auf den Markusplatz ein, dem das Streben meiner Schritte während meiner letzten Ausführungen zu gelten begonnen hatte.
Flatteratat – flogen diese Mistviecher in die Höhe, als ich durch ihre hochsubventionierten Freßansammlungen schritt, um in das Caffè Florian zu gelangen. Man muß sich nur einmal ausrechnen, wieviel Tonnen Maiskörner auf diesem Platz verfüttert werden, und dann kann es schon geschehen, daß man mit dem Kauf eines Luftdruckgewehres zu liebäugeln beginnt. Nein, nein – ich liebe Tauben und würde selbstverständlich nur Weichgummipfropfen verschießen, die den Tierchen das Adrenalin in die stämmigen Keulchen treiben und sie nicht vergessen lassen, daß das Leben eigentlich ein nicht endender Kampf ums Überleben zu sein hätte.
Vielleicht bin ich auch nur neidisch auf diese Lebensversicherung, die da, mit vollen Händen ausgestreut, jede vogelfreie Initiative erstickt. Das kann er doch nicht gemeint haben, als er sagte: »Seht diese Tauben

auf diesem Platz – sie säen nicht – sie ernten nicht – und die Touristen erhalten sie trotzdem«?!
»Na gut« – dachte ich – »irgendeinen Sinn wird es schon haben, auch wenn ich ihn nicht erkenne – vielleicht diesen, daß aus den verfütterten Maiskörnern wenigstens kein Popcorn mehr hergestellt werden kann, das jungen Menschen den Magen verklebt.«
Der Unergründliche wird es sicher ganz genau wissen, was er da zuläßt – also machte ich mir nicht mehr länger Mühe mit der Klärung dieser Frage, sondern nahm erlöst auf einem gedrechselten Holzstuhl Platz, der zu der Einrichtung eines der berühmtesten Kaffeehäuser der Welt gehörte.
Mein Gott, wer soll hier nicht schon alles gesessen und Schokolade geschlürft haben. »Who's who in man's history« würde nicht ausreichen, um den Odem der Tradition zu übermitteln, der um diesen Kaffeeausschank liegt wie eine Federboa um Marilyn Monroes zartweiche Schultern.
Raum schließt sich an Raum – verbunden durch offene Türen, die dem staunenden Gaste jede Wand mit einer anderen Bepinselung vorhalten – maurische Prinzen und Kalifen – schöne Frauen und Blumengirlanden, die immer noch zu duften scheinen – alles das in warmen Pastellfarben, die Altertum atmen und Zeitlosigkeit.
Ovale und rechteckige Marmorplattentischchen ziehen eine Verbindung nach draußen unter die Arkaden, an deren Wänden und unter deren Wölbungen und Säulen das Geschäft mit der Muße weiter perfektioniert wird. Ein geschlossenes, offenes Zimmer ist dieser Ort, in der linken Herzkammer dieses Platzes gele-

gen, durch den das Blut der Schönheit pulst, die für alle Zeiten uns Sterbliche zum Innehalten und zur Einkehr mahnt.

Der Mohrentrank selbst ist so hemmungslos überteuert, daß man geradezu gezwungen wird, ihn andächtig zu trinken, und nach einer Weile stellt sich dann auch wirklich und wahrhaftig das Gefühl ein, weswegen dieser Weltpunkt eine so magische Anziehung entwikkelt hat.

»Gelassenes Darübersitzen über allem, was kreucht und fleucht.« So könnte man dieses Empfinden beschreiben, für das andere jahrelang nach Indien fahren und abwechselnd durch das linke und das rechte Nasenloch einatmen. Ein entspanntes Wissen um die einfachsten Zusammenhänge, die erst durch den rechten Schluck Kaffee zur rechten Zeit einfach werden und den Suchenden mit der Erkenntnis konfrontieren, daß auch der beste Espresso nur mit Wasser zubereitet wird.

Wie von selbst ergibt sich aus solchen Einsichten die Folgerung, daß man mit diesem Wissen genauso klug ist wie vorher – dies aber schließt nur doppelt den Kreis um das Gefühl, das Klügste sei eben doch, »über allem, was kreucht und fleucht, darüberzusitzen«.

An diesem Ort seinen Meditationstrank zu nehmen ist das koffeinhaltige »Om mani padme hum« der Venezianer, und ich liebe es vielleicht deshalb so sehr, weil man dabei nicht angehalten ist, im Lotossitz zu hocken und auf die eigene Nasenspitze zu starren.

»Was heilt, hat recht« – dachte ich und gab einem seriösen, grauhaarigen Herren meine Bestellung auf – eine Portion Kaffee und eine Menta wollte ich haben und konnte meine Gier nur mühsam verbergen –

»Menta.«
Kleinod unter den Nichtigkeiten der Verführung zum Wohlbehagen –
Eine gute Menta ist wie das Gefühl, im richtigen Augenblick das Richtige getan zu haben – ein frisches, scheinbar endloses Gefühl der Hochgestimmtheit, die durch Alkoholfreiheit Hellgeistigkeit vermittelt – das ist – in kargen Worten – das Innenleben einer wohlgekühlten Menta.
Minze ist das Geheimnis dieses flaschengrünen Sirups, der in guten Kaffeehäusern immer unvermischt serviert wird.
Ein hohes Glas, in dessen Bodennähe zwei Finger hoch die unverdünnte Menta tümpelt – ein Glas Sodawasser daneben – und in wirklich guten Tempeln ein Kännchen normales Wasser zur Abrundung –
In ordinären Absteigen wird diese Dreifaltigkeit, deren Dosierung im Charakter des Gastes beschlossen liegt, zusammengeschüttet serviert und fordert den frustrierten Besucher geradezu heraus, den Namen des Etablissements auf die Bombenliste radikaler Vereinigungen zu setzen.
Wie soll ein gelangweilter Wirt denn auch wissen, welchen Grad der Direktheit oder der Verdünnung ein Menta-Verehrer anstrebt – nicht einmal die Ausrede mit dem Stammgast darf hier zum Tragen kommen, die vielleicht bei einem Whisky pur ihre Berechtigung hat, aber doch niemals bei einer Menta.
Eine Menta – die sogar den sogenannten Stammgast täglich aufs neue mit der Dosierung ihrer Zubereitung überrascht.
Nie weiß man im vorhinein, wieviel Sirup und wieviel

Wasser im Augenblick angesagt ist, dessen Qualität immer auf der Kuppel von »gleich« und »eben noch« balanciert.
Überrascht wird man von sich selbst erfahren, daß man zum Beispiel gerade an schweren Tagen eine schwere, fast unverdünnte Menta als Erlösung braucht – wie nach dem alten homöopathischen Spruch: »Gleiches besiegt Gleiches.«
Am nächsten Tag muß aber – allen Regeln trotzend – auch diese Weisheit überhaupt nicht mehr zutreffen. Man sieht, die Menta ist in ihrer verspielten Frische ein esoterischer Hinweis darauf, sich nie auf Gewohntes zu verlassen, sondern immer wieder aufs neue das Neue neu zu gestalten.
Im Caffè Florian ist dieses Geheimnis altüberliefertes Allgemeingut, und es ist insofern fast der einzige Platz auf Erden, an dem es möglich ist, vertrauensvoll ein solches Getränk zu bestellen.
Da saß ich nun also und wartete auf Maria!
Was hat sie wohl in der Zwischenzeit gemacht – fragte ich mich und blinzelte in die Spiegelung des Sonnenlichtes auf dem Silbertablett, das auf meinem Tischchen lag.
Sie ist wahrscheinlich irgendwo hängengeblieben – dachte ich mir – denn seit ich sie zum letzten Mal gesehen hatte, waren schon fast fünf Stunden vergangen, und ich begann, eine leichte Unruhe zu verspüren – ich blickte zur Sicherheit auf meine Uhr, die ich nur aus Gründen der Zierde trage, da mein Zeitgefühl einen Ruf wie Donnerhall hat.
Eine Stunde und fünfunddreißig Minuten –
Ich wollte es nicht glauben, aber es war so – es waren

erst eine Stunde und fünfunddreißig Minuten seit unserem letzten Zuwinken vergangen, und beschämt zog ich meine Ohren wieder unter den Hut der Ungeduld, den ich schon so selbstsicher geschwungen hatte.

Woher nahm ich denn eigentlich das Recht, so drängend auf sie zu warten – woher kam denn diese patzige Sicherheit, daß sie überhaupt wiederkommen würde?

Vielleicht war diese Pause, die sie sich erbeten hatte, nur ein schonender Vorwand, um sich auf und davon zu stehlen, weil sie schon längst wieder genug hatte von mir.

Oh Gott – welch zerbröselnder Gedanke –

Vielleicht war sie in unser Hotel gegangen, hatte gepackt und mir einen Abschiedsbrief hingelegt, in dem zu lesen ist: »Ich kann Susanna gut verstehen« – und vielleicht steigt sie gerade jetzt in ein Flugzeug oder einen Fesselballon – egal – irgend etwas, das sie auf dem schnellsten Weg von der Stätte des Grauens hinwegschaffen konnte.

»Mein Gott – du Idiot« – knurrte der triefäugige, grüne Hilfsteufel, der mir immer die Augen öffnet, wenn es um Fakten geht und nicht um Ideale. »Du dreimal verblödeter Idiot – du hast sie gehen lassen ohne Widerstand – ja, nicht nur das – du hast sie vertrieben mit deinen Enthüllungen über das Scheitern deiner Ehe, deiner Gesundheit und deiner Männlichkeit. Volltrottel – viermal gesiebter – glaubst du denn wirklich, daß das für eine junge, gesunde Frau attraktiv sein kann, mit so einem Kaffeeklatschgemosere erobert zu werden?!

Packen hättest du sie sollen am Genick und jede Diskussion im Keim ersticken.
›Pause willst du haben‹ – hättest du sagen sollen – ›Pause?!! Hahaha – willst du sehen, wie eine Pause bei mir aussieht, Süße – willst du es?‹ – Ungeachtet der fotografierenden Asiaten hättest du sie auf den Gondelanlegesteg drücken müssen und ihr siebenundzwanzigmal hintereinander klarmachen, wie es zugeht, wenn man sich mit dir für eine Pause hinlegen möchte –
›Na – zufrieden ...‹, hättest du knurren sollen und deine Krawatte wieder gelangweilt festzurren, während sie sich maßlos staunend an deinem Rücken gerieben hätte, voll der seligmachenden Erkenntnis, endlich einen Mann entdeckt zu haben, der ein Kerl ist und kein Quatschkopf.
Aber nein« – fauchte Teufelchen – »nein – Herr Martin Sterneck muß ja lieber losheulen wie Lieschen Müller beim Abschlußball und Kußhändchen schmeißend zusehen, wie sie Abschied nimmt.«
Verflucht – dachte ich – was ist, wenn er recht hat, was ist, wenn ich wirklich zu weich war und zu – ich meine – ich habe – ich meine, ich bin doch – oder?! was – wie – sag doch was – rief ich verzweifelt und blickte mich nach meinem gefiederten Bruder um – aber der hatte wieder einmal jene Form angenommen, die selbst meinen Augen verborgen bleibt, und wieder einmal war ich ganz allein auf mich gestellt.
»Schöne Bescherung« – murmelte ich und erhöhte die Verdünnung meines Minzesirups von eins zu drei auf eins zu sieben. Ja, so schnell kann es gehen, und aus einem siegessicheren Superman wird ein zappelndes

Bündelchen, wenn er so unvorsichtig war, mit dem grünen Kryptonit des Selbstzweifels in Berührung zu kommen.
In langsamen Schlucken schlürfte ich mein grünes, homöopathisches Wässerchen und lauschte auf den unrhythmischen Herzschlag, den ich in meinem flachen Atem als ersterbendes Echo meiner sich verabschiedenden Lebensgeister wahrnahm.
»Tja – gestern noch auf hohen Rossen – heute durch die Brust geschossen« – flüsterte es in mir und versuchte, sich auf die Chimäre des Galgenhumors zu schwingen.
»Ruhig – ganz ruhig bleiben« – sprach ich ein ums andere Mal zu mir, da ich erkannt hatte, daß von meinem Schutzengel keine Hilfe zu erwarten war, die mir als Hilfe bewußt gewesen wäre.
Gott sei Dank habe ich für solche Momente einen kleinen Notvorrat an autosuggestiven Tricks bei mir, die das Schlimmste verhindern können, wenn zufällig einmal kein Zehner-Valium bei der Hand ist.
»Ich bin ganz ruhig und schwer – mein Atem geht tief und ruhig – mein Körper ist warm und entspannt – die Mentha im Glas ist flüssig und naß.«
Die Suren, die man zur Selbstbändigung vor sich hinbeten kann, sind ohne Zahl und verfehlen fast nie ihre Wirkung – das einzige, was man für ihre Effektivität braucht, ist Wärme, Ruhe und Entspanntheit.
Man übt dies am besten an einem Sonntag nachmittag – wenn man ganz ruhig und warm ist, ganz friedlich und entspannt – wenn man völlig ausgeglichen ist mit dem Universum und einen ruhigen, tiefen Atem hat – in diesem Zustand also setzt man sich in seinen Lieblings-

stuhl und spricht zu sich selbst: »Es ist Sonntag nachmittag, und ich bin ruhig und warm – ganz friedlich und entspannt bin ich – ausgeglichen mit dem Universum sitze ich hier, und mein Atem ist tief und warm.«
Man wird es nicht glauben – aber nach einigen Wiederholungen wird man feststellen, daß man ganz friedlich und entspannt ist – ausgeglichen mit dem Universum – und daß man einen ganz ruhigen, tiefen, warmen Atem hat. Tja – Übung macht eben immer das, was gerade ist, und jetzt gerade nützt mir das alles überhaupt nichts, weil ich viel zu nervös bin, um einen ruhigen Atem zu haben.
»Sie würde eindeutig gewinnen, wenn sie nicht in Venedig am Markusplatz ins Caffè Florian ginge, um sich mit einem Versager zu treffen« – wußte es in mir und zählte mir im selben Atemzug all die besseren Möglichkeiten auf, die sich ihr anbieten konnten.
Der Schlafwagenschaffner im Zug zurück in die Heimat zum Beispiel. Der Fesselballonfahrer, dem sie beim Sandabwerfen helfen muß, oder am Ende gar doch einer von den einäugigen Zyklopen vom Bahnhofscafé, denen sie beim Zahlen so zugelächelt hatte.
»Wie süß sie lächelt«, hatte ich in dem Moment gedacht und wußte jetzt um so genauer, daß ihr jeder ordentliche sizilianische Padrone eine gescheuert hätte, weil sie fremden Männern ein Lächeln schenkt.
Peter wird sich den Bauch halten vor Lachen, wenn ich ihm von meiner Idiotie erzähle, am Boden wird er sich winden vor lauter Zwerchfellkrampf, wenn ich ihm sage, daß ich im Hotelzimmer ein Nickerchen gemacht habe, während sie neben mir gelegen hat und geliebt werden wollte.

Kalt duschen mußte sie gehen, um ihre Frustration abzuspülen, mit einem Pensionisten nach Venedig gefahren zu sein.
»Oh Jesus und alle Heiligen – werde ich denn auf immer gezwungen sein, Donald Duck zu bleiben, und werde ich niemals die Glücksebene von Gustav Gans erreichen? – Gustav – einfältig zwar wie alle Gänse, mit einem lächerlichen Hütchen und geckenhaften Gamaschen – aber bei Daisy findet er immer ein offenes Ohr, und auch Onkel Dagobert schlägt ihn nie so oft wie mich.«
Ich bin ein Produkt meiner Zeit, und diese Zeit hat mich entkernt.
Verschwiegenheit und Härte – ertragene Einsamkeit und schwarzer Kaffee, das ist es, was Frauen an Männern lieben und ansteuern wie Motten das Licht.
Ich bin nicht einmal eine Taschenlampe, verglichen mit all den Leuchttürmen, denen sie in den letzten zwei Stunden begegnet sein kann in diesem Sündenpfuhl, den die Welt im gegenwärtigen Stadium darstellt. Nicht einmal nach meiner Menta kann ich mehr greifen, um sie noch mehr zu verdünnen – entsetzensgelähmt versagen alle Muskeln ihren Dienst, weil sie meiner Autosuggestion so lange zugehört haben, die da heißt: »Ich bin warm und entspannt und eigentlich abgrundtief tot!« Man soll mich wegtragen und irgendwo verscharren, oder besser noch ins Meer kippen wie eine Zugladung fauler Tomaten. Leb wohl, süße Welt – leb wohl, süße Maria. Ich verstehe – ich verstehe dich – ich verzeihe dir … Ich gehe – leb wohl.
Nein – aber Ernst beiseite – Ingmar Bergman hat uns doch wirklich ausführlich genug bewiesen, daß es für

Männer und Frauen unmöglich ist, in ein und derselben Großaufnahme aufzutauchen, und ausgerechnet ich nichtiger Wurm will mich in die Speichen des Schicksalsrades werfen, das schon Geringere als mich unter seiner Wucht zermalmt hat!

Wie hohl plötzlich alles geworden ist und wie schal! Stehen wir denn etwa nicht an einer Zeitenwende, die von den Weisen, die Augen haben, zu sehen, als das erkannt wird, was sie ist – nämlich eine Endzeit?

Haben Uranus, Pluto und Saturn etwa plötzlich ihre zerreißenden Einflüsse auf das Menschengeschlecht verloren, nur weil ich mir einbilde, »Verliebtheit« wäre mehr als ein zärtliches Wort aus Großmutters Schatzkästlein?

Wenden wir doch unseren Blick, wohin wir wollen – überall grinst uns das Verwehen ewiger Werte im Sturme reißender Veränderungen entgegen – nichts ist mehr am Abend das, was es noch am Morgen war – da genügt ein einfacher Blick aus dem Fenster der Gewohnheiten, um zu erkennen, daß die Sonne der Weltereignisse sich dem Abend zuzuneigen beginnt.

Und ausgerechnet Herr Sterneck will versuchen, noch einmal Mythen zu beschwören, die vielleicht in der Zeit von Audrey Hepburn und Gregory Peck ihre Gültigkeit hatten, aber doch nicht mehr im Jahre der Wegwerfverpackung, in dem wir endlich erreicht haben, daß das Gewicht der Plastikhüllen um unsere Gefühle das Gewicht unserer inneren Bewegungen zu übersteigen beginnt.

»Ja, geh nur« – rufe ich ihr zu und lächle müde über den kalten Schweiß, den die Begleitmusik meiner Hoffnungslosigkeit auf meine Stirn perlt.

»Geh nur – ich kann es dir nicht einmal verargen, daß du ein Kind deiner Zeit bist – denn Antiquitäten sind auch nur so lange eine günstige Wertanlage, solange sie nicht zu Staub zerfallen, und das ist das voraussehbare nächste Stadium, dem ich zuwandere.
Ich danke dir, Maria, daß du mir am Sterbebett meiner Hoffnungen für eine Weile die Hand gehalten hast und dich tapfer lächelnd von der Ansteckungsgefahr nicht hast irritieren lassen, die von meiner verlorenen Liebesmüh ausgegangen ist.«
»Was fällt, das soll man stoßen« – hat Nietzsche gesagt, und nicht nur die Peitschenhersteller in aller Welt haben diesem großen Wissenden einiges zu verdanken.
Männer wie ich sterben Gott sei Dank ohnehin von selbst aus, weil sich niemand findet, ihnen Nachkommen zu schenken, die den Fluch der Sinnlosigkeit, der auf Geschöpfen wie mir lastet, fortsetzen würden.
Wenn ich wenigstens homosexuell wäre – dachte ich – aber nicht einmal diese Eindeutigkeit ist mir geschenkt als Erlösung von der Farbe der Beliebigkeit, die meine Aura umhüllt wie der graue Lodenmantel von Zwerg Nase.
Alle Frauen verkünden doch immer, wie gerne sie sich mit Homosexuellen unterhalten, weil sie dabei das Gefühl hätten, als Mensch betrachtet zu werden und nicht als Objekt. Wenn es ihnen dann in den Kram paßt und sie gerne wieder Objekt sein wollen, kehren sie zwar flugs wieder bei Clint Eastwood ein – aber menschliche Nähe und gleichberechtigtes Miteinandersein finden sie ja nur bei denjenigen, die ganz

genau wissen, warum sie mit Frauen nichts am Hut haben wollen –
Und ich – Zwitter aller Mitteldinge – versuche, ihr dasselbe menschliche Akzeptieren anzubieten – dieselbe Objektfreiheit im Zusammensein zweier Seelen – und setze mich daher zwischen alle Zwischenräume, die zwischen allen Stühlen aufbrechen wie die Schlünde des Hades.
»Der will mich ja gar nicht wirklich«, sagt das Weibchen in ihr völlig zu Recht, weil es mit Clint immer so herrlich eindeutig war am Gondellandungssteg, und weil sie erkennen muß, daß nicht einmal »gay people« einen Blick auf mir liegenlassen – instinktsicher erkennend, daß da einer ist, der nicht einmal zwischen allen Fronten etwas verloren hat.
Ich bin gewissermaßen die Windstille zwischen den Gewitterfronten, in der die Menschen mit nach oben gerichtetem Blick sagen: »Na – gleich wird es losgehen« – und damit meinen sie nicht mich – die Balance aller Kräfte – sondern die Eindeutigkeit des Nord- und des Südwindes, die sich kämpfend zu einem Unwetter vereinigen, dessen Verheerungen immer noch lieber akzeptiert werden als die friedliche Ruhe vor dem Sturm.
Ach – wenn mich Stefan und Peter jetzt so sehen könnten – was würden sie sagen ... Es ist mir auch schon egal ... Ich bin sicher, daß sie sich heute auf irgendeine Weise einen streßfreien Abend zaubern werden, der sie von solchen Verzweiflungen meilenweit hinwegbringen wird.
Peter wird vielleicht irgendeine Mieze besuchen und seinen biochemischen Körperhaushalt in Ordnung

bringen – ohne sich dabei über die Reling zu beugen. Stefan wird ein gutes Buch lesen und am knackenden Kaminfeuer eine leichte Zigarre rauchen und vielleicht hie und da an einem Gläschen Armagnac nippen, das er sich drei- bis viermal im Monat gönnt.
So gegen dreiundzwanzig Uhr wird Peter dann nach Hause kommen und sich zu ihm gesellen. Er wird sich auch einen Armagnac holen, die Jacke öffnen und Stefan von seinem Abenteuer berichten.
Stefan wird schmunzelnd sein gutes Buch zur Seite legen und sich in der Phantasie in das amouröse Abenteuer gleiten lassen, von dem Peter ihm erzählt.
Hie und da wird Herr Steiner eine Pause machen, um dann voller Wärme in der Stimme zu sagen: »Nie wieder anders, lieber Freund – nie wieder anders!« Stefan wird lächelnd nicken, und dann werden sie sich gegenseitig mit ihren bauchigen Armagnacschwenkern zugrüßen und einen Schluck auf die Freiheit des Mannes trinken.
Stefan wird auf die heruntergebrannte Glut zwei, drei neue Scheite legen, und dann wird Peter fragen: »Und – hast du etwas von unserem verliebten Casanova gehört?«
Stefan wird müde lächeln und sagen: »Ja, Peter – habe ich – sie werden ihn morgen in einem Zinksarg nach Hause schicken. Es war einfach zuviel für ihn – es war einfach zuviel!«
Versonnen wird Peter dann in das wiederauflebende Feuer blicken und murmeln: »Ein armer Kerl – er hat geglaubt, die Welt sei doch flach – was?!«
»Tja« – sagt dann Stefan, und nach einer Weile der Gedanken werden sie ihre Gläser heben und leise sagen:

»Auf Martin.«
»Auf Martin«, wird das Echo der Stille flüstern, und dann werde ich vergessen sein für immer!
Ja – so wird es sein und nicht anders. Am besten ist, ich zahle jetzt und suche mir einen stillen Seitenkanal, in den ich mich ohne viel Aufhebens versenken kann.
Als ich eben den Ober herbeiwinken wollte, sah ich Ingrid Bergman über den Platz gehen.
Also ich muß gestehen, daß ich extrem kurzsichtig bin und wußte, daß das nicht Ingrid sein konnte – aber die Silhouette der Frau, die die Tauben zum Flattern brachte, hatte berückende Ähnlichkeit mit ihr. Im Näherkommen stellte ich fest, daß im Schwung ihrer Hüften auch ein Schuß Sophia vorhanden war, was dem Ganzen eine atemberaubende Spannung verlieh.
Das strahlende, erlösende Lächeln, das langsam in meinen verweinten Augen an Schärfe gewann, war luftig und leicht wie ein Eiswürfel in einem warm gewordenen Campari, und ihre schönen, braunen Beine in ihren hellen Schuhen zauberten einen schwindligmachenden Akzent zu ihrem hellblauen Kleid –
»Martin«, rief die Erscheinung und fiel mir in die Arme, nachdem ich aufgesprungen und ihr entgegengelaufen war wie ein Siebzehntausend-Kilometer-Läufer dem Ziel – »Maria« – rief ich und küßte sie ohne Rücksichtnahme auf mögliche Konsequenzen – »Maria – du lebst, ja wirklich, du lebst!«
»Ich hoffe es«, lachte sie und setzte sich auf meinen Schoß, nachdem ich sie dreimal im Kreis gedreht hatte wie ein Ringelspiel seinen Lieblingssessel, »ich hoffe es sehr.«
Wie bunt und vielfältig doch alles war – nicht im

Traum hätte ich auch nur eine Sekunde mit Peter und Stefan tauschen wollen, die wahrscheinlich kotzelend mit einer Alkoholvergiftung im verrauchten Wohnzimmer die Ausgangstüre nicht mehr fanden und im anschließenden Zimmerbrand elendiglich umkamen. Maria lebte und lachte und saß mit mir im Caffè Florian am Markusplatz in Venedig, und der freundliche, distinguierte Herr, der auch mich schon versorgt hatte, stellte ihr einen Kaffee vor ihr Lachen und einen gut gekühlten Martini – da sie sich erst an eine Menta wagen wollte, nachdem sie bei mir gekostet hatte.

»Was hast du erlebt?« – fragte ich und rückte meinen Stuhl in die Nähe ihrer Sitzgelegenheit, so daß keine Lücke mehr blieb, durch die man hätte zu Boden plumpsen können.

»Ach – viel und gar nichts«, sagte sie und schleckte ihren schaumigen Löffel wie ein schnurrendes Kätzchen ab, das eine Schüssel voll süßem Rahm am Frühstückstisch entdeckt hatte.

»Eigentlich habe ich die längste Zeit an dich gedacht« – flüsterte sie hinter dem Rand ihrer Kaffeetasse hervor und blinzelte mir verräterisch zu. »Ist das ein Fehler?«

»Kann ich mir nicht vorstellen – noch dazu, wo ich ja auch andauernd an dich gedacht habe –«

»Lüge.«

»Nein!«

»Lüge ...«

»Also gut – nicht andauernd, aber jeder zweite Satz hat mit einem großen M begonnen.«

»M wie Martin?!«

»M wie Maria!«

»Ach so –«
»So wahr mir Gott helfe.«
»Ich glaube es dir.«
»Danke ...«
»So was trinkst du« – sagte sie dann und schnupperte neugierig an meinem Glas –
»Ja, so was trinke ich«, antwortete ich und war auf ihren Gesichtsausdruck nach dem ersten Schluck gespannt.
»Ach – das probiere ich morgen.«
»Wenn wir dann noch leben –«
»Das werden wir. Und zwar so gut wie überhaupt noch nie.«
Ein summendes Ziehen lag plötzlich in meinem Körper, und über den Moment des »Hier und Jetzt« stülpte sich eine hellrot schimmernde Kugel, in deren Mittelpunkt unsere Augen eine Umarmung erlebten wie Romeo und Julia, bevor die Vögel zu stören begannen.
Es zog mein Gesicht zu ihrem Gesicht und ihren Mund zu meinem Mund, und wenn wir nicht in Venedig gewesen wären, das ja extra für diesen Kuß gebaut worden war, hätten uns die Ober sicher auseinandergetrieben.
So aber sagte einer im Vorbeigehen leise lachend: »Dio mio ... ecco l'amore« – und brachte es damit kurzerhand auf den Punkt.
Auch das ist einer der geheimen Zauber dieser Stadt – all ihre Verschnörkelungen und Verzierungen scheinen nur die Aufforderung zu sein, klare, deutliche Gegenpole ohne falschen Zierrat zu setzen, und das ist immer noch ein minutenlanger Kuß.

»Mein Herr, was machen Sie mit mir«, hauchte sie, und »nichts, was wir nicht beide wollen«, flüsterte ich und war mir nicht sicher, ob es vielleicht doch so etwas wie Weingeistbildung durch intensives Küssen gibt – ich brauchte nämlich eine gewisse Zeit, um mich wieder auf meinem Stuhl zurechtzufinden, der Zeugnis davon ablegte, daß ich nach wie vor auf dieser Erde lebte.

»Ja, so ist das« – sagte sie seufzend und ließ sich lächelnd einen zweiten Martini bringen.

Wir sahen uns an und waren froh, wieder so nahe beisammen zu sein, wie wir es uns schon vor einer Woche gewünscht hatten, als wir zum ersten Mal nebeneinander standen.

Ein leichter Wind zog durch die Arkaden und blähte die hellfarbenen Sonnenvorhänge auf, die zwischen die Säulen gespannt waren wie das Hauptsegel auf Errol Flynns Lieblingspiratenschiff. Die Jugenderinnerungen suchenden alten Amerikanerinnen lächelten uns zu und konnten daheim in West Virginia erzählen, sie hätten Ingrid und Victor gesehen, und in lichtschwebende Hoffnungen schob sich in zuckerpistazienhafter Süße der Violinenton des Stehgeigers, der die Kapelle anführte, die vor unserem Tisch eine Verehrung der Sentimentalität zelebrierte.

> »Schau mich bitte nicht so an …
> Du weißt genau, ich kann
> Dir dann nicht widerstehen …
> La da da – la la da da la la da da di di la la
> di di – la la da di la la di da …«

Erwachsene Menschen beginnen, in solchen Sekunden Texte mitzusingen, von denen sich ihr Wachbe-

wußtsein niemals hätte träumen lassen, daß sie in der Lade gelandet waren, auf der vorne das Schild »Merken: wichtig!« angebracht war – und all dies tun sie ohne Scham und Reue.
Warum auch nicht – fragte ich mich – wer will denn wirklich so überheblich sein zu bestimmen, was wert ist und was unwert, in uns aufgehoben zu werden – in den Wasserflaschen unserer Herzen, mit denen wir durch die Wüste wandern.
Das einzige Kriterium, das ausschlaggebend sein sollte, wenn es um die Frage des Denkwürdigen geht, ist doch dasjenige, ob es uns zärtlich und liebevoll macht, was wir uns merken oder nicht.
Wenn es einem alten Schmachtfetzen aus den fünfziger Jahren gelingt, einen Ehemann dazu zu bringen, seiner Frau wieder einmal einen überraschenden Kuß auf die Augen zu geben – was sie in ihren ersten Nächten so sehr liebte und schon für immer verloren glaubte – dann hat der Schmachtfetzen dreihundertsiebenundsiebzigtausendmal mehr Recht und Bedeutung als das »wichtigere« Oratorium von »Händel«.
Oder – der Gartenzwerg, der mich gütig stimmt, ist mir am Hintern lieber als die Pflichterfüllung an Ehrfurcht, die einem beim Anblick der Mona Lisa vorgeschrieben wird.
»La vie en rose« war jetzt und hier der einzig mögliche Zustand, und das Flattern der Segel trug uns in das Land der verspielten Zärtlichkeiten und kandierten Erinnerungen, die wir von Sekunde zu Sekunde anhäuften und die uns noch in dreißig Jahren bei diesem Lied die Tränen in die Augen küssen werden, weil die

Zärtlichkeiten der ersten Stunden wie Wegweiser sind auf der Milchstraße der himmlischen Begegnungen.
»Ach, Maria, es ist so schön, daß es dich gibt!«
»Und so schön, daß es dich gibt.«
Zeit haben und schweben wie Seifenblasen auf einem Kinderfest im Freien ...
Unendlichkeiten brauchen, auf der Reise zum anderen – und als Sternschnuppe eines Kusses in seiner Atmosphäre verglühen – wortlos die Reime der Zärtlichkeiten aneinanderfügen bis zu einem tonlosen ...
»La vie en rose ...«
Das Klappern der kleinen Löffel, die an den Nebentischen auf ihren Untertassen zu liegen kommen ... das nah-ferne Gurren der Vögel – ihr plötzliches Flattern im Abendwind.
... ein kleines Mandelgebäck, das von einem vorbeigetragenen Tablett herüberduftet – die wartenden, weißen Jacken der pausierenden Ober, die, in die offenen Türen gelehnt, alles wissen und alles verstehen ...
Wir saßen mindestens eine Stunde, ohne zu reden und ohne zu fragen – ohne Eile und ohne Verpflichtung. Dasein genügte, und nichts war uns wichtiger, als dies zu erfahren, daß Dasein genügt, wenn man wirklich dort ist, wo man ist, und nicht seinen Bruder vorbeischickt, der die eigene Abwesenheit zu entschuldigen hat.
Ich hatte mit einem mal wieder das Gefühl, das ich das letzte Mal in mir gespürt hatte, als ich im Alter von sieben Jahren hier mit meinen Eltern spazierengegangen war.
Ich weiß es noch ganz genau, als ob es gestern gewesen wäre –
Wir hatten im Sommer eine Italienreise gemacht und

waren als Abschluß in Venedig gelandet. Der erste Abend, an dem wir von unserem Hotel aus zum Essen gingen, lag warm glühend zwischen den Häusern, die die Sonne einen Tag lang aufgeheizt hatte und die jetzt ein Rückzugsgefecht gegen die ersten Aufklärer der Nacht führten. Aus den Restaurants drang das Lachen der Menschen, die sich wohl fühlten, und über den Platz wehte genauso wie heute die Melange der verschiedenen Lieder, die die Kapellen in den Sternenhimmel schickten.

Ich ging mit staunenden Augen durch all diese Schönheit und träumte davon, verliebt zu sein.

Ich weiß schon – daß ein Kind eigentlich nicht wissen kann, daß es vom Verliebtsein träumt, aber später wurde mir klar, daß es genau diese Sehnsucht war, die ich damals in mir trug. Ich wollte diese Überfülle an Liebkosungen, die einem diese Stadt bereitet, mit jemandem teilen und weitergeben. Ich wollte diese Heiterkeit, die ihren Arm um mich gelegt hatte, jemandem schenken, der neben mir gehen sollte und zur gleichen Zeit dasselbe erlebte wie ich.

Ich habe an diesem Abend einen Teller mit Muscheln gegessen und die vielen Paare beobachtet, die in unserem Lokal aßen und lachten und offensichtlich etwas wußten, von dem ich nur eine Ahnung haben konnte – eine Ahnung, die mich leise zu sich herrief und mir etwas ins Ohr flüsterte, dessen Sinn ich zwar verstand, das ich aber nicht beim Namen nennen durfte.

Dann lag ich fast die halbe Nacht wach in meinem Zimmer und blickte zum Fenster, durch das ein schwacher Lichtschein hereinfiel und mein Zimmer in seinen Umrissen zeigte.

Das Heimwärtsfahren letzter Boote mischte sich mit dem Lachen glücklicher Frauen und dem Geräusch der Wellen, die an die Treppe stießen und damit bis zum Morgen nicht mehr aufhörten.
In dieser Nacht erlebte ich zum ersten Mal, daß es in mir eine Möglichkeit gab, am Leben zu sein, die danach rief, nicht allein zu bleiben – und diese Möglichkeit war der Anfang meines Abschiedes von der Kindheit, die noch nicht wußte, daß sie lieben kann.
Ich habe in den kommenden Jahren immer seltener diese Stimmung in mir erlebt, weil sich die Welt darüberzuschieben begann wie eine Gletscherzunge über die Blumen an der Eisgrenze im Tal.
Das heißt – nicht die Welt schob sich darüber – da ja diese Empfindung selbst ein Teil der Welt war – sondern vielmehr die Störgeräusche jenes Teiles der Welt, der laut ist und dröhnend und der sich als Wichtigkeit gebärdet, obwohl er doch nur Ablenkung von der wirklichen Schönheit des Lebens darstellt.
Seltsame Prioritäten aus Selbstdisziplin, Ordnung und Kontinuitätsstreben wurden zu einem Cocktail gemixt und von denjenigen, die Macht über mein junges Leben hatten, in mein Glas geschüttet, mit dem ich bis dahin meines Weges gegangen war, froh, daß es leer war und glänzend.
Links und rechts neben mir wanderten andere Menschen, deren äußeres Alter ähnlich niedrig war wie meines und denen deswegen genau wie mir das Wissen um das Sprechen der Tiere zu allen Zeiten auf das Rauhnächtemärchen zurechtgestutzt wurde.
Fassungslos hörte etwas in mir der Aufforderung zu, erwachsen zu werden, um bestehen zu können im

Kampf in der Welt – und erkannte im Zuhören schon, daß dieser Kampf ja nur durch die Spielregel des Erwachsenseins ausgelöst wurde.
Hie und da streckten wir uns noch hilflos die Hände entgegen und vollführten gleichaltrige Streiche, die das Zurückweichen unserer Liebesfähigkeit beschwörend zu verhindern suchten, aber es war wie umsonst.
Es gelang mir zwar manchmal, noch im Alter von einundzwanzig Jahren stundenlang zu sitzen und nur zu lauschen, was die Stille der Welt mir erzählt – aber wenn ich ehrlich bin, muß ich sagen, daß das nur so oft geschah, wie sich zufällig eine Lifttüre öffnet und das Fahrstuhllicht einen dunklen Gang erhellt. Das immerwährende Offenstehen dieser Türe aber war so um den dreizehnten oder vierzehnten Geburtstag wie für immer vorbei.
Was ich aber am allerwenigsten verstehen konnte, war die Tatsache, daß sich die Menschen, die uns dazu formten, gleichgültig gegenüber der Erzählung des Lebens zu sein, wie irrsinnig gebärdeten, um einen schwachen Abklatsch genau dieser Erzählung zu erleben.
Wie bei einem Veitstanz grapschte jeder von ihnen nach den Perversionen von Liebe und Lebendigkeit, als wäre der einzige Sinn ihres Daseins, die von ihnen geforderten Selbstvergewaltigungen zu entlarven als das, was sie waren: Knebel im Mund des Wahren, des Guten und des Schönen.
Was soll's – irgendwann einmal war der Tag gekommen, an dem ich aufgehört hatte, den aussichtslosen Kampf gegen die Sintflut zu führen – irgendwann an einem nebligen Oktobertag dachte ich mir: »In Ord-

nung – ich tue von heute an, was sie von mir wollen – Hauptsache, sie lassen mich in Ruhe, und ich falle nicht ein zweites Mal wegen der Unfähigkeit, sphärische Zylinder zu trigonometrisieren durch die Klasse.«

Das war natürlich nur ein Sandkorn im Auge des Weisen – aber mit diesem äußeren Verzicht auf mein Wissen von den sprechenden Bäumen und Tieren hatte ich einen Waffenstillstand erreicht, der es mir ermöglichte, zumindest unter Tag hie und da von dem Gefühl zu träumen, das ich im Alter von sieben Jahren an diesem Platz in mir hatte und das durch das Lächeln von Maria zum ersten Mal seit jenem Abend wieder den Mut hatte, ein Periskop an die Meeresoberfläche zu stecken.

»Darf ich etwas sagen, über das ich jetzt lange nachgedacht habe« – fragte ich und wußte, daß sie »ja« sagen würde –

»Ich bin in dieser Sekunde so glücklich, wie ich es schon lange, lange, lange, lange, lange nicht mehr war –«

Sie beugte sich zu mir, nahm mein Gesicht in ihre Hände und sah mich an.

Ihre Augen tauchten in meine Augen und begannen, dort tiefer zu sinken als irgend etwas oder irgend jemand jemals zuvor.

Mein Mut fing an, in meinem Herzen zu wachsen und alles auszuhalten, wonach er sich immer gesehnt hatte.

»Und du glaubst nicht, daß wir zu schnell unterwegs sind?« fragte sie leise, nachdem sie wieder aus meinem Blick zu sich zurückgekehrt war.

»Ich hoffe nicht«, sagte ich und lächelte dem Ober zu, der mir im Vorübergehen zunickte wie ein alter, vertrauter Freund, dem wohl ums Herz ist, weil er seinen Bruder in guten Händen weiß.

»Ich hoffe nicht ...«

»Na gut.«

»Ja«, sagte ich, »es ist gut – es ist so verdammt gut, wie fast überhaupt noch nie etwas gut war –«

»Oh – dann ist es ja sehr gut –«

»Ja – sehr, sehr gut sogar –«

»Na gut ...«

»Ja.«

Wir lachten uns an und tranken im selben Augenblick unsere Gläser leer – was auch wirklich gut war, denn meine Mentabesessenheit verlangte nach einer neuen Mischung, die dem Augenblick angepaßt war. Tollkühn wie ich mich fühlte, hätte ich Lust gehabt, ein Verhältnis von eins zu null herzustellen – der erfahrene Krieger in mir aber hielt mich vor solch jugendlichem Übermut zurück und erreichte ein eins zu eins, das immer noch atemberaubend genug war, um die Augen zu vergrößern und die Lunge nach Luft schnappen zu lassen.

»Natürlich warst du mit Susanna auch im Florian«, sagte sie lächelnd, klopfte mir auf den Rücken, weil ich mich verschluckt hatte und durch einen Hustenanfall sprechunfähig geworden war.

»Ja – natürlich« – brachte ich endlich hervor und bewunderte ihre Kaltblütigkeit, dieses Eisen wirklich so lange anzupacken, bis es völlig kühl geworden war.

»Und – hast du darüber schon nachgedacht, wie es

wäre, wenn sie jetzt plötzlich um die Ecke biegen würde?«

»Nein, habe ich nicht – das ist aber auch gar nicht nötig, weil es nichts verändern würde – nichts verändern könnte. Diese erschreckenden Überfälle der Vergangenheit habe ich schon durchwandert.«

»Die Gewohnheit ist ein Hund – was?!«

»Ja« – sagte ich – »wie der von Baskerville.«

»Was hast du gemacht an dem Tag, als es aus war?«

»Als es aus war ...«

Mein Gott – das ist eine Frage – dachte ich. Wann ist es schon »aus« zwischen zwei Menschen, die Hand in Hand über das Hochplateau ihres Zusammenseins wandern. Ich weiß es nicht. Ich weiß es wirklich nicht! Das einzige, was ich sagen kann, ist, daß es immer schon viel früher »aus« ist, als man bemerkt, daß es »aus« ist – und im Anschluß daran stellt man fest, daß es noch lange nicht »aus« war, obwohl man sich doch schon gegenseitig an den Kopf geworfen hat, daß es »aus« ist.

Was für eine Antwort soll man auf so eine Frage geben, die ja eine genaue Abfahrtszeit des Zuges erwartet, um zu sehen, ob der offizielle Fahrplan auch wirklich seine Gültigkeit hat.

»Aus« war es vielleicht an dem Tag, an dem wir uns geküßt haben und in den Augen des anderen eine seltsame Frage erblickt haben, der wir sofort den Mund zugehalten haben, damit man ihr keine Antwort geben muß.

»Aus« war es vielleicht auch an dem Tag, an dem sie mir nachgesehen hat, wie ich über die Straße gelaufen bin, und ich im Rücken gespürt habe, wie sie denkt: »Sehr sportlich ist er wirklich nicht.«

Ich hatte dieses Gefühl genau zwischen den Schultern, und dieser Nachmittag war zwar der Anlaß für den neuen Fleiß, mit dem ich dann wieder zu schwimmen begonnen habe – aber es war schon so, daß ich dieses Gefühl im Rücken nie mehr losbekommen habe, wenn ich irgendwo hingegangen bin und sie mir nachgesehen hat und dieses Nachsehen kein Streicheln, sondern ein Beobachten geworden war.
Vielleicht war es auch an dem Tag »aus«, an dem ich in der Nacht aufwachte und ihr Gesicht neben mir liegen sah und nichts dabei fühlte, so wie früher, als ich ihr in solchen Momenten immer einen Kuß geben mußte. Es war nicht so, daß ich etwas Trauriges oder Schlechtes in meinem Herzen entdeckte – nein – es war einfach gar nichts, was ich dachte oder fühlte – ich sah sie an und schlief weiter, ohne größere Effekte, die nach Tragödie rochen.
Vielleicht war es aber auch der Abend, an dem wir beide mitten in einer Umarmung aufhörten und uns auf unsere Bettseite zurückzogen, um ein Buch zu Ende zu lesen, das wir uns für verregnete Nachmittage in die Ferien mitgenommen hatten.
Ich kann es also nicht mit der absoluten Bestimmtheit einer Graubündner Kuckucksuhr festlegen, wann der Vogel des Glücks und der Selbstverständlichkeit von unserem Zweig wieder Abschied genommen hatte.
»Man kann so was eigentlich überhaupt nicht beantworten – nicht wahr?«
Sie lächelte etwas traurig zu mir herüber, und ich sah, daß sie meine Gedanken gelesen hatte und keine Übersetzung dafür brauchte, weil sie die Formulierungen aus ihrer eigenen Bibliothek kannte.

»Ja, eigentlich nicht«, nickte ich und schüttete ein klein wenig Wasser in meine Menta, um mir Erleichterung zu verschaffen.
»Bei mir war es so, daß ich keine Lust mehr hatte zu sprechen«, sagte sie und kostete von meinem Glas –
»Und?!«
»Herrlich – ein bißchen mehr Soda könnte ich vertragen –«
»Darf ich –«
»Ja ... ja.«
Ich sah ihr voll Freude zu, wie sie sich ihre Verdünnung zubereitete, als wäre sie schon seit ewigen Zeiten die Erbin des Industriellen, der für Minzesirupherstellung zuständig ist und also folglich: Held der Republik – verdienter Vorkämpfer der Volksgesundheit – nicht nur »Pater familias« – sondern gewissermaßen »Pater patriae« – um es auf einen bescheidenen Nenner zu bringen.
»Du wolltest nicht mehr sprechen?!«
»Ja, ich hatte ohnmachtsähnliche Erscheinungen, wenn es darum ging, daß ich ein Gespräch zu führen hatte mit –«
»Mit?!«
»Nein, nein – ich bin morgen dran.«
»Alles faule Ausreden –«
»Oh nein – aber dein Glas wird als erstes geleert –«
»Und warum?«
»Weil du angefangen hast und weil man nichts übriglassen soll, wenn man möchte, daß es keinen abgestandenen Geschmack bekommt.«
Recht hatte sie – recht wie immer in diesen ersten Tagen und Stunden der Tunneldurchgrabung durch

den Berg unserer Vergangenheit. Ich spürte, daß ich die Schienen zu Ende legen mußte, die einen Anfang bestimmen sollten, und in dieser Tätigkeit darf es keine Unterbrechungen und keine Ungenauigkeiten geben – da die erste Schiene auf einer Geraden dafür verantwortlich ist, an welchem Zielbahnhof man dann landet.

Ungestörte Genauigkeit ist vonnöten, denn ein Zentimeter zu weit nach rechts, und man landet in Peking anstatt in New York – und wenn ich schon »King Kong« spielen möchte auf den Wolkenkratzern meines bisherigen Lebens – dann aber bitte am Originalschauplatz und nicht in den Flachhüttensiedlungen, die das Tor zum himmlischen Frieden umlagern wie Kaulquappen einen Kiesel in ihrem Geburtstümpel.

»Die ersten Tage, nachdem es offiziell ›aus‹ war, waren die Hölle« – sagte ich und mußte in der Erinnerung über mich lachen, wie über einen guten Witz, den man ruhig ein drittes Mal hören kann, weil seine Pointe nicht an Wirkung verliert.

»Ich stand zwar mindestens siebzehnmal pro Stunde mit den Händen an der Hosennaht vor meinem inneren Spiegel und rief: ›Hurra – ich bin ein freier Mann – hurra – das Leben ist wieder in meiner Hand, und ich bestimme den Kurs nach den Sternen meiner Wünsche‹ – aber die äußere Realität sah überhaupt nicht nach Pathos und Revolutionssieg aus.

Ich war aus unserer gemeinsamen Wohnung ausgezogen und hatte mich in einem Hotel im Zentrum eingemietet, wo ich mindestens zwei Wochen wohnen wollte, um mir einen Urlaub von den Gewohnheiten zu schenken, die mich beinahe erwürgt hätten. Genau

diese Gewohnheiten waren es dann aber auch, die sich mir wie eine kalte Hand um den Hals legten und meine Hurra-Schreie beinahe erstickt hätten.
Ich war es gewohnt, daß sie in der Nacht neben mir lag, und ich hatte immer gewartet, bis sie vor mir eingeschlafen war. Jetzt blickte ich in das stille, dunkle Hotelzimmer und hatte niemanden, auf den ich warten konnte. Und wie soll man darauf warten, bis man selbst eingeschlafen ist, um dann einschlafen zu können?! Nach der dritten durchwachten Nacht kaufte ich mir Opiate, um in betäubungsähnlichen Schlaf zu fallen, der den nächsten Morgen immer mit einem Kopf eröffnete, der Ähnlichkeiten hatte mit dem ersten Wasserstoffbombentest im Bikiniatoll – und das, obwohl ich keinen Tropfen Alkohol trinke.
›Vielleicht ist das der Fehler‹ – sagte ich zu mir und kaufte mir eine Flasche Gin und eine Flasche Soda und ein Glas Maraschinococktailkirschen und rührte mir an den folgenden Abenden einen ›kleinen Schlaftrunk‹ – so zärtlich umschrieb ich die Tatsache, daß ich ein Alkoholiker geworden war. Nach einer Woche stellte ich nämlich fest, daß das Zimmerfräulein einen mitleidigen Blick zu mir herüberschickte, als ich beim Frühstück den Kaffee in meiner zittrigen Hand verschüttete und auch noch dümmlich grinsend sagte: ›Das ist der Föhn, wissen Sie. Ich bin nämlich sehr wetterfühlig und – und –... ja ... bin ich.‹
Als sie dann aber einen Plastiksack mit sieben leeren Ginflaschen an mir vorbeitrug, erkannte ich, daß ich mich nicht mehr auf das Wetter herausreden konnte – noch dazu, weil es seit zehn Tagen ununterbrochen

schüttete und von Föhn so wenig zu sehen war wie von der Schlange von Loch Ness bei der Verleihung des Pulitzerpreises.
Ich war es gewohnt, daß wir uns darum balgten, wer den Hauptteil der Zeitung als erster lesen durfte – weil ich es nämlich nicht ertragen kann, wenn jemand vor mir eine Zeitung so zerfaltet, daß ich die Titelseite nicht mehr finde. Und jetzt saß ich im Frühstückssaal an meinem Frühstückstischchen mit dem täglich zu weichen Frühstücksei, das mir vom Löffel rann, und hielt eine ordentliche, frische Zeitung in der Hand, die ich erst selbst verwüsten mußte, um mich in ihr daheim zu fühlen.
Was soll ich dir noch sagen – ich hatte, alles in allem, so oft das Gefühl, den Entzug von einer Sucht nicht zu schaffen, von der man weiß, daß sie zwar zum Tode führt, die einem aber immer rosiger erscheint, je mehr man ohne sie zugrunde geht.
Ich setzte so oft Bewegungen in den Raum, die mein Körper nur machte, weil er es gelernt hatte, in einem Zimmer nicht allein zu sein, und blieb so oft mitten im Text stecken, weil ich niemanden hatte, der mir ein Stichwort zum Weiterspielen geben konnte.
Ich war oft kurz davor, zum Telefon zu greifen und zu sagen: ›Hallo Baby – laß uns doch chinesisch essen gehen und dann ins Kino und dann ins Bett. Irgendwie werden wir es schon schaffen – Hauptsache, ich kann wieder schlafen und das Ei ist viereinhalb Minuten lang im kochenden Wasser gelegen, wie es sich gehört.‹
Ich habe dann auch einmal angerufen nach den ersten zehn Tagen, und als eine Männerstimme ›hallo‹ gesagt

hat, bin ich allein ins Kino gegangen und habe anschließend ein Curryhuhn gegessen und versucht, das Zimmermädchen zu verführen – das offensichtlich seit dem ersten Tag darauf gewartet hatte. Das ging aber leider schief, denn als ich mir die Hose ausziehen wollte, blieb ich in der Eile in einem Bein hängen und fiel vor das Bett. Als die Kleine dann auch noch lachend sagte: ›Na, Sie sind aber nicht sehr sportlich‹ – bat ich sie zu gehen und nahm lieber eine heiße Dusche, trank ein Glas Wasser und starrte bis zum Morgen an die Decke.
Es war nicht eine von den Zeiten in meinem Leben, die ich für ein Wochenendseminar anbieten würde, in dem es um die Dauerhaftigkeit des inneren Lächelns geht – ich war unrasiert, unterernährt und vor lauter Schlafentzug nicht einmal mehr fähig, auf meinen Plänen gerade Linien zu ziehen, die von Wand zu Wand führen und zum Beispiel ein Eßzimmer darstellen sollen.
Ich glaube, daß in dieser Periode sehr futuristische Wochenendhäuser auf meinem Arbeitspult entstanden sind, in denen es schwerfällt, einen einzigen rechten Winkel zu finden, in den man einen Besen stellen könnte – alles war in Auflösung begriffen, und ich sah diesem Prozeß sogar mit einer gewissen Lust zu, weil ich Susanna daran die Schuld geben konnte und weil es ein ähnlicher Genuß für mich war, mir beim Zerfall zuzusehen, wie es der seltsam süße Schmerz ist, den man hat, wenn man mit der Zunge in einer Zahnlücke bohrt, aus der eine Füllung herausgefallen ist. Die Wurzel ist zwar schon tot, aber an den Rändern der umstehenden Dreier und Sechser kann man noch so

herrlich lange herummachen, bis die Zungenspitze ganz taub geworden ist.
Als ich dieses überreizte Gefühl auf den Spitzen meiner Seele wiedererkannte, beschloß ich, ins Theater zu gehen.
Ich weiß noch, wie ich vor dem großmächtigen Kulturbau im Zentrum stand und auf den Spielplan starrte. Ich hatte an diesem Tag bereits das gesamte Programm aller Kinos der Stadt schon zum dritten Mal gesehen und gierte nach irgendeiner Abwechslung, die mich davon erlösen konnte, immer wieder denselben Fußstapfen im Schnee meiner Verzweiflung nachzuhinken.
›Othello‹ war da zu lesen, und das war es auch, was ich suchte –
›Genau – abstechen soll er sie, die Nutte‹, dachte ich, während ich mir eine Restkarte an der Abendkasse löste und anschließend in einer sandrot bestuhlten Loge Platz nahm.
›Ist doch klar, daß sie mit dem Cassio und mit dem Jago auch und vor allem mit den Sekretären der beiden und wahrscheinlich auch mit dem Souffleur. Ist doch klar – sonst müßte er sie ja nicht abstechen und auf diese Weise gewissermaßen ein Opfer bringen auf dem Altar der Überlegenheit, die in unserem Geschlecht einfach drinnensitzt wie der Wurm im Apfel. Ich meine natürlich die Made im Speck – oder so ... oder – ach was – ist ja egal‹ – dachte ich leicht umnebelt, da ich mir sicherheitshalber vor Beginn der Vorstellung zwei doppelte Gin-Fizz gegönnt hatte, um etwas Vitamine in meine Alkoholbahn zu pumpen.
›Gib's ihr‹ – murmelte ich daher immer wieder vor

mich hin, als die Lichter endlich eingezogen wurden und der Vorhang sich endlich hob – ›gib's ihr –‹ ›Psst‹, drang es aus der Nebenloge, und ich wollte schon hinübergehen, um das Problem zu klären, als ich aus einem ganz anderen Grund verstummte und sitzen blieb –

Stefan Kowalsky –
Auf der Bühne stand, schwarz angefärbt und mit einem goldenen Ring im Ohr – Stefan Kowalsky.
Du wirst dich jetzt sicher fragen: ›Wer ist Stefan Kowalsky?‹ – und ich werde es dir sagen.
Stefan Kowalsky war mit mir auf derselben hohen Kunstschule gewesen, auf der ich Bühnenbild studiert hatte, um letzten Endes doch zu bemerken, daß ich mehr auf die Errichtung von individuell gestalteten Milliardärsvillen Lust hatte, als über staubige Weltbretter Leinwände zu spannen, die das Mittelmeer darstellen sollten. Ich bin im tiefsten Herzensgrunde immer schon mehr dafür gewesen, tatsächlich den Sonnenuntergang mitzuerleben, als ihn durch eine rote Glasscheibe vor einem Scheinwerfer zu zitieren.
Aber wie auch immer – es gab da einmal eine Studentenproduktion, bei der ich mitgearbeitet habe und in der Stefan Kowalsky die Hauptrolle gespielt hatte. Es war natürlich ›Hamlet‹, denn darunter macht man es nicht, wenn man im Abschlußjahrgang ist und der ganzen Welt zeigen möchte, was eine Harke ist.
In dieser Aufführung war Stefan Kowalsky die Harke, und seine Art, auf der Bühne zu leben, hätte mich fast dazu gebracht, doch lieber Zitate auf die Wirklichkeit zu entwerfen als gitarrenförmige Swimmingpools für die Spitzenreiter der Hitparaden.

In dieser Zeit hatten wir viele gemeinsame Abende in der kleinen Würstchenbude, die hinter der Hochschule lag, und ich sprach oft nächtelang mit ihm über den Sinn des Lebens, das ja – wie wir wissen – nur ein Theater ist. Und dieses Theater färbte ihm jedes einzelne Blutkörperchen röter, als echtes Blut von der Natur geplant ist.
Ich weiß nicht, ob man von der Zeit sagen kann, daß es eine Freundschaft war, weil wir alle viel zu sehr mit dem Bau der eigenen Startrampen beschäftigt waren. Aber in den Momenten, in denen der Kopf frei genug war, einen anderen Menschen wirklich zu registrieren, kann man sagen, daß wir uns sehr nahegekommen sind.
Nach meinem Wechsel ins reine Architektenfach habe ich ihn dann aus den Augen verloren und nie wiedergefunden. Wahrscheinlich war er auch nicht mehr in der Stadt gewesen, sondern er probte irgendwo in einer verborgenen Ecke seine Möglichkeiten, um dann doppelt siegessicher aus dem Wald hervorzuspringen. Egal – ich hatte ihn zehn Jahre lang nicht gesehen und mich auch nicht mehr um das Theaterleben gekümmert. Sonst hätte ich ja wohl mitbekommen, was für ein Star er in den Jahren seit unserem letzten Gespräch geworden war.
Dieser Stefan Kowalsky nun war es, den ich da auf einmal im letzten Akt auf seine Geliebte einstechen und ihr den Rest geben sah. Stefan – dem ich damals noch das Geld für ein letztes Paar Würstchen geborgt und nie wieder ein Wort darüber verloren hatte.
Er brachte sie mit einer derart verzweifelten, zerfressenen Besessenheit um die Ecke, daß ich mich fragte,

wer wohl die Zweitbesetzung der Dame war, die da am Schluß des Stückes wie in ihre Bestandteile zerlegt am Boden lag und keinen Ton mehr von sich gab.
›Gott sei Dank ist er wirklich ein Profi der Verzauberung‹ – dachte ich erleichtert, als im Schlußapplaus des tobenden Publikums nicht nur Stefan vor den Vorhang trat, sondern auch diese heuchlerische Schlampe, die jetzt sogar vor aller Augen Cassio zulächelte und dafür von Stefan einen Handkuß bekam.
›Mein Gott, es ist ja nur Theater‹ – ohrfeigte ich mich zu Recht und stellte fest, daß ich schon bereit war, in jedem Lockenschopf Susanna wiederzuerkennen, die dem Othello in mir gerade noch einmal rechtzeitig von der Schaufel gesprungen war.
Nach dem Verklingen des letzten Bravos, das aus meiner Loge gerufen worden war, beschloß ich, beim Bühneneingang auf Stefan zu warten und ihm zu sagen, wie großartig er mir gefallen hatte. Vielleicht sprang bei der Gelegenheit auch ein kleines Plauderviertelstündchen heraus, und ich konnte mein Paar Würstchen zurückbekommen, das seit zehn Jahren im kosmischen Netz der Ursachen und Wirkungen auf mich wartete wie das Goldene Vlies auf Jason, den Argonauten.
Es war eine kühle Spätoktobernacht, und man konnte schon zum ersten Mal den Atem vor dem Mund sehen, wenn man hustete – und ich hustete so oft, daß ich beschloß, vielleicht doch eines Tages das Rauchen wieder aufzugeben, das ich seit zwei Wochen mit einer Konsequenz betrieb, an der nur Susanna schuld war. Sie sollte sich an meinem Sarg ruhig daran erinnern, daß ich einmal ein gesunder, junger Mann gewesen

war, bevor ich sie in den jungfräulichen Rosengarten meines Lebens gelassen hatte, dessen Zertrampelung sie allein auf dem Gewissen hatte.

›Darf ich Sie um ein Autogramm bitten, Herr Kowalsky‹ – sagte ich zu Stefan, der an mir vorbei zu einem der Taxis gehen wollte, die hinter dem Theater parkten.

›Ja, gerne‹ – antwortete er und suchte einen Kugelschreiber, und ich sah, daß er mich nicht erkannte.

›Du bist noch hervorragender geworden, Stefan‹ – sagte ich schließlich, um einen Frontalangriff zu starten, und freute mich über seine fragenden Augen, hinter denen die Erinnerungszwerge in dicken Büchern blätterten, in denen schon da und dort ein Blatt lose geworden und herausgefallen war.

›Ich gebe dir noch zwei Würstchen lang Zeit‹, sagte ich lachend und wendete mich kurz ab, um zu Ende zu husten.

›Martin‹ – schrie er plötzlich – ›Martin Sterneck‹ – und umarmte mich mit einer Herzlichkeit, als wären die letzten zehn Jahre nur so lang gewesen, wie man braucht, um eine Packung Zigaretten aus Südamerika zu holen.

›Mein Gott … Martin Sterneck …!‹ – rief er immer wieder, und obwohl Temperament haben zu seinem Beruf gehörte, spürte ich doch eine ehrliche, tiefe Freude in seiner Stimme und in seinen Augen, die die Zeiger meiner Gefühle auf die Stunden zurückdrehten, in denen es auf meiner Lebensuhr noch früher, sonniger Wochenanfang gewesen war.

›Ja – du wirst es nicht glauben – aber ich bin es –!‹ rief auch ich in der überschäumenden Art, mit der wir uns damals immer um den Hals gefallen waren und dabei die Kleingeister verachtet hatten, deren Herzschrittmacher schon bei einem leisen ›Guten Abend‹ aus dem Takt gerieten und stolperten.

›Nein!!‹ – rief er.

›Doch!!‹

›Und wo warst du all die Jahre –‹

›Ich war immer hier – und du?!‹

›Ach – hier und dort ...‹

›Schön für dich – du bist wirklich eine Wucht –‹

›Ach hör auf.‹

›Nein, es stimmt. Tot umfallen soll ich, wenn ich jemals gelogen habe –‹

›Stirb, Elender‹ – rief er lachend und stach mir ein imaginäres Florett genau in diejenige Herzgegend, in die auch Susanna und ich uns immer gegenseitig getroffen hatten – worauf ich, wie damals vor dem Hochschulportal, röchelnd in die Knie ging, um zu verenden.

Einige letzte Theaterbesucher drehten sich im Nachhausegehen befremdet nach uns um – aber sie waren sich nicht sicher, ob jener überschäumende Knabe dort tatsächlich jener seriöse Held der Kultur war, dem sie eben noch zuapplaudiert hatten. Ich weiß nicht, ob ihr Jubel so einstimmig gewesen wäre, wenn sie gesehen hätten, daß einer, der den Othello spielt, sich im Anschluß daran aufführt wie jemand, der noch das tut, wo ihn die Lust am Leben gerade hintreibt.

Uns trieb unsere Lust in dieser Nacht durch die ganze Stadt.

Wir besuchten sieben verschiedene Lokale, die alle

länger als bis drei Uhr früh offen hatten, und ich war erstaunt zu sehen, wie viele davon in der Zeit entstanden waren, in der ich ehemannsmäßig immer um dreiundzwanzig Uhr ins Bett gekollert war, um ein schlechtes Buch zu lesen.
Ich benahm mich so gesittet wie möglich und trank genauso wie Stefan nur Mineralwasser, um die Schaukel unserer Empfindungen nicht mit einem kleinen, lila Affen einseitig zu beschweren – mußte allerdings zu meiner Beklommenheit feststellen, daß ich doch in steigendem Maße an einen doppelten Whisky zu denken begann, je früher der Morgen wurde.
›Na ja‹, sagte ich so gegen vier Uhr früh – ›und was ich jetzt tue, ist, im Hotel leben und etwas zu viel trinken.‹
Ich hatte begonnen, ihm mein Leben der letzten Jahre zu erzählen, und auf irgendeine mysteriöse Weise hatten sich dabei alle Schleusen geöffnet, die einem die Selbstdisziplin vor den Mund baut, damit man sich nicht allzu deutlich sagen hört, was man denkt.
Ab diesem Moment kann man sich nämlich nicht mehr belügen, weil – gesagt ist gesagt. Darum reden die Leute auch nicht mit sich selbst, um keine Konsequenzen ziehen zu müssen aus der Wahrheit, die nur darauf wartet, endlich einmal angehört zu werden –
Vielleicht war es nicht nur der Zauber der frühen Stunde, der mich so zum Beichten verführte, sondern auch die unbewußte Ahnung, daß ich Stefan ja nur ein paar Stunden sehen würde und meine Bekenntnisse also keine tiefgreifenden Folgen haben würden.
›Ich sehe es‹ – sagte er leise und etwas traurig und in einem Ton, der mir den Boden unter den Füßen weg-

zog, wie der Henker den Schemel wegtritt, auf dem der zu Erhängende steht.
›Ich sehe, daß du trinkst und daß du unglücklich bist!‹
Ich weiß nicht, warum ich mir diese Dinge so direkt von ihm habe sagen lassen – das heißt – ich weiß es schon. Er sagte mir nämlich alles, was er meinte, nicht in diesem fürchterlichen Therapeutentonfall, der zwischen den Menschen so oft herrscht, wenn es einem anderen dreckiger geht als einem selbst und man sich an dem, der in die Knie gegangen ist, mit so einem belehrenden Tonfall sogar ein wenig abputzen und aufrichten kann unter der Tarnung der gut gemeinten Empfehlungen.
Er war meilenweit von dieser üblichen subtilen Grausamkeit entfernt und saß mir als Mensch gegenüber, der selbst daran mitleidet, daß einem anderen Menschenbruder das Gehen zum Gipfel zu mühsam geworden ist.
Ich hatte ihn eigentlich genauso in Erinnerung und konnte mir daher an diesem Morgen langsam eingestehen, daß ich ihn aus eben diesem Grunde angesprochen hatte.
Es war mir wirklich egal, wie gut oder nicht gut er Desdemona die Leber transplantieren konnte – was ich gesucht hatte wie ein Zuckerkranker die Insulinspritze, war dieser Ton der Gemeinsamkeit, den wir in unserer Jugend immer auf unsere Instrumente gespannt hatten und über dem ich in dieser Nacht sogar meine Würstchen vergessen hatte.
›Du solltest heute nacht ausnahmsweise nicht im Hotel übernachten‹ – sagte er so gegen halb fünf Uhr früh, als wir durch einen stillen, feuchten Park wan-

derten und rastenden Enten einen unvorhergesehenen Panikanfall verursachten.
›Und wo sollte ich deiner Meinung nach hingehen?‹ – sagte ich, als wir über eine kleine Holzbrücke schritten, die einen langsam gleitenden Bach überspannte und unsere Schritte aufmerksam zählte.
›Na, du kommst einfach zu mir‹ – sagte er, als wäre das das Selbstverständlichste von der Welt.
›Aber deine Frau – und ich – ich meine – so unangemeldet, oder –?‹
›Wer in Dreiteufelsnamen hat dir erzählt, daß ich verheiratet bin?!‹
›Niemand.‹
›Und wieso sollten wir dann unangemeldet kommen, wenn ich überhaupt nicht verheiratet bin?!‹
›Du bist nicht –‹
›Nein, ich bin nicht – ist das ein Fehler, muß ich jetzt nachsitzen?!‹
Er lachte, legte mir seinen Arm um die Schulter, und so wanderten wir im dämmernden Morgen aus dem Park hinaus, in dem sich die Enten nach einigem Geschnatter und Gequake wieder beruhigten und versuchten, noch eine Mütze voll Schlaf zu ergattern, der nicht mehr von überraschenden Passanten in Alpträume verwandelt wurde.
Wir sind dann zu ihm gefahren und haben Frühstück gemacht. Besser gesagt – er hat Frühstück gemacht, und ich habe zugesehen, weil ich das damals noch besser konnte als Schinken mit Ei zuzubereiten oder ein leichtes Omelett oder ein gut durchgezogenes Müsli, das –«
»Wir gehen ja dann ohnehin essen.«

»Was?!«

»Ich will sagen – bleib bitte nicht so lange bei deinem Lieblingsthema stehen, sonst kriege ich nicht mit, wovon du eigentlich redest.«

»Ach« – sagte ich und sah sie befremdet an, wie sie mir da aufgerichtet im Florian gegenübersaß – Mensch gewordener Ausdruck weiblicher Neugier vom Scheitel bis zur Sohle.

»Ach – du meinst, das sei mein Lieblingsthema – ja?!«

»Oh Gott – nein. Ich meine natürlich, eines deiner Lieblingsthemen – in Ordnung?«

»Ja – so kann man es sagen – sonst entsteht dann nämlich plötzlich ein unhinterfragtes Bild meiner Gesamtpersönlichkeit, von dem ein uninformierter Betrachter meinen könnte, ich sei ein unsportlicher Vielfraß, der nur an Schinken-Käse-Toasts denkt, mit Ananasscheiben und etwas grünem Salat dazwischen.«

»Nicht im entferntesten.«

»Danke –«

»Friede?!«

»Oh ja –«

Ich beugte mich vor, um ihr einen kleinen Kuß auf ihre Lippen zu legen und stieß mich dann gleich wieder ab, um auf der Schaumkrone meiner Erinnerungen der Bucht zuzugleiten, die unser Augenblick hier in Venedig darstellte.

»›Die Eier sind auf dem Punkt‹, sagte ich zu Stefan, der mir selbstsicher lächelnd gegenübersaß und langsam und liebevoll einen Toast mit Butter bestrich, die zart zu schmelzen begann und sich mit dem Tannenhonig vermischte, den er mit einem dicken, dunklen

Tropfen in der Mitte des Röstbrotes hatte aufplumpsen lassen.
›Ich danke dir‹, sagte er – schob mir den fertigen Toast auf meinen Teller und begann mit der Zubereitung eines zweiten dieser Wunderwerke.
›Es ist alles eine Sache des inneren Tempos, mein Freund.‹
›Tja‹, sagte ich und atmete den würzigen Waldduft ein, der in meiner Hand weichgebuttert zerknirschte – ›woher nehmen und nicht stehlen.‹
Die Antwort auf diese Frage dauerte von dem damaligen Frühstück bis zu dem Tag, an dem ich dich getroffen habe, Maria – und sie wird wahrscheinlich nie aufhören zu dauern, weil ich an diesem Morgen das Gefühl hatte, nicht nur wieder am Leben zu sein, sondern vielmehr gespürt habe, daß ich erst anfangen mußte, draufzukommen, was mein Leben sein könnte, wenn ich mir die Zeit nehmen würde, mir zuzuhören.
Stefan hat damals in einer Dreizimmerwohnung gelebt, in der nichts anderes drinnen war als ein Bett, eine Matratze für Gäste, siebenhundertsechsundneunzig Bücher und ein Haufen Papier, auf dem er seine Theaterstücke geschrieben hat.
Es hat sich irgendwie ganz von selbst ergeben, daß ich bei ihm übernachtet habe und dann meinen Koffer nachgeholt habe und einen Teil meiner Kleider, und eines Tages – so ungefähr nach drei Wochen – haben wir festgestellt, daß wir regelrecht zusammenlebten.
Ich kann mich noch genau an den Schlüsselmoment erinnern, es war im Badezimmer, so nach ungefähr einem Monat – er ist eines Tages nach der Vorstellung

mit einem Schlagbohrer neben dem Spiegel gestanden und hat zwei Löcher in die Fliesen gebohrt. Dann hat er einen Halterungsring für einen Becher angebracht und meine Zahnbürste in das Glas gesteckt und gesagt: ›Übersicht ist das halbe Leben – es wäre bedrükkend für mich, ein Zahnputzbecherhalterungsringmonopol in dieser Wohnung zu haben und deiner Zahnbürste dadurch das Gefühl der Heimatlosigkeit zu vermitteln.‹

Wir haben uns die Hand geschüttelt und ohne große Worte gewußt, daß das der Beginn einer neuen Ära in unseren Leben ist.

Die nächste Etappe bestand darin, daß wir einen Fahrplan entwickelten, nach dem wir uns das Einkaufen einteilten, das Kochen, das Bettenmachen, das Staubsaugen, das Klinkenputzen, das Hosenknopfannähen, mit einem Wort alles, was die Zahnräder der Alltäglichkeiten ineinandergreifen läßt – genauso wie das ein altes Ehepaar tut, um sich so perfekt wie möglich aus dem Weg zu gehen – mit einem himmelhohen Unterschied. – Es ist nie – nie, nie ›nie‹ – sage ich – nie ein einziges gereiztes Wort gefallen – nie eine einzige ungeduldige Handbewegung in der Aura des anderen gelandet, ein einziger Blick als Tötung einer Lebenssekunde mißbraucht worden. Es war ... es ist, um es kurz zu sagen, das Paradies auf Erden. Genauso wie man es sich eigentlich erträumt, wenn man mit einem anderen Menschen den Bund fürs Leben eingeht, um fein zu sein und beieinander zu bleiben.

›Tja, mein Lieber‹ – sagte Stefan einmal in der Küche, als ich fassungslos darüber sprach, daß unser Beisammensein genau den Erleichterungsschwung in mein

Leben gebracht hatte, nach dem ich in meiner Ehe so oft gesucht hatte – ›Tja, mein Lieber‹, – hat er an diesem Tag gesagt – ›wer die Liebe fühlen durfte, weiß die Freundschaft zu schätzen.‹

Er hat überhaupt immer einen klugen Spruch zur Hand, wenn es darum geht, aus der Frucht eines Augenblicks den Saft herauszulocken, der die meisten Vitamine in sich trägt. Seine Art zu leben war von einer nicht zu sagenden, mitreißenden Vorbildwirkung für mich – ja, wirklich – ich schäme mich überhaupt nicht, das zu sagen, weil ich durch seine Sicht der sogenannten gewöhnlichen, normalen Üblichkeiten dazugekommen bin, nichts – aber auch überhaupt nichts in meinem Leben, in meinem Herzen, in meinem ganzen Wesen als ein für allemal festgeschraubt zu betrachten.

Wir waren gewissermaßen ein Testballon in die Stratosphäre der Freiheit des Individuums, das entdeckt, daß nichts so sein muß, wie wir gelernt haben, daß es sein soll.

Ich habe das Gefühl gehabt, alles, alles, alles neu lernen zu müssen, weil ich viel zu früh geglaubt habe, es schon zu können.

Am Abend, wenn ich mich hingelegt habe, war das zum ersten Mal in meinem Leben ein Bett, in dem ich dankbar und bewußt gelegen bin, um mich auszuruhen und um in einem tiefen Schlaf Kraft zu sammeln – und nicht nur ein Ort, an dem ich mich zudeckte, um von der Welt nichts mehr hören und sehen zu müssen.

Am Morgen war das Licht, das in mein Zimmer gefallen ist, der Weckruf unserer Kraftspenderin, die mir zugerufen hat: ›Du bist am Leben – du darfst atmen,

gehen, laufen, arbeiten und dein Schicksal in die Hand nehmen‹ – und nicht ein greller Lichtkegel, der mir eines auf den Kopf schlug und mich aus schweren Träumen riß, so wie ein Orkan Walnußbäume aus ihrem Mutterboden reißt und verwüstet.
Die Arbeit an meinen Entwürfen wurde besser und besser, weil ich nicht nur daran dachte, welche teuersten Materialien ich irgendwelchen reichen Pfeffersäcken auf den Steinweg in ihrem beheizbaren Glashaus hindonnern sollte – sondern weil ich mir vorzustellen begann, ob ich selbst in den Häusern, die ich baute, leben könnte – und wenn ich leben sage, meine ich: leben und nicht nur biologische Abläufe so keimfrei wie möglich abzuwickeln, damit keine Stauungen entstehen, die in Muße ausarten könnten.
Ich glaube, daß viele von den Menschen, denen ich so zu einem neuen Dach über dem Kopf verholfen habe, mittlerweile verliebt sind in ihre Lebensinseln, in denen sie herumtollen können, wie es ihre Lust von ihnen verlangt – ›verliebt‹ – sage ich – und nicht nur befriedigt darüber, daß der Kostenvoranschlag auch tatsächlich eingehalten wurde – was von meinen Kollegen fast keiner von sich behaupten kann.
Ja – so war das in dieser Epoche meiner Geschichte. Ich möchte sie als die goldene Gründerzeit bezeichnen, in der ich gelernt habe, mir zuzuhören und in der Folge zu versuchen, meinen Vorschlägen, die ich mir machte, auch zu dienen. Weil ich in steigendem Maße erkannt habe, daß ich nie etwas Unsinniges von mir verlangt habe, oder gar etwas, das meinen Nerven schadet und schlechte Laune, schlechten Schlaf, schlechte Gesundheit und schlechte Gedanken produ-

ziert hätte. Ich war, wie man so sagt, mit mir im reinen und hatte auch nicht die geringste Lust, meine Fenster jemals wieder ungeputzt zu lassen.
In den ersten Monaten war ich natürlich auch ein schlimmer Junge, der den Finger in verbotene Töpfchen steckt – aber das dauerte nur so lange, wie der Überdruck an ungelebter Lebensfreude brauchte, um durch das Ventil der Schuldfreiheit abgelassen zu werden.
Ich bin oft nächtelang weggeblieben und habe Captain Flint gespielt, um mir zu zeigen, daß ich noch nicht zur Schweizer Uhrmachergilde gehöre, die Regelmäßigkeit über Spontaneität setzt. Ich bin zu Frauen mitgegangen und habe dort Frühstück gemacht, nur weil sie irgendeine Ähnlichkeit mit Gina Lollobrigida hatten, und habe angefangen, Adlerfedern auf den Schultern zu tragen, um aller Welt zu zeigen, daß ich fliegen kann, wohin der Wind es möchte, der in diesen Tagen begonnen hat, sich als Freund zu erkennen zu geben und nicht nur als lästiger Haaredurcheinanderbringer.
Nach dieser Zeit des Überschäumens, das entsteht, wenn man einen geschüttelten ›Asti spumante‹ entkorkt, habe ich aber festgestellt, daß es eigentlich ein viel größerer Genuß ist und eine wirkliche Lust bedeutet – ausgeschlafen zu erwachen und keine Ringe unter den Augen zu haben, die als Signet für die nächste Olympiade verwendet werden könnten. Ich habe entdeckt, wieviel Freude es macht, nach einem Spaziergang am Flußufer ein Stück zu laufen und die Luft wirklich bis zu den Fersen hinunterzuatmen und nicht mit Erstickungsanfällen zu verhindern, daß ich als

Werbemodell für filterlose Zigaretten eine Chance bekomme.
Ich habe gelernt, darauf zu achten, was mein Körper wirklich braucht, um ein zufriedenes, kleines Löwenbaby zu sein, das genußvoll seine Muskeln dehnt, und habe begonnen, mit ihm Freundschaft zu schließen, weil er ja letztlich doch der Stärkere und Klügere war. Stärker und klüger als alle Perversionen von Glück, die wir angeboten bekommen, um nicht festzustellen, wie wenig wir in Wirklichkeit brauchen, um uns wohl zu fühlen und beschützt in der Realität unserer wirklichen Bedürfnisse.
Alles in allem war ich kurz davor, zu den Zeugen Jehovas zu stoßen, um eine breitere Basis zu haben, wenn ich über die seligmachende Wirkung von stillen Mineralwässern predigen wollte.
Nein – aber wirklich – ich bin oft dagesessen und habe mich gefragt, warum ich so lange an mir vorbeigelebt habe – warum ich – ich, der ich doch der Meinung bin, so etwas wie eine eigene Meinung zu besitzen, so lange Zeit gegen mich gekämpft hatte und bei jedem Axthieb in meinem Wald auch noch der Meinung war, damit etwas Wichtiges zu tun. Diese Axthiebe waren aber nur Schläge, um den Scheiterhaufen des Bruttosozialproduktes zu erhöhen, auf dem wir gezwungen werden, die Lebendigkeit unseres Lebensglücks zu verheizen und die Asche in alle dreihundertsechzig Winde zu verstreuen.
Genaugenommen hatte ich begonnen, ein asoziales Schweinchen zu werden, das sich nicht mehr auf Surfbretter locken läßt, die von der Strandaufsichtsbehörde heimlich leckgeschlagen werden, damit man für

jeden Sommer ein neues Modell anschaffen muß, das aber wiederum mit Soll-Abrutschstellen versehen ist, damit man den Trainerkurs weiterbesucht, an den auch eine Überlebensschulung angeschlossen ist, in der man lernt, mit den steinernen Westen nicht zu ertrinken, die einem die Vergnügungsindustrie als neuestes Modell verkaufen wird.

Konfuzianisches Gelassensein hat sich langsam in meinen Tagesablauf eingependelt, und ich war unwahrscheinlich froh, das an der Stabilisierung meines Kreislaufes zu bemerken, der mir nicht mehr so wie früher im dritten Stock plötzlich schwarze Tücher vor die Augen preßte und mich kichernd an meine Lebensversicherung erinnerte, die auf Susanna abgeschlossen war.

Nein – ich hatte keine Lust, ihr mit einem so erbärmlichen Abgang meinerseits ein sorgenfreies Pensionistendasein im Alter von neunundzwanzig Jahren zu ermöglichen, und habe es wie ein Courbette springendes Seepferdchen genossen, nach einem halben Jahr ohne Atemprobleme und ohne Ohnmachtsanfälle schneller als der Lift im fünften Stock anzukommen und dort ohne zu zittern den Schlüssel in das Türloch zu schieben.

Übung macht den Meister, und meine Übung bestand darin, langsam und ohne Ungeduld dorthin zu gelangen, wo Stefan schon war, um dann mit ihm in dasselbe Ruderboot der Unabhängigkeit zu steigen, das am Holzsteg des richtigen Lebens darauf wartete, von uns in Besitz genommen zu werden, um uns in die Mitte des großen Bärensees zu tragen, von dem alle glauben, er sei nur eine Luftspiegelung.

Wenn ich so nachdenke, muß ich sagen, daß ich seit dieser Zeit keinen Unterschied mehr machen kann zwischen Liebe und Freundschaft und einer Beziehung und einer Bekanntschaft und einem kollegialen Du-Verhältnis zu einem Taxifahrer oder den Zuneigungsimpulsen, die ich verspüre, wenn ich an einer blaßgelben Teerose vorbeikomme, die in einer bauchigen, dunkelblauen Keramikvase davon träumt, bestäubt zu werden.
Mir sind ganz einfach die Etiketten ausgegangen, die man auf die Aktionen und Reaktionen draufklebt, die zwischen den Menschen stattfinden und die selbst in der kleinsten Regung hunderttausendmal mehr enthalten, als das Wort bedeuten will, das sie als Überschrift tragen.
Letzten Endes sind doch alle Benennungen nur Märchen für Erwachsene, die Sehnsucht nach einem deutlichen Anfang und einem unübersehbaren Ende haben. Ich kann damit überhaupt nichts mehr anfangen, Maria – überhaupt nichts mehr.
Wie soll ich denn dann zum Beispiel das Leben benennen, das Stefan und ich führen?! Ist das Liebe? Ist das Freundschaft? Oder eine gelungene Studiengemeinschaft mit dem Klassenziel, immer selbstgebügelte Hemden im Schrank hängen zu haben?
Wenn ich daran denke, daß ich zu Susanna ›meine Frau‹ gesagt habe und doch genau weiß, daß wir einander nie gehört haben – geschweige denn, den Mut hatten, uns jemals wirklich zu zeigen, wer wir sind, weil wir ja nicht einmal selbst so richtig wußten, wie unser Bild beschaffen ist.
Aber bitte – dann sagt man ja ›Liebe‹, weil man be-

haupten möchte, daß alle Bedingungen erfüllt sind, die zu diesem Wort und zu dieser Geschichte, die hinter dem Wort steckt, gehören. Ich sage: ›Man möchte es behaupten –‹, weil man zwar gelernt hat, die äußeren Regeln zu befolgen, die diesem Spiel erst seinen Namen geben – aber einfach die Zutaten zu einem Teig zu verrühren macht auch noch keinen Bäcker. Wenn du weißt, was ich meine.«

»Ich weiß es, Martin, ich weiß es.«

»Die unsichtbaren Felder, die um ein Menschenherz liegen und Nahrung für seine Seele herbeischaffen, sind so viel weitreichender, als es ein Wort erfassen kann. Es macht mich immer ungläubiger, daß die Menschen es dennoch immer wieder versuchen und durch diese Begrenzungen das Unvorstellbare aus ihrem Leben verbannen. Das Unvorstellbare – sage ich – das seine Blüten nur daraus bezieht, daß wir darauf hoffen, daß sie sich öffnen. Ich muß dir sagen, ich verstehe immer weniger von all diesen Dingen, von denen ich doch auch einmal geglaubt habe, sie beim Namen nennen zu können. Der Fallstrick liegt nämlich darin, daß man meint, mit einem Namen auch schon den ganzen Inhalt beschworen zu haben und ab diesem Moment nichts mehr unternehmen zu müssen, um ihn am Leben zu erhalten.

Man sagt zu einer gewissen Art des Wohlbehagens ›Liebe‹ und glaubt, damit sei alles erklärt, damit bleibe die große, rote Kugel auf ewig im Zimmer schweben, und man kann sich wieder dem Fernsehprogramm widmen. ›Irrtum‹ sage ich dir – Irrtum. Schlaglöcher des Satans sind die Namen, die wir den Bewegungen der Seelen geben, die in ununterbrochenem Rhyth-

mus der Gezeiten von Ausdehnung und Zusammenziehung der Enge ihrer Beschriftungen trotzen.
Ab dem Moment, wo wir ›Liebe‹ hören, glauben wir auch schon daran, daß alles das ablaufen wird, was wir uns selbst darunter vorstellen. Aber wer sagt denn, daß dieser Glaube schon genügt, und wer, bitte, garantiert mir denn, daß ein anderer Mensch dasselbe Bühnenbild entwirft wie ich – wenn er das Wort ›Othello‹ hört.
Ich behaupte, daß zwischen den Hunderttausenden von Menschenkindern, die sich in diesem Moment mit Eispickeln körperlich oder mit eisigen Worten seelisch abschlachten, nie das im Spiel gewesen sein kann, wozu sie beide eines Tages einmal ›Liebe‹ gesagt haben – weil sie unterschiedliche Morsekurse besucht haben und an unterschiedliche Götter glauben, wenn sie Weihrauch kaufen gehen.
Wenn ich einen optimistischen Tag habe, dann bin ich bereit, ihnen zu unterstellen, daß sie mit Liebe den Gleichklang der Herzen, der Seelen und der Körper meinen. Der aber ist unmöglich auf ewig herzustellen, es sei denn, es handle sich um eineiige Zwillinge, die an verschiedenen Orten, von einem unbarmherzigen Schicksal getrennt, bei zwei verschiedenen Pokerspielen am selben Tag zur selben Stunde ein Royal Flash haben. So was gibt es – die Statistik beweist es – aber was hat denn Liebe mit Poker zu tun?
Die Antwort lautet: ›Entweder gar nichts oder – mehr als wir glauben‹, aber wie auch immer – dieses Beispiel zeigt dir, was ich meine – daß nämlich diese Art von Märchen, die hinter dem Wort ›Liebe‹ stecken sollen, nicht erlebbar sind, es sei denn, in einigen Augenblik-

ken seligen Gleichklangs, der zwei Nicht-Zwillingen manchmal geschenkt wird und der ihre Herzen gleichzeitig streichelt wie ein Schmetterling, dessen Flügel zwei dicht beisammenstehende Blüten zu einem Akkord verbinden.

Aber auch dieser Moment ist so sternschnuppenhaft kurz, daß er doch nicht als Grundlage dienen sollte für den Mount Everest an Glückserwartungen, die hinter unserem Zauberwort stecken. Ich verstehe zwar, daß man sich wünscht, solche Erlebnisse oft und oft zu erleben, und darum ruft man immer wieder laut um ›Liebe‹, aber eigentlich erwarten wir doch, daß das jetzt ab dem Moment immer so sein möchte – ja? – bitte sehr! – bitte schön –

Und dieses Erwarten ist doch eine Unverschämtheit sondergleichen den Schmetterlingen gegenüber, die sich als Boten des Zufalls und des Glücks getarnt haben, aber doch nicht als Perpetuum mobile der Seligsprechung zweier Menschenkinder mit eigenem Willen.

Ich weiß nicht wieso – aber ich sehe nur diese selbstverständliche Erwartungshaltung ab dem Moment, in dem das Wort ›Liebe‹ aufgetaucht ist, und keine Bereitschaft mehr, mit wachem Bewußtsein an der Landebahn für einen möglichen Schmetterlingsanflug zu arbeiten.

»Ancora una menta, per favore –«

»Signore –«

»Si?!«

»Un altra per me –«

»Donnerwetter« – dachte ich – »das wird ihre erste ganze Menta, bin gespannt, was sie sagt.«

»Rede weiter, bitte! –«

»Ja ... Vielleicht ist das auch der Grund, warum man so hoffärtig die Hände aufhält und auf die Sterntaler wartet, weil man glaubt, das Wort ›Arbeit‹ hätte im Zusammenhang mit dem Wort ›Liebe‹ nichts zu suchen. Ich glaube, das ist es – ich glaube, da sitzt der Haken – irgendwo ist in uns eingespeichert, daß das Wort ›Liebe‹ mit dem Wort ›Glück‹ zusammenhängt – und weil ›Glück‹ diejenigen gebratenen Hühner bezeichnet, für die man nicht Pfeil und Bogen auf die Jagd mitnehmen muß, soll das gleiche auch für die Liebe gelten.

Aber lieben kann ich doch nur einen Menschen, den ich kenne oder kennenlerne, und vor allem diejenigen Seiten in ihm, die mir fremd sind und die mir sogar Schmerzen bereiten. Eigentlich ist das Wort ›Liebe‹ ein Übersetzungsfehler. Es müßte heißen: ›Erarbeitetes Kennenlernen einer anderen Menschengeschichte, das während des Erarbeitens Lust und Wohlbehagen auch in möglichen schmerzenden Augenblicken erzeugt und dadurch dafür sorgt, daß der Antrieb, in diesem Kennenlernen nicht nachzulassen, stetig vorhanden ist‹ – und das stell dir jetzt bitte in einem Hollywooddrehbuch für Stewart Granger vor –!

Verstehst du mich – es liegt nur an der Sprachfaulheit der Leute, daß so viele glückliche Ehepaare zu Weihnachten die ganze Wohnung anzünden und hoffen, daß der andere zuerst verkohlt bis zur Unkenntlichkeit – Maria – verstehst du mich?!«

»Ja –«

»Herrlich, ich habe noch nie so ein Gespräch führen können, ohne mich selbst zu unterbrechen.«

»Warum?«
»Weil das doch ›unromantisch‹ ist.«
»Aha.«
»Was heißt ›aha‹?!«
»Du mußt wissen – ich bin das unromantischste Bücherregal, das man sich nur vorstellen kann, und bin nur hier mit dir im Florian, damit wir unsere Titel vergleichen können.«
»Da haben wir es – du machst dich lustig über mich.«
»Oh nein – es ist zwar lustig mit dir – aber ich lege den Sinn des Wortes auf ›Lust‹ und nicht auf ›ig‹.«
»Ich hätte ›Lust‹, dich zu küssen, bis wir beide in Ohnmacht fallen« – flüsterte ich in ihr Ohr und wurde fast zentrifugiert, als sie mir nach einem siebenundsechzig Sekunden lang dauernden Kuß über die Wange strich und leise »weiter« sagte.
»Warum weiter?!«
»Weil du dabei bist, mir zu sagen, wer du bist, und weil sich solche Startfenster nur alle heiligen Zeiten öffnen.«
»Und – zünden die Triebwerke?«
»Weiter, amico.«
»Erst einen Schluck.«
»Übrigens – ich bin in der Zwischenzeit eine glühende, abhängige Verehrerin von dir geworden –«
»Ja?!!!«
»Ja – du bist der Mann, der mir dieses grüne Teufelszeug nahegebracht hat. Und diesen Zauberschlüssel hat noch nie einer in der Tasche gehabt.«
»Ich glaube, ich muß dich jetzt fressen.«
»Weiter –«
»Wo war ich denn stehengeblieben –«

»Bei der Unkenntlichkeit von Ehepaaren – oder so – nein, warte – bei den bis zur Unkenntlichkeit verkohlten Ehepaaren –«

»Willst du mich verkohlen?«

»Idiot.«

»Ich liebe es, wenn du mich beschimpfst.«

»Aha – jetzt werden die geheimen Wünsche offenbart!«

»Apropos Wünsche – darauf wollte ich hinaus – nenne mir sofort sieben Paarungen von Männern und Frauen, egal ob verheiratet oder sonst irgendwie zerstritten, die einander ihre wirklichen höchsten und tiefsten Wünsche offenbaren, um vielleicht sogar mit der Hilfe des anderen dadurch ein Trampolin zu entdecken, das ihnen zu unvorstellbaren Pirouetten verhilft.«

»Keine.«

»Eben. Aber alle behaupten sie, einander zu lieben – richtig?!«

»Richtig!«

»Ich sage dir was – ich mache da nicht mehr mit – ich lebe nur ein einziges Mal, und das kann in einer Minute vorbei sein, und mein letzter Atemzug soll nicht ein einziges, bitteres Bereuen sein, sondern ein seliges Lächeln, als derjenige zu gehen, der ich bin – und diese Spannweite reicht vom ›Little Big Horn‹ über ›Yu-Wang-He‹ bis zu den Pornomagazinen, die ich in der Küche aufbewahre.«

»Oh –«

»Siehst du – jetzt bist du entsetzt und möchtest gehen –«

»Wie komme ich dazu, mit deinen Unterstellungen zu

leben, deren Etiketten meine Spannweite beschneiden, hm?!«
»Du bist nicht entsetzt –?«
»Entsetzt dich die Tatsache, daß der Himmel blau ist?«
»Wie –«
»Ich kenne keinen Mann, der nicht irgendwo ein Phantasiekörbchen stehen hat, in dem nackte Puppen mit geilen, schwarzen Strapsen vor flackernden Kaminfeuern herumkugeln, jetzt bist du ein bißchen sprachlos, nicht?«
»Wenn ich ehrlich bin – hab ich –«
»Hast du nicht erwartet, jemals eine Frau so reden zu hören, wie du immer geglaubt hast, daß es sein könnte – ja?«
»Ja.«
»Und – ist es auszuhalten?«
»Oh ja –«
»Schön – wie du lachst.«
»Weil es so schön ist mit dir.«
Ich sah sie an und begann zu fühlen, daß Hoffnung eine ganz reale Sache ist, die durch die Erfahrung gemeinsam durchschwommener Wildwasserbäche eine Perlmuttschicht nach der anderen bekommt und immer schimmernder und heller wird, je länger sie im Meer der Ungewohnheiten liegt.
Ich sah einer Schar junger, italienischer Menschen zu, die an unserem Tisch vorbeiragazzten und beobachtete, was für bewundernde Blicke Maria von den Jünglingen erntete, die etwas langsamer wurden, nachdem sie sie gesehen hatten, und dachten, wir seien ihrer Sprache nicht mächtig, waren wir aber, und lächelten

uns mit einem kleinen Achselzucken zu, als wir die Ordensverleihungen hörten.

»Tja – was soll ich da noch Neues hinzufügen?«

»Ich weiß nicht« – sagte sie mit einem kleinen Hauch gut gespielter, verschämter Koketterie, der mich fast hilflos an ihrem Honig kleben ließ.

»Fürs erste sage ich einmal nur, daß sie irrsinnig recht haben – du bist ganz einfach eine der schönsten Frauen, die dem lieben Gott jemals aus seiner Werkstatt entsprungen ist.«

»Oh – danke.«

»Oh – bitte.«

»Darf ich auch was sagen?«

»Wenn du mußt –«

»Ich muß – du bist nämlich auch so ziemlich eines von den Ergebnissen, bei denen Schulmädchen zu träumen beginnen und auf erwachsene Exemplare hoffen.«

»Gibt es irgendein Mittel gegen Gabenschock –?«

»Gegen was?« – sie lachte und zerraufte mir meine Haare, als würde sie die Ordnung auf meinem Kopf keine Sekunde länger ertragen, weil sie Rückschlüsse auf meine innere Disziplin nahelegen konnte.

»Gegen den Gabenschock – deine Gaben meine ich – Maria ... Deine Komplimente ... dein Lächeln ... deine Gedanken ... deine Schönheit – alles eben, was du von dir streust, seit ich dich kenne.«

»Wie nennst du das – Arbeit, es ist alles Arbeit.«

»Wie schön, von dir zitiert zu werden.«

»Wie schön, dich kennenzulernen.«

»Ja?«

»Ja!«
»Ich freue mich schon auf morgen.«
»Wieso?«
»Dann kann ich dich zitieren.«
»Ah – na, erwarte dir nicht zuviel.«
»Du wirst lachen – ich erwarte mir gar nichts, wenn ich ehrlich bin.«
»Wirklich?«
»Wirklich.«
»Gar nichts?«
»Gar nichts, außer der Ehrlichkeit, mit der du mir sagst, daß du allein sein möchtest, oder wie sehr dich grüne Menta in ihren Bann ziehen kann –«
»Ja – das erwarte ich auch von dir.«
»Ich möchte dir versprechen –«
»Vorsicht!«
»Ich möchte dir versprechen, daß ich dir niemals sonst etwas versprechen werde, außer mich immer um Ehrlichkeit zu bemühen.«
Ich umarmte sie und legte meinen Kopf an ihre Schulter. Eine Weile war nichts anderes nötig, als meine Arme um sie zu halten und zu schweigen.

»Und – wie nennst du das?« – sagte sie nach hundert Gezeiten, in denen unser Atem beinahe zu einem geworden war und die Geräusche des Kaffeehauses zum leisen Rauschen der Brandung an der Halbinsel unserer Gemeinsamkeit.

»Das« – murmelte ich und erwachte in ihre Augen hinein, die ganz nahe vor meinem Gesicht wie zwei Sonnen durch das Dunkel des Weltalls leuchteten – »das nenne ich das schönste Gefühl, das ich nur meinen lieben Freunden vor ihrem Tod wünschen würde.«

»Ich dachte, wir wollen immer ganz genau sein« – sagte sie leise, und die Protuberanzen ihrer Heiterkeit durchsausten das Magnetfeld meiner äußeren Seelenschichtungen wie überlichtschnelle Tachyonen ein Vanilleeis in Gottes linker Hand.

»Wie soll ich ganz genau sein« – sagte ich – »wenn du mich zu Vergleichen treibst, die nicht einmal ich selbst verstehen kann, geschweige denn mein Freund Harvey – der nicht einmal weiß, was Tachyonen sind.«

»Martin ... geht es dir gut?«

Sie richtete mich sanft zu einer sitzenden Position auf und klopfte mir leicht auf die Wange. Ich war schamlos genug, mich halb ohnmächtig zu stellen, weil ich es unendlich genoß, von ihr leicht auf die Wange geklopft zu werden, und weil ich nicht sicher war, ob sie das auch tun würde, wenn sie erkannt hätte, daß ich sehr wohl bei Sinnen war.

»Ich dachte nur – weil du so seltsam gelächelt hast und siebenmal das Wort ›Vanilleeis‹ vor dich hingeflüstert hast.«

»So, habe ich das?«

»Hast du – ja.«

»Na gut – du mußt dir keine Sorgen machen – es ist wirklich alles in Ordnung. Ich bin nur dabei, langsam über diese frische Wiese zu schreiten, auf die wir da plötzlich während unseres Waldspazierganges gestoßen sind, und da flüstert man eben magische Worte vor sich hin.«

»Verstehe.«

»Ich weiß.«

»Also gut – dann werde ich tatsächlich dasjenige tun, was ich in meinen Sonntagspredigten immer von anderen verlange. Ich werde genau sein, mein Engel. Ich sage dir nicht nur quallig-amorph und undetailliert wie glücklich ich gerade bin, sondern schildere dir meine Symptome – paß auf: – Ich fühle seit einiger Zeit, daß mein Atem etwas langsamer geworden ist und daß er gleichzeitig tiefer und voller wird. Wenn ich im Bahnhofscafé noch bis zur Brust geatmet habe, dann atme ich mittlerweile schon bis zum Bauch hinunter, und ich spüre, wie sich meine Seitenteile entspannen und mit jedem Ausatmen und Einatmen etwas breiter und weicher werden. Gleichzeitig fühle ich, wie durch dieses erlöste Atmen mehr Sauerstoff in meine Brust gelangt, der das Blut anzureichern beginnt, was dem ganzen Körper ein leichtes, prickelndes Gefühl verschafft.

Ich merke es aber auch daran, daß sich meine Wangen genauso leicht und zart gerötet haben wie deine, die zur Stunde dasselbe Gefühl erleben. Durch dieses ›Wachwerden‹ sind auch meine Augen wieder etwas weiter geöffnet und glänzender als am Morgen nach der Nachtzugfahrt, wo wir beide nicht sehr gut geschlafen haben. Dieses Atmen, dieses Wachwerden und Gelöstsein nimmt alle Verspannungen aus meinen Muskeln und läßt das Blut so frei fließen, wie es eigentlich geplant ist, und dadurch werden meine und deine Hände warm und fühlen sich leicht an, obwohl sie vor drei Stunden in der kleinen, grünen Bar etwas kühler waren, in dem Moment meiner Traurigkeit, der mich so lange verkrampft hat, bis du mich davon erlöst hast.
Das sind in dürren Worten die offensichtlichen Merkmale meines Zustandes – wenn wir jetzt noch eine Apparatur hier stehen hätten, die meine Aura fotografieren könnte, würden wir ein starkes, pulsierendes Feld um meine Haut sehen können, von dem Lichtblitze wegzucken und sich mit den Lichtblitzen treffen, die von deiner gesunden Strahlung ausgehen. Um zu erkennen, wie harmonisch und gottgewollt dieser Zustand ist, könnten wir zum Vergleich eine Zigarette rauchen und würden nach fünf Lungenzügen entdecken, daß unser Aurabild blasser wird und die Farben, die jetzt hell und deutlich sind, trüber und matt.
Wenn dir das noch immer nicht reicht, lasse ich uns filmen und dann die Mikrobewegungen unserer beiden Körper vergleichen, und dann würden wir erkennen, daß wir unsere Gesten bis in das Klimpern unse-

rer Augenlider synchronisiert haben und schon längst auf dieser wortlosen Ebene einer Meinung sind –«

»Die da lautet« – sagte sie und wartete gespannt wie ein Katapult vor der Belagerung Karthagos, dessen Widerstand gegen Rom völlig sinnlos war – wie wir wissen –

»Sie lautet« – sagte ich – »ich und du, wir sind sehr glücklich.«

Mit diesen Worten hatte ich das Katapult-Seil durchhauen, und das griechische Feuer ihrer jubelnden Zustimmung traf mitten ins Ziel.

»Jawohl« – rief sie und zog einmal mehr die Blicke herumstehender Südländer auf sich, die langsam damit begannen, Platzkarten auszugeben, um dieses Schauspiel verfolgen zu können, das da an der siebenten Säule vor dem Caffè Florian stattfand, und doch waren es immer noch erst die Einleitungstakte zur Ouvertüre, die vor diesem prächtigen Schauspiel stattfand, das da hieß: »Die Möglichkeit einer besseren Zukunft auf Erden« oder – »Die Tarnung des Osterhasen ist durchschaubar«.

Letzten Endes rufen ja wirklich nur diejenigen Aussagen von Menschen Harmonie oder Krieg hervor, die jenseits der Worte stehen, die sie sich zur Täuschung zurufen und hoffen, der andere sei beschränkt genug, nicht die Wahrheit zu fühlen.

Diese teuflische Trennung von Wort und Erlebnis ist es, die die Frauen den Männern glauben läßt, die einundneunzigmal hintereinander »Ich liebe dich« sagen, aber in Wirklichkeit meinen: »Deine Beine machen mich rasend, meine Süße«, und weil ja das Genießen zwischen zwei Menschen nur dann erlaubt ist, wenn es den heiligen Segen der Schizophrenie erhält, muß man eben einundneunzigmal Voodoo-Formeln stammeln, um das zu erreichen, was sie genauso möchte, nur nicht so schnell zugeben darf – weil sie doch eine ehrbare Person ist. Wie schon erwähnt, dient das aber nur der Steigerung gegenseitiger Verachtung, weil beide Spieler tief drinnen wissen, wie gezinkt ihre Karten sind und daß sie die heiligsten Äußerungen der Menschheit pervertieren, indem sie sie als Wellenbrecher für Handlungen benutzen, die ja ohnehin stattfinden müssen, weil der Mensch ja sonst an Libido-Stau zugrunde gehen würde wie ein Sumpfbiber in einem überfluteten Damm, bei dem er die Schleusen vergessen hat.

Es scheint eine Weltverschwörung zu geben, die schönsten und einfachsten Erlebnisse mit einem Turm zu Babel absichern zu müssen, von dem man jedesmal hofft, in der eigenen, persönlichen Geschichte würde er nicht zusammenbrechen. Außerdem will man ja nicht so sein wie die Tiere, die sich einfach ihren Impulsen hingeben und mit glänzenden Augen und ungebrochenen Herzen das erleben, was ihnen Gott der Allmächtige vorschlägt, und frei von Neurosen und Perversionen und Eispickeln im Rückgrat essen, trinken, brüllen und Kinder zeugen.

Warum will man das eigentlich nicht? Ich werde das Harvey einmal bei Gelegenheit fragen, oder meinen Schutzengel oder den lieben Herrn Lehrer oder – Maria!«

»Maria – was hindert die Menschen daran, einfach glücklich zu sein – aber wirklich – du verstehst, was ich meine.«

»Vielleicht, weil wir glauben, wir hätten eine Ewigkeit Zeit für überflüssige Spiele – ich weiß nicht?«
Sie sagte zwar aus ihrer bewundernswerten Bescheidenheit heraus: »Ich weiß nicht« – ich wußte aber, daß sie genau wußte, daß sie recht hatte.
Es ist der Aberglaube, daß man nie zu dem Punkt kommen wird, an dem man vor der Himmelstüre steht und Petrus uns fragen wird: »Und – hast du ein Leben im Streben nach Wahrheit geführt, oder hast du nur ein B-Movie gedreht, für das kein ordentliches Drehbuch vorhanden war –?«
»Na ja« – sagt man dann verlegen – »vielleicht das nächste Mal.«
Resigniert wird uns der arme Petrus dann wieder eine Talfahrkarte lösen, und dann steigt man zu einem neuen Durchgang in die Rennbahn.
Das Dumme an der Angelegenheit ist nur, daß dieses Gespräch mit Petrus aus unserer Erinnerung gelöscht wird und auch das Wissen darum, wie oft wir hier unten schon versucht haben, die Vorhänge beiseite zu schieben, die vor der Terrassentüre hängen, die auf die Weiten der Ehrlichkeit hinausführt.
Das heißt – Gott sei Dank weiß es unser bewußtes Denken nicht, denn das würde ja vielleicht zu Konfusionen führen, wenn man bei jedem Schritt, den man tut, mitschwingen lassen muß, daß man schon ein Krokodil war und ein hunnischer Koch im Trosse Attilas oder eine Netzknüpferin auf Hokkaido. Wahrscheinlich ist das Nichtwissen dieser Dinge eine Art Schutzgitter, hinter dem wir den Zoo unserer erlebten Leben versammeln – aber der innere Seelenteil in uns, der sich diese verschiedenen Mäntel immer wieder an-

gezogen hat, der weiß genau, warum er wieder einmal hinunter zur Erde mußte, und übt mit seinem neuen Gerät den Weitsprung im Hintersichlassen überflüssiger Programmierungen.
Ich bin eben ein hoffnungsloser, unromantischer Idiot, dem die unsentimentale Offenheit der Frau, mit der er einen Augenblick seines Lebens teilt, lieber ist als das Heißblütige, Temperamentvolle. »Ich habe sie doch so geliebt« – Schluchzen eines Ehemannes beim Anblick seiner Frau, die er am Wochenende erwürgt hat, weil sie ihn bei der Fußballübertragung gestört hat.
Ich brauche nichts, was Leiden schafft, und »Schönsinn« ist für mich ein weit himmlischeres Wort als »Wahnsinn«! – Und wenn mir daher jemand erzählt, daß seine neue Liebe »wahnsinnig leidenschaftlich ist« – spitze ich immer die Ohren und frage mich, ob sein Bewußtsein genauso erkennt wie sein Unbewußtes, was er da eigentlich sagt.
»Mein lieber Herr – der Mensch ist eben mehr als nur ein seelenloser Materiehaufen mit Aurablitzen, wie Sie das gerne hätten« – röhrt es dem Philosophen in solchen Stunden vom Stammtisch entgegen – »die unsterbliche Seele hat ein Recht auf Liebe, auch wenn Sie Aff' sich drüber lustig machen wollen – geh, Zenzi, bring mir noch ein Bier!«
Oh Gott – ich spüre, wie es mich in den Fluß der tendenziösen Gedanken zu ziehen beginnt, aber ich bin leider etwas skeptisch geworden, was die kollektive Erleuchtung betrifft, die am vierzehnten September 1996 stattfinden soll – wie man sich erzählt.
Den biochemischen Stanzmustern, die uns Wohlbe-

finden oder Unlustgefühle bescheren, ist es nämlich völlig egal, ob man sie »Seeleseele« nennt oder nicht – nur die wirkliche Seele, die wortlos all diese Verwechslungen miterleben muß, könnte doch eines Tages in der Tat gekränkt und beleidigt sein und ihre Bemühungen einstellen, ihren wahren Platz einzunehmen im Wortschatz der Menschen.

»Sorge dich nicht – es wird sich alles finden« – sagte mein Schutzengel in diesem Augenblick und zog den grauen Schleier der Mutlosigkeit von meinen Augen, der sich in den letzten Minuten der Betrachtung darübergelegt hatte –

Das geschieht selten.

Ich meine, es geschieht selten, daß er das Wort an mich richtet, und wenn er es tut, dann immer in Situationen, die für mich zur Sackgasse werden könnten.

»Was meinst du« – fragte ich ihn und sah, wie er dem Schutzengel von Maria zulächelte, der zu mir dachte: »Wenn du hier bist – sei hier!«

Das war ein starkes Stück – wenn mein Freund schon selten zu mir spricht und das jedesmal einem kleinen Wunder gleichkommt, dann hatte ich es darüber hinaus noch nie erlebt, daß der Schutzengel eines anderen Menschen mir Mitteilungen machte, die mir helfend unter die Arme greifen sollten.

Ich war sprachlos und dankbar für ihre Gemeinsamkeit und wußte, wie recht er mit seiner Aufforderung hatte.

»Wenn du hier bist – sei hier!«

Ich konnte diesen beiden Freunden natürlich nicht verbergen, daß ich durch den Strom der Grübelzwänge von der Insel weggetrieben wurde, auf der ich

mit Maria saß und den treibenden Zweigen zusah, die darauf hindeuteten, daß Land in der Nähe war.
Ich hatte mich gehenlassen und war dadurch von meinem obersten Vorschlag an mein Leben abgekommen, der da heißt: »Iß, wenn du hungrig bist – schlaf, wenn du müde bist, und sei an dem Ort, an dem du dich gerade befindest.«
»Danke, ihr Guten« – sagte ich leise und ließ meine Gedankenwanderungen wieder dorthin zurückkehren, wo sie sein sollten – zum »Hier« – zum »Jetzt« – zu den Sesselchen an dem Tischchen, an dem ich mit Mariechen saß und all die Symptome vorzuweisen hatte, zu denen ich nach genauer Überprüfung sagen konnte: »Martin – du bist glücklich.«
»Jawohl« – hatte sie zuvor gerufen, und das Echo ihrer Heiterkeit hallte immer noch im Grand Canyon meiner Seelenschluchten nach, die mir manchmal zum Ort der Verirrung werden können.
Ob ich sie vielleicht schon in einem früheren Ariadne-Versuch, den Faden aufzuwickeln, getroffen hatte? Vielleicht waren wir einmal zwei Delphine in derselben Schule gewesen oder die Türhüter auf der Schwelle des Palastes, in dem der Zauberer von Oz sein Wesen treibt – wer weiß – vielleicht werde ich es eines Nachts träumen und es wieder vergessen, bevor ich aufwache, um mich nicht darauf herausreden zu können, daß sie im letzten Leben der Mann war und ich die Frau, wenn es die Frage zu klären gilt, wer die Wäsche in die Reinigung tragen soll.
»Da bist du ja wieder«, sagte jemand in meiner Nähe, und nachdem ich mir die Augen gerieben hatte, erkannte ich, daß dieser Satz von Maria gekommen war.

»Wieso ›wieder‹« – fragte ich scheinheilig und tat so, als würde ich einer Taube zulächeln, die unter unserem Tisch ein Mandelkuchenbröselchen entdeckt hatte und nicht ahnte, in welcher Gefahrenzone sie sich in der Nähe meiner Füße bewegte.
»Na – die letzten fünf Minuten warst du jedenfalls überall anders, nur nicht hier« – sagte die Frau, deren Anwesenheit diesem Vogeltier unter dem Tisch einen erschreckenden Schubser erspart hatte, und blickte mir dabei punktgenau auf meinen Zwölfer, der sich auf der Zielscheibe meiner Geheimnisse befindet.
Verdammt – dieser Frau kann man eben kein X für ein U vormachen – dachte ich und war unendlich froh darüber, daß das so war, denn nichts ist schöner im Leben, als mit jemandem einen Weg zu gehen, der seine eigenen Augen benutzen kann und nicht auf Äußerlichkeiten hereinfällt.
Eine dieser Äußerlichkeiten war meine körperliche Anwesenheit am späten Nachmittag im Caffè Florian, was diese Frau jedoch nicht darüber hinwegtäuschen konnte, daß meine inneren Hauptsächlichkeiten auf Nebenwegen des Blumengartens dahinschlenderten, dessen Düfte wir einander erzählten.
»Aber jetzt – da du wieder bei mir bist, kannst du mir doch vielleicht sagen, was das mit dir und Stefan war. Ich meine, wie geht die Geschichte weiter, wie habt ihr eure ... wie habt ihr ... ich meine – habt ihr es irgendwie genannt?«
»Wir – wir haben ›Glücksfall‹ dazu gesagt, und wenn es irgend etwas auf der Welt verdient, ›Glück‹ genannt zu werden, dann ist es der Umstand, daß wir einander gefunden haben, um uns gegenseitig zu helfen, den

besten Tritt und den besten Griff zu tun, der aus dem Gefängnis der Pflichterfüllungen herausführen kann. Nachdem ich dir jetzt schon eine Ewigkeit mit meinen Erklärungen in den Ohren liege, was für mich das Wort ›Liebe‹ bedeuten könnte – kann ich mir jetzt auch erlauben zu sagen: ›Wir lieben einander‹ – ohne Angst zu haben, daß ich jetzt eine Lawine von Irrtümern losgetreten habe.«

»Hast du nicht –«

»Gut – das ist gut ... Wir lieben einander nämlich wirklich in dem Sinne, daß wir ununterbrochen neugierig darauf sind, welche Entwicklungen die befreundete Seele als nächstes durchmachen wird, und diese Neugier und diese geduldige Aufmerksamkeit haben uns geholfen, nicht stehenzubleiben, sondern weiterzuüben, damit wir der siebzehnköpfigen Schlange mehr als nur einen Kopf abschlagen können.

Wir haben uns gegenseitig ununterbrochen Mut gemacht, ›dumm‹ zu sein und ›lächerlich‹ zu sein und ›kindisch‹ zu sein und uns nicht dafür zu schämen, daß wir um zwei Uhr früh an den Eiskasten gehen, um den restlichen Pudding aufzuessen, der dort noch herumsteht.

Alles das, was man glaubt, nicht mehr zu dürfen, wenn man ein seriöser, ernst zu nehmender Mann geworden sein will – alles das wiederzuentdecken, war das oberste Klassenziel in unserem Kloster.

Wir waren wirklich fast wie Mönche in den ersten Monaten unseres gemeinsamen Zeltlagers auf der Waldlichtung der Glückseligkeit, weil wir viel zu sehr damit beschäftigt waren, erst einmal mit uns selbst

schlafen zu lernen, bevor wir dazu eine zweite Person unter unsere Decke gelassen haben.
Mein Gott, wieviel Sehnsucht habe ich danach gehabt, stundenlang in meiner Sammlung originaler Donald-Duck-Hefte zu blättern und Zitate von Tick, Trick und Track auswendig zu lernen, die ich dann mit Stefan in endlos kichernden Dialogen im Badezimmer ausprobieren konnte, weil ich entdeckt hatte, daß er sich die gleichen Textpassagen seit seiner Bubenzeit gemerkt hatte.
Alles, was uns gefallen hat, war erlaubt – Hauptsache, wir konnten uns selbst gegenüber beweisen, daß wir etwas wirklich haben wollten und es nicht nur der Kompensation dienen sollte – der Kompensation: jener Kreuzspinne auf dem Netz der kulturellen Aktivitäten, in das die ungebremsten Impulse sich verstricken wie hilflose Admiralsfalter.
Vor jedem Zuckerhütchen, das wir über die Finger unserer spielenden Hände streiften, haben wir uns immer gefragt: ›Kompensation – ja oder nein?‹ – und wenn die Antwort ›nein‹ war – durfte man naschen ohne ängstlichen Blick in den Spiegel der Meinungen, die andere über uns haben mochten.
Ich glaube, daß diese Gemeinsamkeit auch für ihn ein großes Glück bedeutet hat, weil er zwar in seinem Leben noch nie in so eindeutige Selbstfallen getappt war wie ich – gleichzeitig hatte ihn seine Art, sich nicht an den Verirrungen der herrschenden Meinung zu beteiligen, sehr einsam gemacht.
Es ist auch nicht so leicht, einen Menschen zu finden, wenn man weder bereit ist, mit Männern über Frauen zu schimpfen und kautabakspuckend an Rodeos der traditionellsten Art teilzunehmen – oder mit Frauen

Männlichkeitsprojektionen durchzuhecheln, die wir schon in der ersten Stunde der ersten Klasse als erledigt abgehakt hatten. Kurz gesagt – er war einfach nicht mehr bereit, den Bauch einzuziehen, wenn er am Strand entlangspazierte und ein hübsches Mädchen vorüberlief. Obwohl er überhaupt keinen Bauch hat, was ich an dieser Stelle zu seiner Ehre unbedingt erwähnen muß.

Das allerdings hatte auch wiederum seine Ursache: Wir haben uns nämlich überhaupt nicht gehenlassen, in dem Sinn, daß alleinlebende Männer endlich mal die Sau raushängen lassen können, ungemachte Betten mit Spaghetti con Sugo vollkleckern und rülpsend eine Bierflasche auf dem Kugelbauch balancieren, wenn sie ungestört vor der Sportschau sitzen – ganz im Gegenteil – wir haben nur mehr Dinge gegessen, die uns auf eine unbelastende Weise am Leben gehalten haben, um den Blick in die Ferne ohne Verstopfungen zu genießen, und unsere Betten haben wir jede Woche frisch bezogen, weil es für die Aura einfach kein Vergleich ist, ob man ihr die Neutralität von frischgewaschenem Leinen zur Nachtruhe anbietet oder eingekrusteten Energieabfall von zwei Monaten voller Alpträume –

Du siehst – wir haben alles getan, um unser Glück zu bedienen, und nicht, um ihm voll Mißverständnis eine Kiste Spiritus pro Tag auf den Kopf zu donnern.

Überhaupt – wer hat gesagt: ›Wenn der Mensch seine Freiheit bekommt, wird er sie erst kurze Zeit mißbrauchen, um sich letztlich ihrer würdig zu erweisen.‹ – Ich weiß es nicht – ich glaube, es war ein kluger französischer Kopf, der während der Revolution vom

Schafott gekollert ist, nachdem er diesen Satz formuliert hat – versteht sich.
Und – obwohl diese Art zu leben objektiv betrachtet für uns revolutionär war, so haben wir den alten König der Gewohnheiten vernünftigerweise nicht guillotiniert, sondern als Akt der Evolution von seinem Thron hinweggebeten.
Das war manchmal ein mühsames Unterfangen – aber eines Tages ist ihm das ewige unzufriedene Gemurmel seiner Untertanen derart auf die Nerven gegangen, daß er den Weg freigegeben hat für ein demokratisches Parlament der wirklichen Wünsche und Bedürfnisse.
Wir haben den Überdruck der sinnlosen Disziplin, den wir als Männer gelernt haben, langsam in das Weltall entweichen lassen, und das war eben nur möglich, weil wir nicht allein waren bei diesem gefährlichen Abenteuer. Es kann einen nämlich schneller aus der Kurve werfen, als man glaubt, wenn man den Ballast abwirft, den sie uns in der Kindheit umgeschnallt haben und der die Meinung in unsere Seele genietet hat, daß Männer nicht weinen dürfen.
In dem Stahlgerüst der Unmenschlichkeit, das aus Menschenwesen Pflichterfüller macht, die nur darauf hinarbeiten, es ihrer Erziehergeneration einmal mit noch mehr Druck heimzuzahlen, was man an ihnen kaputtgemacht hat – in diesem Stahlgerüst stecken nämlich Hunderte solcher Nieten, die den Kampfpanzer im Krieg gegen die eigene Sehnsucht nach Zärtlichkeit zusammenhalten – und alle diese Nieten auf einmal herausziehen zu wollen heißt totaler Zusammenbruch.

Da der totale Zusammenbruch aber auch diejenigen zarten Pflanzen mit sich in die Schlucht reißt, die heimlich einige Triebe ans Licht gestreckt haben, muß man aus dem Abbruch einen Abbau machen, der die guten Körnchen ins Töpfchen und die schlechten in den Gully wirft.
Leichter gesagt als getan – denn eines ist ganz sicher, wenn man einmal damit begonnen hat, kann man nie mehr wieder aufhören, und dieses Studium bringt eine Veränderung mit sich, die einen von Vater, Mutter, Frau, Kind, Arbeitsplatz, Lieblingsauto, Whisky, Poker und Abenteuerurlaub mit gleichaltrigen leitenden Angestellten so weit entfernen kann wie den Andromedanebel von unserem guten, alten Merkur.
Die gewohnten Handgriffe passen nämlich nicht mehr, wenn die Bedienungsanleitung ausgetauscht wurde, und dann kann man mit dem Text, den die anderen gelernt haben, nichts mehr anfangen und beginnt auf ein Stichwort hin zu lachen, das uns doch zu würdigen Vertretern der gesellschaftserhaltenden Schicht machen sollte.
Ja, verdammt: ›Nichts geht mehr‹ – wie mein Onkel Conrad immer sagte, der so gerne Croupier geworden wäre und zeitlebens nicht den Mut dazu gefunden hat. So ist ihm nichts anderes übriggeblieben, als Hab und Gut zu verspielen, weil er wenigstens hie und da an dem Tisch sitzen wollte, an dem er so gerne die Aufsicht gehabt hätte, um immer wieder stoisch den Satz zu zelebrieren: ›Rien ne va plus.‹
Wie auch immer – das Verlassen der alten Stammtische ist unvermeidbar eine Stufe auf dem Weg ins Grüne, und das ist es auch, warum fast alles beim

alten bleibt, obwohl in so vielen die Sehnsucht nach dem Neuen brodelt.
Man weiß genau, daß man sich nicht mehr an den Tisch der hohlen Übereinstimmungen setzen kann, wenn man einmal den Hut geschwungen hat. Was aber noch mehr Angst macht, als sein Leben in Dumpfheit zu verbringen, ist die Tatsache, daß man nicht weiß, ob man draußen in der Freiheit jemanden findet, der durch denselben Wald seines Weges zieht und einen Picknickpartner sucht.
Die grauenhafte Angst vor der Einsamkeit in der Freiheit ist es, die dem Startwillen in uns immer wieder eins in die Kniekehlen tritt und ihm zuflüstert: ›Sei doch nicht blöd – bleib sitzen – besser ein abgestandenes Bier in der Hand als ein schmutziger Stock im Auge.‹
Das Ergebnis ist ein Zunehmen des Bierkonsums und die Tatsache, daß alle Filme Kassenschlager werden, in denen der Held am Ende tatsächlich auf den Sheriffsposten pfeift und in die untergehende Abendsonne reitet.
Mit Stefan war aber alles möglich, wovon jemand wie ich in seiner halbbezahlten Eigentumswohnung nur träumen kann – also schwangen wir uns tatsächlich auf das Pferd und ritten einfach los –«
»Und Frauen?«
»›Und Frauen‹ – fragst du einfach, so mir nichts, dir nichts?«
»Ja, ich frage so mir nichts, dir nichts – ›und Frauen‹?«
»Ja – mit den Frauen war das so eine Sache, weil einfach immer weniger Fanghaken für Oberflächlichkeiten vorhanden waren, die ineinandergreifen konnten.

Ich habe einfach keine Lust mehr gehabt, Erwartungshaltungen zu erfüllen, die in den Balzritualen verankert sind, mit denen man bei uns das Zubettgehen einleitet – verstehst du mich – entweder bin ich auf Frauen gestoßen, die unbedingt meine Rolle als Besieger von mir haben wollten, oder es war das Gegenteil der Fall –«

»Das Gegenteil?«

»Ja – das Gegenteil – ich meine Frauen, die in einem berechtigten Erkenntnisschub, daß alles Mist ist und aller Mist von Männern in unserer Welt produziert wird, nicht glauben konnten, daß es auch Männer gibt, die aus diesem Mist herauskommen wollten – verstehst du mich?«

»Ich verstehe dich.«

»Für die einen war ich nur der potentielle Ernährer unserer noch zu zeugenden Bambini und für die anderen der Träger eines Dinges, das man erst einmal abschneiden müßte, bevor man auch nur eine Sekunde an Lebenszeit in eine Begegnung investieren kann.«

»Und das Ergebnis –«

»Das Ergebnis ist, daß ich bei Rendezvous der einen wie der anderen Art immer an den unpassendsten Stellen zu lachen angefangen habe und dadurch immer den Moment verpatzt habe, auf den es angekommen wäre. Das heißt, daß mir immer deutlicher bewußt wurde, daß ich mich durch meine Art zu leben zwischen all die möglichen Stühle setzte, die in den unterschiedlichen Klubs der einsamen Herzen herumstehen und auf Opfer warten –«

»Wie schade.«

»Ja, das ist schade, und das ist eigentlich auch irrsinnig

traurig, und wenn man in solchen Momenten allein wäre, könnte man sich tatsächlich zu sagen beginnen: ›Lieber ein Mißverständnis unter der Decke, das wärmt, als das ewige Alleinsein in der Kälte unüblichen Mannestums.‹

Aber ›einmal auf dem Mustang – immer auf dem Mustang‹, und der langen Rede kurzer Sinn ist der, daß du überhaupt die erste Frau bist in meinem Leben, von der ich sagen kann, daß ich sie verstehe, und von der ich glaube, daß sie mich versteht.«

»Ui!!«

»Ja – ›ui –!‹ – ist das einzig richtige Wort, aber was soll ich tun – dir kann man ja kein X für ein U vormachen, also warum sollte ich dir nicht etwas sagen, was du ja ohnehin siehst und spürst und weißt und hörst –«

»Und fühlst –«

»Und fühlst!«

Ja, das war es – ich fühlte zum ersten Mal seit Jahren wieder, was es heißt, mit einer Frau lebendig zu sein – nein – falsch – Fehler. Ich spürte überhaupt zum ersten Mal, was es heißen kann, mit einer Frau lebendig zu sein – da alle früheren Begegnungen in meinem Leben immer aus Akkorden bestanden hatten, in denen das Mißverständnis so selbstverständlich eingeplant war wie die Perforationslinie auf dem Bastelbogen für Papierflugzeuge.

Mit Maria aber war etwas in den Raum meines Lebens getreten, das den Schonbezug von den Polstersesseln meiner Wünsche herunternahm und die Kissen zum ersten Mal wirklich aufschüttelte.

Ich hatte das Gefühl, daß da ein Mensch mit mir unterwegs war, der immer leichter die Kiste zu tragen be-

gann, in die ich die Früchte meines bisherigen Lebens stapelte.
Alles in mir hatte Vertrauen zu ihrem Lächeln, zu ihren Augen, zu ihrer Art, mir zuzuhören, und zu ihrer eigenen Geschichte, auf deren Details ich zu warten begann wie auf die Geschenke unter dem Weihnachtsbaum, die man, schon bevor die Glocke vom Christkind geläutet wird, durch das Schlüsselloch gesehen hat.
»Ja – also wie gesagt – mit diesem wunderbaren Mann lebe ich seit mittlerweile drei Jahren zusammen –«
Ich versuchte den Fächer der Verliebtheit, mit dem wir uns gegenseitig Linderung zufächelten, mit einigen klaren Sätzen wieder zusammenzufalten, weil ich noch nicht in ihrem schwebenden Duft ertrinken wollte, den ich immer deutlicher wahrnahm.
Es waren Rosen, Rosen und noch ein seltener Duft, den ich einmal in Capri über einem Abend liegen gesehen hatte. Ich werde dahinterkommen – dachte ich – und hatte es in derselben Sekunde: »Bougainvillea ...« Es war der unwahrscheinliche langsame Duft von dunkelblau-violetten Bougainvilleablüten, der sich mit dem hellen, weichen Klang von dunkelrosafarbenen Buschrosen vermischte. Ausgerechnet »Bougainvillea« – dieser »Sesam öffne dich«-Zauberduft, der alles etwas verlangsamt, was in seinen Bannkreis gerät – die Bewegungen, das Lachen, die kleinen Reste von Gedanken, alles wird etwas langsamer und weicher und zärtlicher. Dieser pulsierende Geruch ist Opium, das nicht einschläfert – eine Glut, die das Gesicht nicht verbrennt, und ein Kuß auf die Lippen, der fast nicht berührt.

Mein Gott – warum mußte sie genauso duften und noch dazu mit diesen Wildrosen als Akzent, die dem Ganzen einen Kreislaufschub hinzufügten, so wie türkischer Mokka zu einem entspannenden Armagnac, der zwanzig Jahre lang in dunklen Kellern gelagert hatte und auf diese Weise zur flüssig gewordenen Silbe »Om« geworden war, die alle Fragen der Welt verflüchtigt.
Ich tat kurz so, als müßte ich mir meinen Schuh zubinden, um etwas von der neutralen venezianischen Alltagsluft atmen zu können, die unter unserem Tisch in Restspuren noch vorhanden war – kurz darauf konnte ich sie wieder ansehen, ohne ihr sofort den Heiratsantrag machen zu müssen, den ich mir für morgen aufheben wollte.
Verflucht – das mit dem Opium sollte man einmal überprüfen – irgend etwas muß an diesen Bougainvillea dran sein, das hörig macht, sonst würde die Sonne bei Capri nicht so derart übererrötend ins Meer sinken, und meine Gedanken würden nicht ebenso purpurrot pulsierend nur darum kreisen, wie ich es anstellen sollte, mit dieser Frau auch in der nächsten Reinkarnation wieder zusammenzutreffen.
»Und seit einer Woche habt ihr jetzt also einen Neuzugang in eurer Klause«, sagte eine Stimme aus dem botanischen Garten, der mir da gegenübersaß und mit diesen Worten wieder die bekannten Umrisse von Maria annahm –
Ich war erleichtert, mich wieder auf den Boden gesicherter Erinnerungen setzen zu können, und nahm ihr Stichwort dankbar entgegen.
»Ja« – sagte ich – »der Tag vor einer Woche scheint von

magischer Qualität gewesen zu sein – Peter kracht aus allen Fugen, wir zwei treffen uns am ›Little Big Horn‹, und Stefan bricht aus sämtlichen Domestizierungsversuchen aus wie ein Atomkraftwerk, bei dem die Bremse nicht mehr funktioniert –«

»Was?«

»Na ja – er hat gekündigt!«

»Bitte?«

»Ich habe es eigentlich schon längere Zeit erwartet – aber an diesem Abend war das Töpfchen mit Milch genau um eine Sekunde zu lang auf dem Feuer. Also – es war so: Ich sitze mit Peter bei der dritten Flasche Rotwein am Boden und blicke so mir nichts – dir nichts zur Türe, da kommt völlig unerwartet und eine Stunde zu früh Stefan durch eben diese Türe geschossen – geht wortlos in die Küche – holt sich wortlos eine vierte Flasche Rotwein – setzt sich zu uns auf den Boden – trinkt wortlos die Flasche bis zur Hälfte in einem Zug aus – nimmt sich den schwarzen Schnurrbart vom Gesicht und sagt: ›Sie haben gehustet –‹«

»Welchen schwarzen Schnurrbart?!«

»Er hat sich nicht abgeschminkt gehabt und ist in voller Maske bei uns aufgetaucht – direkt von der Bühne im Theater weg zu uns, ohne sich umzuziehen!«

»Aha – und?!«

»Na ja – es hat ihm gereicht, und er hat einen Monolog auf der Bühne gehalten, der nicht im Text gestanden ist –«

»Nein –«

»Doch –«

»Und?«

»Er hat gesagt: ›Meine sehr verehrten Damen und Herren, es tut mir leid, wenn wir Sie langweilen – es tut mir leid, daß Sie Ihr verfluchtes Abonnement ausgerechnet heute abend zwingt, hier zu sitzen, anstatt daheim weiterzuschlafen. Ich habe heute seit fünfzehn Uhr nichts mehr gegessen, um meine Sinne zu schärfen, ich habe meine Stimme gepflegt und eine Stunde lang Atemübungen gemacht, um voll und ganz für Sie dazusein – aber Ihr Husten zeigt mir, daß das alles offensichtlich nicht den geringsten Sinn hatte. Ich habe eine Bühne immer nur betreten wollen, um Ihnen mein Herz zu zeigen – aber offensichtlich ist auch das nicht mehr möglich – ich bitte Sie um Verzeihung, daß wir hier oben auf der Bühne versucht haben, Ihren Schlaf zu stören, und schlage vor, daß wir jetzt alle nach Hause gehen und uns nicht mehr länger gegenseitig quälen – gute Nacht.‹
Ja – und seit dieser Aussage ist er arbeitslos –«

»Nein.«

»Ja, ja ...«

»Hm.«

»Was denkst du?«

»Mutig –«

»Ja?!«

»Ja, ich denke – mutig –«

»Ja – das ist es – das gehört genau zu dem, was ich zuvor gesagt habe. Auch sein eigener geliebter Beruf war für ihn letztlich nur ein Stammtisch, auf dem das Bier schal geworden ist – und da ist er einfach aufgestanden –«

»Einfach – ist gut.«

»Nein – nicht einfach – aber er hat ja mich ...«

»Mhm!«
»Was denkst du?«
»Ich stelle mir gerade vor, was geschehen würde, wenn alle den Mut hätten, mitten im Satz auf dem Stiefel kehrtzumachen und zu gehen –?«
»Dann würde es weniger Wahnsinn geben –«
»So einfach ist das –«
»Ja – so einfach ist das.«

»Weißt du – es ist wirklich alles einfacher, als man denkt – man sagt zu einer wunderbaren Frau ganz einfach: ›Laß uns doch einfach nach Venedig fahren, um ein einfaches Zeichen zu setzen, und sie sagt ganz einfach ›ja‹, und dann fährt man ganz einfach nach Venedig – so einfach ist das.«
Sie lachte und schüttelte ihren Kopf über den verrückten Kerl, der ihr da gegenübersaß, und eines konnte ich wirklich mit Stolz sagen: »Ja, ich bin verrückt – ver-rückt, wo ich hingehöre, nämlich hierher mit dir, um zu sehen, ob nicht vielleicht wirklich alles so einfach ist, wie wir es oft träumen, wenn wir der Wahrheit eine Chance geben.«
»Ach, du bist einfach verrückt« – lachte sie und klopfte mit ihrem Mittelfinger auf meine Stirn, die das unheimlich gern hatte.
»Und was macht man, wenn man von Venedig wieder wegfährt – wenn die Vorstellung zu Ende ist und man wieder daheim ist? Was ist dann? Ist das dann auch – ›einfach‹?«
Sie sah mich an und hatte plötzlich eine Frage in ihren Augen, die an der Schwelle zu einer Traurigkeit stand, der ich in meiner eigenen Einsamkeit so oft begegnet

war und deren zähflüssige, gelbe Farbe ich immer wieder von meinen Fingern gewischt hatte, damit sie nicht heruntertropft und überall Spuren hinterläßt.
Ich beugte mich zu ihr und nahm ihre Hand –: »Ich glaube, wir sind gemeinsam hierhergefahren, um den Blick frei zu haben für einen Anlauf, und nicht, um Ferien zu machen von der Mittelmäßigkeit! Ich kann dir nur sagen, daß ich diese Gefühle, die ich hier mit dir erlebe, zum Blühen bringen möchte und nicht nur in Venedig schnell ein paar Knospen abbreche, weil wir fern der Heimat sind und hier alles nach Romantik riecht. Ich bin hier mit dir, weil wir beide es nicht gewohnt sind, irgendwo, wo man uns nicht kennt, umarmt durch die Straßen zu gehen und den anderen dabei zu spüren, als etwas ganz Neues, das erst beginnt und das auf diesem weißen Blatt Papier, das diese Stadt für uns ist, noch deutlicher zu erkennen ist als zwischen den vielen Farben, die uns daheim vielleicht den Blick verstellen.
Es ist für mich das größte Abenteuer meines bisherigen Lebens, mit dir hier auf diese Weise einen Anfang zu erleben, von dem ich mir wünsche, daß jeder Tag so schön wird wie der heutige – aber du bist kein Abenteuer für mich – wenn du weißt, was ich meine?«
»Ja.«
»Ich fahre nicht hierher mit dir, um eine Vergessensdroge zu schnupfen, sondern um meinen Blick, meine Gefühle und mein Herz wach und klar zu machen für die Praxis des Alltags, der zu Hause auf uns wartet.
Ich habe manchmal Angst, daß ich dich überlade mit all den Erzählungen, die meine Geschichte ausmachen – aber ich weiß, daß diese Angst nur die Furcht davor

ist, mich zu täuschen – aber auch diese Sorge wird mit jedem Wort, das ich dir sage, kleiner und kleiner, weil ich spüre, daß du wirklich wissen willst, wer ich bin, und weil du ahnst, daß ich wirklich wissen will, wer du bist!

Ich kann dir nur sagen, daß ich mit jeder Stunde ein unwahrscheinlich wachsendes Vertrauen in mir spüre, nach dem ich mich immer gesehnt habe und das mir Mut gibt, auf dem Weg weiterzugehen, den wir miteinander begonnen haben. Ich bitte dich, mir dabei zu helfen nicht feige zu werden und etwas zu verschweigen oder mich schöner zu machen, als ich bin.

Ich bin so sehr am Leben mit dir, wie ich es bis vor einer Woche nur mit Stefan war – und das ist das größte Wunder für mich, das ich mir jemals vorstellen konnte. Obwohl es eigentlich ganz normal sein sollte und ganz ›einfach‹ selbstverständlich, daß zwei Menschen sich so begegnen, wie wir es tun. Aber ich kann nichts dafür, daß wir in einer Welt leben, in der nicht einmal der Schnee in der Antarktis einfach weiß ist – Ich habe aber Sehnsucht nach klarem Wasser und nach der Wirklichkeit meiner Gefühle, die ich mit dir teilen möchte, und das nicht nur hier, wo alles einen goldenen Rahmen bekommt – sondern dort, wo der Gegenwind herrscht und es schwierig wird, sich nicht aus den Augen zu verlieren. Dort möchte ich gerne diesen Weg weiter mit dir gehen und uns die Wünsche erfüllen, von denen alle träumen.

Ich weiß, daß man Angst bekommen kann, wenn man sich auszieht und sagt: ›So bin ich, und das einzige, was ich mir wirklich wünsche, ist, zu lieben und geliebt zu werden und mein Leben in Ruhe und Frieden und Geborgenheit zu verbringen –‹ Ich habe auch oft Angst davor, mich hinzustellen und das zu sagen – aber du gibst mir den Mut, nicht zu glauben, daß ich mich dadurch lächerlich mache – sondern zu erkennen, daß es lächerlich ist, seinem Herzen den Mund zuzuhalten.

Ich möchte, daß du das alles weißt, Maria, und ich habe auch keine Möglichkeit, mir das einzuteilen, was ich dir zu sagen habe, um nicht ›zuviel auf einmal‹ zu sagen, weil es jetzt und hier meine Wahrheit ist, die ich dir schenken möchte und die dir zeigen soll, daß ich keinen doppelten Boden habe, in dem ich das ›Pik-As‹ aufbewahre.

Ich bin ganz einfach glücklich und dankbar, daß es dich gibt und daß es uns gibt, und möchte dir ganz einfach sagen, daß es wunderschön mit dir ist und daß wir doch ganz einfach so weitermachen könnten – wenn du willst.«

Sie sah mich lange an, und die Spuren ihrer Trauer begannen sich zu verlieren, als sie in meinen Augen erkannte, daß ich das, was ich sagte, auch wirklich meinte.

»Ich möchte sehr gerne« – sagte sie dann, und dann ließen wir unsere Hände nicht los und blickten über den weiten Platz, der langsam seine Farbe zu verändern begann.

Der Abend eroberte sich Stein um Stein die Fassaden und die Bögen der Arkaden, und die Ober in den Cafés vollzogen unauffällig ihren Schichtwechsel, der eine neue Runde an diesem Tag in der Stadt am Meer eröffnete.

Die Taubenfutterverkäufer ordneten ihre übrigge-

bliebenen Säckchen mit Maiskörnern, und ihre Schützlinge flogen schon ab und zu in kleinen Gruppen zu ihren Schlafplätzen unter den Dächern der Häuser.
Das Licht zerrann langsam zu einer zartblauen Mischung, die den violetten Farbenraum zu überdecken begann, der zwischen dem Weißgelb des Tages und dem samtenen Schwarz der Nacht gelegen hatte und nie länger dauert als der Atemzug eines Riesen, der in Arkadien schläft. Die Scharen der Durchreisenden verloren sich allmählich wieder in den Abflüssen des Platzes, die zu ihren Bussen führten, und die eisernen Männer über der Turmuhr schlugen mit ihrem Hammer achtmal auf ihre Glocke.
»Acht Uhr ist es schon« – sagte sie und sah mich fassungslos an – »wir sind doch eben erst ... ich meine – nein – das gibt es nicht.«
»Doch, doch, das gibt es« – sagte ich und dachte darüber nach, was er für eine Absicht gehabt hatte, als er den Menschen das Gefühl gab, daß die Zeit, in der sie wirklich gelebt haben, zehnmal schneller verstreicht als die verlorene Zeit des Unglücklichseins.
»Ja, was machen wir denn jetzt?« fragte sie und blickte erstaunt über die Unzahl von leeren Gläsern und Tassen, die sich auf unserem Tisch aneinanderdrängten wie die leeren Kokons der bunten Schmetterlinge, die wir Schluck für Schluck und Wort für Wort und Menta für Menta hatten ausfliegen lassen.
»Na – ich denke, wir werden langsam zahlen und uns auf den Weg machen« – sagte ich und bat einen Ober an unseren Tisch, der dezent auf diesen Moment gewartet hatte und uns eine wunderschön bedruckte

Rechnung vorlegte, deren Erlös den Weiterbestand dieses Kaffeehauses garantieren konnte.

Wir standen auf und streckten uns in die Höhe, um unseren Kreislauf anzuwerfen, der sich schon darauf eingestellt hatte, die Nacht unter dieser Sternendecke zu verbringen, die sich über den Platz spannte und das Navigieren mit dem Kompaß überflüssig machte – so klar konnte man sehen, wohin der Große Wagen rollte.

»Laß uns doch in die Markuskirche gehen« – sagte sie, als wir umarmt von unserem Tisch wegwanderten, der für uns genauso wie sein Bruder in der grünen Bar zum Freund geworden war.

Als wir in den Raum eintraten, lag er schon zur Gänze im Dunkel und blühte nur an einigen Punkten, in denen sich die Kerzen an den Goldmosaiken der Decke spiegelten.
Wir gingen langsam in die Mitte und blickten nach oben. Man konnte keine Grenze mehr sehen zwischen den Schatten und der Wölbung, und die Zeit, die sich dort oben im Lauf der Jahrhunderte verfangen hatte, tropfte als sprachlose Phantasie der Vergangenheit in unser Denken.
»Ich möchte gerne eine Kerze anzünden« – sagte sie nach einer Weile, und so gingen wir zu einem dieser alten eisernen Kerzenständer, in denen schon viele Hoffnungen eine Flamme lang zum Himmel geschickt worden waren.
Ich steckte die auf einem kleinen Schild verlangten Lire in den Büchsenschlitz und nahm dann zwei dieser morgenländisch dünnen, langen, gelben Kerzen heraus und gab eine davon Maria. Nach einer kurzen Überlegung hielten wir gleichzeitig unsere Dochte in eine schon erlöschende Flamme auf dem Ständer und schenkten ihr auf diese Weise ein zweifach verlängertes Leben.
Wir befestigten unsere Lichter nebeneinander und sahen ihnen eine Weile zu, wie sie sich aneinander gewöhnten und unter neugierigem Knistern in die Höhe flackerten.

»Gehen wir« – sagte Maria dann, und nachdem wir uns von unseren brennenden Boten verabschiedet hatten, zogen wir wieder langsam zum Portal und traten hinaus.

In dieser Zeit war es Nacht geworden, und der Platz lag, von seinen Lampen beleuchtet, wie ein Festsaal vor uns. Die Melodien der Kapellen waren noch etwas altmodischer geworden, und alle, die das nicht würdigen können, waren schon lange auf dem Weg über die Alpen.

»Hast du dir etwas gewünscht?« – fragte sie und umarmte mich im Weitergehen so sanft, als hätten wir schon eine Geschichte von zweihundert Jahren hinter uns.

»Oh ja – das habe ich.«

»Und was?«

»Oh – das darf man ja nicht sagen, damit es auch wirklich in Erfüllung gehen kann.«

»Ah ja, richtig.«

Sie lachte und küßte mich auf den Hals, und das hatte schon ein bißchen mit meinem Wunsch zu tun, wenn ich ehrlich bin, aber ich respektiere seine Scheu und erzähle nicht einmal mir selbst allzu oft, was ich vom gütigen Schicksal erbeten hatte.

Wenn dann tatsächlich das eintrifft, was man erhofft hat, ist man immer geneigt zu denken, der Wunsch habe dem Zufall eine kleine Menta spendiert, um ihn zu bestechen. Aber bei Licht betrachtet, ist es doch eher so, daß das Kismet manchmal den Menschen in einer Bitte ahnen läßt, was auf ihn an Schönheit zukommen wird, und als Draufgabe läßt es ihm auch noch den Glauben, er habe dieses Glück selbst vom

Baum der Möglichkeiten gepflückt, indem er eine Kerze angezündet und »bitte« gesagt hat.
Vielleicht sind aber auch beide Versionen falsch und gehören nur zu verschiedenen Märchen, die die Erwachsenen einander erzählen, um nicht das Gefühl zu bekommen, die Übersicht über die Schöpfung sei gar nicht ihre Aufgabe.
Ich weiß das alles nicht so genau, und wenn ich mich frage, warum er das alles so sein läßt, wie es ist, denke ich mir oft – weil es ihm Spaß macht – und das ist auch der einzige Grund, der mir einleuchtet.
Der Tempel mit unserem heidnischen Ritual blieb langsam hinter uns zurück, und die Frage, wie das mit den Wünschen wirklich ist, wird sich eines Tages selbst erledigen, da es nur zwei Möglichkeiten gibt – sie werden erfüllt, oder sie werden nicht erfüllt – und bis dahin sollte man seine Wachsamkeit wieder auf die Straße richten und aufpassen – sonst wird man nämlich von einem Lastwagen niedergefahren, und das ist ein etwas grober Hinweis darauf, daß man immer dort sein sollte, wo man gerade ist.
»Dasein genügt«, dachte ich mir, während ich mit Maria durch die schläfrigen Gassen schlenderte und glücklich bemerkte, wie weit wir schon in der Schule des Zeithabens vorangekommen waren.
Es ist eine ganz einfache Übung, und sie geht so: Man läßt sich für alles, was man tut, eine einzige Minute mehr Zeit und lebt als Belohnung für diese angeblich verschwendeten Zeittröpfchen mindestens siebzehn Jahre länger glücklich, heiter und zufrieden.
Ich weiß schon, warum diese einfachen Botschaften immer unter den Teppich gekehrt werden – die Zeit,

die für die Abendnachrichten im Fernsehprogramm vorgesehen ist, würde nicht gefüllt werden können, wenn ein Kommentator nur den einzig wichtigen Satz für die Nation sprechen würde, der da lautet: »Dasein genügt« – und dann würden kostbare Sendeminuten frei herumliegen, und deshalb wird die Erleuchtung von den Programmdirektoren der TV-Anstalten von der Liste der zu sendenden Wichtigkeiten gestrichen.

So ist das – wieder einmal die Weltformel in der Hand gehabt und an einem Elefanten gescheitert, der sich als Mücke tarnt.

Mir ist es egal – verkauft doch eure Großmutter und investiert das Geld in Schildkrötenrennen – das einzige, was mich interessiert, ist, mit dieser schönen, lieben, wunderbaren Frau durch Venedig zu schlendern und im Vorbeigehen den Steinlöwen eines auf ihre vorwitzige Schnauze zu hauen.

Leider ist es wirklich so – wenn es überhaupt Menschen gibt, die offene Ohren haben, um die Engelsbotschaften zu hören, die uns die Erlösung von dem Irrwitz ermöglichen könnten, der uns umklammert – dann sind es die Verliebten, die für alles eine Minute länger brauchen und die in der Folge Zeit genug haben, um zu erkennen, daß »Dasein genügt«!

Schade ist nur, daß diesen Seligen gleichzeitig mit ihrem Glück und ihrer Einsicht in das wirklich Lebenswerte die Lust und der Antrieb abhanden kommen, diese oder irgendeine andere Botschaft zur Rettung der Welt hinauszuposaunen, damit alle sie hören.

Alle Missionen der Welt entstehen nur aus dem Überdruck der Enge, die das Ergebnis von Lieblosigkeit ist – wenn aber die Erlösung der Liebe in diese eingesperrten Herzen fällt, hebt sich der Deckel vom Druckkochtopf, der dadurch im selben Atemzug Namen und Funktion verliert –

Seltsam ... seltsam ... warum gibt es so viele Vorschläge, das Leben im Glück zu erleben, die, wie mit einer Drehtüre verbunden, ihre bösen Brüder hervortreten lassen, wenn man ihnen nachläuft?

»Weil man ihnen nicht nachlaufen soll«, sagte mein Freund und rauschte mit seinen schimmernden Flügeln.

»Soll man nicht«, sagte ich mehr für mich als für ihn, da ich nicht so dumm war, ihn ein zweites Mal etwas zu fragen, was er schon selbst von sich geschenkt hatte. Meine Frage war also eher ein bescheidenes Zustimmen zu seiner Bemerkung, die mich auf eine kaum zu beschreibende Weise erleichterte. Ich wußte genau, was er meinte. Wie oft bin ich mit Stefan in der Küche gesessen und habe Pudding gelöffelt und mit ihm über die Sehnsucht nach dem Glück geredet.

»Das Glück ist ein Vogel« – hatte er gesagt – »man darf nicht nach ihm greifen, wenn er sich auf die offene Hand setzt, sonst ist er tot – ja, man darf nicht einmal daran denken, daß man ihn halten möchte, denn unsere Absichten sind wie Flüsse in unserem Herzen und in unserem Körper, und der Vogel spürt alles, was uns bewegt – und schon fliegt er fort, wenn er auch nur ahnt, daß wir daran denken könnten, ihn zu halten – oder gar ihm nachzulaufen.«

Mein Gott, ja – vom Gedanken her habe ich tausendmal schon gewußt, wie richtig dieses Bild ist, und zehntausendmal habe ich schon »ja« dazu gesagt, und eine Million Mal habe ich es schon geübt, und nie ist es mir gelungen. Es ist mir nie gelungen, weil die Ungeduld mir dazwischengesprungen ist und alle Vögel verscheucht hat, die im Landeanflug auf meine Gelassenheit waren.

»Ungeduld – oh Ungeduld! Mutter aller zu früh aus dem Rohr gezogenen Soufflés!

›Warum – warum ist das Wissen nicht auch gleichzeitig der Schlüssel zum ›Können‹. Warum?

Warum wandere ich jetzt hier mit Maria und habe zum ersten Mal in meinem Leben das Gefühl, nichts machen zu müssen – nichts erobern zu müssen – nichts rechtzeitig erledigen zu müssen – warum habe ich zum ersten Mal bei einer Frau das Gefühl, nicht unter dem Druck zu stehen, sie halten zu müssen, damit sie nicht vom Ufer wegtreibt. Warum genügt es mir einfach, mit ihr dazusein, ohne Druck und ohne Ventil – ach sag es mir doch, warum?«

»Weil Dasein genügt«, lächelte mir mein großer Freund zu und schloß meinen Gedankenkreis wieder zu seinem Ausgangspunkt.

»Aha«, sagte ich und gab es auf, ihn mit meinen Fragen zu belästigen, da seine Antworten wie immer von ewiger Gültigkeit waren.

»Es ist einfach ein großes Glück« – sagte ich abschließend und hielt Maria so leicht und sanft um die Schultern, daß sie gerne bei mir blieb und nicht wegfliegen wollte, obwohl es keine Behinderung gegeben hätte, wenn sie auch nur ein einziges Mal mit ihren Flügeln hätte schlagen wollen.

Ich sah uns in den Auslagen zu, wie wir zusammengefügt, ohne Notwendigkeit eines Zieles, miteinander flogen, und dieses Bild paßte so ohne Anstrengung in das Schlüsselloch meiner Wünsche, daß ich sie auf ihre Stirne küssen mußte –
»Noch einen, bitte«, sagte sie und schloß im Gehen ihre Augen. Ich küßte sie ein zweites Mal und sah aus den Augenwinkeln, wie ihr Begleiter meinem Schutzengel zuzwinkerte und sich ganz einfach freute.

Aus einem der Fenster über unseren Köpfen klang ein Klavier, das eine einfache Melodie spielte. Schwarzgraue Katzen begannen, sich für die Nachtarbeit mit Adrenalin vollzupumpen, und aus einigen der Häuser begann es zu duften und zu klappern, wenn die Teller auf den Tisch gestellt wurden, an denen schon die Familie saß und auf ihre Spaghetti wartete.
»Sag einmal – denkst du auch das, was ich gerade denke« – hörte ich Maria sagen und erkannte an ihrer Modulation, daß unsere Telepathiebereiche wirklich wieder einmal auf derselben Frequenz arbeiteten.
»Wenn ich ehrlich bin – muß ich sagen – ich ahne nicht nur, was du denkst, ich weiß es sogar.«
»Und, sag –«
»Na ja – es gibt da so ein kleines, nettes, hübsches, angenehmes Plätzchen, an dem wir etwas für unser Weiterleben tun könnten –«
»Oh – wirst du mich hinführen?«
»Wenn du möchtest, dann werde ich es tun –«
»Oh ja – bitte tu es – ich lasse alles mit mir geschehen, nur bitte unterstütze mein Weiterleben!«

»Mit einem gebratenen Fisch, zum Beispiel, oder mit einer dampfenden Lasagne, die in einer cremigen, weichen Soße schwimmt, über die frischer Pfeffer gerieben wird – oder –

Au!«

Wieder einmal hatte sie mich ohne Vorwarnung in meine Schulter gebissen und schien nie wieder ihre Zähne von dort wegnehmen zu wollen.

Ich konnte ihrer unbeherrschten Gier nicht einmal böse sein – denn wenn ich ganz genau sein wollte, mußte ich zugeben, daß wir seit den Tramezzinis nichts gegessen, sondern nur getrunken hatten. Da es aber wirklich nötig ist, Leib und Seele zusammenzuhalten, solange wir uns auf der Erde aufhalten, bog ich in eine sanfte Kurve ein, von der ich wußte, daß an ihrem Ende ein verträumtes, kleines Restaurant wartete.

»Weißt du, was ich dir einmal machen werde, wenn wir wieder in der Heimat sind« – sagte ich, um sie ein wenig abzulenken, da ich Sorge um meine Schulter bekam –

»Was denn?«

»Ich werde dir ›Spaghetti ai Pinoli‹ machen –«

»Was ist das?«

»Was ist das« – fragte sie, dieser ahnungslose Engel, der ja gar nicht wissen kann, was ihm in der Zeit entgangen ist, in der ich noch nicht für sie gekocht habe.

»Was das ist – fragst du mich?!«

»Ja – ich frage dich: ›Was ist das?‹«

»Das, mein Liebling – ist ein Übergeheimspezialrezept, das ich im letzten Sommer erfunden habe.«

»Du hast es erfunden?«
»Ja – ich, fast möchte ich sagen, es ist mir von himmlischen Boten geschickt worden – zumindest ist das aus den Äußerungen der Leute herauszulesen, die schon das Vergnügen hatten, meine ›Spaghetti ai Pinoli‹ zu bekommen.«
»Du machst mich verrückt – jetzt sag schon, wie das geht.«
Ich liebte sie unendlich in diesem Augenblick, und ich liebte es, sie wahnsinnig zu machen, denn dieses Rezept ist wirklich eins von den Geheimnissen, die gleich neben der Formel aufbewahrt werden, nach der man Blei zu Gold verwandelt.
»Also – paß auf«, sagte ich und begann, sie Schritt für Schritt einzuweihen: »Du nimmst ein paar Zucchini, schneidest sie in kleine Scheiben, legst sie auf einen Teller und betrachtest sie liebevoll –«
»Aha –«
»Dann gießt du in eine Pfanne etwas kaltgepreßtes Olivenöl und erhitzt es –«
»Liebevoll –«
»Äußerst liebevoll – möchte ich sagen. Wenn das Öl heiß genug geworden ist, schiebst du die Zucchinischeiben in das heiße –«
»Warum ›schieben‹« –
»Weil das Öl sonst spritzt, wenn du sie hineinplumpsen läßt« –
»Ich glaube, ich muß dich morgen heiraten« –
»Also soll ich jetzt weiterreden oder nicht?«
»Bitte –«
»Warum sagt sie so was« – dachte ich – »hinter jedem Witz steckt doch ein Körnchen Wahrheit. Aber was

soll's – ich habe meine Geburtsurkunde ohnehin nicht dabei, also werden wir noch warten müssen.«

»Gut« – setzte ich meinen Bericht fort – »diese Zucchini brätst du jetzt, bis sie wunderbar angebräunt sind, und hebst sie dann auf das liebevollste aus dem Öl, das jetzt schon Zucchiniseele in sich hat. In der Folge nimmst du jetzt einige wohlausgesuchte Kräuter, die du dir schon vor dem Beginn zurechtgelegt hast –«

»Was für welche?« –

»Also – du nimmst hauptsächlich schlichte Petersilie – ungefähr zwei Hände voll – klein gehacktes Basilikum, eine Handvoll, und etwas Thymian und Oregano.«

»Wahnsinn.«

»Gut – diese Kräuter schiebst du jetzt in das Öl und läßt sie mit Salz und Pfeffer knusprig braten. Wenn sie knusprig sind, schiebst du zu den Kräutern eine Handvoll Pignoli –«

»Spaghetti ai Pinoli –«

»Du hast es erraten und läßt auch diese Pinoli –«

»Braunbrutzeln –«

»Braunbrutzeln – richtig. Wenn das geschehen ist, nimmst du einen Becher Crème fraîche und –«

»Schiebst –«

»Richtig – schiebst ihn zu dieser Mischung in die Pfanne –«

»Irrsinn –«

»Langsam verrührst du jetzt das Ganze, bis es eine einzige, herrliche Soße ist, in die du noch ein wenig Muskatnuß hineinstreust – am besten, du reibst ganz frisch ein Stückchen darüber.«

»Und dann –?«
»Jetzt schaust du nach deinen Spaghetti, die du die ganze Zeit über schon in einem großen Topf gekocht hast, und wenn sie fertig sind, schüttest du sie in ein Sieb und von dem Sieb in eine große, vorgewärmte Schüssel. In diese Spaghetti hebst du jetzt, so liebevoll du kannst, die Pinolicreme und vermengst das Ganze, bis du es nicht mehr aushältst und anfangen mußt, schon in der Küche zu kosten.«
»Und die Zucchini –?!«
»Die Zucchini legst du daneben auf den Teller als Beilage – das ist alles.«
»Das ist alles?«
»Ja.«
»Und das hast du erfunden? –«
»Hab ich –«
»Ich werde wahnsinnig –«
»Bitte erst, nachdem ich es dir gekocht habe.«
»Wann wird das sein?!«
»Wann immer du willst.«
»Martin – du hast was ganz Schreckliches angestellt –«
»Wieso?«
»Wenn ich nicht innerhalb von zwei Sekunden etwas zu essen kriege, hast du keine Schulter mehr –«
Ach Gott – wenn ich nicht manchmal so raffiniert wäre. Manchmal bin ich nämlich wirklich so raffiniert, daß ich mir selbst Respekt einflöße. Ich hatte selbstverständlich meinen Bericht auf den Schritt genau berechnet, so daß wir mit den letzten Sätzen exakt vor dem Restaurant zu stehen kamen, auf das ich es abgesehen hatte.

»Na – dann wollen wir doch einmal schauen, ob sie uns vielleicht hier etwas geben«, sagte ich ganz nebenbei und genoß es, ihre staunenden Augen in meinem Rücken zu spüren, als wir durch die Türe schritten, die uns vom Paradies trennte.

Wenig später saßen wir an einem Tisch, der am Wasser gelegen war, eine Kerze in einem Windglas auf seinem weißen Tischtuch trug und einen umwerfenden Blick auf die Paläste freigab, die eben aus dem Bad gestiegen waren und schwebend nebeneinanderstanden, um sich mit reizender Selbstverliebtheit über ihr Spiegelbild zu beugen.

Die handgeschriebene Karte bot uns einen geheimen Pfad in die Gärten der lukullischen Genüsse an, und wir folgten brav den Wegweisern, die auf Antipasti, Frutti del Mare, gebratenen Fisch, zarten Weißwein und knisternde Grissini hindeuteten.

Wir saßen mit halboffenen Augen und leise stöhnend um diesen Gral der nicht enden wollenden Lust und wären bereit gewesen, in diesem Augenblick die Welt zu verlassen, wenn wir nicht geahnt hätten, daß es auch noch eine Nachspeise geben konnte – zum Beispiel ein Tiramisu, an das ich jetzt überhaupt nicht denken darf, weil ich sonst verrückt werde.

Nachdem unsere erste Gier friedlich geworden war, sah sie mir wieder in die Augen und sagte: »Und wie ist das – du bist also gewissermaßen der Küchenmeister in eurem Kloster –?«

»Ja – das bin ich gewissermaßen. Es ist nämlich sehr wichtig, daß man genau weiß, wer, wie, wo, in welchem Bereich, auf welche Weise seine Stärken hat –

dann kann es nicht geschehen, daß derjenige, der für Buchhaltung zuständig ist, die Eierspeise verkohlen läßt, und ein Meister der Terrinen wie ich die Stromrechnung mit seinem Geburtsdatum multipliziert –«

»Einteilung ist alles –«

»Manchmal ja.«

»Und wie ist das, da ihr jetzt zu dritt seid – wer übernimmt dann das Badezimmerputzen, und was wird sein, wenn Stefan jetzt mehr zu Hause ist – geht man sich da nicht leichter auf die Nerven – zu dritt in einer Dreizimmerwohnung?«

»Nein, nein – ach, siehst du – das kommt davon, wenn man nicht genau ist.«

»Wieso?«

»Wir sind vor einem Jahr aus Stefans Wohnung ausgezogen und haben uns eine größere Burg genommen am Stadtrand.«

»Toll –«

»Ja, ja. Mit einem verwilderten Garten und einer alten Terrasse und fünf Zimmern und so. Da hat auch Peter noch Platz.«

»Schön.«

»Ja, sehr schön – na, du wirst es ja bald einmal sehen.«

»Oh – eine Frau darf ins Fort – nein, nicht wirklich?!«

»Oh doch – warum denn nicht?«

»Na ja – das ist doch ein Sperrbezirk, nicht – und außerdem könnte das doch den Wehrwillen untergraben –«

»Du verwechselst mich.«

»Wieso?«

»Ich bin ein Sioux und kein Kavallerist, und wir leben nicht in einem Fort, sondern in einem Dorf, in dem

jeder sein Tipi hat, und in meinem Zelt kann ich tun und reinlassen, wen ich will.«
»Das ist gut –«
»Ja, ja … Wir sind nämlich nicht blöde, weißt du!«
»Das habe ich mir schon fast gedacht.«
Sie lächelte mir so einen zärtlichen Gruß herüber, daß ich mir überhaupt nicht vorstellen konnte, mit dieser Frau jemals zu streiten oder Mißverständnisse zu erleben oder gar Eispickel zu kaufen.
»Was denkst du?«
»Ich habe dich angeschaut und mir gedacht, daß ich mir nicht vorstellen kann, daß wir zwei jemals streiten.«
Sie lachte wie der Hase Klopfer, nachdem Bambi versucht hat, auf dem zugefrorenen Eis Schlittschuh zu laufen, und ich dachte schon daran, ob ich nicht für den Rest des Abends nur mehr Witze erzählen sollte. Einfach nur, damit sie nicht mehr aufhört zu lachen. So süchtig war ich nach ihrer Freude und nach ihrer Leichtigkeit.
»Siehst du, jetzt lachst du mich aus –«
»Nein, nein – ich lache dich nicht aus – ich lache dich an.«
»Oh – das ist allerdings was anderes.«
»Ja, das ist es.«
Seltsam – dachte ich – warum sehen oft zwei ganz verschiedene Gefühle so aus, als ob sie ein und dasselbe wären. Warum dieses Spiegelkabinett der Verwechslungen, die für so viele Vergnügungsparkbesucher ein Leben lang dauern.
»Au –!«
Man darf sich eben auf nichts verlassen, und man darf

nie glauben, daß man etwas schon kennt, nur weil das äußere Zeichen schon einmal aufgetaucht ist und damals etwas bedeutet hat, was am heutigen Tag schon überhaupt nicht mehr gelten muß. Wenn ich nur daran denke, daß man in Bulgarien mit dem Kopf nickt, wenn man »nein« meint und ihn schüttelt, wenn es »ja« heißen soll. Oh wie schnell geht man den eigenen Gewohnheiten in die Falle und ist faul genug, sich an der Erinnerung zu orientieren, anstatt wirklich die Augen aufzumachen und zu schauen, was Sache ist.

So viele Menschen schauen am Morgen in den Spiegel und glauben, sie seien am Leben, nur weil derselbe Kerl wie gestern vor ihnen steht – welch grauenhafter Irrtum, sage ich – welch grauenhafter Irrtum – der Fluß, in den ich steige, ist ein anderer als der, den ich verlasse – sage ich nur – und da ja bekanntlich alles fließt, gibt es nichts, auf das man sich verlassen darf, nur weil es eben noch so war.

Die Sehnsucht nach Sicherheit, die alles auf den Status quo einfrieren möchte, ist die Falltüre zu unserem persönlichen Tod.

Sicher ist nur, daß alles unsicher ist, und das ist doch auch eine Sicherheit, in der man sich daheim fühlen kann – wenn man schon so sehr an dem Wort hängt, auf dem letzten Endes unsere gesamte Kultur aufgebaut ist.

Treibsand in den Gezeiten der Geschichte ist alles und jedes, dem wir auf dieser Erde begegnen, und die scheinbar festen Formen der Dinge und Gedanken und Gefühle sind nichts anderes als kurzlebige Runen im Buch der Vergänglichkeit.

Alles, was man festhalten möchte, nimmt einem der große Strom aus der Hand, und je stärker man sich festkrallt, um so sicherer bricht man sich die Finger, die man eigentlich geschenkt bekommen hat, um damit zu schwimmen.

Das Ufer, das so sehr nach Ewigkeit aussieht, ist nur ein Rastplatz, um den besten Weg zu erspähen, der in die Mitte des Stromes führt, in dem das Wasser am gleichmäßigsten fließt, wenn man aber zu lange sitzen bleibt, nagt das Wasser den Grund weg, auf dem man ein Häuschen bauen wollte, und es gibt mehr Verletzte und Tote als Überlebende.

Miteinander dasselbe tun – ist die Ursehnsucht, die hinter allem Festhalten steckt. Aber miteinander Fließen ist die einzige Erfüllung dieser Sehnsucht – aber wie soll man das jemandem erklären, der fünfunddreißig Jahre lang ein Häuschen abbezahlt hat und sich dann, darin festsitzend, fragt, wo denn seine Freude geblieben ist und die Liebe zu der Frau, die er im Kohlenkeller einzementiert hat.

»Frauenhaus – Männerhaus – das ist die einzige Lösung auf dem Weg zur Glückseligkeit.«

»Was, was, was?!«

»Ich sage nur: ›Frauenhaus – Männerhaus!‹ Das ist die einzige Möglichkeit, in der Unterschiedlichkeit miteinander zu leben!«

»Martin.«

»Ja, Maria?«

»Ich kenne dich erst seit einer Woche, und seit einigen Stunden fange ich erst langsam an, deine Sprache zu lernen – bitte, bitte. Ich kann noch nicht ganz Gedankenlesen. Du mußt mir schon noch die Wege erklären,

die in deinem Hirn Slalom fahren, um dann am Ziel so einen Satz herauszulassen.«
»Entschuldige.«
»Nein – du mußt dich nicht entschuldigen – ich will nur sagen –«
»Ja – ich weiß – ich weiß. Ich bin es nur einfach schon so sehr gewöhnt, nur mit mir zu reden oder mit Stefan, der schon zu ahnen beginnt, was ich denke, bevor ich es sage, und ich – entschuldige –«
»Wir haben doch Zeit –«
»Ja, danke.«
»Komm – trink einen Schluck von diesem Weißwein –«
»Soll ich wirklich?«
»Ja, du sollst.«
»Aber dann lache ich laut und küsse dich vor allen Leuten –«
»Versprochen?«
Sie schob ein halbvolles Glas vor mich hin, und dann stießen wir an und sagten »Salute« – ganz genauso wie es Cary Grant und Grace Kelly gemacht hätten, wenn sie an diesem herrlichen Abend hier mit uns gesessen und diesen Wein zur Verfügung gehabt hätten, der wirklich ganz phantastisch war – frisch und kühl und leicht und trocken, mit einem zarten Nachklang, der ein bißchen nach Walnuß schmeckte.
Ich trinke nie Wein, muß ich sagen, aber an diesem Abend war ich kurz davor, auch dieses »Nie« einmal im Strom der Veränderungen zu prüfen und nachzuschauen, ob es wirklich ein »Nie« sein mußte.
»Also – was ist mit: ›Frauenhaus – Männerhaus‹ – hm?!«

»Ach, weißt du – es ist alles so kompliziert.«
»Also wirklich – so stark ist der Wein auch wieder nicht.«
»Wozu denn reden. Ich will dich einfach küssen –«
»Gleich – erst noch ein kleiner Schluck und dann brav sein und Maria alles sagen.«
»Ich war immer viel zu brav!!!«
»Pscht –«
»Siehst du – ich habe dich gewarnt – dieses Getränk ist – ach – also schau, die Welt – ja, die Welt steht am Abgrund –«
»Am Abgrund?«
»Am Abgrund – ja, und jetzt frage ich dich, warum steht sie am Abgrund?«
»Ich weiß nicht –«
»Maria – warum steht die Welt am Abgrund – Maria?!!«
»Weil sie sich verirrt hat –«
»Richtig – weil sie sich verirrt hat. Und weißt du, woran das liegt?!«
»Woran?!«
»Am falschen Weg!«
»Am falschen Weg?!«
»Am falschen Weg – gib mir bitte ein Mineralwasser.«
Ich trank einen halben Liter Wasser und konnte daraufhin Gott sei Dank wieder etwas flüssiger sprechen –
»Letzten Endes ist der größte Wahnsinn nur die logische Fortsetzung des kleinsten Wahnsinns – richtig?!«
»Richtig.«
»Und wo beginnt der kleinste Wahnsinn – wo beginnt er? Er beginnt in der kleinsten aller Beziehungen – in

der Beziehung zwischen den Männern und den Frauen – und da mache ich nicht mehr mit –«

»Darum also: ›Frauenhaus – Männerhaus‹?!«

»Jawohl – Maria – Maria, schau mich an.«

»Ich schau dich ja an –«

»Ach so – na gut. Maria – es ist doch unzumutbar für eine Frau, ununterbrochen mit einem Mann zusammenzuleben, der fünf Kilogramm Sand auf den Küchentisch schüttet und Donald-Duck-Hefte sammelt –«

»Vielleicht ja –«

»Was ist also die logische Lösung, wenn die beiden sich aber trotzdem lieben und nicht wollen, daß der Sand in ihr gesamtes Getriebe kommt?«

»Sie hat ihren eigenen Küchentisch.«

»Zehntausend Punkte!«

»Mhm.«

»Gut – nicht?!«

»Sehr gut –«

»Und weißt du, was sie machen, wenn sie Sehnsucht haben und ihrer Liebe Ausdruck verleihen wollen –?«

»Was?«

»Sie telefonieren – sie telefonieren und treffen sich entweder bei ihr oder bei ihm und feiern das Fest des Glücks, daß es sie gibt und daß sie sich gefunden haben auf dieser einsamen Welt, um ihr Alleinsein zu besiegen. Und sie feiern, daß sie so weise sind, sich nicht zu zweit auf einen kleinen Stuhl zu setzen, mit dem ihre ganze Liebe zusammenkracht – peng!!«

»Peng!«

»Ja – ›peng‹ – Maria ich bin wieder ganz nüchtern.«

»Schade.«

»Schenk mir ein, bitte –«
Ich sah zu, wie der hellgoldene Traubensaft in mein Glas floß, und winkte diesem überflüssigen Staubkorn des Wortes »nie« ein beschwingtes Lebewohl zu.
»Maria – und ich sage dir, die Welt steht am Abgrund, weil diese Enge für die Menschenherzen unerträglich ist und weil keiner den Mut aufbringt, zu sagen, daß er sich ein anderes Leben wünscht, das ihn von der stumpfen Tradition befreit, und deswegen brechen sie alle in die falsche Richtung auf und führen Kriege und werfen Giftgas und zerhacken die Wälder und fahren mit überhöhter Geschwindigkeit gegen die Einbahn, weil sie alle spüren, daß irgendwo da drüben der Ausweg sein muß – nur sieht man ihn nicht.«
»Warum nicht –?«
»Weil das verboten ist – weil das verboten ist, Maria – weil es verboten ist, sich frei zu bewegen – weil das nur Mißverständnis heraufbeschwört, daß man allein sein will und den anderen verlassen. Aber kein Mensch will allein sein und einsam! Er will nur manchmal schweigend und ohne Gesprächspartner an sich selbst denken, ohne in jeder Sekunde die falsche Sicherheit zu bedienen, von der alle hoffen, daß der Tod sie irgendwann einmal scheidet – so sieht's aus. Aber das ist verboten, weil, wenn man diese Schleuse öffnet, kommt alles ins Rutschen, und wer zahlt dann unsere Renten – hm – wer?«
»Tja.«
»Na siehst du – aber ich mache da nicht mehr mit, ich mache nicht mehr mit – ich nehme mir ein Beispiel an anderen, die mit dem Wunder, daß die Menschen verschieden sind, anders umgehen als wir –«

»Wer zum Beispiel?«

»Die Sioux – die Neger – die Eskimos – oder die Marsianer. Alle Leute, die wir an den Rand gedrängt haben, weil sie mit dem Leben heiliger umgehen als wir – aber ich will nicht mehr mitspielen – ich will nicht mehr mitspielen. Ich lebe ein einziges Mal, und ich habe keine Lust, noch einen einzigen Krieg zu führen, weder gegen die Russen noch gegen die Amerikaner noch gegen die Wälder oder das Wasser oder die Tiere oder eine Frau oder mich selbst. Ich versuche, zu sein, wie ich bin, und ich versuche, herzuzeigen, was ich erlebe, und wer mit mir schwimmen möchte, ist geliebt, aber ich werde nie mehr gegen meine Natur kämpfen, die das Ausatmen genauso braucht wie das Einatmen – und eins glaube ich wirklich – wenn ich liebe, liebe ich wirklich, und meine Küsse sind Küsse und nicht nur Pflichterfüllungsrituale im Jahre siebzehn nach dem Einzug in das neue Eigenheim.

Und darum sage ich: ›Männerhaus und Frauenhaus‹ – und dazwischen eine Brücke voller Liebe und Sehnsucht und Zärtlichkeit, die nur dann von beiden beschritten wird, wenn es gilt, ein Fest zu feiern – und wenn ich keine Frau finden sollte, die mich versteht und die erkennt, was für eine Chance zur wirklichen Liebe und zum wirklichen Glück und zur wirklichen Freiheit ihrer Seele darin verborgen liegt, wenn man auf diese Weise in beschützender Zärtlichkeit lebt – dann lebe ich lieber ohne Frau auf diesem Planeten, als noch einmal Spiele zu spielen, die mir vorgaukeln, daß ich nicht allein sei, und die mich einsamer zurücklassen als einen Salzmandelverkäufer in der Wüste Kalahari – hugh, ich habe gesprochen!«

»Mhm«, sagte Maria nach einer langen, langen Pause, in der sie mir beim Trinken zugesehen hatte und mit ihrem Mittelfinger ununterbrochen auf ihrem Glasrand entlanggekreist war, bis plötzlich ein zarter Ton entstand, der den Augenblick verzauberte.

»Was heißt ›hm‹?« fragte ich völlig entspannt und hätte so sitzen bleiben können bis zum Jüngsten Tag.

»›Mhm‹ heißt – ich denke mir, daß du in diesen letzten Jahren wirklich nicht viele Begleiterinnen gefunden haben wirst.«

»Du sagst es –«

»Und dann denke ich darüber nach, wie eigenartig das ist, daß zwei Menschen, die einander nicht kennen, an verschiedenen Punkten dieser Erde zu ähnlichen Gedanken kommen, die letztlich fast die gleichen Worte nach sich ziehen. Irgendeine alles verbindende Kraft scheint da am Werk zu sein und gleichzeitig dieselben Patente anzumelden.«

Sie blickte vor sich hin und löffelte langsam in ihrem Tiramisu, und ich wollte sie in ihren Gedanken nicht stören und blickte hinaus auf das dunkle Wasser.

Man wird es nicht glauben – aber es fuhr tatsächlich in diesem Augenblick eine Gondel vorbei, und die gebogene Linie ihres erhobenen Hauptes warf einen Schatten auf die weiße Wand eines der Häuser gegenüber, der aussah wie der Zauberdrache im Erdbeerland.

»Schau mal – der Zauberdrache aus dem Erdbeerland« – sagte ich zu ihr und zeigte auf die Erscheinung, die sich schaukelnd von uns entfernte.

»Wer ist der Zauberdrache im Erdbeerland –?!«

»Du weißt nicht, wer der Zauberdrache im Erdbeerland ist –?!«
»Oh Gott – ich glaube, ich habe es vergessen –«
»Der Zauberdrache im Erdbeerland sitzt mitten im Zaubererdbeerland, mitten im großen Zaubererdbeerfeld, und wacht darüber, daß niemand vorbeikommt und Zaubererdbeeren stiehlt.«
»Und was für einen Zauber können diese Zaubererdbeeren?«
»Diese Zaubererdbeeren schmecken nach Erdbeeren mit Honig, Zimt und Rahm, und wer eine einzige davon ißt, träumt davon, wie es ist, verliebt zu sein – und weil das so schön ist, paßt der Zauberdrache auf, daß nicht alle Menschen nur mehr Zaubererdbeeren essen wollen und dadurch zu faul werden, sich wirklich um die Liebe zu bemühen.«
»Ach, so war das –«
»Ja – so ist das.«
»Aber was ist, wenn der Zauberdrache einmal spazierengehen würde und alle schnell eine Zaubererdbeere essen und alle den gleichen Traum träumen – wäre das so schlecht?«
»Sehr schlecht sogar – weil man dann nämlich nie mehr aufwacht, wenn der Traum vorbei ist – und willst du dein Leben lang verschlafen für einen einzigen kurzen Traum?«
»Nein – ich möchte das alles im Wachsein erleben –«
»Na siehst du –«
»Dann ist der Zauberdrache ja ein guter Drache, der mir hilft, keinen Unsinn zu machen.«
»Ich sehe, du hast das Märchen vom Zauberdrachen voll und ganz verstanden.«

»Gott sei Dank. Und jetzt macht der Zauberdrache gerade Urlaub in Venedig – oder wie ist das?«

»Nein, nein – das war sein kleiner Bruder – der die Neuigkeiten einsammelt, aus denen die frischen Erdbeerträume gemacht werden – dazu fährt er hier herum und geht Wahrheiten einsammeln, die dann von der guten Hexe des Nordens zu einem Traum destilliert werden, den sie dann über die jungen Erdbeeren schüttet.«

»Das ist ja ein richtiger Familienbetrieb.«

»Mhm? Und was für Wahrheiten hat er heute schon entdeckt und geerntet?!«

»Ach – hier einen Kuß und dort ein Lachen und hier, zum Beispiel, eines der schönsten Abendessen, die ich in meinem ganzen Leben erlebt habe.«

»Ist das so?«

»Ja – das ist so.«

»Und das kann er so einfach ernten?«

»Ja – weil jede Sekunde, die wir bis jetzt gemeinsam hier waren, schon eine Vergangenheit ist – und die erntet er, ohne sie uns wegzunehmen.«

»Wie geht das –?«

»Er nimmt alle Gewichte aus der Vergangenheit und läßt nur ihren Schimmer zurück – auf diese Weise wird sie nie zu einem Bleikoffer, sondern läßt einen in die Zukunft fliegen, die in dieser Sekunde schon wieder begonnen hat.«

»Siehst du – das habe ich jetzt beinahe alles vergessen gehabt.«

»Wie gut, daß wir uns getroffen haben, um den Sand aus der Oase zu kehren.«

»Täglich aufs neue.«

»Ja, Maria – täglich aufs neue.«
Ich nahm ihren Löffel und kostete noch einmal von ihrem Tiramisu, weil ich meine zweite Portion auch schon aufgegessen hatte und wissen wollte, ob ihres genauso geschmeckt hatte wie meines. Gott sei Dank war es wirklich genauso ein Tiramisu wie meines – sonst hätte ich noch zwei Portionen bestellen müssen, um noch einmal vergleichen zu können.
»Es gibt sicher viele Menschen, die dich einen egoistischen Hund nennen« – sagte sie plötzlich in meine Entdeckungen hinein, und damit hatte sie völlig recht.
»Ja« – sagte ich – »sehr viele sogar. Aber was soll ich machen – es ist nicht mein Problem, daß es so viele verschiedene Meinungen zu ein und demselben Tiramisu gibt. Was dem einen ein Höhenflug ist, ist dem anderen eine spurenelementevernichtende Zuckerbombe. Und wer mich einen krummen Hund nennt und sagt, ich könne nicht lieben und schon gar nicht leben, der weiß eben nichts mit meiner Landessprache anzufangen – das ist alles.«
»Tja – vielleicht ist es wirklich so einfach.«
»Ich glaube schon.«
»Man darf wirklich keinem Ding einen Namen geben, wenn man keine Mißverständnisse heraufbeschwören will.«
»Richtig – oder sagen wir so – man soll die Gefühle nicht bei ihren Abkürzungen nennen.«
»Das heißt, man darf nie wieder einfach ›Liebe‹ sagen?«
»Man darf schon einfach ›Liebe‹ sagen – wenn diejenigen, die diese Abkürzung benützen, wissen, was für

eine Pyramide unter dem Zipfel gemeint ist, der aus dem Sand ragt und zu dem man ›Liebe‹ sagt. – Entweder man schweigt für immer und erlebt nur das, was man fühlt, dann gibt es nämlich überhaupt keine Mißverständnisse. Wenn man aber ein Mensch ist, der gerne plaudert, so wie du und ich zum Beispiel – dann muß man zuerst viele, viele Worte machen, die alle dreihundertsechzig möglichen Luftbewegungsrichtungen genau erwähnen, bevor man dann aus Gründen der Zeitersparnis einfach ›Wind‹ sagen kann.«

»Mhm.«

»Ja, glaube ich schon.«

»Ja – glaube ich auch.«

»Was ist denn für dich ›Liebe‹ –?!«

Sie lachte kurz und sah über das Wasser, ob nicht ein Zauberdrache vorbeischwimmen würde – der dunkle Spiegel aber lag genauso scheinbar ruhig da und wartete auf das, was sie sagen würde, wie ich ruhig war und auf ihre Antwort wartete.

»Liebe« – sagte sie und nickte vor sich hin – »da werde ich bis zu meinem Lebensende nicht fertig damit.«

»Na stell' dir vor, das wäre in sieben Minuten und du hättest noch Lust, mir zu erzählen, was es bedeutet.«

Sie mußte wieder lachen, und ich lachte voll Erleichterung mit, weil ihr Lachen für mich der Beweis war, daß alle unrecht hatten, die sagten, ich hätte keinen Humor – Maria mußte so oft lachen, wenn ich etwas sagte, daß ich langsam ahnte, warum es herrlicher ist Danny Kaye zu sein als Cassius Clay.

»Also gut – wenn ich ›Liebe‹ sage, dann meine ich, daß ich von einem anderen Menschen immer nur zwei Dinge mit absoluter Sicherheit weiß. Das eine ist –

daß er eine Geschichte hat, die ich nicht kenne, und das andere ist, daß ich eine Geschichte habe, die er nicht kennt!
Wenn ich aber in mir ein wortloses Gefühl spüre, das mich auffordert, mit diesem anderen Menschen eine neue Geschichte zu schreiben, die unsere gemeinsame Geschichte wird, dann versuche ich, ihm zu zeigen, daß ich alle Zeit der Welt habe, um seine Gegenwart zu begreifen, die aus seiner Vergangenheit heraus gewachsen ist.
Ich möchte versuchen, meinen Antrieb, bei ihm zu sein, nicht ruckartig auf ihn stürzen zu lassen, so daß ihn mein Auftauchen aus seiner Bahn wirft, sondern ich möchte versuchen, so zu beschleunigen, daß wir beide das schneller werdende Tempo genießen können und dabei immer wacher werden – und nicht – wie hast du es genannt – Höhenkoller bekommen.
Ja ... Ich möchte dann lernen, seine Sprache zu verstehen, und möchte versuchen, immer so klar zu sein, daß er genau weiß, was ich meine, wenn ich ›Wind‹ sage, und ich möchte vor allem Respekt haben vor seinen Geheimnissen, die er für sich behalten möchte, und auch vor den Geheimnissen, von denen er nicht einmal weiß, daß er sie hat. Wenn wir dann langsam dieselbe Sprache sprechen und dasselbe Tempo der Gefühle haben, möchte ich versuchen, mit ihm einen Blick in die Welt zu werfen, den ich allein nicht getan hätte.
Ich möchte mir von seiner Welt berichten lassen, die die Welt eines anderen Geschlechtes ist, die ich nur erahnen – aber nie begreifen werde.
Ich möchte ihn zärtlich darauf aufmerksam machen, aus welchen Bäumen mein Wald besteht, und möchte

die Angst vor dem Fremden in ihm, das immer fremd bleiben wird, verlieren und es respektvoll am Leben lassen und nicht so lange zu beschneiden versuchen, bis es von mir fortgehen muß, um nicht zu sterben.
Hm ... Ich möchte versuchen, mich immer daran zu erinnern, daß es ein Geschenk des Glücks ist, jemanden gefunden zu haben, zu dem ich ›Liebe‹ sagen kann, und möchte versuchen, nie zu vergessen, daß ich in sieben Minuten tot sein kann und daß mein letzter Moment ein Moment der Wahrheit gewesen sein sollte. Ein Moment der Wahrheit, der in einer langen Kette steht, die immerzu ›jetzt‹ beginnt.
Ich möchte versuchen, nie etwas zu verlangen, aber immer bereit zu sein für das, was eine Verbindung darstellt zwischen zwei Menschen, die, wenn sie nicht einander hätten, allein auf dieser Welt unterwegs wären.
Ich möchte meine Sehnsucht, die in meinen Gefühlen und in meinen Gedanken ist, in meinen Körper fließen lassen und meine Zärtlichkeit immer nur verwenden, um uns gegenseitig glücklich zu machen.
Ich möchte nie das Spiel der Zurückhaltung spielen, nur weil das in den letzten Jahrtausenden meine Rolle als Frau war, und ich möchte nie den Mann, den ich liebe, in Druck bringen, etwas erobern zu müssen, was er ohnehin so gerne von mir bekommt, wie ich seine Zärtlichkeit bekommen möchte.
Ich möchte immer die Zeit haben, alle Augenblicke, die zu einem Mißverständnis führen könnten, von ihrer Enge zu befreien, und ihnen so lange meine Geduld und meine Aufmerksamkeit schenken, bis sie zu einer Stufe der Erweiterung geworden sind.

Ich hoffe, daß das dauernde Üben, ehrlich zu sein, offen zu sein, Respekt zu haben und Respekt zu erhalten, jede launische Ungeduld unmöglich machen wird – es gibt nämlich keinen Grund und keine Rechtfertigung dafür, daß zwei Menschen auch nur eine Sekunde lang einen unfreundlichen, ungeduldigen oder gereizten Ton miteinander haben.
Falls das jemals geschehen sollte, möchte ich so wach sein, zu wissen, daß das nur ein Symptom war für eine Unzufriedenheit, die viel tiefer sitzt und sich nur in einer ruckartigen Bewegung entladen möchte. Ich möchte mir dann alle Zeit der Welt nehmen, dieser Unzufriedenheit nachzugehen und sie sprechen zu lassen, damit sie nicht eines Tages schreien muß, um gehört zu werden. Ich möchte erleben, wie durch diese Art zu leben die Perversion des Kampfes der Geschlechter zu der Wahrheit der natürlichen Spannung zwischen einer Frau und einem Mann wird, aus der die Bewegung entsteht, die das Lebensrad weiterdreht.
Ich möchte in mich hineinhören und wissen, ob ich in meinem Leben Kinder haben möchte, die ich zur Welt bringen will, ohne daß das ein Annageln des Mannes sein soll, von dem ich sie bekomme – es ist mein Leben und meine Verantwortung, die nur ich letzten Endes tragen kann. Und einen Mann zu verpflichten, bei mir zu sein, auch wenn die Liebe eines Tages zu Ende gegangen sein sollte, ist mir unvorstellbar.
Das heißt, ich möchte mir jeden Tag die Frage stellen: ›Liebst du noch, oder bist du nur in der Tradition?‹ Und wenn die Antwort heißt, die Liebe ist zu Ende, so wie jede Blüte einmal sterben muß, dann möchte ich

gehen können, ohne in den Formen zu ersticken. Ich möchte aber nicht so dumm sein, irgendeine Grenze aufzubauen – weil ich glaube, daß diese Blüte auch ein ganzes Menschenleben dauern kann – genauso wie sie eine Minute lang am Leben ist, wenn zwei Blicke sich wirklich treffen …
Ich möchte dem Mann, den ich liebe, sagen, daß ich immer versuchen werde, all das lebendig zu halten, und ich möchte nie aus Angst, keine Antwort zu erhalten, mit meiner Offenheit sparsam umgehen. Ich möchte kommen und gehen, wie es meine, seine und unsere gemeinsame Geschichte am glücklichsten macht, und ich möchte nie behaupten, irgend etwas ein für allemal zu wissen und zu können.
Ich möchte immer wissen, daß jede Begegnung auf dieser Erde nur die äußere Geschichte von Seelen ist, die auf eine ganz unbeschreibliche Weise ihre Bahnen seit ewigen Zeiten ziehen, und ich möchte nie versuchen, dieses Geheimnis in den Griff zu bekommen, sondern das zu erleben, was ich erleben soll, um daran etwas zu lernen und friedlicher und glücklicher zu werden.
Ja! Ich denke, das ist so ungefähr das, was ich meine, wenn ich ›Liebe‹ sage, und ich weiß, daß du dasselbe denkst wie ich.«
»Ja – das tue ich.«
»Gut! Dann können wir ja ab jetzt die gleiche Abkürzung verwenden.«
»Ja – das können wir.«
Sie lachte mich an und wendete ihren Blick nicht mehr auf das Wasser, sondern sah in meine Augen, in meine Gedanken, meine Gefühle und sah in mein Herz.

Wir zahlten, standen auf und gingen nach Hause in unser Hotel.

Auf dem Weg, der uns am Wasser entlangführte, gingen wir über all die Brücken, die vor uns lagen, und umarmten uns dabei, wie wir es in den letzten tausend Jahren noch nicht erlebt hatten.
Es war spät geworden, und wir waren fast allein.
Wir gingen langsam und schwiegen in die Sterne, die über uns leuchteten. Die Lampen, die an unserem Weg brannten, warfen ein warmes, rosa-violettes Licht auf die Treppen, die zum Wasser hinunterführten, und die Boote warteten auf den nächsten Tag.
Ein weicher, warmer, stiller Wind begleitete uns bis zu unserer Haustüre und ließ uns auch dann nicht allein.
Wir löschten das Licht und lagen ganz still in der Nacht.
Nach einer Zeit, die voller Ruhe war, umarmten wir uns und legten uns ganz nahe aneinander.
Ich sah in dem Dunkel des Zimmers meine Augen in ihren Augen und ihren Mund ganz nah an meinem Mund. Wir hielten uns umarmt, und unser Atem wurde langsam zu einem Atem und unser Pochen in der Brust zu unserem einzigen Herzen. Wir küßten uns langsam und ewig, und ohne aufzuhören, wurden wir zu einer einzigen Bewegung und zu einem einzigen Ton. Ihre Haut wurde meine Haut – und meine Wärme wurde ihre Geborgenheit, und ihre Stimme wurde meine Heimat, und dann war die Zeit nur mehr ein Staunen und die Dunkelheit wie ein Stern …

Anfang

Honigmond

*»Für alle,
die noch an den
Märchenprinzen
glauben«*

Für Monika Maria
»– con tutto il mio cuore …«

»Wir werden nicht alleine geboren –
wir müssen nicht alleine leben –
und wenn wir einsam sterben,
sind wir selber schuld ...«

Mauricio Santini

Ich bumse gerne.

Mein Gott, hat das lange gedauert, bis ich das sagen konnte. Nicht in der Öffentlichkeit, versteht sich – nicht mitten in einem eleganten Kerzenlichtdiner nach den Philharmonikern –, da bin ich nicht mit dieser Wahrheit herausgeplatzt, so daß jedem der Teilnehmer die Auster von der Schale gerutscht ist. Nein – mit mir hatte ich Probleme. Ich war die Zensur, die nicht erlaubt hat, es so zu sagen, wie es ist.

Ich bumse gern.

Jahrelang habe ich Leslie-Caron-Umschreibungen verwendet wie: »Ich liebe es, Liebe zu machen – voller Liebe...« – Oder –

»Körperliche Nähe als nächstes im Sich-nahe-Kommen«.

Oder –

»Eins-Werden im Alleinen ist einzig«.

Faserschmeichlichestandardsätze für die eine schlichte Wahrheit, die da lautet: Ich bumse gern. Warum hat das so lange gedauert, bis ich sagen konnte: »Ich glaube, ich muß gut durchgebumst werden«, wenn ich Kopfweh habe, und nicht: »Leiden Sie auch so unter diesen ewigen Wetterfronten...?!«

Ich weiß es nicht...

Nur weil ich ein Mädchen bin und Mädchen himmlische Geschöpfe sind, die schon auf Vatis Knien schaukelnd gelernt haben, daß Engel immer nur ›zärtliche Nähe der Flügelspitzen‹ suchen und nur die bösen Buben aus dem dunklen Wald gegenüber ans Ficken denken?
Wahrscheinlich war das der Hauptgrund, daß ich so lange gebraucht habe, um zu einem Schwanz Schwanz zu sagen, und nicht ›Er...‹ – ›sein Liebesstab...‹ – oder in lockeren Momenten – ›Buntstift...‹
Sagt ein Bäcker zu seinem Mehl ›Engelsstaub‹?
Oder ein Tischler zu seinem Holz ›Waldgeschenk‹...
Na also –.
Warum diese Umwege – warum diese überspannten Erwartungshaltungen, die jeden trockenen Dornbusch in Flammen sehen möchten und als Zugabe die Stimme des Herrn vernehmen wollen, die dröhnend meldet, daß das Weibe dem Manne untertan zu sein hat.
»Realismus ist das Salz der Weisheit.«
Ich glaube, das stammt von mir – ist aber auch egal – nur eines ist sicher – denjenigen, die sagen wollen, ich sei ein kaltschnäuziges Luder – denen kann ich nur sagen – besser ein Luder und mit einem Lächeln der Entspanntheit einschlafen als ein Engel, dem die Flügel gestutzt werden.
Wieso – wird sich jetzt mancher fragen.
Wieso ist unsere süße Linda Rosenbaum, unser goldgelocktes Himmelsmädchen, so geworden?
Wieso ist sie von Vatis Knien heruntergerutscht und hinübergelaufen in den großen dunklen Wald, in dem die bösen Buben toben.

Das war so:
Auch ich war einmal Darstellerin des Hollywoodfilmes, den man ewige Liebe nennt, und mein Leben hatte oben und unten einen schwarzen Balken auf dem Bildrand, weil mein einziges Glück in Cinemascope gedreht worden war.
Wir hatten uns in einer kleinen bunten Zuckerbäckerstadt kennengelernt, in der ich damals lebte, um meine Jugend und meine Unschuld zu pflegen. Wir – das waren ich und er – Linda und Martin.
Martin hieß er. Und den Tag, an dem ich ihn zum ersten Mal gesehen habe – diesen Tag... Nun gut, keine Sentimentalität – es war ein Tag wie jeder andere auch, und es war heiß – sehr heiß sogar, und ich saß im kürzesten Kleid der Welt in einem der alten Caféhäuser, deren Terrasse an dem Fluß lag, der durch diese kleine Stadt strömte. Ich saß da – kurz und heiß und blond, und dann kam er vorbei.
Er ging langsam – ich glaube, man sagt Schlendern zu der Art, wie er ging – langsam und ohne Ziel und doch selbstbewußt gespannt wie ein junger Löwe, der nicht weiß, wohin mit seiner Kraft an diesem heißen, heißen Tag...
Er hatte Bluejeans an – alte, alte Bluejeans mit zwei Rissen am rechten Knie, die er sich wahrscheinlich im Kampf mit den Sarazenen geholt hatte, und einen schwarzen Gürtel mit einer feinziselierten Silberschnalle, die noch von einem Bankraub in Santa Fé stammte... oder von einer anderen kleinen Bank in einer kleinen heißen Stadt in New Mexiko. Diese Jeans

waren ein Wahnsinn – am Bein entlang fielen sie locker, ohne eng anzuliegen, trotzdem spannten sie sich immer dann, wenn er einen Schritt machte, an seine Oberschenkel, die vom vielen vielen Reiten stark geworden waren und ungeduldig darauf warteten, etwas zu bändigen, das noch nicht an einen Sattel gewohnt war...
Und dann sein Hintern – oh –... dieser Hintern... Er blieb kurz stehen und drehte dem versammelten Publikum den Rücken zu, um langsam über den Fluß zu blikken, und da sah ich es – unter seiner rechten hinteren Tasche war der Beginn eines langen Risses im Stoff zu sehen, und ich wußte es so genau, wie man das Amen im Gebet kennt – noch zwei Tage, und an dieser Stelle würde der Stoff nachgeben, und man würde sehen, daß er nichts darunter anhatte – nichts – gar nichts zwischen seinen alten Jeans und diesem runden, festen, festen Hintern, der sich langsam mitbewegte, als er sich wieder umdrehte und mich ansah.
Direkt sah er mir in die Augen und hielt mich fest mit diesem Blick und diesem Lächeln, das ganz langsam über dem Horizont auftauchte und warm und weich wurde und –
Ich weiß nicht, wieso – ich blickte zurück in sein Lächeln und spürte, wie mein Bauch sich spannte und mein Atem tiefer rutschte und ein Lächeln hochstieg und zu ihm hinflog und...
»Ich glaube, ich muß mich zu dir setzen«, sagte er leise und saß plötzlich neben mir, so als ob der Stuhl seit siebeneinhalb Millionen Jahren nur für ihn freigehalten worden wäre...

»Ja, ich glaube auch«, antwortete ich und war nicht einmal erstaunt über diese Antwort, die wie in einem guten Film gesagt war – wie in einem guten Film, in dem Jack Nicholson und Meryl Streep schon beim ersten Blick wissen, daß sie am nächsten Morgen nebeneinander aufwachen werden.
Kunststück – die haben ja auch das Drehbuch gelesen und spielen in diesem ersten Blick schon die halbe Ewigkeit mit – aber ich – woher hatte ich diesen frechen scheuen Mut, ihn ohne Fragezeichen in mein Leben zu lassen?
Woher kamen dieses Lavagefühl in meinen Knien und diese anderen Augen, diese besonderen Hände, die ich plötzlich hatte, seit er an meinem Tisch saß –.
Wieso waren meine Blicke plötzlich so ohne jede Schranke – so ohne Hindernis auf dem Flug zwischen ihm und mir?
Weil es so heiß war?
Weil es Vollmond war?!
Weil mein Campari Soda so rot war?
Oder weil es doch ein Drehbuch gibt für alle Begegnungen auf diesem Planeten und weil ich das Drehbuch kannte, ohne es zu wissen, und einfach »ja« sagen mußte, weil es so geschrieben stand?
Egal – jetzt saß er an meinem Tisch, und ich sah ihn an. Er trug ein altes weißes Hemd – so eines von der Art, die noch diese handgeschnitzten Perlmuttknöpfe haben, in die vier kleine Löcher gebohrt sind und nicht nur zwei wie in die Plastikknöpfe, die so austauschbar sind wie – wie... Diese alten Knöpfe waren etwas gebogen – und –

man konnte noch die Muschel spüren, aus der sie herausgeschnitten worden waren. Und das Hemd hatte er über die Unterarme hochgerollt. Seine Arme waren leicht gebräunt und hatten blonde Haare – die in der Sonne golden schimmerten... Ja – das Leben im Freien, dachte ich – sah, daß auch die Haare auf seiner Brust golden waren und die Haut dort etwas dunkler als auf den Armen...

Nein, nein – er hatte das Hemd nicht offen bis zum Bauch – wie ein billiger Strandläufer – im Gegenteil –, er hatte sogar nur den obersten Knopf offen, was ihm so eine Unschuld verlieh, wie einem Holzfäller, der selbst in den dunkelsten, finstersten Wäldern die Sachen nie ablegt, die seine Mutter ihm zusammengepackt hatte am Morgen, an dem er aufbrach an den fernen Clondyke.

Trotzdem – trotzdem konnte ich diese Brust sehen und die goldenen Haare und diese Brust, die stark war, ohne blödsinnig trainiert zu wirken... O Gott – ich hasse diese *Ochsenkörper*, denen man bei jeder Bewegung ansieht, daß sie jeden zweiten Tag auf die Laufmaschine bei Schwierigkeitsstufe sechs workouten und beim Bizepstraining schon mit den Achterhanteln arbeiten...

Nichts von alledem – er war... ja – er war gesund –, gesund ist das richtige Wort, stark, gesund, jung und doch nicht so langweilig gesund wie diese US-Collegeboys – die vor lauter gesundem Lächeln den Lichtschalter nicht finden, wenn es Zeit wird, zur Sache zu kommen.

Nein – er war einfach ein Mann, der wußte, daß er am Leben war, und das war wie eine breite Welle am Meer, die man schon lange kommen sieht und die breiter und

höher wird und dann langsam ihre weiße Schaumkrone aufbaut, und dann ist sie da. Und man breitet die Arme aus und läßt sich hineinfallen und mitnehmen und herumdrehen und herumdrehen von ihrer Kraft. Und genauso waren seine Augen, und genauso ließ ich mich von ihm herumdrehen und herumdrehen und –.
Niemand soll sagen, ich wußte nicht, was ich tat.
Ich war alt genug, einen Scheck auszufüllen und meine Flaschen selbst aufzumachen. Und seit ich meine eigene schöne kleine Wohnung hatte, war ich die Königin auf Wolke sieben.
Es war auch nicht so, daß er zu dieser Welle wurde, die mich fortriß, weil ich noch nie im Meer geschwommen war.
Nein, nein, im Gegenteil – ich war schon ein paarmal beim Tauchen naß geworden, und das nicht nur im Kinderbecken mit Sichtkontakt zum Schwimmlehrer.
Aber – ich weiß auch nicht genau, was es war... Es ist einfach nie – ja – es war nie ein Kopfloswerden mit den Männern vor ihm – nie ein lachendes, brüllendes Versinken und Schweben im gleichen Moment, zu dem man seine Zustimmung gibt, obwohl man wie ohnmächtig ist... Nein, nicht ohnmächtig, sondern ›wie‹ ohnmächtig... Ein Jasagen zum Taumel, der sich um das eigene Herz dreht wie der Stoßverkehr um den Arc de Triomphe im April...
Na gut – man kann es auch verliebt nennen. Aber in dem Moment, in dem er seinen Campari bestellte, damals an diesem heißen Tag in dieser heißen Stadt, damals war ich noch nicht soweit, dieses Wort zu denken, und –.

»Ich kann doch dein Glas nicht so alleine lassen«, sagte er und beugte sich mit diesem Satz so weit über den Tisch zu mir, daß ich die Farben seiner Augen sehen konnte... Die Farben – diese Farben – nicht so wie bei den meisten Männeraugen, die ich kannte und die entweder braun gewesen waren oder blau oder – bei ihm war das anders –. Seine Augen waren wie, wie eine Schatztruhe voller Juwelen, die auf einem Piratenschiff im tiefsten Meeresgrund von Haifischen umschwommen werden, denen überhaupt nicht bewußt ist, was für Schätze unter ihnen darauf warten, gehoben zu werden.
Schnell auf die Bremse treten – dachte ich, und stieg daneben und voll aufs Gaspedal und sagte den Satz: »Ja – wir sind doch alle allein – oder?!«
»Genau!«
Der Ober brachte ein Tablett und begann dieselben Details vor ihm aufzubauen, die schon vor mir gestanden waren, als ich ihn zum ersten Mal angelächelt hatte. Ein hohes schmales Glas mit dickem Glasboden – darin zwei Finger purer Campari –, ein kleines Kännchen mit Mineralwasser und auf einer kleinen weißen Untertasse vier runde gelbe Zitronenscheiben. In einer Glasschale klickten einige Eiswürfel gegeneinander, die bereits begonnen hatten zu schmelzen. Jetzt nahm er drei davon in seine Hand und ließ sie in das Kirschrot hineinfallen – er nahm eine Zitronenscheibe und drückte mit seinen Fingern ein wenig Saft auf die Spitze der Würfel, die über den Rand der Flüssigkeit ragten.
»Am Anfang immer pur«, sagte er und griff nach seinem Glas und schwenkte es ein wenig hin und her und nahm

einen kleinen langsamen, kostenden Schluck – dann stellte er das Glas zurück auf den Tisch und nippte mit den Lippen einen kleinen Rest von Zitronenfleisch von seinem Mittelfinger weg, der –.

»Das hilft bei der Hitze«, sagte er und begann, das Mineralwasser aus dem Kännchen in sein Glas zu schütten. Es zischte ein wenig, und die dunkelrote Flüssigkeit wurde ein wenig heller und durchsichtiger, und hundertsiebenundzwanzig kleine Perlen tanzten vom Boden zu den Eiswürfelresten, die inzwischen aussahen wie kleine Eisschollen in einem See aus –.

»Woran denkst du?« fragte er und sah mich an.

»Daß ich nicht weiß, wer du bist, und wie du heißt –«

»Ich bin der Mann, von dem du wolltest, daß er sich an deinen Tisch setzt –«

»Das wollte ich –?!«

»Das wolltest du.«

»Du hast mich angelächelt.«

»Ja – aber nur, weil du so schön bist.«

Weil ich so schön bin... O Jesus, wie kann er so etwas sagen –.

»Weil ich so schön bin«, das ist doch ein völlig plumper Satz und noch dazu so direkt und... und lächerlich – und bei jedem anderen peinlich – aber... Ja – bei jedem anderen –. Aber er war eben nicht jeder andere... Er konnte es sich erlauben, die unmöglichsten Dinge zu tun und zu sagen, und – er war wie Marylin Monroe... Ich meine Marylin, die auch immer alles tun konnte, was bei jeder anderen ausgesehen hätte wie Tante Paulas Versuch, lasziv zu wirken – aber bei ihr eben nicht.

Allein diese Szene, in der sie Tony Curtis das Küssen beibringt. Da hat sie dieses wahnsinnige Kleid an, in dem sie so aussieht, als würde ihr wahnsinniger Busen im Freien schweben, und dann schaltet sie das Licht aus und tanzt im Halbdunkel des Zimmers mit zwei Champagnergläsern in der Hand auf das Sofa zu, auf dem Tony liegt und darauf wartet, daß dieser Busen endlich vor seinem Mund... Sie tanzt diese zwei Schritte wie ein unbeholfenes Mädchen vom Lande, und bei jeder anderen müßte man das Licht wieder anschalten und sagen: »Mach dich nicht lächerlich« – bei ihr ist es das Gegenteil – sie darf es... sie kann es... sie muß es, und wer das nicht begreift, hat nichts begriffen und sollte noch einmal von vorne anfangen...
Ja – und er war wie Marylin –. Bei jedem anderen hätte ich laut gelacht, wenn er nach den ersten fünf Minuten gesagt hätte: »Ja – weil du so schön bist.«
Nicht so bei ihm... Er sagte es, und obwohl er lachte, blieb er ernst bei dem Satz –. Er lachte mich an und blieb ernst und stark in dem Satz und ohne Zweifel und ohne Koketterie.
Ich sah ihn an und dachte: Er hat recht.
Nein – nicht mit der Erkenntnis, daß ich schön war, sondern mit seiner Art, keine Umwege zu machen. Keine Umwege und keine Spielereien und Spielchen und Gekichere und Gealbere und... Er war einfach der erste Mann in meinem Leben – der erste wirkliche Mann, der sich nicht pausenlos dafür entschuldigte, daß er so war, wie er war. Er hatte keine Angst, sich lächerlich zu machen – und das war es, was ich an ihm liebte. Ich weiß

nicht mehr Wort für Wort, was wir an diesem Nachmittag miteinander sprachen – ich erinnere mich nur mehr an die Farben und Klänge dieses Augenblicks.
Die Terrasse, auf der wir saßen, war so groß wie drei Wohnzimmer –. Es standen ungefähr zwanzig bis dreißig Tische auf ihr, die noch aus früheren Zeiten übriggeblieben waren und wahrscheinlich schon viele solcher Begegnungen miterlebt hatten. Es waren diese runden Tische, die aus Metall sind, aus Metall, mit weißlackierten Beinen, von denen zwei in einer Schiene auf der Unterseite des Tisches angebracht waren, so daß man sie am Ende des Tages zusammenlegen und Tisch an Tisch unter einem wasserfesten Tuch übernachten lassen konnte, um sie am nächsten Morgen neu aufzubauen.
Die Tischfläche selbst war rund und in einem hellen Lindgrün gestrichen, das jeden Tag von den Strahlen der Sonne einige Schattierungen heller wurde. Die Stühle waren aus dünnen Eisenstreben, und die Sitze und Rükkenlehnen aus Holzlatten, die auch weiß gestrichen waren. Jeden Frühling wurden sie weiß gestrichen, und die Jahresringe ihrer Farbschichten hatten die Kanten der flachen Bretter rund werden lassen, und an den Schmalseiten konnte man an einigen Stellen die getrockneten Farbtropfen erkennen, die der Maler übersehen hatte – oder bei denen er einfach nach dem siebzehnten Frühling nicht mehr die Geduld hatte, genauer zu sein mit seinem Pinsel. Über unseren Köpfen spannte sich an einer langen Rolle eine Markise über die Terrasse, deren Stoff alle zwanzig Zentimeter einen dunkelroten Streifen hatte und die am Morgen von einem der Kellner mit ei-

ner langen Metallkurbel aufgerollt und am Abend mit derselben Kurbel wieder eingerollt wurde. Sie rollten sie am Abend wieder ein, damit die kühle Nachtluft über die heißen Gesichter der Menschen streifen konnte, die da beisammen saßen und –.

Wieso war es schon so spät geworden?!

Ich sah erstaunt dem jungen Kellner im weißen Rock zu, wie er ein Windlicht auf unseren Tisch stellte und uns dann fragte, ob wir noch etwas bestellen wollten.

»Nein danke«, sagte ich und sah mich um.

Auf allen Tischen brannten schon Kerzen in bauchigen Gläsern, die eine weiche, honigfarbene Tönung hatten und verhinderten, daß der Abendwind die Kerzen zum Flackern, das Wachs zum Rinnen brachte.

»Wer hat an der Uhr gedreht?« fragte ich und wendete mich wieder zu ihm.

»Komm, wir gehen«, sagte er, zahlte, und dann wanderten wir am Ufer entlang, an dem sich einige Schwäne bemühten, gegen die Strömung ans Land zu steigen.

Er hatte seinen Arm um meine Hüfte gelegt, und an der Stelle, wo seine Hand auf meinem Becken lag, begann es, heißer und heißer zu werden, so daß wir stehenbleiben mußten, um uns zu küssen. Er nahm mein Gesicht und legte seinen Mund auf meine Lippen, und ich wollte ihm auf der Stelle sein Hemd zerreißen, seine Jeans so zerfetzen, daß er am nächsten Tag nichts zum Anziehen hatte –. Dann drückte er meinen Körper mit beiden Händen gegen sein Becken, und ich spürte, wie er noch einen Riß mehr in seine Jeans bekam.

»Wenn ich dich nicht sofort nackt in meinen Armen

halte, werde ich wahnsinnig«, sagte er. Und weil ich das nicht verantworten konnte, ging ich mit ihm zu dem Hotel, in dem er wohnte.
Gott sei Dank lag es ganz in der Nähe der Schwäne, die es endlich geschafft hatten, aus den reißenden Strudeln herauszukommen, was man von mir nicht behaupten konnte.
Das Hotel war in einem zarten Pastellton angemalt – so ein Pastellton, wie man ihn eigentlich in Miami erwartet und der in Europa reichen älteren Reisenden das Gegenteil von Miami vermitteln soll.
Beständiges Gleichmaß will diese Farbe vermitteln, und so sahen auch die Gäste aus, die in der Hotelhalle in weiche Fauteuils zurückgelehnt einen Martini tranken...
Beständig – gleichmäßig – und alles andere als am Leben. Ich wunderte mich über gar nichts mehr. Auch der Portier nahm es gelassen zur Kenntnis, daß der Herr aus Zimmer 231 mit den zerrissenen Hosen eine blonde Zuckerpuppe mit viel zu kurzem Kleid in den Fahrstuhl schleppte und zu küssen begann, noch ehe die Türen sich wieder sanft geschlossen hatten. Einige stahlblau gefärbte Damen blickten mit Fragezeichen und Ausrufezeichen zu ihren Ehemännern, die auf die verdeckte Aufforderung mit einem tiefen Schluck aus dem Martini-Glas reagierten. Wann waren sie wohl das letzte Mal in einem Fahrstuhl an die Wand gepreßt worden, an die Fahrstuhlwand, an der das Tagesmenü des Hotelrestaurants aushing, das so teuer war, daß sofort klar war, daß man im ersten Haus am Platz war.
Wann war es wohl das letzte Mal geschehen, daß der jetzt

so gierig Martini schlürfende Gatte ihre Hand an seine Hose gepreßt hatte und sie das Gefühl hatte, das Leben in der Hand zu halten – das Leben, wegen dem sie ihn doch einst geheiratet hatte... Oder – oder war es ein anderer Grund –. Sollte es etwa nicht das Leben gewesen sein, zu dem sie »ja« gesagt hatten, sondern nur die Tarnung des Lebens...?
War es die Versuchung der dicken Brieftasche, die ihnen erstrebenswerter war als ein fester, harter Schwanz in ihrer jungen heißen Muschi...?
Vielleicht –. Wahrscheinlich denken sie nicht einmal in diesen Begriffen, wenn sie vom Deck ihrer Jachten aus jungen Surfern zusehen, die mit starken Beinen ihre Bretter durch die Wellen zwingen.
Ja, ja – so schnell kann einen die Entbehrung überholen, daß man sein Haupthaar stahlblau färbt noch ehe die Natur das übernimmt...
Man weiß ja, wie diese Amerikanerinnen sind – Pioniersgattinnen, die sofort nach dem Herztod der wandelnden Brieftasche dem jungen, frischen Pizza-Lieferanten dreistelliges Trinkgeld zukommen lassen – damit er den Heimweg etwas später antritt als sonst.
All diese Sehnsüchte waren in ihren Augen zu sehen, als sich die Lifttüre zwischen uns und die Halle schob, in der der schleichende Selbstmord exerziert wurde.
Egal – ich war nicht stahlblau, und woher er das Geld hatte, in diesem Luxustempel zu übernachten, war mir auch nicht wichtig, solange die Zimmer in diesem Hotel mit so breiten Betten ausgestattet waren wie das Bett in Zimmer 231.

Er schloß die Türe hinter sich und sah mich an. Das wäre jetzt eigentlich der Moment gewesen, eine Pause einzulegen – Peinlichkeit aufkommen zu lassen, die man mit der Frage überbrückt: »Ein Glas Champagner...«
Nicht so er –. Er brauchte keinen Champagner – er brauchte nur mich – mich, mich, mich, mich, mich...
Er kam auf mich zu und begann, die Knöpfe von seinem Hemd zu öffnen – einen nach dem anderen, und dann zog er den Gürtel durch die Silberspange, und es klickte leise, als das Metall der Zierkappe auf der Spitze des Leders gegen die Schnalle schlug. Er zog den Gürtel zusammen und bog den Dorn aus dem Loch, das in das Leder gestanzt war, und dann öffnete er die Knöpfe seiner Hose. Mit der anderen Hand griff er in meine Haare und zog mich wieder zu seinen Lippen. Sie waren heiß und schmeckten ein wenig bitter nach Campari. Wir küßten uns und küßten, ohne uns loszulassen, und dann preßte er meine Hand auf seinen Bauch, der eine leichte Wölbung hatte bis unter seinen Nabel.
Gott sei Dank war das ein Menschenkörper und kein aseptisches flaches Muskelband, in dem es keine Kurven und keine Wellen gab. Er hatte schon starke breite Muskeln – ich fühlte, wie sie sich anspannten, als er meine Hand gegen seinen Körper preßte. Aber darüber war warmes, weiches Fleisch, das lebte und nachgab und rund war, und dann schob er meine Hand in seine Hose, und dann fühlte ich, wie groß und heiß sein Schwanz geworden war, und wollte ihn nie wieder loslassen, so stark war dieses Ding in meiner Hand. Ich kniete mich hin und zog seine Hose herunter, und es war wirklich so –. Er

hatte nichts an unter seinen hellblauen Hosen, nichts an, außer seinem Duft, seinem süßen, süßen, heißen Duft, der mich umarmte und wahnsinnig machte. Ich preßte mein Gesicht gegen seine Oberschenkel und spürte, wie es in ihm zu zucken begann –. Ich atmete tief und schnell ein und aus, um so viel wie möglich von seinem herrlichen Geruch in mich hineinzusaugen, und dann küßte ich ihn vorsichtig. Ganz vorsichtig und zart fuhr ich mit meinen Lippen über seine Haut, die weich war wie warme Seide und in deren Adern ich sein Blut klopfen sah –. Ich machte meine Lippen und meine Zunge ganz weich, und dann machte ich ihn naß, und dann öffnete ich meine Lippen so weit ich konnte, und schob meinen Mund ganz langsam über ihn, bis er ganz in mir drinnen war. Ich hielt mich mit beiden Händen an seinem Hintern fest und spürte, wie er kurz davor war zu kommen. Und als ich merkte, daß es gleich soweit war, hörte ich damit auf, meinen Kopf langsam vor und zurück zu bewegen, sondern hielt ganz still und bewegte nur mehr meine Zunge. Das war der Moment, in dem er sich langsam zurückzog und ich mich zur Seite auf den Boden legte... Ich sah ihm zu, wie er im Halbdunkel des Zimmers seine Hose von den Beinen streifte –. Er warf das Hemd auf den Boden und stand ganz nackt vor mir. Ich legte mich auf den Rücken und zog mein Kleid über meinen Bauch und versuchte, sein Gesicht zu sehen... Ich sah nur seine Silhouette gegen das Fenster und sah, wie unwahrscheinlich erregt er war –. Er stand da und sah mir zu, wie ich am Boden lag und langsam meine Beine auseinanderspreizte und mit beiden Händen über meine

Oberschenkel streichelte. Ganz ganz langsam fuhr ich höher und höher und zog mein Kleid über meine Schultern und mein Gesicht, als ich plötzlich spürte, wie er sich zwischen meine Beine kniete und in mich eindrang. Ich war blind und halb gefesselt von meinem eigenen Kleid, das sich über mein Gesicht spannte und aus dem ich noch keinen Arm herausgebracht hatte. Er legte sich langsam auf mich und schob sich dabei tiefer und tiefer… Ganz langsam und ohne Pause schob er sich in mich hinein, und als er völlig drinnen war, nahm er mit einer Hand meine Handgelenke hoch und zog sie über meinen Kopf und drückte sie dort auf den weichen Teppichboden. Ich konnte immer noch nichts sehen und meine Arme nicht bewegen, weil er sie zu Boden drückte. Ich wollte auch gar nichts sehen in diesem Moment. Es war gut so, wie es war –. Ich wollte nur seine Lust spüren – seinen Körper spüren – seine Zärtlichkeit und seine Kraft und seinen Willen und seinen Bauch und seine Beine und Haare und Haut und seine starken Schultern und seinen heißen Schwanz in meinem Körper, und dann mußte ich schreien. Als ich zu schreien begann, merkte ich, daß es bis zu diesem Moment völlig still gewesen war in unserem Zimmer. Es war völlig still gewesen bis auf seinen Atem, den Atem, den er hatte und der immer schneller und tiefer geworden war, und meinen Atem, der unter meinem Kleid um mein Gesicht und um meinen Kopf gelegen war wie ein warmer Wind in den Orangengärten Siziliens…
Jetzt aber mußte ich schreien – schreien vor Lust und vor Liebe und vor Sehnsucht, die ich so lange schon in mir

gehabt hatte und die noch niemals so hatte schreien wollen. Ich hörte, daß auch er zu stöhnen begann und dann zu schreien, und dann zerrte er mein Kleid von meinem Gesicht, wir küßten uns gierig und keuchend und schreiend, und immer wieder küßten wir uns und schrien auch dann weiter mit ineinander verbissenen Lippen und keuchten und schrien, und ich packte seinen Hintern und spürte, wie er immer und immer wieder in mich hineinkam mit so viel Zärtlichkeit und Festigkeit – und dann kam die Spannung... die große rote Spannung, die unten am Rücken beginnt und sich in den Bauch hinein ausdehnt und größer wird, und dann ist es mir so gekommen, daß ich dachte, ich verliere mein Bewußtsein. Im selben Moment ist es auch ihm gekommen, und ich habe ihn in meinem Bauch gespürt, heiß und naß und lebendig wie tausend kleine Flammen. Wie tausend kleine Flammen, die zu einem einzigen großen Feuer werden, das durch jede einzelne Zelle meiner Haut raste, bis ich verbrannt war.
Jetzt war es wieder still im Zimmer – fast – fast ganz still war es. Nur der Verkehr von der Straße war durch das Fenster zu hören, das eine Handbreit offenstand. Ein leichter Wind kam mit den Geräuschen der anfahrenden und vorbeifahrenden Autos ins Zimmer und streichelte mein Gesicht...
Ich war ganz naß – am ganzen Körper, heiß, naß, verschwitzt, brennend. Er lag auf mir, und ich spürte, wie sein Herz gegen seine Brust schlug und sich dieses Schlagen in meinen Körper fortsetzte.
Buschtrommeln, dachte ich. Die Buschtrommeln erzäh-

len wichtige Nachrichten weiter im Lande Linda Rosenbaums... So war es... Mein Körper war das unentdeckte Land Linda, und sein Körper war der Entdecker, der ohne Zaudern hineinstieß in die dunklen Winkel dieses unbekannten Erdteils. Ich streichelte langsam über seinen Rücken und spürte, wie entspannt er war. Er lag halb auf dem Boden und halb bedeckte er mit seiner Brust meinen Busen, und er war überhaupt nicht schwer. Er war – er war wie ein Tier, das sich in seiner Höhle ausruht von der Jagd... Ich preßte meine Finger flach in seinen Rücken, bis ich das Gefühl hatte, daß sie mit seinem Körper ein Ganzes bildeten. Und so hielt ich ihn fest und fest, bis ich träumte, er zu sein. ... Ich fühlte plötzlich, wie es für ihn war, so auf mir in diesem dunklen Zimmer zu liegen und die Hand der Frau auf dem Rücken zu spüren, die er eben geliebt hatte. Es war wie ein Echo in einem Wald, wie ein Echo, das man noch zu hören glaubt, selbst wenn der Ton schon lange verklungen ist. Man steht zwischen den Bäumen und ruft: »Hallo!« Von ganz weit weg antwortet es: »Hallo...« Und dann steht man da mit einer völlig entspannten Haltung und ist bereit, es noch einmal zu hören... Man atmet ganz leise und still, um nichts zu verpassen. Und man schaut... Man schaut und sieht plötzlich all die Bäume ringsherum, und plötzlich wird aus dem Hören ein Schauen... Man möchte noch einen Klang wahrnehmen und wird offen – offen... offen für jedes leise Knistern, jedes Fallen einer Tannennadel –. So steht man und ist bereit, alles wahrzunehmen, was sich ringsherum tut. Plötzlich fliegt fünfzig Meter entfernt ein Vogel zwi-

schen den Ästen – eine kleine, unscheinbare Bewegung, aber die Augen haben sie sofort gesehen, ohne sich anzustrengen und – ohne sich anzustrengen –, das war es –. Ich lag da und verließ langsam wieder seinen Körper und zog mich in meinen Bauch und meine Brust zurück, ohne ihn zu verlieren. ›Ohne sich anzustrengen‹, dachte ich noch einmal und fuhr langsam zwischen den Muskeln seiner Schulterblätter hinunter. Wirbel für Wirbel ließ ich meine Hand tiefer gleiten bis ich an dem Punkt angekommen war, an dem sich sein Rückgrat mit einer kleinen Bucht zu teilen begann... Die Haut wurde zu einem kleinen flachen Dreieck, und am Ende des Dreiecks begannen sich links und rechts zwei kleine Kurven aufzubauen, zwei weiche, feste Kurven, die zu seiner linken und rechten Po-Backe wurden. Er hat einen so wunderbaren Hintern, dachte ich und streichelte langsam über die eine Rundung und dann über die andere. Und dann griff ich mit der Hand so hin, daß ich beide Hälften spüren konnte. Ich spreizte die Finger ganz weit auseinander und hatte den Daumen und den Zeigefinger auf der einen Hälfte, den Mittelfinger ließ ich in das Tal gleiten, und der Ringfinger und der kleine Finger ruhten sich auf der anderen Seite der Weltkugel aus. Das gehört mir – dachte ich und bewegte die Finger der Hand ganz langsam auf seinem Körper –. Das gehört jetzt mir – dieser Hintern von diesem Mann, der sich nicht anstrengt, gehört mir – mir ganz allein.
Wieso..., fragte ich mich –. Wieso war ich so entspannt und wach zugleich, wieso war ich nicht so angestrengt wie sonst immer. Wieso war es mit diesem Mann so sehr

anders als mit den anderen? Mit den anderen – wie das klingt –. Ich war ja keine – also ich meine – ich war nun doch schon einige Zeit volljährig und hatte erst mit einer Handvoll Männern – ich meine, eine Handvoll – das ist nicht wenig – aber es ist auch nicht so viel – oder –. Ich will mich da jetzt nicht festlegen, und schließlich geht es ja auch um Qualität und nicht um Quantität und – also: Lydia hatte zu der Zeit schon siebzehn, soviel ich weiß, aber – das steht auf einem anderen Blatt. Aber auch diese Handvoll war – wie soll ich es sagen – sie war anstrengend. Ja – sie war anstrengend. Und das Anstrengendste war, daß man ununterbrochen spüren konnte, wie sehr sie sich anstrengten, bei allem, was sie taten.

Ich sage nur Richard.

Richard war wirklich ein netter junger Mann und – da liegt schon das Problem, denke ich. »Ein netter junger Mann.« Wenn einem diese Beschreibung einfällt, kann man eigentlich schon nach Hause gehen und sich mit einer Packung Chips vor den Fernseher setzen. Also nett – ja –, er war ein netter junger Mann. Schon die Tatsache, daß er meiner Mutter gefiel, wäre ein Grund gewesen, gar nicht erst vom Fernseher aufzustehen.

Dabei hatte er alles, alles, was man braucht, um in der U-Bahn aufzufallen. Er trug legere Anzüge, die farblich zu seinem Haar paßten. Locker fallende Bundfaltenhosen und saloppe Hemden mit gestärkten Manschetten. Dezente, aber nicht brave Sakkos und blaue Augen zum blonden Haar. Wenn er lächelte, sah man wirklich sofort, daß er die rechte Hand vom Boß war, und auch

sonst sah er aus wie das Beste im Mann. Er hatte einen sehr guten Job in einer Marketingfirma, und jeden Dienstag und Freitag ging er Tennis spielen. Eine Zeitlang war Landhockey angesagt, aber als ihm der gegnerische Verteidiger einmal einen mit seinem Holzstab über den Ellbogen zog, konnte er zwei Wochen lang sein Funktelefon nicht mehr so locker halten wie gewohnt, und daher kehrte er zum guten alten Tennis zurück. Das war wirklich ein kluger Entschluß – noch dazu, weil die gesamte Führungsschicht seiner Firma Tennis spielte und es daher wirklich keinen Grund gab, sich beim Landhockey von wirklichen Sportlern verprügeln zu lassen. Nicht? Heldentum braucht Publikum, und das war beim Cocktail in der Saftbar des Tennisclubs effizienter versammelt als in den Umkleidekabinen einer Landhokkey-Mannschaft. Nun gut –. Ich nehme an, er wird seinen Weg inzwischen gemacht haben, so sehr, wie er sich angestrengt hat, die Gunst seiner Vorgesetzten zu erreichen. So sehr, wie er sich im Bett mit mir angestrengt hatte – ha, ha – mein Gott, verglichen mit dem, was ich da im Zimmer 231 in der letzten Stunde erlebt hatte, war das alles ja nur ein Fliegenschiß auf der Landkarte des Universums. Das erste Mal mit ihm war sehr lustig –. Eigentlich war es traurig. Aber das ist ja das Lustige am Traurigen, daß es so traurig ist in Wirklichkeit, daß man nur mehr lachen kann. Ja nicht weinen, wenn es zu traurig wird – schon gar nicht im Bett – sonst kommt gleich die Frage: »Ist es gut für dich?!«
Mein Gott – »Ist es gut für dich.« Wer hat ihnen nur diese Frage beigebracht, diese idiotischste aller idioti-

schen Fragen –. »Ist es gut für dich.« Wenn diese Kerle nur einen Funken von Lebendigkeit in sich hätten, würden sie doch spüren, ob es gut ist für mich – oder?! Und selbst, wenn es nicht gut ist für mich – was sollte geschehen, wenn ich antworten würde – »Nein, es ist nicht gut für mich.« Ich bin nämlich kein Tennisplatz, auf dem man Asse schlagen kann, wenn man nur fest genug hindrischt!

Was wäre dann? Wenn man die Wahrheit antworten würde auf die idiotischste aller idiotischen Fragen. Hört man dann zu bumsen auf – ja? – Stößt er dann nur links oben oder nicht ganz so tief – oder nur einmal pro Sekunde anstatt eindreiviertelmal?! Eben – also wozu diese idiotische Frage –. Wenn ich die Weltlage diskutieren will, kann ich zu einer Talkshow gehen. Im Bett will ich so gut und richtig bumsen, wie es in diesem Hotelzimmer geschehen ist, in dem meine Hand langsam mit diesem herrlichen runden Hintern zu verschmelzen begann.

›Ist es gut für dich‹ ist aber nur eine der anstrengenden Stufen auf dem Weg zur Frustration. Die nächste Stufe ist, wenn man bemerkt, wie er sich bemüht, daß es dir zuerst kommt. Irgendwann haben sie ja alle einmal gelesen, daß es wichtig ist, kein Egoist zu sein und sich um den Orgasmus der Frau zu kümmern. Also kümmerte man sich – und wie. Nach jedem fünften Stoß und jedem Stöhnen dieser kleine Seitenblick... Jede Frau, die das erlebt hat, weiß, wovon ich spreche. Diese ununterbrochene Aufmerksamkeit mitten im Bumsen, ob das Plansoll endlich erreicht ist. Richtig bearbeitet kommt man sich dabei vor. Wie ein Stoß Akten, durch den man sich wühlt und der ja auch irgendwann einmal ein Ende nehmen muß, wenn man nur fleißig genug rackert. Und so liegen sie auf dir oder kriechen hinter dir rum oder tun sonst irgend etwas Exotisches und verlieren voller Egoismus nie das Ziel außer Augen, dich zu befriedigen. Das ist nämlich in Wahrheit ihr größter Egoismus – zu beweisen, daß er dich ›geschafft‹ hat. Mama – wie ist das alles komisch. Man kann richtig zusehen, wie ein Oscarleuchten in ihre Augen tritt, wenn man wieder einmal einen Orgasmus vorgespielt hat, damit die Reiberei zu Ende kommt, und er das Gefühl hat, kein Egoist zu sein. – Das ist alles so anstrengend – nicht –, oder ist das nicht fürchterlich anstrengend?! Also für mich war es immer anstrengend, diese Turnübungen zu absolvieren, und – es ist mir schon gekommen – ja, ja – nein, also so schlimm war es wieder nicht –, nur das Ergebnis war zu 87 Prozent meine Leistung, besser gesagt die von Kevin Costner oder von Alec Baldwin, oder sonst jemandem, von dem ich mir einen Phantasiefilm ablaufen ließ, während an mir herumgemacht wurde –. Das muß man schon zur Ehrenrettung sagen, daß es immer eine Summe war zwischen realem Versuch und Eigenphantasie, wie es sein könnte, wenn es nicht so anstrengend wäre.

»Was denkt hinter dieser Stirn?« fragte er plötzlich in die Stille hinein.
«Bitte?«
»Ich möchte so gerne wissen, was hinter dieser schönen Stirn so denkt und denkt und denkt – das ganze Zimmer

dröhnt ja schon davon, aber ich habe mein Übersetzungsbuch nicht bei mir.«

»Ich denke über das Leben nach«, sagte ich und versuchte, seine Augen im Dunkeln zu sehen.

»Ach so – um die kleinen Dinge geht es«, sagte er und richtete sich langsam auf. Er bewegte sich wie ein Kornfeld, über das der Wind streift und – wie bitte kann sich ein Mensch wie ein Kornfeld bewegen, über das der Wind streift! ›Fließend, fließend bewegt es sich, fließend und weich, ohne Kanten und ohne Hast und mit einer einzigen Bewegung, die aussieht, als hätte sie kein Ende und keinen Anfang. Genau so löste er sich von meiner Brust, ohne Ende und ohne Anfang – so sanft, daß ich das Gefühl hatte, ihn immer noch zu spüren, obwohl er jetzt neben mir auf dem Fußboden lag, sein Gesicht auf einen Arm gelegt, und lachte.

»Das Leben«, sagte er, »das Leben ist eine Kette von Prüfungen.«

»Ah ja?«

»Hm, hm.«

»Und was für eine Prüfung war das jetzt...«

»Das war die Prüfung des großen Mutes.«

»Die Prüfung des großen Mutes?«

»Des Mutes zu sagen: Ich liebe dich.«

»...«

»Ich liebe dich.«

»Ich dich auch.«

Ja – so etwas ist möglich. Es ist ganz einfach möglich. Man kann mit einem wildfremden Mann am Boden liegen in irgendeinem Hotelzimmer der Welt, und man muß sich sagen lassen, daß er einen liebt. Und dann ist es völlig selbstverständlich, ihn auch zu lieben – und es ihm zu sagen. Wie oft geschieht das im Leben – ich weiß es nicht –.

Auf jeden Fall viel zu selten, soviel steht fest. Ich hatte in dieser Nacht überhaupt keine Lust, darüber nachzudenken, was man eigentlich unter dem Begriff Liebe verstehen sollte – ich liebte ihn ganz einfach – ich liebte ihn... ich liebte ihn –. Mein Gesicht, meine Seele, mein Körper, mein Atem, mein Fleisch, mein Blut, mein Gestern, mein Heute und mein Morgen –. Alles in mir liebte diesen Mann, und wenn er jetzt sagen würde – laß uns zusperren und erst in drei Jahren wieder auf die Straße gehen – ich würde es tun. Herrgott noch mal, ich habe es ja getan –. Nein – nicht zugesperrt und drei Jahre lang mein kurzes Kleid im Zimmer 231 am Boden zerfetzt. Nein – aber mit ihm bin ich gegangen – mit ihm – aber das wußte ich in diesem Moment noch nicht –. In diesem Moment, in dem völlig klar war, daß ich ihn liebte.

Er hatte angefangen, das zu sagen – ohne Wenn und Aber, und das ist es, was ich im Leben in Wahrheit suche – kein Wenn und Aber – ha – wenn ich daran denke, wie das mit Johannes war – ich könnte zusammenbrechen vor Lachen.

Johannes – ein Richard in Dunkel mit Squash-Ambitionen. Das Wochenende mit ihm war wirklich bemerkenswert. Er war das, was man den ersten Mann nennt. Also der erste, der plötzlich neben dir im Bett liegt und fragt: »War es gut für dich?«

Ich wollte mit ihm nicht ins Detail gehen, und irgendwie war es doch auch nicht so schlecht gewesen – und – natürlich lag es auch daran, daß man beim ersten Mal ja noch nicht vergleichen kann, und daher denkt man, das muß so sein, daß es nach fünf Minuten vorbei ist und eigentlich weh getan hat. Aber da lag er nun schwer atmend und fragte so sehnsüchtig nach seinem Punktestand, daß ich einfach sagte: »Ich liebe dich.« Ja – ich habe es einfach gesagt, weil ich dachte, dieser Satz erklärt alles und doch auch nichts und müßte ihm eigentlich sagen, daß er anfangen könnte, sich zu entspannen. Fürchterlich, nicht – fürchterlich – wie oft dieser Satz gesagt wird, wenn es eigentlich an der Zeit wäre, über Wesentliches zu sprechen und vielleicht ein paar Wahrheiten beim Namen zu nennen. Nein – man tut es nicht. Man schüttet süßen Kleister über jede Möglichkeit, aus einer verfahrenen Situation herauszusteigen. Und anstatt dem anderen zu sagen, wie es wirklich aussieht im eigenen Herzen und im eigenen Körper, würgt man so ein alles verniedlichendes ›Ich liebe dich‹ hervor und hofft, daß daraufhin wieder Ruhe einkehrt. Die Ruhe kehrt dann auch meistens ein –. Nur ist es in 87 von 100 Fällen die Ruhe eines Friedhofs. Man sollte also diesen Satz wirklich in den kleinen Koffer der großen Wahrheit sperren und nur dann herausholen, wenn es kein Wenn und Aber gibt. Johannes zum Beispiel war überhaupt nicht entspannt nach diesem Satz. So, als wäre ein Skorpion über sein Gesicht gelaufen, richtete er sich auf und sagte: »Wie meinst du das?!«
»Was –«

»Na, wie meinst du das, wenn du sagst, ich liebe dich?«
»Wie soll ich es schon meinen.«
»Na, ich meine, was genau willst du damit sagen – willst du sagen, jetzt im Moment – oder generell – oder denkst du an Heirat–. Mißversteh mich nicht – ich liebe dich natürlich auch – aber eine Heirat kann bei mir einfach nicht in Frage kommen – ich habe meinen Eltern versprochen zu warten, bis ich ganz sicher sein kann – also nein, mißversteh mich nicht, ich bin ganz sicher, daß es gut ist, was wir hier tun, und auch ich schätze dich sehr – als Mensch – und so – aber eine Heirat...«
Mein Gott – dachte ich – was kann man alles anrichten mit drei so dummen Worten... Was für ein Sturzbach an Panik – Kim Basinger erlebt das nie in solchen Momenten – wenn sie sagt: »Ich liebe dich«, und dabei so unendlich schutzsuchend aussieht, nimmt sie Alec oder Sean in die Arme, verströmt bloße Männlichkeit und sagt ganz leise und begütigend – ›Ich dich auch‹.
Jeder weiß – es ist eine Farce – aber es dient doch dem Augenblick, nicht – es ist einfach eine Verabredung unter kultivierten Menschen, die eben ihre Körper miteinander vermischt haben, einander etwas Schönes zu sagen – dachte ich, und habe diesen Satz nach dieser Eisdusche nie wieder gesagt, nie wieder – nicht, weil ich stur geworden wäre oder weil ich die Jungs verletzen wollte – nein – mir ist nur durch diesen verblödeten Redeschwall von Johannes klargeworden, daß das eigentlich die drei heiligsten Worte der Menschheit sind und daß man damit kostbarer umgehen muß als mit Sauerstoffflaschen auf einer Mondstation.

Wahrscheinlich sitzt er jetzt noch mit gekreuzten Beinen im Bett und ist dabei, erst mal die ›Begriffe zu klären‹ – Johannes, meine ich.
Tja... Das Eigenartige an der Sache ist nur, daß ich, seit ich beschlossen hatte, mit diesen drei Worten heilig umzugehen, immer gedrängt worden bin, sie zu sagen. Jeder von meinen anderen Männern hat pausenlos an mir herumgebohrt wie am Hauptsafe von Fort Knox, um an diese drei Worte zu gelangen. Aber es ging nicht. Ich habe es nicht böswillig getan – ich habe es nur nie empfunden, und daher einfach nicht gesagt –. Oh, wie verletzt war dann der männliche Stolz –. Wie gekränkt die Absicht, zur Trophäe des Körpers nicht auch noch den Satz der Sätze gehört zu haben. Eine Zeitlang haben sie es mit Schmeicheleien und Kaufversuchen probiert. Und als sie dann erkennen mußten, daß ich sie wirklich nicht liebte, war ich plötzlich eine Emanzenkuh und frigide. Das soll einer verstehen. – Kann mir einer erklären, was sie eigentlich wollen –. Wenn man seine Wärme hergibt und das Tor aufmacht, fallen sie in Panik und reden von übertriebener Bindungsnähe und Autonomie-Notwendigkeit –. Läßt man es zu, trommeln sie mit Ramm-Bäumen dagegen und können nicht genug Bindungsnähe bekommen. Ich weiß es nicht – wie man es macht, macht man es falsch –. Darum sollte man ganz schnell aufhören, irgend etwas zu machen, und ganz einfach nur tun und sagen und leben, was man will.
Ich wollte in dieser Nacht ›Ja‹ sagen, und ich wollte geliebt werden, und ich wollte sagen: ›Ich liebe dich‹. »Ich liebe dich«, sagte ich zu ihm, »ich liebe dich.«

»Ich liebe dich...«
Er zog mich zu sich und küßte mich mitten in den Satz hinein auf den Mund –. Ich fühlte seine Zunge, wie sie gegen meine Zunge drückte, und dann begann ich an seinen Lippen und an seiner Zunge zu saugen, und dann spürte ich plötzlich, wie er wieder steif wurde in mir –. Ich spürte, wie er größer und größer wurde, und da erst wurde mir klar, daß er die ganze Zeit über in mir drinnen gewesen war und ich ihn immer als ein Teil von mir gefühlt hatte. Jetzt aber wurde er wieder ganz deutlich ein Teil von sich selbst, und ich hatte das Gefühl, daß er noch größer und härter wurde als beim ersten Mal. Ich drehte mich langsam über ihn und setzte mich auf sein Becken. Ganz langsam rollten wir gemeinsam ohne Widerstand in diese Lage, und als ich auf ihm saß, spürte ich, wie groß sein Schwanz in mir war – wie weit ich aufmachte, um ihn hereinzulassen – wie tief er in mich hinein konnte... Ich bewegte mich und ließ mich ganz ganz langsam tiefer und tiefer sinken, weil ich noch nie so sehr gespürt hatte, wieviel Raum in mir sein konnte, wenn mein Körper sich ganz öffnete. Ich spreizte meine Beine so weit ich konnte auseinander und fühlte ihn tief tief drinnen in meinem Bauch zucken und heiß werden. Ich nahm seine Hände und legte sie auf meinen Busen und lehnte mich dagegen und vertraute darauf, daß er mich halten würde –. Seine Hände faßten mich fest und warm an, und meine Brust spannte so sehr, daß es fast ein wenig weh tat. Genau in diesem Moment bewegte er langsam seine Arme und holte mich zu sich herunter. Es war, als würde er jeden meiner Gedanken lesen – jeden der

Wünsche meines Körpers erfühlen, noch bevor ich es selbst denken konnte. – Immer näher ließ er mich zu seinem Gesicht sinken, bis sein Mund die Spitze meines Busens berühren konnte, und dann küßte er meinen linken Busen und dann den rechten und ließ seine Zunge über die Spitzen gleiten, bis sie ganz weich und feucht und dann fest wurden und die Spannung sich wieder löste. In diesem Moment begann er sein Becken zu bewegen, o mein Gott, so vorsichtig und zärtlich und wie in Zeitlupe, daß ich sofort anfing zu kommen – so als hätte er das gespürt, hörte er wieder auf und blieb still liegen. Ich spürte, wie meine Explosion darauf wartete, in die Schlucht zu stürzen, und wartete atemlos, was geschehen würde. Wie ein riesiger Fels an der Schlucht des Grand Canyons warteten meine Gefühle darauf, ins Tal zu stürzen – aber wir taten nichts, um ihnen zu helfen. Ich wartete... Ich wartete. Und dann nach einer Weile fing ich wieder an, mein Becken gegen seines zu pressen... Ruhig und fest gegen sein Becken zu pressen, bis es nicht mehr tiefer ging. Und in dieser Haltung hielt ich seinen Körper am Boden fest und konnte fühlen, wie er versuchte, noch tiefer – noch tiefer in mich hineinzudringen, und dann fing ich am ganzen Körper an zu zittern... Es begann an der Innenseite meiner Oberschenkel, die auf seiner Hüfte auflagen. Sie fingen wie von selbst an, in sich zu zittern, und dieses Zittern wanderte in meinem Rücken und von dort höher und höher, und dann lief es durch meinen Bauch und um den Nabel herum, und dann hatte ich das Gefühl, daß mein Bauch sich öffnete, und vibrierend fing mein Oberkörper zu zit-

tern an, und die Schultern und die Arme bebten, und mein Mund stand weit offen, und von dem Punkt zwischen meinen Beinen bis zu meinen Lippen und meinen Augen und jedem Teil meines Körpers liefen Millionen kleiner Wellen. Ich spürte, wie auch er anfing zu kommen, und dann lief diese Erregung von ihm durch mich hindurch und riß eine Lawine los, die tausend Stunden dauerte. Ich konnte nicht schreien und richtete mich auf seinem Schwanz auf. – Ganz aufrecht saß ich auf ihm und legte meine Hände auf mein Gesicht, um mich selbst zu spüren in diesem Auseinanderfliegen. Ich hatte das Gefühl, seit zweihundert Jahren den Atem angehalten zu haben, und atmete aus... Noch stärker wurde das Brennen und Vibrieren in mir. Bis in die Lippen rollten die heißen kleinen Wellen, und mit jedem kurzen Atemstoß wurden sie mehr und mehr. Und mehr, und mehr und mehr und mehr –. Er öffnete meine Arme, und dann saß ich auf ihm, und er hob mich mit seinem Becken hoch, und ich breitete die Arme aus und hatte das Gefühl, wegzufliegen in eine dunkel dunkelrote Felswand hinein, in die ich mich verwandelte und glühte. Und...
Mitten in der Nacht wachte ich auf. Ich lag im Bett und in seinen Armen. Ich habe wirklich nicht die geringste Ahnung, wie das vor sich gegangen war. Ich meine, wie wir vom Boden in das Bett gekommen waren und wie wir eingeschlafen waren, und überhaupt hatte ich keine Ahnung. Von nichts in der Welt hatte ich eine Ahnung, außer davon, auf diesen Moment gewartet zu haben, seit ich fühlen kann. Wir lagen auf der Seite, und er schlief tief und fest. Er lag hinter mir, sein Bauch an meinem

Rücken gelehnt und seine Arme um mich herumgefaltet und die Hände ineinander verschränkt. Sein linkes Bein lag über meinem rechten Bein, sein Knie ruhte sich in meiner Kniekehle aus, und sein Kopf war ganz dicht an meinem, so daß ich seinen tiefen ruhigen Atem in meinem Nacken spüren konnte.

Das Bett war herrlich.

Es war breit und weich. Weich, weich, weich, weich. Ich hatte zu dieser Zeit einen *Futon* am Boden bei mir liegen, und der war überhaupt nicht weich. Es war die Zeit, in der man so ein Ding einfach haben mußte, um mitreden zu können. Das schauderhafte an den Dingern ist nur, daß man sie jeden Tag oder zumindest zweimal die Woche wenden und kneten müßte, um die Füllung wieder aufzulockern. – Aber wer tut das schon. Noch dazu, wenn man ein allein lebendes Mädchen ist wie ich und diese Ungeheuer einfach sauschwer sind. Sie sind wirklich zu schwer, um sie elegant zu heben und zu kneten –. Und wenn man es doch einmal versucht, bricht man sich die Fingernägel ab. – Also, was tut man? – Man läßt ihn einfach liegen und schläft tagein, tagaus auf dem ungeschüttelten japanischen Matratzenmonster, bis sich kleine Krater bilden, wo das Becken liegt, die nie wieder rausgehen. Weil es ja so gesund ist, so ein Ding, und keine Metallsprungfedern eingebaut hat wie in diese ekligen westlichen Schlafgeräte. Metallfedern, die ja bekanntlich die Biosphäre zerstören und den Untergang des Abendlandes noch mehr beschleunigen werden.

Ach, wie herrlich war es, in dieser Nacht unterzugehen.

Ich hätte das gesamte Abendland umarmen können für

die Erfindung von metallenen Sprungfedern der Marke Extraweich, die offensichtlich in dieses Bett eingebaut waren. Ich versank in der Matratze und in seinen Armen und war glücklich.
Sein Geruch war so beruhigend. Es war ein ganz seltsamer Geruch. Zuvor am Boden war es das Aufregendste, was ich in meinem Leben jemals gerochen hatte. Leute, die im indischen Dschungel den Angriff eines Tigers überlebt hatten, berichten, daß sie eine Welle von starkem süßen Duft gespürt haben, zwei Sekunden, bevor der Tiger auf sie losgesprungen sei. – Toll, nicht –. Ich kenne das Gefühl seit ein paar Stunden, dachte ich, und das ohne Lebensgefahr im indischen Dschungel.
Ich finde das sehr freundlich von der Natur –. Diejenigen, die das nicht überlebt haben, diesen Moment – die hatten wenigstens einen letzten starken Duft von Kraft und Lebendigkeit um sich... Aber, wie gesagt, die Düfte, die noch zuvor so erregend waren, beruhigten mich jetzt. Bis hinunter zu meinen Zehen, die völlig warm und prickelnd vor Entspannung nur ans Schlafen dachten. Ich bewegte mich ein wenig, und die frische Bettwäsche gab leise Töne von sich. Weiche raschelnde Töne von Hineindrücken und Ausatmen. Es war weiße Bettwäsche, und die Decke war dick wie eine Wolke und federleicht. Nie wieder ausländische Betten, dachte ich und wollte die Zeit anhalten. Das ging aber nicht, weil ich jetzt auf die Toilette mußte. Ich löste meine Finger aus seinen Händen, zog meine Beine nach vorne, schob meinen Rücken von seinem Bauch weg und glitt so langsam aus dem Bett, daß es nicht einmal die Decke bemerkte.

»Hm, hm...«, machte er, und ich sah ihn an. Nein, er war nicht aufgewacht. Es war ein Naturgeräusch, so wie es junge Katzen von sich geben, wenn sie im Korb durcheinander liegen und eine einzige Schlaftemperatur haben. Wenn man eine heraushebt, bewegt sich kurz der ganze Inhalt dieses Korbes, und fünf Katzenkinder sagen irgend etwas und strecken sich kurz, um gleich darauf weiterzuträumen, ohne jemals aufgewacht zu sein. Mein kleiner Kater machte »Hm, hm...«, streckte ein Bein, drehte den Kopf noch tiefer in das Kissen und schlief weiter.

Ich wanderte ins Badezimmer und setzte mich auf die Toilette. Das Licht schaltete ich nicht ein, weil ich meinen Augen diese elektrische Schockbehandlung ersparen wollte. Dann saß ich da und dachte nach.

Was gab es eigentlich nachzudenken –. Wozu nachdenken –. Einfach dasein sollte doch genügen – oder? Seltsam, wie der Mensch gebaut ist. Ich saß da und dachte an morgen... Wie es wohl weitergehen würde... Ob dumme Sätze fallen würden oder ein »Man-sieht-sich« das letzte Echo dieser Nacht sein würde.

»Warum diese Ängste, Linda –?« sagte mein Schutzengel und legte seinen Flügel um mich.

»Ich wußte nicht, daß du auch auf die Toilette gehst«, sagte ich zu ihm, und er antwortete völlig logisch – »Wo du hingehst, da bin auch ich zu finden...«.

»Na gut, aber warum sollte ich keine Angst haben – vielleicht ist er morgen über alle Berge.«

»Na und?« fragte mein ewiger Begleiter erstaunt und schimmerte golden wie selten.

»Ja, aber dann sterbe ich vor Sehnsucht«, sagte ich und war ein wenig empört, meinen Engel so lachen zu sehen.
»Gut – dann stirb nur vor Sehnsucht«, sagte er und hörte nicht auf zu lachen.
»Das findest du lustig?!«
»Natürlich, mein Kind«, sagte er wieder etwas gefaßter.
»Weil man nicht daran stirbt, wenn man endlich begonnen hat zu leben –.«
»Aber –.«
»Das einzige, wovor du Angst hast, ist, daß du jetzt weißt, wie sehr du am Leben sein kannst – das ist natürlich eine beängstigende Herausforderung, sich nie mehr mit weniger zufriedenzugeben ...«
Er lachte wieder so sehr, daß seine Flügel zitterten, er wurde durchsichtig und für meine Augen wieder unsichtbar.
Das ist es, was mich manchmal an seiner Präsenz etwas irritiert –. Der Umstand, daß er mich ununterbrochen beobachtet – ich ihn aber nur dann sehen kann, wenn ihm danach zumute ist. Na gut – wahrscheinlich ist das eines seiner Privilegien, und ich sollte wahrscheinlich aufhören, mir über himmlische Eigenarten den Kopf zu zerbrechen. Aber sichtbar oder nicht – wieder einmal hatte er das Problem auf den Punkt gebracht. Wie sollte ich nach dieser Nacht jemals wieder mit einem Richard oder Johannes durch die Untiefen der Normalität irren? Das geht ganz einfach nicht – dachte ich, und betätigte die Spülung. Auch dieses Ding war natürlich anders als in normalen Menschenhotels, es machte nämlich fast

keinen Lärm. Irgendwie hatten die das so in die Wand eingebaut, höchstwahrscheinlich mit Styropor unterblendet, daß man einfach nichts mehr hörte. Nun gut –. Aber das war ein zweitrangiges Problem angesichts der Tatsache, daß dieser Mann in diesem weichen Bett da drüben vielleicht schon morgen aus meinem Leben wieder verschwunden sein konnte. Das will ich nicht – bitte hilf mir, mein lieber Schutzengel – ich will es nicht ... Ich lauschte auf seine Antwort und glaubte, ein leises Lachen zu hören. Na gut – man soll nichts erzwingen wollen, dachte ich und wanderte zum Fenster, um hinauszuschauen.

Am Horizont begann schon ein erster dunkelgelber Streifen heller zu werden, und als ich einen Lieferwagen einer Bäckerei um die Ecke biegen sah, beschloß ich, daß der heutige Tag für sich selbst sorgen werde, und legte mich wieder zu ihm ins Bett.

So aufwachen...
So aufwachen möchte ich für den Rest meines Lebens, dachte ich, als mein Kopf langsam wieder anfing zu denken. Die Sonne stand schon über den gegenüberliegenden Dächern und legte breite Streifen durch das Zimmer, quer über unseren Fußboden, die Bettdecken und das Gesicht meines Geliebten – gelbe Bahnen voller Wärme und Zärtlichkeit.
Meine Wangen spürten die Strahlen meines Lieblingssternes auf der einen Seite und auf der anderen die Hitze dieses Mannes, der wie ein Meteorit nach dem Einschlag neben mir im Bett lag und glühte und glühte. Ich legte meine Hand auf seine Brust und fühlte sein Herz schlagen. Langsam drehte er seinen Kopf zu mir und begann zu lächeln. Er hatte seine Augen immer noch geschlossen und sagte leise: »Guten Morgen – du schönste aller Frauen«... Omar Sharif, dachte ich, als er diesen Satz sagte – obwohl er überhaupt nicht wie Omar Sharif aussah – nein, er sah eher aus wie... wie... wie... Auf jeden Fall nicht wie Omar Sharif. – Aber dieser Satz... Dieser Satz hätte von Omar gesagt sein können.
»Guten Morgen – du schönste aller Frauen...«
Ich sehe das dunkle Gewand vor mir, das Omar im Film

Lawrence von Arabien getragen hat, und diese unwahrscheinlich glühenden Augen, in denen die Glut aller Mittagssonnenhitzen der Welt lodert –.

»Du schönste aller Frauen...«

Ich wollte ihm nicht widersprechen –. Wie konnte ich ihm widersprechen... Er hatte ja so recht... Bescheidenheit – wo bist du – nein – falsch, ganz falsch. Es geht nicht um Bescheidenheit. Es geht darum, daß ich mich wirklich wie die einzige Frau auf diesem Planeten fühlte. Und die einzige Frau auf einem Planeten ist logischerweise auch die schönste Frau, oder? Eine herrliche Ausrede dafür, sich einfach himmlisch zu fühlen –. Himmlisch, herrlich, himmlisch, himmlisch hoch jauchzend und zu Tode verliebt –.

»Guten Morgen – du wunderbarster aller Männer«, antwortete ich und küßte seine Brust. Er lachte –. Er hatte die Augen immer noch geschlossen und lachte... Wie ein kleiner Junge sieht er aus, dachte ich –. Wie ein kleiner Junge, dem es gelungen ist, am Bach ein Mühlrad zu bauen, und der es kaum glauben kann, daß es sich wirklich dreht...

»Hast du einmal an einem Bach ein Mühlrad gebaut?« fragte ich. Und da mußte er noch mehr lachen und öffnete die Augen und sah mich an.

»Ja, mein Engel – ich habe einmal ein Mühlrad gebaut – woher weißt du das?«

»Ich bin eine Frau.«

»Und das bedeutet?«

»Wir wissen so manches Verborgene.«

»Donnerwetter.«

»Ja.«
»Und was weißt du noch?«
Was weißt du noch – fragte er und sah mich an wie ein überfüllter Kindergarten, der dem Zauberer zuschaut, der beim Sommerfest Zuckerstangen aus einem Zylinder zaubert. Ja – was wußte ich noch... Das ist nicht zu beantworten, diese Frage – ich wußte alles und konnte es nicht sagen. Ich wußte, daß mein Leben, wie es bis gestern funktioniert hatte, nicht mehr weiterfunktionieren konnte, daß sich mein Mühlrad so nicht mehr weiterdrehen konnte, wie es sich bisher gedreht hatte. Ich lag auf dem Bauch, hatte mein Kinn auf seine Brust gelegt und sah ihn an. »Sonst weiß ich leider nichts«, sagte ich und zuckte mit den Schultern.
»Das ist ein guter Anfang.«
»Findest du?«
»Ja – nur dort, wo nichts ist, kann etwas wachsen.«
»Ich liebe dich...«
Er sah mich an – peng –. Jetzt hatte ich wahrscheinlich alles kaputt gemacht – nicht. Mit diesem blöden Satz, der vielleicht um zwei Uhr früh paßt, wenn man eben dabei ist, sich den Rücken am Fußboden aufzureiben, aber jetzt... bei Tageslicht... in einem hellerleuchteten Hotelbett, das schon tausendundeinem anderen Menschen als Durchgangsstation gedient hat... Jetzt so einen Satz zu sagen, ist ungefähr so sinnvoll, als hätte Captain Bligh Fletcher Christian gebeten, die Meuterei auf der Bounty noch einmal zu verschieben. Ich drehte meinen Kopf zur Seite und biß mir auf die Lippen –. Warum kann man die Platte nicht zurückdrehen, dachte ich –. Nur zwei

Minuten. Und wir fangen wieder beim Mühlrad an und lassen den Blödsinn mit –

»Ich dich auch…«

Das konnte nur eine Sinnestäuschung sein –. Wer hatte diesen Satz gesagt –. »Ich dich auch…«

Wahrscheinlich eine meiner Wunschprojektionen – eine Fata Morgana – passend zu seinem Omar-Sharif-Bild, das er mir –.

»Ich dich auch…«

Jetzt hatte er es ein zweites Mal gesagt –. Also doch kein Irrtum… Also doch eine Verlängerung der Sonnenstrahlen, die den Raum wärmer und wärmer machten. Ich drehte mein Gesicht wieder zu ihm und sah ihn an.

»Ja?« fragte ich. –

»Ja«, sagte er.

»Na gut, dann können wir ja Frühstücken gehen –«, lachte ich und war erleichtert, daß mir diese Wendung eingefallen war, die dem Augenblick wieder die Leichtigkeit gab, die er haben sollte. Seltsam, nicht? – Ab einem gewissen Punkt der Innigkeit – der ausgesprochenen Innigkeit, droht die Situation plötzlich zu schwer zu werden. Ich glaube, das geschieht immer dann, wenn das Leben stehenbleibt, wenn durch irgendeine zu große Bedeutsamkeit oder ein zu heftiges Wissenwollen die Abfolge der Lebensbilder gebremst wird. – Dann bleibt alles stecken und wird schwer – und das soll es nicht. Es ist auch eine Frage des Moments, in dem man die Bilder anhält. … Um Mitternacht – oder besser noch um halb drei Uhr in der Frühe, denke ich, paßt es –. Da verlangt das Leben geradezu danach, angehalten zu werden –. Es verlangt danach, plötzlich gebremst zu werden durch das Aussprechen der tiefsten Wahrheit. Ich denke, das ist der Sinn der Nacht. Die Nacht ist eine Dunkelkammer, in der sich, beschützt vor zu hellem Licht, die wahren Konturen der Ereignisse entfalten. Nur in der Dunkelheit können die Elfen ihre Schleier ausbreiten und tanzen, und dann ist es richtig zu sagen: »Ich liebe dich –« und sich gegenseitig auf den Seelengrund zu folgen nach diesem Satz und dort vier Ewigkeiten lang zu verharren.

Das Echo jedes Wortes ist in der Nacht verwurzelt –. Verwurzelt in einem tiefen heißen Grund, der keinen anderen Sinn hat, als den flüchtigen Tagesbildern als Wellenbrecher zu dienen. In der Nacht ist man ja auch von so vielen Träumen umgeben. All die Menschen, die am Tag Pingpong spielen mit ihren Kräften und Wünschen und ihrem Willen – verlassen diesen Spielplatz und schicken ihre Seele auf Reisen in das Land, aus dem am Tag kein Wanderer wiederkehrt... Und alle diese wandernden Märchen und Erkenntnisse, die in der Nacht von all den Schlafenden gesammelt werden, umgeben diejenigen, die noch wach geblieben sind und den Mond auf seiner Bahn verfolgen. In dieser Lebensstille blüht die Traummusik, und diese Musik besteht fast nur aus einem Echo. Ein Echo auf jeden Wunsch, der kaum gedacht worden ist –. Das sind unsere Träume in Wahrheit. Nur in diesen Momenten bekommt der Satz ›ich liebe dich‹ ein Echo, das ein Leben lang anhalten könnte, wenn man nicht wieder wach werden müßte und eine andere Zeit zu betreten hätte. Die andere Zeit, die

von den schnellen Strahlen der Sonne vorangetrieben wird, die so ganz anders sind als die langsamen Strahlen des Mondes. Die Strahlen des Mondes sind Erinnerungsstrahlen. Jeder Strahl, der vom Mond auf die Erde fällt, ist die Erinnerung, daß er von der Sonne kommt. Er wird langsamer und schickt auf seinem Weg die Schatten mit auf die Erde, die er auf dem Mond gefunden hat. Und diese Strahlen zeigen uns auch die Schatten im Leben eines anderen Menschen. Ein isländisches Märchen sagt, daß wenn ein junger Mann das Gesicht seines Mädchens bei Mondlicht erträgt – er es ein Leben lang erträgt – weil er nämlich die Wahrheit ihrer Nacht ertragen hat... So ist das mit den Himmelskörpern – und der Zeit, und der Nacht, und dem Tag... Ich habe sein Gesicht im Mondlicht ertragen und habe –. Aber jetzt ist es Tag und alles läuft wieder, wie man es gewohnt ist, und darum sollte ich nicht hängenbleiben in diesen Stimmungen, sondern der Zeit die Sporen geben und sagen: »Wer geht zuerst ins Bad?!«
Er nahm meinen Kopf in beide Hände, küßte mich und stand auf.
»Genieß noch das Bett...«, sagte er und wanderte nackt durch das Zimmer. – Jesus – was für ein Rücken... Das nenne ich gute Erziehung –. »Jesus, was für ein Rükken...« –. Dabei wollte ich sagen: »Jesus, was für ein Hintern!«
Er hatte eine Wahnsinnsfigur –. Ganz schlicht und einfach eine Wahnsinnsfigur... Jetzt war es ja das erste Mal, daß ich ihn ohne Kleider sehen konnte und noch dazu aus der Distanz und noch dazu bei Sonnenlicht und

noch dazu –. Er war richtig... Ein besseres Wort fällt mir nicht ein als ›richtig‹ –. Alles war im richtigen Verhältnis... Er hatte breite Schultern, die oben an den Armen rund waren wie von einem Mann, der hier und da schwere Lasten trägt – aber nicht zu schwer – und wirklich nur hier und da, so daß es nicht zu diesen gräßlichen Muskelmonstern kommt, hinter denen so viele ihre Jämmerlichkeit verstecken. Nein – seine Schultern waren rund und fest, und sein Rücken war breit und wurde zur Taille hin schmaler, und kurz über den Hüftknochen war die Andeutung einer Rundung zu sehen... Die Andeutung – sage ich. So wie bei den alten Statuen, die unter dem Nabel rund um den Körper eine kleine Welle haben. Das ist kein Bauch – das ist auch kein... Es ist einfach richtig, daß diese Welle da ist –. Das ist so wie bei der Frau der Busen –. Man schaut gerne hin und würde sich ärgern, wenn da nichts wäre –. Gar nichts wäre, meine ich –. Weniger als ein –. Gut, also er hatte diese leichte Wölbung, und sein Hintern war braun wie... wie – nahtlos eben –. Er war nahtlos leicht gedunkelt, aber nicht – wie soll ich sagen – es gibt so eine Art Cappuccino in Italien, der hat unter der Milchschaumschicht so eine goldbraune Farbe, die etwas dunkler ist als normaler Milchkaffee, aber wiederum sonniger als – ich schaffe es nicht –. Es geht nicht... Wie soll ich seine Haut beschreiben, wenn ich – halt – so geht es... Vielleicht –. Sie hatte Sonnenuntergangsfarbe... Ich meine diese Art von Farbe, die zu leuchten beginnt, wenn die Sonne genau zur Hälfte untergegangen ist. Ja – das ist es –. Und wer weiß, wovon ich spreche, der weiß, wovon ich spre-

che... Es leuchtet –. Dieses warme Sonnenbraun leuchtet im Gegensatz zu diesem braunen Hautton, der das Licht schluckt – etwas zu dunkel ist und bei dem man beim genauen Hinsehen immer das Gefühl hat, daß ein ganz dünner Film darüber liegt. Ein ganz dünner, fast grauer Film... Nun gut –. Bei ihm war es eben das Sonnenuntergangsbraun, das sich über seinen ganzen Rükken zog und das bis zu seinen Füßen reichte.
Rücken, Po, Bein, Füße –. Alles war von dieser herrlichen Farbe überschüttet und strahlte Wärme aus –. Und dieser Hintern –.
»Ich spüre das –« rief er, als er durch die Türe im Badezimmer verschwand. –
»Was denn – was spürst du –«, fragte ich scheinheilig und wußte genau, was er meinte.
»Es gibt sogar ausführliche wissenschaftliche Abhandlungen darüber –«.
»Worüber?«
»Sie haben mit Kirlian-Fotografie festgestellt, daß aus den Augen der Menschen Strahlen herauskommen, die auf das Objekt fallen, das ihre Augen eben betrachten.«
»Willst du damit sagen, daß du mein Objekt bist –«, rief ich und fühlte mich zutiefst ertappt.
»Ja, natürlich, was denn sonst.«
»Aha.«
»Was heißt Aha?«
»Aha heißt – jetzt weiß ich, wie du dich einschätzt.«
Ich hörte ihn lachen. »Der Fliegende Holländer hat gelernt, sich selbst einzuschätzen.«

»Willst du sagen, daß du der Fliegende Holländer bist?«
»Ja, natürlich – und alle sieben Jahre suche ich eine Frau, die bereit ist, mit mir auf mein Schiff zu steigen und in den ewigen Weiten des Weltraumes zu verschwinden...!«
»Aha.«
»Ja«... Ich lag da und blickte vor mich hin. Wieviel Wahrheit steckt in den alten Märchen – dachte ich. Vielleicht ist er wirklich der Fliegende Holländer und hat nur sein Äußeres unserer Zeit angepaßt, um nicht aufzufallen in den Straßencafés und im Kino – sonst würde ihm ja keiner eine Karte verkaufen und –. »Wo ist denn deine Mannschaft?« fragte ich, weil ich es jetzt genau wissen wollte.
»Meine Mannschaft?!«
»Ja – dein Riesensegelschiff braucht doch eine Riesenmannschaft, die mit erlöst werden muß.«
»Ach so – meine Mannschaft... Ja, die Mannschaft – also meine Mannschaft wartet auf dem Schiff auf mich – natürlicherweise.«
»Und wo liegt dein Schiff?«
»Mein Schiff liegt nicht – es schwebt.«
»Es schwebt?!«
»Ja, natürlich – es ist ja ein Geisterschiff.«
Das war wieder einmal völlig richtig, was er sagte. Sein Schiff war ein Geisterschiff, und daher war kaum anzunehmen, daß es mitten in der Stadt irgendwo am Ufer so vor sich hin dümpelte und zur Touristenattraktion wurde.

»Und wo genau schwebt es?« fragte ich und wollte ihn mit dieser Frage in die Enge treiben.
»Das kannst du nur sehen, wenn der Mond scheint«, sagte er. »Nur wenn das Mondlicht auf die treibenden Wolkenbänke fällt, siehst du mein Schiff, das dort seine Anker geworfen hat und darauf wartet, daß ich die Frau auf Erden finde, die mich erlösen will und mit mir geht, wohin der Wind der Ewigkeit uns treibt...«
»Bitte, wohin?«
»Wohin der Wind der Ewigkeit uns treibt...«
Jetzt blieb es still im Zimmer. Ich hatte keine freche Frage mehr auf Lager und stellte mir statt dessen vor, wie sein Segelschiff mit den allseits bekannten blutroten Segeln im Vollmond als Silhouette erkennbar über der Stadt hing und die Besatzung schwermütige Lieder anstimmte und auf die Rückkehr ihres Kapitäns wartete.
»Trotzdem brauche ich jetzt einen Kaffee«, sagte er und kam aus dem Bad zurück. Er hatte geduscht und ein weißes Handtuch um die Hüften geschlungen. Er hatte ein Handtuch um die Hüften, und auch das machte er richtig. Es gibt nur eine einzige Art, ein Handtuch um die Hüften zu schlagen. Es muß so tief gebunden sein, daß man immer noch den Nabel sieht, und gleichzeitig muß es den Blick auf die Knie freigeben. Alles andere ist Schwachsinn. Sieht so blöd aus wie Viktor Mature in den alten Hollywoodschinken, in denen er Römer spielt mit nacktem Oberkörper und schon so verfettet ist, daß er sein Römerröckchen mit dem Gürtel über den Bauchnabel ziehen muß. Dadurch glaubt er, daß er nicht blöd aussieht –. Sieht aber viel blöder aus, als wenn er sein

Römerröckchen unter dem Bauchnabel tragen würde, so daß jeder sehen kann, daß er eben einen kleinen Bauch hat. Das ist ja das Geheimnis von Eleganz und Würde – daß man erst gar nicht versucht, etwas zu verbergen, von dem ohnehin jeder sieht, daß es da ist und das durch das Verbergenwollen nur noch größer wird. Aber wem sage ich das –. Leider war ich damals noch nicht auf der Welt, sonst hätte ich Viktors Römerröckchen in die Hand genommen und kurzentschlossen tiefer gezogen. Nicht so mein Held –. Mit der selbstverständlichsten Natürlichkeit der Welt lag sein Tuch richtig um seine Hüften, und sein Haar war noch naß von der Dusche, und auf seiner Brust und seinen Armen rollten noch kleine Tropfen wie silberne Perlen –.

»Na – liegen wir gut und warm und sicher...«

»Ja, das tun wir.«

»Den wievielten haben wir heute.«

Ich dachte kurz nach. »Es ist der 20. August.«

»Der 20. August«, sagte er und setzte sich aufs Bett. »Linda, hör mir jetzt genau zu.«

»Ja, bitte.«

»Es ist der 20. August.«

»Es ist der 20. August.«

»Hast du gehört, was ich sage?«

»Ja – es ist der 20. August.«

»Es ist der 20. August – bist du bereit?«

»Hurra, Frühstück!«

»Ja, Frühstück... Bist du bereit?«

»Am 20. August bin ich zu allem bereit!« rief ich und rollte mich zu ihm, küßte ihn und sprang aus dem Bett.

Ja, ja, natürlich spürte auch ich jetzt die Strahlen, die aus seinen Augen kamen und über meinen Rücken streiften – sie fühlten sich an wie warmes Nerzfell, das – nein, ich besitze keinen Nerzfellmantel, natürlich nicht – aber meine Großmutter hatte so ein Unding, und ich weiß noch genau, wie das war, wenn sie uns am Weihnachtstag besuchte und diesen weichen, warmen, zauberhaften dunklen Mantel anhatte.

»Wenn du groß bist, darfst du auch so einen Mantel haben«, hatte sie immer gesagt – und jetzt bin ich groß und trage mit Styroporkügelchen gefüllte Bettdecken im Winter. Alles können sie künstlich herstellen – sogar künstliche Diamanten im Weltall –. Warum bitte keinen Kunstpelz, der sich anfühlt wie Großmutters Weihnachtstag-Pelz? Warum nicht, bitte?!

Nein – ich will keine traurigen Tieraugen sehen, die mir nachrufen: »Wie hätten Sie denn gern Ihren Pelz –« Aber angenehm sind diese Dinger doch, das muß man einfach zugeben. Und je mehr man es zugibt, um so edelmütiger ist es, auf diesen Gipfel des Wohlbehagens zu verzichten. Einmal noch sechs Jahre alt sein und unschuldig den ganzen Tag über Kekse mampfen und dabei Großmutters Mantel tragen –. Das wäre einer der drei Wünsche, die ich der Fee mitgeben würde – falls sie erscheint. Sexy sind diese Dinger auch... Mann-o-Mann – ich kann dir sagen – ich glaube, das machen die Millionen von weichen Stichen, die in die Haut eindringen und jede Pore einzeln liebkosen. Ich habe einmal – soll ich mich schämen – Blödsinn – jetzt ist schon so vieles gesagt... Jetzt gibt es kein Zurück mehr –.

Ich habe einmal Sex nach Klischee gemacht –.
Ja, mein Gott – was ist – stürzt die Welt jetzt zusammen – nein. Na also –. Im übrigen macht man ja neunzig Prozent Sex nach Klischee. Zu neunzig Prozent macht man es so, wie man es schon einmal gemacht hat und wie es gut war. Und weil man kein Risiko eingehen will, macht man es so ähnlich wie möglich – also nach Klischee. Oder man probiert Dinge aus, die man in Filmen gesehen hat oder in Heften. ... Ich meine die Hefte, die bei den Männern immer in der zweiten Schublade unter den Hemden liegen oder bei den Mutigen mitten auf dem Couchtisch, so daß man sich beim Tee die ganze Zeit über fragen muß, wieso diese Strapsmäuse ununterbrochen die Kinnlade von ihrem rotgeschminkten Mäulchen herunterhängen lassen, so als wollten sie der ganzen Welt einen blasen. Weil sie der ganzen Welt einen blasen wollen – ist die Antwort –. Zumindest soll es den Eindruck erwecken, daß diese Püppchen der ganzen Welt einen blasen wollen. Hurra!!!
Einmal habe ich dieses Spiel mitgespielt – was heißt gespielt... Na gut –. Aber einmal war das erste Mal, und dieses erste Mal war das letzte Mal –. Das letzte Mal, daß ich einen Nerzmantel getragen habe, meine ich – dabei – richtig – den von meiner Großmutter – das Erbstück.
Es war an einem kalten Tag im Februar... Es war sehr kalt, weil der Wind so von unten – nein – schön ordentlich der Reihe nach...
Also, ich hatte in diesem Winter einen Mann kennengelernt. Einen Studenten so wie ich – vielleicht fünf Jahre

älter, und der wohnte mit einem Freund gemeinsam in einer großen Wohnung unter dem Dach mit offenem Kamin... Offener Kamin – der Inbegriff der Sünde für kleine Mädchen vom Lande... Egal – natürlich konnte sich keiner von beiden diese Wohnung leisten, sondern sie steckten die Hälfte von ihrem Studentengeld, das sie von ihren Eltern bekamen, in die Finanzierung dieser Bude. Also, wie gesagt –. Ich lernte einen der beiden kennen – Peter hieß er, und wir trafen uns zwei Wochen, drei Wochen, vier Wochen, gingen Essen und ins Kino und ins Kino und Essen und Essen... und nie passierte etwas. Nichts. –

Kein heißer Blick – kein langer Händedruck beim Kuß an der Haustüre – nichts –. Der ist schwul, dachte ich mir nach einem Monat der Geschwisterliebe und beschloß, der Sache auf den Grund zu gehen. Nach dem siebzehnten Kinobesuch sagte ich zu Peter: »Heute bringe ich dich nach Hause.«

»Wenn du möchtest«, antwortete er und zuckte nicht zusammen.

Was geht hier vor – dachte ich – als ich mit dem kleinen Zwei-Personen-Lift ins Dachgeschoß fuhr. Die Wohnung war sparsam möbliert – das heißt, es gab nur einen Tisch mit vier Stühlen, ein paar Kissen am Boden und vor dem brennenden Kaminfeuer und in je einem Zimmer ein Bett. Zumindest nach außen sieht es nicht so aus, als würden sie gemeinsam in einem Zimmer übernachten, dachte ich, als ich Andreas kennenlernte, den Freund meines Freundes. Ein guter Freund, muß ich sagen –. Ein wirklich guter, weil er mir nach einem kurzen

Händedruck keine weitere Aufmerksamkeit schenkte, sondern sich wieder vor den Kamin legte, um weiter zu lesen.
»Was liest du denn da?« fragte ich, während Peter in der Küche Mineralwasser öffnete.
»Ach, nichts Besonderes – nur so ein paar Hefte.«
Ich griff zu dem Stoß von Heften, die um den Kamin herumlagen und erkannte, warum er der Frau in Fleisch und Blut, die durch mich in das Zimmer getreten war, keine Beachtung schenkte. Weiße Strümpfe, schwarze Tangas, hohe rote Stöckelschuhe – Netzstrümpfe... Eine richtige Speisekarte für kleine Buben lag da um ihn herum, durch die er hindurchblätterte, als wäre es das Uninteressanteste auf der Welt.
»Ein Glas Wasser«, sagte Peter und setzte sich zu uns auf den Boden.
»Ja, danke«, sagte ich, und langsam wurde es mir und meinen abenteuerlustigen neunzehn Jahren, die ich damals war, zu ruhig und fast unheimlich teilnahmslos.
»Gefällt euch so was?« fragte ich und tippte auf eine blonde Bombe mit weitgeöffnetem Pelzmantel, die auf einem Motorrad saß und mit ihren Stöckelschuhen versuchte, die Zündung in Gang zu setzen.
»Na klar«, sagte Peter und nahm das Heft und begann zu blättern. Irgend etwas stimmt nicht mit den heutigen Männern, dachte ich –. Vielleicht haben sie zu wenig Filme mit Clark Gable gesehen, um zu wissen, wie man sich benehmen soll, wenn eine junge Frau vor dem flakkernden Kaminfeuer sitzt und darauf wartet, daß der beste Freund endlich in sein Zimmer geht, damit der an-

dere, wegen dem sie eigentlich hier sitzt, sich zu ihr beugen und flüstern kann: »Noch Champagner – mein Kleines.«
»Habt ihr keinen Champagner –«, fragte ich, und dann hoben sie erstaunt ihre Köpfe von ihrer Lektüre und sagten im Chor: »Nein, wieso.« Ich sah die beiden kurz an und gab mir einen Ruck –. Das war das Alter, in dem man sich noch einen Ruck gibt – und dann stand ich auf und ging zur Türe und sagte: »Ich bin in einer halben Stunde wieder da.«
Ich fuhr nach Hause, ging zum Kleiderschrank und holte den Nerzmantel meiner Großmutter hervor, der seit ihrem Tod dort hing und auf irgend etwas gewartet hatte. Ich zog meine Bluejeans aus, meinen Pullover, mein T-Shirt und sagte in die Stille meiner Wohnung hinein: »Das wollen wir doch einmal sehen – das wollen wir doch sehen.« Dabei zog ich schwarze Strümpfe und Strapse an, meinen kleinsten schwarzen BH, keinen Slip und die höchsten Stöckelschuhe, die Gott je entworfen hatte. Dann wickelte ich mich in Großmutters bodenlangen Nerz, nahm die Flasche Champagner, die mir mein Vater zu Weihnachten geschenkt hatte, aus dem Kühlschrank, rief ein Taxi und stand genau eine halbe Stunde später wieder vor dem flackernden Kaminfeuer.
»Das ging aber schnell«, sagte Peter und holte staunend drei Wassergläser, in die wir den Champagner rinnen ließen.
»Was feiern wir denn?« fragte Andreas und verschluckte sich am lauwarmen Champagner, als ich auf drei Kissen liegend langsam meinen Mantel öffnete und leise sagte:

»Wir wollen den Sieg der Gegenwart über die Fotografie feiern...«
Ein starkes Stück – ich gebe es zu. Und heute würde ich so etwas im Traum nicht mehr tun. Aber damals – mein Gott – damals –. Auch diesen unglaublichen Satz hatte ich nicht im Moment geboren, sondern im Taxi geübt, bis ich ihn sagen konnte, ohne zu stottern. Und mit dem letzten Wort hob ich filmreif mein Glas an meine korallrot geschminkten Lippen und trank es leer bis auf den Grund.
»Wollt ihr es euch nicht gemütlich machen –«, sagte ich, und kam aus dem Staunen nicht mehr heraus –. War das ich – war das wirklich ich – die kleine neunzehnjährige Linda, die vor einem niederbrennenden Feuer am Boden lag und plötzlich einen jungen Mann zwischen ihren Beinen knien hatte, der seine Hose bis zu den Knöcheln heruntergeschoben hatte und schon in mir drinnen steckte, bevor ich das Glas abstellen konnte...
Es ging plötzlich alles so schnell und jung und wild, daß ich mir ganz sicher war, daß die beiden wirklich in getrennten Betten schliefen, wenn ich nicht bei ihnen war. Andreas lag halb über mir und hielt meine Beine so weit er konnte auseinander und schob sich wie ein hungriger Wolf in mich, während Peter neben meinem Kopf kniete, mich küßte und dabei sein Hemd und seine Hose auszog. Er schaffte es tatsächlich, seinen Mund nicht von meinen Lippen zu nehmen, während er sich die Kleider vom Leib holte, und dann legte er meinen Kopf auf seinen Oberschenkel, und ich nahm seinen Schwanz in den Mund und lutschte ihn, während ich spürte, daß An-

dreas zum ersten Mal fertig geworden war –. Er lag eine Weile erschöpft auf mir – dann kroch er zu meinem Busen hoch, und Peter zog sich aus meinem Mund und nahm den Platz von Andreas zwischen meinen Beinen ein. Der nahm ein T-Shirt und verband mir die Augen und nahm seinen Gürtel und wickelte ihn um meine Handgelenke –. Es hat mich angeturnt – ich kann auch nicht sagen warum. » Es hat mich angeturnt zu wissen, daß alles, was geschah, von mir in Gang gesetzt worden war und daß es nur darum ging, alles rauszulassen, was diese beiden Jungen immer geträumt hatten. Ich war plötzlich keine neunzehn Jahre alt, sondern zeitlos, ewig, ohne Persönlichkeit und noch mehr Person als je zuvor. Ich wollte es, und sie wollten es. Es war gut, daß ich damit angefangen hatte. Nachdem Andreas mich gefesselt hatte, beugte er sich über mich und streckte meine gebundenen Hände über meinen Kopf und gab mir mit der anderen Hand aus der halbvollen Champagnerflasche zu trinken. Ich trank und schluckte, bis sich schon beim Trinken alles zu drehen anfing, und dann rann der Rest der Flasche über meinen Hals und über meine Brust, und dann rieben sie sich mit ihren nackten Körpern an meinem Busen und an meinem Bauch und schleckten den Champagner von meiner Haut und aus meinem Nabel, und dann kam Peter mit einem lauten Stöhnen und gleichzeitig kam Andreas auf meinem Busen. Nach einer Pause, in der sie mich streichelten und küßten und kein Wort fiel, fingen sie wieder von vorne an. Einmal der eine, dann der andere, bis ich sie nicht mehr unterscheiden konnte, weil ich nichts mehr sehen

konnte und nichts greifen konnte, weil meine Hände von dem festen Ledergürtel umwickelt waren und weil ich auch nichts anderes wollte, als einfach gefickt werden und dabei Großmutters Pelzmantel am Rücken zu spüren.
Irgendwann in der Nacht schliefen die beiden ein, und ich richtete mich wieder auf... Das Feuer war heruntergebrannt und war nur mehr ein Häufchen Asche. Durch die Fenster verschwamm das Dunkel der Nacht zu einem weichen dunklen Blau, und ich wußte, daß ich jetzt gehen würde, um nie wieder in diese Wohnung zu kommen. Ich stand auf, wickelte den Gürtel von meinen Händen, warf das T-Shirt auf den Boden, zog die Eingangstür leise hinter mir zu. Ich drückte mich tief in meinen Pelzmantel und beschloß, nicht auf ein Taxi zu warten, sondern zu Fuß nach Hause zu gehen. Ich wanderte durch die verschneiten Straßen und mußte lachen, weil ich mit meinen hohen Schuhen ununterbrochen im gefrorenen Schnee stecken blieb. Als ich zu Hause angekommen war, hängte ich den Mantel in den Schrank zurück und ließ mir ein heißes Bad ein. Als es voll war, tropfte ich sieben Tropfen Jasminöl hinein und blieb in der Wärme sitzen, bis ich fast eingeschlafen war. Dann rollte ich mich in mein riesiges Badetuch, fiel ins Bett und schlief bis zum nächsten Mittag. Ich habe die beiden nach dieser Nacht nie mehr gesehen und nie mehr angerufen und, so seltsam es klingt – nicht einmal zufällig sind wir einander über den Weg gelaufen. Es war wie ein Zitat aus einer versunkenen Zeit, in der man sich bei Vollmond in den Wäldern getroffen hat, um all das zu tun, was bei Sonnenlicht so streng verboten ist...

Was würde er von mir denken, wenn er wüßte, daß ich einmal so eine Nacht erlebt habe. Männer sind ja so seltsam – sie wollen alles dürfen und behaupten, es hinterlasse keine Spuren, und am besten wollen sie, daß man als Madonna durchs Leben läuft bis zu dem Tag, an dem sie dich treffen. Und von Stund an sollst du die raffinierteste Hetäre des Universums sein, ohne jemals geübt zu haben. Es klingt so nach längst überwundenen Zeiten. Aber es ist wirklich immer noch so. Wirklich – sie ertragen es nicht, wenn sie nicht... also nicht der erste, aber... zumindest, mein Gott, worüber zerbreche ich mir hier eigentlich den Kopf, dachte ich, und drehte die Dusche auf eiskalt, um aus den Träumereien zu erwachen. Außerdem – es war ja nur ein einziges Mal und – und – und, die beiden habe ich ja auch nicht geliebt, so wie ich ihn liebe... Ihn, der da drüben mit seinen nerzweichen Blicken in dem großen weichen Bett liegt und den ich so sehr liebe – so sehr, daß ich tatsächlich das Gefühl habe, ihn betrogen zu haben...
»So, Linda, jetzt mach aber einen Punkt«, sagte mein Engel durch das Geräusch der Dusche hindurch und ließ das Wasser noch drei Grad kälter werden.
»Wirklich – soll ich einen Punkt machen?« fragte ich und war ganz klein und hoffte auf ein Machtwort meines ewigen Begleiters.
»Natürlich... sei froh, daß du schon einiges vor ihm erlebt hast – sonst hättest du dich ja zu Tode erschrocken – schon im Lift – gestern abend – erinnere dich?!«
»Ja«, ich erinnerte mich und drehte das Wasser ab. »Und du meinst, daß alles gut ist?« fragte ich und rieb

meinen Körper so stark mit dem Badetuch ab, daß meine Haut zu brennen begann, und der Kreislauf wieder anfing, im Kreise zu laufen.
»Ja – alles ist gut«, sagte mein Engel, und jetzt geh mit ihm frühstücken, sonst sterbt ihr noch beide vor Hunger, und das ist nicht der Sinn einer Liebesgeschichte.«
Richtig – völlig richtig. Also schlüpfte ich in den Rest meiner Kleider, nahm meinen Liebsten bei der Hand und fuhr mit ihm hinunter in die Halle.
Was ist denn eigentlich der Sinn einer Liebesgeschichte, dachte ich, während ich ihn von der Seite her ansah. Sich selbst wohl zu fühlen oder dafür zu sorgen, daß sich der andere wohl fühlt.
Oder es zu genießen, daß sich beide wohl fühlen? O Jesus – ich kenne so viele Liebesbeziehungen, in denen sich keiner von beiden wohl fühlt.
Warum?
Wieso?
Wo liegt der Grund?
Ich sah zu ihm, wie er so neben mir im Lift stand und auf der Leuchttafel über der Türe das Aufblinken der Stockwerke beobachtete, die wir passierten. Ich sah mir seine Schläfen an und die kleinen Falten neben seinen Augen –. Entweder fährt er viel Motorrad bei starkem Gegenwind, oder er hat viel zu lachen im Leben – dachte ich, als ich die kleinen Striche zählte, die von seinen Augenwinkeln nach oben führten. Soll ich ihn jetzt küssen oder einfach nur anschauen? – Das ist die Hauptfrage, denke ich – auf die sich alles reduzieren läßt –. Anschauen oder küssen, Phantasie oder Realität – Distanz oder Nähe . . .

Diese süßen, süßen, süßen kleinen Falten. Wenn ich mir sie so ansah aus einem halben Meter Entfernung, wollte ich mich sofort um seinen Hals hängen und sie einzeln mit der Zungenspitze abzählen, und – wenn ich das tue, dachte ich, kann ich sie aber nicht mehr in ihrer Gesamtheit zählen – und ihre Gesamtheit ist ja so süß, süß, süß, süß... Schrecklicher Zwiespalt der Gefühle – unentschlossenes Zaudern Hamletscher Natur –. Kein Wunder, daß Ophelia verrückt geworden ist –. Ich verstehe das –. Wenn Hamlet auch so süße Falten...
»Aufwachen, Baby...«, sagte er plötzlich, drehte sich zu mir und küßte mich auf den Mund –. »Wir sind gleich da.«
Ich legte meine Arme um seinen Hals und saugte mich an ihm fest...
Diese Küsse – drei blink – zwei blink – eins blink.
Der Lift sank tiefer und tiefer, und mein Kuß war noch nicht einmal bei der Hälfte angekommen.
Halle –.
Blink –.
Die Türe öffnete sich und wollte meinen Lebensrhythmus verändern. –
»Hm, hm«, machte ich, weil ich meine Lippen nicht von seinen Lippen nehmen konnte, und drückte irgendwo auf die Tasten an der Wand. Sssst, ssst fuhr die Lifttüre wieder zu, und der Kasten fing wieder an zu steigen. Das nennt man Frau der Situation sein, dachte ich, und kaute an seiner festen, heißen Zunge herum wie ein Katzenbaby, das im Kampf um die Mutterbrust endlich das Brüderchen zur Seite geschoben hatte und nun pumpend

und schnurrend vor egomanischer Lust sich am Leben festsaugt. Der Lift blieb stehen und setzte sich erst nach zwei Minuten wieder in Bewegung, weil ihn offensichtlich jemand in der Halle haben wollte.
Frechheit –. Ich meine, für ein Hotel dieser Preisklasse sollte es selbstverständlich sein, jedem Gast einen Einzellift zur Verfügung zu stellen. Howard-Hughes-mäßig, meine ich – mit dem man ganz nach eigenem Gutdünken verreisen kann zwischen den Etagen, mit einer in der Wand eingelassenen Minibar, in der sich erfrischende Getränke finden, kleine Kanapees... Gänseleberbrötchen mit einer Kirsche obendrauf zum Beispiel wären nicht schlecht, oder –.
Bums. Wieder waren wir gelandet. Die Doppeltüren glitten zur Seite, und wir stolperten küssend an drei Menschen vorbei, von denen ich weder Alter noch Geschlecht wahrnahm, nur, daß sie ihre Köpfe glaubten schütteln zu müssen. Sollen sie schütteln, dachte ich und stellte mir vor, wie sie jetzt kopfschüttelnd im Lift nach oben fuhren, ohne sich zu küssen. Kopfschüttelnd würden sie dann den Gang entlanggehen zu ihrem Zimmer. Kopfschüttelnd den Schlüssel in das Schloß stecken und kopfschüttelnd auf die Toilette eilen nach der langen Reise. Dann würden sie zum Telefon greifen und sich kopfschüttelnd darüber beschweren, daß in diesem Hotel Sodom und Gomorrha ausgebrochen sei. Ich sah sie vor mir, wie sie mit stahlblauen Haaren auf der Bettkante saßen, den Hörer am Ohr und den Kopf schüttelten. Natürlich muß man, wenn man den Kopf schüttelt und dabei telefoniert, den Kopf langsamer schütteln, so

daß man eher von einem Kopfdrehen sprechen müßte als von einem Kopfschütteln. Oder aber, wenn man das nicht will, muß man den Arm, der den Hörer hält, sehr sehr schnell mitschwenken, weil man ja – wie gesagt – mit der Meinungsäußerung des Kopfschüttelns nicht aufhören möchte, mit dem weithin bekannten Körpersprachezeichen des staunenden Unmutes, das ja das Kopfschütteln bekanntlich darstellt.
Ja, es ist gar nicht so einfach, sein Kopfschütteln zu dosieren, wenn man zum Ausdruck bringen möchte, daß man voller Unmut ist – denn wann sollte man damit wieder aufhören?!
Doch spätestens dann, wenn man eine Banane essen möchte oder sich eine Zigarette anzünden. Spätestens dann ist es vorbei mit dem Schütteln – daher ist man international übereingekommen, den Kopf höchstens zwei- bis dreimal hin- und herzuschütteln – gerade so lange, daß der Mensch, den man damit kritisieren möchte, es mitbekommt. Na gut – ich habe es mitbekommen – aber es war mir egal. Sollen sie doch schütteln – mir war viel wichtiger, daß der Portier ein freundliches Lächeln übrig hatte, als wir in der Halle mit dem Küssen aufhörten und wieder Luft holten.
»Guten Morgen – haben Sie gut geschlafen?«
»Ja, o ja, das haben wir...«, sagte mein Geliebter, und um seine Augen wuchsen schon wieder diese süßen, süßen, süßen...
»Frühstück ist im Salon bereit«, sagte der Portier und neigte sich nach diesem Satz wieder offiziell über seine Bücher.

»Nein«, flüsterte ich.
»Nein?«
»Nein!«
»Kein Frühstück?«
»Doch, aber nicht hier«, flüsterte ich in sein Ohr. »Ich kenne einen viel schöneren Platz...«
»Wirklich? –«
»Ja – einen Platz, wo man nicht den Kopf schüttelt, wenn ich dich küsse.«
»Warum flüstern wir?«
»Sie sind überall...«
»Verstehe.«
Ich packte ihn, küßte ihn und zog ihn mit aus der Halle, in der sich der Portier ein kurzes Aufblicken von seinen Büchern gestattete.
Als wir aus dem Hotel traten, sah ich zu meinem größten Erstaunen, daß es wirklich noch andere Menschen gab, die herumgingen und Sachen trugen und Gespräche mit Polizisten über ihren falsch geparkten Wagen führten. Waren wir tatsächlich nicht allein auf diesem Planeten? Eine Nacht lang hatte es so ausgesehen – aber nun – Normalität, wohin das Auge reichte... Nun gut – auch durch diese Brandung des Alltäglichen werden wir schwimmen, beschloß ich und umarmte ihn mit beiden Armen beim Gehen und legte meinen Kopf an seine Schulter. Er hielt mich genauso fest, und so wanderten wir siamesisch durch die Stadt zu meinem Lieblingsfrühstückscafé.
Er war der erste Mann, mit dem ich so marschieren konnte, so dicht, wie mir zumute war, und so, daß jedermann sehen konnte, daß wir offensichtlich verliebt wa-

ren. Ich hasse es, ich hasse es, ich kann es gar nicht genug sagen, wie sehr ich es hasse, mit einem Mann durch die Stadt zu gehen, mit dem man eben so etwas Intimes geteilt hat wie die eigenen Seufzer, und diese Tiere tun so, als würden sie einen nicht kennen – kaum, daß sie nicht auf die andere Seite der Straße springen – damit nur ja niemand denkt, sie wären gebunden oder gar verliebt. Das ist nämlich der wahre Grund, warum sie deine Hand nicht halten beim Gehen oder den Arm um dich legen oder gar beide Arme um deinen Körper und Hüfte an Hüfte schmiegen – damit nicht jede Tussi, die vielleicht zufällig aus einem Geschäft stolpern könnte, das Gefühl hat – er sei unfrei... So ein Affentheater, so ein blödes. Ich spüre es immer ganz genau, wie so zwei- bis dreieinhalb Millimeter Distanz zusätzlich eintritt, wenn irgendwo ein Minirock um die Ecke biegt. Husch – sind sie plötzlich irgendein Fremder, der sich verlaufen hat. Ist das genetisch bedingt? Müssen sie ununterbrochen beweisen, daß sie Jäger sind – daß sie frei sind – für jede Frau zu haben... Ich weiß es nicht. Ich weiß nur, daß es ein saublödes, unzärtliches, unheimliches, kaltes, dummes Gefühl ist, mit einem Mann auf der Straße zu gehen, in dessen Augen man noch vor ein paar Stunden versunken war – und der läßt plötzlich einen Eishauch der Distanziertheit los – nur weil Irma la Douce da vorne in ihren Kleinwagen steigt und ihr grüner Minirock dabei bis zum Hals rutscht. Es ist einfach Scheiße – und ich pfeife auf das ganze Autonomiegeschwätz und den Unabhängigkeitskram am Morgen danach. Ist mir schon klar – beim Sterben ist jeder allein – aber ich muß mich

ja nicht jeden Tag darauf vorbereiten, oder?! Im Gegenteil, denke ich – gerade weil jeder beim Sterben allein ist, sollte man sich doch so viel wie möglich umarmen, so lange man noch lebt und Arme hat, die das können –. Wenn Gott gewollt hätte, daß wir uns nicht umarmen, hätte er uns Flügel wachsen lassen – oder?!
Was?!
Wie?!!
Na gut.
Er war jedenfalls nicht so blöd, so zu tun, als wüßte er nicht, wozu mir der liebe Gott meine Taille gegeben hat. Er hatte beide Arme um mich geschlungen, so wie es sich gehört, und zeigte der ganzen Welt, daß ich die Frau war, mit der er eben im Begriff war, frühstücken zu gehen. Da war es nämlich – mein geliebtes, mich über alle Maßen zärtlich empfangendes Lieblingscafé.
Es liegt an der Ecke dieses zauberhaften alten Marktplatzes, in dessen Mitte immer noch der alte Stadtbrunnen steht, aus dem die Frauen schon vor vierhundert Jahren ihr Wasser geschöpft haben. Jetzt ist er natürlich nur mehr eine Zierde, aber das Wasser klingt noch genau so wie vor vierhunderteinundvierzig Jahren. Ich kann das so genau sagen, denn ich war zweimal dabei in all den Jahrhunderten. Einmal als – aber das führt zu weit... Auf jeden Fall liegt mein Kaffeehaus an der Ecke des rechteckigen Platzes, und wenn man die Wendeltreppe an der Außenseite zur Holzterrasse hochsteigt und sich an einen Tisch an der Wand setzt, hört man dort oben das Wasser rinnen. Wir setzten uns nebeneinander an einen Tisch an der Wand und sahen uns um. Ein älte-

rer Herr saß zwei Tische weiter und studierte ›Le Monde‹, um zu erfahren, was wirklich los war auf der Welt, und um ein Gegengewicht zu finden, hatte er sicherheitshalber die ›Times‹ und den ›Herald Tribune‹ vor sich liegen. Er bemerkte meinen Blick, sah kurz auf, lächelte und las weiter. So ist es gut, dachte ich – das ist ein Echo, das ich gerne habe. Der Mann spürt eben, daß wir glücklich sind, und weil er das Gefühl in sich kennt, wird es durch unser Glück in ihm wachgerufen. – Er wird auch kurz glücklich – lächelt – und liest weiter. Das ist selten. Leider ruft man ja in neunundneunzig von hundert Fällen mit der Ausstrahlung von Glück nur Haß hervor. Ich habe lange gebracht, um das zu begreifen. In meiner Jugend dachte ich immer, daß positive Gefühle jedem, der ihnen begegnet, einen Schubs geben könnten, auch positive Gefühle zu haben. Ich dachte, wenn ich einmal das Glück habe, mich trotz der Realität der Welt sonnig zu fühlen, müßten alle, denen ich begegne, auch zu strahlen beginnen. Leider ist das Gegenteil der Fall. Leider ist es nicht so, daß dank der zufälligen Begegnung mit der Heiterkeit die Menschen umschwenken von dem Ärger des Lebens zur Freude. Sondern die Tatsache, daß es einem anderen gutgeht, ruft nur Neid und Wut hervor, weil das Glück der anderen einem doppelt klar vor Augen führt, daß man im Begriff ist, einen Fehler zu machen. Denn sich schlecht zu fühlen ist ein Zeichen, daß man irgend etwas falsch macht. Nichts anderes. Und jede andere Erklärung ist eine Ausrede. Die Polizei, die Steuern, das Wetter, die Autos, die Arbeit – alles Ausreden, die man beiseite lassen und sein eigenes

Leben verändern müßte. Und wenn es Revolution bedeuten sollte. Ja – so weit muß man in Wirklichkeit täglich gehen, wenn man das beseitigen will, was einen stört, glücklich zu sein. Zur täglichen, ja stündlichen Revolution gegen die Umstände, die einen behindern, glücklich zu sein. Wenn man zum Berg sagt: »Hebe dich hinweg«, dann tut er es –. Nur weil es niemand glaubt und versucht, bleiben sie liegen, die Berge an Unzärtlichkeit und Enge und Konventionen, die unseren freien Blick verstellen. Und dann werden wir unglücklich. Und dann sitzt irgendwo jemand in einem Café und wagt es, uns glücklich anzulächeln. Natürlich empfindet man das in der Sackgasse, in der man sitzt, als Frechheit. Und weil man als Erwachsener ja die Schuld zuletzt bei sich selbst sucht, ärgert man sich über dieses Lächeln, anstatt sich zu freuen, schüttelt den Kopf oder verschießt giftige Blicke...

Traurig, aber wahr. Und darum versuchen auch alle, wenn sie einem Liebespaar begegnen, nach dem ersten Staunen, daß so etwas möglich ist, dieses Glück zu zerstören. Wir kennen das ja – die Bemerkungen der guten Freundin oder des guten Freundes, daß sich schon alles wieder bald normalisieren wird und so –.

Warum –?!

Warum soll sich etwas normalisieren, wo doch glücklich zu sein der allernormalste Zustand der Erde sein könnte. Warum gehen die guten Freundinnen und Freunde nicht auch auf die Suche nach einer Umarmung auf dem Weg zum Frühstückscafé – anstatt daheim zu sitzen, zum Hörer zu greifen und zu melden, daß der neue Angebe-

tete noch vor drei Wochen dabei beobachtet wurde, wie er... Halt –. Das war nicht möglich. Dieses Zum-Hörer-greifen war dieses Mal ganz sicher völlig ausgeschlossen, weil niemand in den Hörer raunen konnte: »Ich freue mich ja so für dich – aber, übrigens – sag einmal – hast du dich schon einmal gefragt, wieso die Segel seines Schiffes eigentlich blutrot sind... Blutrot...?«
Ha, ha, ha – ich lachte laut auf, nahm dem Ober die Karte aus der Hand, die er mir reichte – der ältere Herr blickte wieder von seinen Weltnachrichten auf – sah mich an und nickte kurz zustimmend, bevor er den Ober um die ›Gazzetta dello Sport‹ bat.
»Danke«, sagte ich und legte die Karte vor mich hin. »Ich nehme dasselbe wie immer.«
»Bringen Sie bitte dasselbe wie immer ein zweites Mal für mich«, sagte der Mann an meiner Seite, worauf der Ober mit einer leichten Verbeugung und Respekt vor so viel Entschlußkraft mit einer eleganten Halbkurve den Weg zur Küche antrat.
»Und was wäre, wenn ich immer kalten Kabeljau auf Pumpernickel mit Honig nehmen würde?!« fragte ich ihn und wartete atemlos auf seine Antwort.
»Dann, meine Geliebte – hätte es sich mehr als gelohnt, nach sieben Jahren der Irrfahrt diesmal über dieser Stadt den Anker zu werfen«, sagte er, und ich hörte bei seinen Worten das Brausen der Gischt des Wolkenmeeres, das der schwere Kiel seines Dreimasters zerteilte auf der Suche nach mir...
»Nicht wahr, du hast gewußt, daß du mich hier finden würdest?«

»Ich habe es nicht gewußt – aber ich habe meine Engel gebeten, dich zu finden – wo immer du auch seist...«
»Ja, ja, das war gut von deinen Engeln –«, sagte ich und blickte ihm ernst in die Augen. »Ich liebe dich.«
»Ich dich auch.«
»Werden wir aufwachen...«, fragte ich und wollte den Satz sofort wieder in meinen Mund zurückstopfen. Wozu diese ängstliche Frage. Warum überhaupt irgendeine Frage. Wozu dieses Sicherheitsdenken – mein Gott – War es denn nicht genug, daß dieser Mann hier neben mir saß und dasselbe Frühstück bestellte wie ich – ohne zu fragen, welchen Honig ich auf den Kabeljau eigentlich nahm? – Immer diese verdammte Sehnsucht nach Sicherheit und Ewigkeit, dachte ich. Das ist doch wirklich das ABC, daß man das seinlassen soll. Man zupft ja auch nicht jeden Tag an einer kleinen Zwiebel herum, die man eben gepflanzt hat, um zu schauen, wie's den Wurzeln geht.
Oh – diese Sehnsucht nach Ewigkeit.
Was soll man denn machen? Wie soll man sie seinlassen? Es ist doch logisch, daß man nach einem langen Winter in der Sonne liegen möchte – am liebsten zwölf Stunden am Tag, und das für den Rest des Jahres. Jeder Zentimeter dehnt sich schmelzend aus nach der Entbehrung der Eisgrotten, die mit Anfang Mai hinter einem liegen, und schon nach drei Minuten direkter Sonneneinstrahlung bildet der Körper Glückshormone.
Das ist bewiesen.
Wissenschaftlich bewiesen.
Und da kommt dann irgend jemand daher und sagt:

»Fünfunddreißig Minuten Sonne sind genug – ab in den Schatten.« Das geht doch nicht – nein, das geht einfach nicht. Also bleibt man liegen und schlürft das Glückshormon, bis man in der Nacht nicht weiß, wie man liegen soll – so rot ist die Haut geworden, bei den australischen Bedingungen, die heute ja schon planetenweit gelten. Ich will nicht –.
Ich will ihn nicht wieder hergeben, diesen eigenartigen fremden Mann, der da plötzlich wie die Frühlingssonne in den Winter meines Mißvergnügens hereingeplatzt ist. Ich will nicht nach fünfunddreißig Minuten wieder in den Schatten – ich will ihn ansehen und spüren und küssen und bumsen, bis ich verkohlt bin wie das Steppengras in der Kalahari Ende August. Ich will nicht vernünftig sein und es erst einmal abwarten und vorsichtig sein und distanziert mit den Realitäten umgehen, die da heißen – ich weiß nicht einmal, womit er sein Geld verdient – wieso trägt er solche Hosen und kann sich ein solches Hotel leisten –, ist er ein Mafia-Jäger in Tarnung oder ein Drogenhändler, der sich als Mafia-Jäger in Tarnung tarnt. Ich weiß es nicht, und ich will es nicht wissen. Wie hat Marlon Brando so schön gesagt im ›Letzten Tango‹: »Keine persönlichen Geschichten – keine Fragen – keine Vergangenheit und keine Zukunft...« – oder so ähnlich... Ein toller Film war das – mein Gott – der Moment, in dem er zu ihr gesagt hat: »Hol mir die Butter...« – phantastisch. – Sitzt doch tatsächlich ruhig und Marlon-haft da und raunt: »Hol mir die Butter...«
Sie holt ihm die Butter, und er legt sie auf den Bauch, zieht ihr die Hose runter und schmiert ihr genüßlich ein

Stück Butter in den Po und bumst sie, und das alles in der Totale –.
Herrlich war das.
Dieser Hintern von ihm, der sich immer so zusammengezogen hat bei jedem Stoß – bei jedem weichen Stoß natürlich – weil in den Po hinein tut es schon weh, wenn man nicht vorsichtig ist und –. »Nein, nein«, hat Maria auch dauernd gerufen und mit den Händen auf den Boden getrommelt – Marlon aber war das völlig egal –. Tief grunzend wie ein alter Bär, wie ein altes Wildschwein, wie ein alter Seelöwe hat er sich auf sie draufgelegt und seinen Schwanz in ihren Po gesteckt, den er zuvor mit der Butter eingefettet hat. Der Mann wußte, was er tat. Und dann – wie es ihm gekommen ist – sagenhaft. Langgezogen stöhnend und mit vor Ekstase zitterndem Hintern hat er sie vollgemacht, und sie hat noch ein paarmal: »Nein – nein – nein«, geschrien und dann doch auch gestöhnt und sich dann selbstverständlich ganz schnell – ganz weit von ihm und seinem hungrigen Schwanz weggerollt.
Ein Tier eben, dieser Brando... Ein richtiger Unmensch... eine Bestie, und das mit der Butter – ich meine, im Film ist ja alles möglich – auch das Unmögliche –. Denn man stelle sich vor... sie holt ja diese Butter auf seinen Wunsch hin aus dem Kühlschrank... nicht – muß ich weiterdenken –...
Die ist ja kalt, diese Butter... Und er nimmt so ein Stück von der kalten Butter und –. Gut, man kann sagen, er hat sie eben in seinen gierigen Händen in zwei Sekunden zum Schmelzen gebracht – die zwei Sekunden

vom Hingreifen in die Butter bis zu ihrem Popo – aber...

Na gut, das ist eben Film... In Wirklichkeit ist es viel besser, man nimmt eine dicke Hautcreme oder Milch... ein Mittelding zwischen Hautcreme und Hautmilch, so ganz weich und cremig, und dann muß man sich auch viel mehr Zeit lassen als die beiden im ›Letzten Tango‹. Viel mehr Zeit, weil so ein steifer Schwanz ist ja ein großes Ding... Ich meine, verglichen mit so einem zarten kleinen Popo... Und ganz ganz langsam muß er ihn hineinstecken und immer wieder warten, und man muß ausatmen und sich entspannen und immer noch Creme dazu schmieren, damit alles schön weich und glitschig ist und so und... Am besten ist es, wenn man leicht angetrunken ist – dann entspannt man leichter, und er ist dann auch nicht so hart vom Alkohol und... Auf jeden Fall ist das Ganze nur mit der Überschrift ›langsam...‹ zu genießen, und so wie Marlon das gemacht hat, geht es wirklich nicht im wirklichen Leben. –

Aber gut –. Film ist Film, und wieso steht plötzlich das Frühstück vor mir, und wieso hat da jemand meinen Toast mit Butter bestrichen, die jetzt ganz langsam zu schmelzen beginnt, und was ist überhaupt los mit der Zeit und der Wirklichkeit und allem und – hm?!

»Da, Liebste – bevor du aus deinen Träumen aufsteigst, wird der Toast kalt, und die Butter kann nicht mehr schmelzen«, sagte er und legte das Messer auf den Tellerrand. »Danke«, sagte ich automatisch und sah auf den Tisch. Da war es – mein Lieblingsfrühstück, besser gesagt, da war es zweimal, vier Scheiben Toast in einem

Körbchen und in eine weiße Stoffserviette eingeschlagen, damit er so lange wie möglich warm bleibt. Ein kleines Glasschälchen voller Butterscheiben, die auf Eiswürfeln lagen und aussahen wie Kinderblumen – die haben so ein seltsames altmodisches Gerät in der Küche, mit dem sie aus der Butter so nette blumenförmige Gebilde herausschälen... Also die Butter war auf dem Eis wie immer – ein zweites kleines Schälchen war mit Honig gefüllt und ein drittes mit dunkelblauroter Brombeermarmelade.

Daneben war ein Kännchen mit schwarzem Kaffee, begleitet von einem Babykännchen voll mit heißer Milch, auf der eine eineinhalb Zentimeter dicke Schaumschicht lag. – Eine Silberschale, in der eine grapefruitgroße Glasschale lag, hielt zwei Eier im Glas beisammen und, um dem Ganzen die Krone aufzusetzen, wurde das Ganze begleitet von einem kleinen Ständer mit Salz und Pfeffer und Zucker. So stand es wie immer vor mir, aber heute stand es zweimal da, und jemand hatte meinen Toast gebuttert, ohne daß ich danach fragen mußte.

»Ich will nicht aufwachen«, sagte ich und ertappte mich dabei, wie ich kopfschüttelnd auf meinen Toast blickte, auf dem die Butterblumen schon fast zur Gänze geschmolzen waren.

»Gut, dann träumen wir weiter«, sagte er und biß in seinen Toast, auf den er sich einen Finger dick Butter und Brombeermarmelade gepackt hatte.

»Ja, das sollten wir tun«, sagte ich, und dann saßen wir nebeneinander und kauten schweigend und manchmal schmusend unser erstes Essen an diesem Tag.

Danach saßen wir da und blickten über den Platz. Direkt gegenüber der Terrasse war in einem Haus ein Fenster geöffnet, und auf dem Fensterbrett stand eine rote Blume in einem Topf –. Sie hatte buschige Blätter und drei große, runde, satte Blumenköpfe, die so rot waren wie Mohnblumen in einem Feld.
»Schau, dort drüben«, sagten wir im gleichen Augenblick und lachten. »Du wirst es nicht glauben« – sagte ich, »aber diese Blumen stehen dort, seit ich denken kann.«
»Immer dieselben?« fragte er, und ich boxte ihn für diese Frechheit in die Seite.
»Nein, Dummkopf – jedes Jahr neue – aber immer die gleiche rote Sorte und immer an der gleichen Stelle und immer um diese Jahreszeit –.«
»Immer am 20. August.«
»Ganz bestimmt immer am 20. August«, sagte ich und fragte mich, warum er dieses Datum immer wieder so sehr betonte.
»Da scheinen Menschen zu leben, die die Kontinuität zu schätzen wissen«, sagte er und sah mich an.
»Und du?« fragte ich.
»Was ich?«
»Schätzt du auch die Kontinuität?«
Er lächelte und sagte nichts.
Kann man es blöder anstellen?
Frag ihn doch gleich, ob er dich heiraten will. Heiraten, ein Kind zeugen, einen Baum pflanzen und pünktlich die Raten für den Bausparvertrag zurückzahlen, den mit der fünfundzwanzigjährigen Laufzeit. Prima – wunderbar –.

Stell dich nur blöd. Andererseits – warum eigentlich nicht... Warum eigentlich nicht so schnell und offen und spontan sagen, was du denkst, Linda?! Warum dasselbe Spiel der abgesicherten Distanziertheit spielen, über das du vor einer Stunde noch geschimpft hast. Warum so tun, als wolltest du nicht, daß er hierbleibt und dableibt, und jeden Morgen Butter auf deinen Toast streicht und jede Nacht...

»Bleib bei mir für immer und ewig«, sagte ich und schickte kein ironisches Lachen hinterher, das zeigen sollte, daß ich erwachsen war und autonom.

»Für immer und ewig...?«

»Ja – für immer und ewig.«

»Einen Teil von immer und ewig habe ich auf meiner Suche schon hinter mir –.«

»Das ist keine Antwort.«

»Gut – ich werde immer bei dir sein – auf immer und ewig.«

»Ja.«

»Ja – die Frage ist nur, was du damit anfängst, wenn es soweit ist...«

»Was ist wann soweit?«

»Es ist meine Natur, es dir zu sagen, wenn es soweit sein kann. Deine Aufgabe ist es zu entscheiden, ob du wirklich für immer und ewig mit mir sein möchtest.«

»Würdest du in alle Ewigkeit deinen Kopf in der Nacht an meine Schulter legen und mich im Traum umarmen, so daß uns nichts geschehen kann.«

»Wenn du es wirklich willst, dann ja.«

»Gut.«

»Aber eines mußt du wissen – du glaubst zwar, daß die Entscheidung bei mir liegt – in Wirklichkeit aber liegt sie bei dir.«

Herrlich, herrlich... ›Vom Winde verweht‹ war nichts dagegen –. Er sprach diese Worte mit so viel Wärme und Zärtlichkeit und doch auch mit so viel Kraft und heiterem Duft, daß ich auf der Stelle nach Florenz geflogen wäre, um dort zu heiraten, wenn er mich gefragt hätte. Ich wollte ihm Zeit lassen – weil – mehr als er jetzt gesagt hatte, konnte man eigentlich gar nicht sagen am ersten Morgen, beim ersten gemeinsamen Frühstück. Nicht?... Und Heiratsanträge sind wirklich Männersache, denke ich – bei aller Offenheit –. Aber das ist ein Punkt, über den ich nicht diskutieren möchte. Auch wenn es nur ein altmodisches Spiel ist, auf das ich selbstverständlich mit ›nein‹ antworten würde – fragen muß doch immer noch das männliche Wesen – oder? Hm – ob ich wirklich mit ›nein‹ antworten würde, wenn er mich jetzt...

Verdammt – alles war möglich in diesem seltsamen Zustand ohne Zeit und Raum, in dem wir uns befanden und der vom Mond aus sicher als dunkelrot fluoreszierende Kugel um zwei Erdenbürger wahrgenommen werden konnte.

»Willst du mit mir spazierengehen«, sagte er, und ich übte schon einmal für die wichtigen Fragen und sagte leise und mit scheu aufblickenden Augen: »Ja.«

»Zeig mir, wo du gerne hingehst, wenn du nichts zu tun hast«, und hielt mich schon wieder mit beiden Armen umschlungen.

»Folge mir, Geliebter«, flüsterte ich in sein Ohr, und dann wanderte ich mit ihm zu einer der phantastischsten Errungenschaften der Stadt, in der ich lebe.

Es ist eine große Stadt mit diesem breiten Fluß in der Mitte, und auf der einen Seite dieses langsam fließenden Flusses liegt der alte Teil. Der Teil, in dem schon die Römer gewürfelt hatten, wie man erst unlängst bei Ausgrabungen festgestellt hatte. Und dieser alte Teil meiner Stadt liegt an einer hohen, senkrecht abfallenden Felswand. In früheren Jahrhunderten war das natürlich ein Schutz wie eine gemauerte Burg, und deswegen haben die Menschen in früheren Jahrhunderten auch angefangen, hier zu würfeln. Am Fuße dieser ungefähr hundert Meter hohen Felswand war eine Liftstation für einen Lift, wie man ihn normalerweise nur in Hotels erwartet, die mindestens acht Stockwerke hoch sind. Und dieser Lift führte im Felsen hoch zur Kuppe des Berges, und dort waren wir nach zwei Minuten Fahrt auch angekommen, als hätten wir das schon immer so nach dem Frühstück gemacht.

»Das gefällt mir«, sagte er und beugte sich mit mir weit über das Geländer, das da oben verhinderte, daß es ununterbrochen Touristen auf die Stadt regnete. Wir standen nebeneinander, Körper an Körper, und blicken auf die Häuser und suchten das Hotel, in dem wir –. »Dort drüben«, rief er und zeigte über den Fluß auf das große Haus auf der anderen Seite, an dem so viele Fahnen wie möglich Weltoffenheit signalisierten.

»Da ist es.«

»Ja.«

»Warte –, nein – doch, da drüben links, siehst du, das ist unser Fenster – es steht sogar offen – wahrscheinlich hat schon ein Mädchen mit schwarzem Kleid und weißem Schürzchen die Betten frisch überzogen.«

»Du meinst, das Zimmer wartet auf uns –«, sagte ich, und sah tatsächlich, wie die Fensterbalken leicht im Winde zu uns herüberwinkten.

»Natürlich«, lachte er. »Aber wir haben ja Zeit, nicht?«

»Ja«, sagte ich, »für immer und ewig...«

Danach fingen wir an, auf dem Berg herumzuspazieren. Ich liebe es, wenn man aus dem direkten Sonnenlicht unter die Bäume tritt. Mindestens drei Grad wird es plötzlich kühler, und man spürt, wie der Körper leichter aufatmet und zu lauschen beginnt. Die Vögel fliegen umher, und Schmetterlinge tun das, was ihre Natur ist. Sie fliegen von Blüte zu Blüte und genießen ihre Existenz. Ungestört, an der Grenze zum Märchen konnte man in den Kinderbucherinnerungen versinken, die einen dort oben auf dem Berg überfallen. Noch dazu, wenn man plötzlich zwischen den Bäumen eine alte Burgmauer entdeckt, die besorgte Bürger hier vor zweihundert Jahren aufgebaut hatten, um noch sicherer zu sein.

»Und das alles nur hundert Meter vom normalen Straßenkampf entfernt«, sagte er, und ich war glücklich über das Staunen in seinem Gesicht.

»Hier treibst du dich also herum, während ich von Ewigkeit zu Ewigkeit fliege.«

»Ja, das tue ich – jetzt werde ich dir meinen geheimsten Platz zeigen«, sagte ich und führte ihn zu einer dichten Hecke, die angeblich undurchdringlich war. Ich hatte

aber schon seit Jahren meine geheimen Wege und wußte, daß es eine Stelle gab in dieser undurchdringlichen Hecke, durch die man sehr wohl mit etwas Druck hindurch konnte. Und so nahm ich ihn an der Hand und brach mit ihm durch auf die andere Seite.
Jenseits der dichten Büsche lag eine kleine Lichtung mit völlig verwildertem Gras, in das sich sonst nie jemand setzte, und in dieses Gras legten wir uns, schlossen die Augen und hörten dem Wind zu, der leise und mit melodischen Wellen durch die uralten Baumkronen streifte. Ich lag auf dem Rücken und hatte seinen Kopf auf meinem Bauch liegen, und beide lagen wir da und mußten uns für nichts beeilen, und für nichts galt es, eine Erklärung abzugeben. Ich hatte meine rechte Hand unter meinem Kopf, mit der anderen streichelte ich ihm hier und da durch sein Haar. Er hatte wunderschönes Haar, weich und fest, und ich streichelte ihn von der Stirn nach hinten zu seinem Nacken, weil es ein Kater gar nicht gern hat, wenn man ihm gegen den Strich ins Fell greift, und er sollte in jedem Augenblick spüren, daß ich das respektierte.
Langsam, ganz langsam wanderte die Sonne über den Himmel und verschob die Schatten, die die Bäume über uns auf die Wiese legten. Von ganz weit weg hörte ich das Brummen der Stadt, in der es so viele wichtige Dinge zu erledigen gab, von denen ich mir nicht vorstellen konnte, jemals wieder etwas mit ihnen zu tun zu haben. Wie schreibt man einen Dauerauftrag bei der Bank – welches Formular verwendet man dafür und vor allem warum? Warum Daueraufträge – warum nicht einfach

nur lachen und lieben – wie zwei Kolibris, die sich an den Glockenblumen selig trinken... Zweiundzwanzig... neunzehn... fünfzehn... vierzehn... dreizehn... zwölf... Der Zeiger meiner Erinnerungen auf der Lebensuhr lief zurück, zurück, bis zu dem Tag, an dem ich zum ersten Mal auf dieser Wiese gelegen hatte.
Das einzige, was ich damals von Daueraufträgen wußte, war, daß ich dauernd auf diesem Stück Welt in der Sonne liegen bleiben wollte, um den Birkensamen zuzusehen, die im Wind trieben und einen Platz zum Neuentwurf eines Baumes suchten.
Ich war zwölf Jahre alt und dünn. Mein Gott, ich war so dünn, daß man nur an meinen beiden Zöpfen erkennen konnte, daß ich ein Mädchen war. Irgendwann muß es doch losgehen, dachte ich jeden Tag siebenmal und stellte mich immer wieder im Profil vor den Badezimmerspiegel, um meinen Busen zu kontrollieren. Betty hatte schon seit einem Jahr zwei Dinger, die wie Honigmelonenbabys aussahen und seit dem Tag, als sich ein Lehrer zweimal beim Wort ›Rotationsachse‹ versprochen hatte, als er an ihrem Tisch vorbeikam, trug sie überhaupt nur mehr T-Shirts der Marke ›much to small‹.
Was soll man machen – dachte ich – was soll man machen. Ob eincremen hilft?! In einer Werbung für Kosmetik hatte ich gesehen, daß eine Frau mit langsam kreisenden Bewegungen eine weiße Flüssigkeit auf den Busen auftrug und dann von unten nach oben kreisend dieses Zeugs einarbeitete. »Auf diese Weise bleibt ihr Busen straff und in Form«, versprach die Beschwörungsfor-

mel des Produktes, und dabei lächelte das zwanzigjährige Fotomodell, das eine dreiundvierzigjährige Frau darstellte, so doppelbödig in die Kamera, daß meine Mutter den Kanal wechselte und mein Vater ganz verstört aufblickte wie ein Teddybär im Zoo, dem man beinahe eine Honigwabe durch das Gitter geschoben hätte. Den Namen des Produkts konnte ich mir aber trotzdem merken. Und einen Tag später stand ich in der Parfümerie und investierte den größten Teil meines Vermögens in den Aufbau meiner Zukunft. Ich schleppte die Flaschen und Tuben der Firma, die dieses Wundermittel auf den Markt gebracht hatte, in einer Geheimaktion auf meinen Berg – brach durch die Büsche und setzte mich in die Sonne, um zu lesen, was auf den Beipackzetteln stand.

Überhaupt Beipackzettel...

Ich liebe sie...

Ganz egal, ob Hustensaft oder Wimperntusche – der Beipackzettel ist eine Welt für sich. Ich setze mich immer nach dem Einkauf auf den Badewannenrand und lese erst einmal ganz gründlich, was da so steht. Jede Eventualität wird angesprochen. Selbst die Möglichkeit, durch den neuen Haarfärber und Haarfestiger in seltenen allergischen Reaktionen Sommersprossen zu bekommen, wird gestreift, um nur ja den größten Eindruck an Seriosität zu vermitteln. Und jemand, der beim Anpreisen seiner Ware darauf hinweist, daß im Fall der Fälle – falls das Mittel im Süden um Mitternacht und Vollmond genommen werden sollte – daß also in diesem Falle alles schiefgehen könnte – wer derart darauf hinweist, ist schon sehr seriös. Nun saß ich also da und überflog das Papier, in dem wieder von kreisenden Bewegungen die Rede war, und zog mein Hemd aus und quetschte einen halben Liter Creme auf meine Brust...

»Was machst du denn da?!«

»Wieso?!«

Warum? Wer? Hier?! – Das kann nicht sein.

Ich drehte mich um und sah den Jungen aus meiner Klasse dastehen, der in der zweiten Bank neben mir saß und komischerweise immer meine Schultasche tragen wollte und nicht die von Betty. Vielleicht, weil ich beim Unterricht immer so weite Blusen trug, die der Phantasie mehr Spielraum gaben als diese Vakuumverpackungen von Betty, in denen sich ihr Fallobst präsentierte.

»Ich... ich –... ich sonne mich hier ein wenig.«

»Ah so.«

»Ja.«

»Hier oben?«

»Ja – hier oben.«

»Warum fährst du nicht an den See –«

»Ich hab nur eine Stunde Zeit.«

»Aha.«

Er fragte nicht weiter und setzte sich neben mich.

»Sonnencreme?« fragte er und nahm eine meiner Wunderflaschen.

»Ja – Sonnencreme«, sagte ich und nahm sie ihm wieder weg.

»Gut – ich hab nämlich nie welche dabei«, sagte er und zog sein Hemd aus.

»Was tust du?«

»Ich sonne mich auch.«
»Aber – wie bist du eigentlich hierhergekommen –«
»Du meinst, durch die Büsche?«
»Ja – durch die Büsche.«
»Ich bin dir nachgegangen – kannst du mir den Rücken eincremen, bitte?«
Ich war sprachlos – erstens, weil ich zusah, wie ich meine sündteure Geheimwaffe auf seinen Rücken verschmierte – mit langsamen kreisenden Bewegungen –, und zweitens war ich sprachlos, daß er mir einfach so direkt eine Liebeserklärung machte. Das war es doch, oder? Ich meine, Betty hat mir noch nie davon erzählt, daß ihr einer der Jungs aus unserer Klasse nachgegangen war – Kunststück –. Die blöde Kuh wurde ja auch seit einem halben Jahr von einem fünf Jahre älteren Kerl von der Schule abgeholt – von einem Angeber, der seit kurzem ein Motorrad besaß und – widerlich – na gut –.
Wie auch immer. Ich verrieb die Creme in seine Haut, und dann sagte er: »Jetzt bist du dran«, und nahm mir die Flasche aus der Hand.
Ich hob meine Haare in die Höhe und spürte, wie er viel zu viel von der Milch auf meinen Rücken rinnen ließ.
»Genug«, schrie ich. Und dann begann er, mich zu massieren, als hätte er sein Leben lang nichts anderes getan. Er begann am Nacken und arbeitete sich zu den Schulterblättern vor, und während er da oben cremte und massierte, rann ein dünner, kühler Tropfen meinen Rücken hinunter auf meine Hüfte – bevor er an meinem Rock angekommen war, fing er ihn ab und verteilte ihn auf meiner Haut. Minutenlang rieb er mich ein, und dann

sagte er: »Da ist noch so viel in meiner Hand.« Und mit diesen Worten griff er unter meinen hochgehobenen Armen, die meine Haare auf meinem Kopf hielten, hindurch und legte beide Hände auf meine Brust. Ich zuckte zusammen und atmete tief durch die Nase ein, weil ich gleichzeitig meine Lippen fest aufeinanderpreßte, um nicht aufzuschreien.
Seltsam.
Das war kein Busen, wo er hingriff, aber das Gefühl, das Gefühl seiner nassen cremigen Hände auf diesen Stellen war so schön – so schön, daß es fast wehtat. Er fing an, mich noch langsamer zu streicheln, und schüttete noch mehr Creme auf meinen Körper und drückte und knetete meine Brust so intensiv, daß ich mir ganz sicher sein kann, daß der Busen, den ich jetzt habe, an diesem Tag Geburtstag hatte.
»So – Beine nicht vergessen...«, sagte er und zog meinen Rock hoch bis zur Hüfte. Eigentlich hätte ich aufspringen und fortlaufen müssen. Aber mir war schon alles egal, und da war seine Hand schon auf meinen Knien und streichelte höher und höher meine Oberschenkel und die Innenseite meiner Beine und höher und höher, und dabei stieß er immer wieder ganz zufällig an mein Höschen... Mein hellblaues Baumwollhöschen, das ich so gern hatte, weil ich Rosa nicht ausstehen kann. Dieses idiotische Rosa, das mir meine Tante immer schenkte und das... Nun gut, aber das ist eine andere Geschichte.
Ich lag halb zurückgelehnt auf seinem Bauch, die Hände hatte ich immer noch wie festgebunden auf meinem Kopf und sah ihm zu, wie er von hinten um mich herum

griff und mir öfter und öfter an mein Höschen stieß, und ich dachte – Das darf ich nicht mögen – das geht zu weit... »Danke, das genügt«, sagte ich und richtete mich auf.

»Gut, dann gehe ich jetzt«, sagte er und sprang in die Höhe, und im Aufspringen stieß er an meine Schulter, und ich konnte ganz genau spüren, daß er in seiner Hose steinhart geworden war. Ich blieb sitzen und sagte: »Also dann bis morgen«, und sah auf den Punkt, der fünfzehn Zentimeter unter seinem Gürtel lag und jeden Moment zu platzen schien.

»Ja, ja, bis morgen«, sagte er. Und dann ging er, rückwärts gehend, weg, und unsere Augen brannten sich ineinander fest, bis die Büsche sich wieder hinter ihm geschlossen hatten.

Ich war so verwirrt von dieser Erscheinung, die nur eine halbe Stunde gedauert hatte, daß ich noch minutenlang auf den Punkt starrte, an dem er verschwunden war. Mir nachgegangen – ha – er ist mir nachgegangen – dachte ich und zog meinen Rock aus, um mich daraufzulegen. Ich sah an mir herunter und glaubte, die erste leichte Erhebung auf meiner Brust zu sehen – diese Creme mußte wirklich ein Zauberding sein... Ich verteilte die Reste der Flüssigkeit, die noch auf meinen Beinen klebte, und schob meinen blauen Slip zur Seite... Wie oft er da wohl angekommen war – dachte ich und streichelte zart meine weichen Haare, die von dem Stoff zusammengedrückt waren.

»Wie oft wohl«, dachte ich und lehnte mich zurück und fuhr mit dem Finger in mich hinein und ließ ihn dort drinnen und bewegte ihn nur ganz vorsichtig hin und her und hin und her... hin und her... und hin und her... und...

Neunzehn... zwanzig... einundzwanzig... Eine kleine Wolke trieb über mein Gesicht und verwandelte die Erinnerung in die Wärme der Gegenwart –. Wir lagen immer noch auf der Wiese, und er hatte seinen Kopf immer noch auf meinem Bauch liegen und schien zu schlafen. Die Erinnerung an diesen Tag lag um mich herum wie ein Schal aus dunkelgelber Seide, und ganz vorsichtig zog ich mit meiner Hand den Stoff von meinem Kleid ein wenig höher, um zwischen meine Beine zu greifen.

Ich bewegte mich ganz langsam, um ihn nicht zu wecken und war froh, daß ich an diesem Morgen kein Höschen angezogen hatte. Ich legte meine Hand auf meine Haare wie damals und zog mein rechtes Bein ganz langsam zur Seite, so daß die Sonne direkt auf meine weichen Lippen strahlen konnte... Ich fuhr mit den Fingern dazwischen und öffnete sie ganz vorsichtig, so daß die Sonnenstrahlen mich küssen konnten... Die Wärme stieg zwischen meinen Beinen hoch und wanderte breit und langsam von meinem Becken zu meinem Hals... Ein leichter Wind wehte durch meine Haare, und dann steckte ich meine Finger wie damals ganz tief in mich hinein... Warm und feucht war ich, und ich zog mich ein wenig um meinen Finger zusammen und ließ wieder los, zog mich zusammen und ließ wieder los und sah ihn vor mir, wie er sich in der Nacht über mich gebeugt hatte. Ich sah die Reflexe der Straßenbeleuchtung, die die Konturen seiner Muskeln nachgezeichnet hatten –. Die breiten

Muskeln auf seiner Brust, die ein bißchen feucht schimmerten von seinem Schweiß, der über seinem ganzen Körper lag wie der Geruch von heißem Pfeffer.
Er bewegte seinen Kopf, und ich hörte auf –. Ich atmete ganz flach und wartete ab, ob er wieder einschlafen würde. Eine Zeitlang war es atemlos ruhig – nur das Geräusch des Windes, der durch das Gras neben meinem Kopf streifte, war zu hören. Als ich wieder zu atmen begann, bewegte er langsam seinen Kopf auf meinem Nabel. Stück für Stück zog er mein Kleid in die Höhe, Stück für Stück rutschte der Stoff über meine Hüften, meinen Po, bis ich ganz nackt war... Er drückte seinen Mund auf meinen Nabel und fuhr mit seiner Zunge hinein, und dann blieb er still liegen und atmete nur ganz langsam in meine Haut –. Nach einer Ewigkeit schob er seinen Kopf zwischen meine Beine und legte seine Zunge oben auf die Spitze zwischen meinen Lippen und bewegte sie so vorsichtig hin und her wie ein warmer Windhauch, der den Samen von einem Löwenzahn pflückt... Nur mit der äußersten Spitze seiner Zunge kreiste er um den Punkt, an dem sich meine Lippen trafen, und dann legte er seine Hand darauf und dehnte mich auseinander. Ich breitete beide Arme zur Seite und hielt mich an dem Gras fest, das rund um uns wuchs, und zwang mich, liegen zu bleiben und mich nicht zu bewegen und nicht einmal zu stöhnen... Je starrer ich liegen blieb, um so mehr glaubte ich, verrückt zu werden – die Stromstöße, die er mit seiner Zunge in mich hineinküßte, wurden immer länger und stärker, und seine Hände hielten meine Oberschenkel und meinen Hintern

fest, der langsam anfing, auf und nieder zu zucken. Jetzt war es nicht mehr nur die Zungenspitze, mit der er mich zum Wahnsinn trieb. Jetzt war es sein ganzer Mund und seine ganze Zunge, mit der er mich auffraß... Auffressen – das ist das Wort –, er küßte und saugte mich mit so einer Gier am Boden fest, und ich preßte die Lippen genau so zusammen wie damals vor vielen Jahren, in denen ich für das, was jetzt mit mir geschah, viel zu jung gewesen war. Ich wollte noch nicht kommen – ich hörte fast zu atmen auf und zwang meinen Körper, sich nicht zu bewegen, so daß die Erregung um so stärker in mir hin und her rollte und einen Ausweg suchte. Einen Ausweg, der ein Schrei gewesen wäre oder ein Schütteln oder –. Aber ich wollte nicht... Ich wollte es so lange zurückhalten, bis ich den Verstand verliere. Jetzt fing es an, und ich spürte, daß ich es diesmal nicht mehr bremsen konnte –. Er machte mich mit seiner Zunge so naß, seine Lippen waren so weich und so tief in mir, daß ich es nicht mehr bremsen konnte... In dem Moment hörte er auf – er wußte genau, was mein Körper erlebte, und hörte in dem Moment auf, in dem es keinen anderen Ausweg mehr gab, als zu kommen. Ich wollte schreien und konnte es nicht... Ich schwebte wie ein Ballon in der Höhe, und kein Windhauch trieb mich vor oder zurück... Beim geringsten Zeichen, daß ich sinken würde, könnte die Flamme wieder fauchen und mich in die Höhe treiben. Ich spürte, wie der Höhepunkt in jeder Zelle bebte und raus wollte... Raus, raus, raus raus, raus. In dem Moment, in dem ich anfangen wollte zu schreien, steckte er seine Zunge so tief und fest in mich

hinein und zog sie gleich wieder heraus und umkreiste mich damit, steckte sie wieder hinein, daß ich mich nicht mehr halten konnte und es kommen ließ. Ich bäumte mich auf, preßte seinen Kopf mit aller Kraft zwischen meine Beine, und so hielt ich uns fest – fest, fest, fest, fest, bis ich langsam wieder zusammensank und mit weit geöffneten Beinen liegen blieb...
Ich atmete tief ein und roch, wie süß die Luft war... Ich spürte, wie sein Herz genauso schnell schlug wie meines, und streichelte seinen Rücken. Er hatte sein Gesicht wieder auf meinen Bauch gelegt, und dann spürte ich, wie er lächelte. Seine Wangen spannten sich im Lächeln, und dann küßte er meinen Bauch und meine Brust und meinen Hals und meinen Mund.
»Hallo«, sagte er und sah mir in die Augen.
»Hallo, liegen Sie auch hier auf dieser Wiese?«
»Nein, wie kommen Sie darauf.«
»Ach so, verzeihen Sie, ich hatte nur das Gefühl.«
»Was für ein Gefühl hatten Sie?«
»Ach, ich hatte das Gefühl, daß ich Sie liebe.«
»So, das haben Sie.«
»Ja.«
»Sie werden lachen, ich habe dasselbe Gefühl.«
»Obwohl Sie gar nicht hier liegen?!«
»Eins zu null.«
»Danke.«
»Bitte.«
Ich nahm seinen Kopf und zog ihn zu mir herunter –. Ich küßte ihn und biß ihn zart in seine Lippen.
»Ich werde dich jetzt auffressen«, sagte ich.

»Das wäre vielleicht nicht so klug, weil es mich dann nicht mehr gäbe...«
Die Männer und ihre Logik –.
Würde sich die Welt noch drehen ohne diese Logik... Ich denke schon, und es wäre eigentlich spannend zu sehen, in welche Richtung... Andererseits – ich glaube immer weniger an diese Aufteilungen im Denken und Handeln. Wirklich –. Obwohl sie jetzt nachgewiesen haben, daß es fundamentale Unterschiede zwischen den Gehirnhälften gibt, die die Geschlechter noch stärker unterscheiden als jede Äußerlichkeit. Die linke und die rechte Hälfte sind bei den Männern nicht so sehr miteinander verkabelt wie bei uns – heißt es, und daher sind wir sprachlich begabter und intuitiver und können Zusammenhänge schneller erfassen als die Männer –.
Klingt verdammt gut – aber warum lassen wir sie dann immer noch so viel Blödsinn mit der Welt anstellen, wenn wir so viel intuitiver sind und ja schon beim Fallen eines Blattes erfühlen können, wo es landen wird?! Ich muß die armen Kerle wirklich in Schutz nehmen vor der Meute, die ununterbrochen heult, wir seien die besseren Menschen, weil wir ja das Leben bringen und erhalten würden, während die es ja nur ununterbrochen zerstören.
Gehe ich zu weit?!
Ist es der falsche Moment, über diese Fragen nachzudenken – wer weiß. Noch dazu, wo wir ja auch noch in der Überzahl sind auf dem Planeten –. Nicht?! Da könnten wir doch einiges bewegen, denke ich, mit unseren vernetzten Hälften...

Wie war das doch mit diesen Frauen im alten Griechenland, die einfach nicht mehr mit ihren Männern ins Bett gegangen sind, solange der Krieg tobte? Oh, wie schnell haben die dann die Waffen beiseite gelegt, um endlich wieder einmal bumsen zu dürfen, anstatt dem Gegner den Kopf zu spalten. – Warum tun wir das nicht auch heute? Warum verweigern wir nicht den Sex, solange noch ein einziger roter Sportwagen mit zweihundert Sachen über die Autobahn braust oder solange noch irgendwo ein neuer Golfplatz geplant wird – dem ein ganzer Wald weichen soll? All das zerstört doch in großem Maßstab unsere Welt, und sie tun es doch nur, um uns zu imponieren –. Mit Geld und schnellen Autos erfüllen sie heutzutage das Angeberpotential, mit dem sie früher fremde Länder überfallen haben.
»Nein!« – könnten wir doch rufen –, »das zerstört unseren Planeten und die Zukunft unserer Kinder – das können wir nicht dulden, und das imponiert uns auch überhaupt nicht. Und darum sagen wir dieser Dummheit den Kampf an und lassen euch so lange nicht mehr unter die Decke, bis ihr alle Fahrradfahrer geworden seid und nur noch Sport treibt in rückgebauten Flußläufen!«
Das wäre doch was – nicht?
Da hätten wir was geleistet – und warum geschieht das nicht? Weil immer noch zu viele von uns auf den roten Sportwagen abfahren, und die einzige Intuition, die uns überkommt, ist die, daß er wirklich ein toller Hecht sein muß, wenn er sich so ein Ding leisten kann. Daß achtzig Prozent von den Schlitten auf unseren Straßen auf Firmenleasing dahingleiten, steht auf einem anderen Blatt.

Aber wen interessiert das schon im Kampf der Geschlechter, in dem es nur um eines geht – schneller – höher – weiter – besser.
Lineare Logik führt diese armen Männer zu ihren Zielen und wahrscheinlich wird wie immer im Leben nicht die Vernunft, sondern nur der Gesamtkollaps unseres Gemeinwesens diese Ziele verändern.
»Spielst du Golf?«
»Nein.«
»Fährst du offene rote Sportwagen?«
»Ich denke, daß diese Angeberei in der Summe dazu führt, das Leben auf diesem Planeten eines Tages zu zerstören – daher benutze ich ausschließlich mein von blutroten Segeln getriebenes Segelschiff.«
Er war tatsächlich nicht von dieser Welt –. Ich hatte es vergessen.
»Was für ein Tag«, sagte ich, um von meinen Verwirrungen abzulenken, und stand auf.
»Was für ein Tag«, antwortete er und fing an, mein Kleid vom abgerissenen Gras zu säubern, das sich auf meinem Rücken verfangen hatte.
»Bist du ein logischer Mensch?« fragte ich ihn, während er langsam und genau jeden Halm, der eintrocknen und mich später jucken könnte, entfernte.
»Ich denke, ich habe in all den Jahren eine Art von Logik entwickelt.«
»Wie würdest du die beschreiben?«
»Ich würde sagen – es ist logisch, daß ich dich heute zum Essen einladen werde – nur, wenn du möchtest, selbstverständlich...«

Ich liebe dieses lineare männliche Denken – dieses Gebäude aus weißem, kantigem Marmor, das nur zwei Punkte kennt – den Anfang und das Ziel – den Anfang und das Ziel, und alles, was dazwischen liegt, wird einfach aus dem Weg geräumt.

»Und was machen wir bis dahin – was erwartet uns dazwischen – zwischen dem Jetzt und dem Abend?«

»Ich würde sagen – wir werden uns jetzt langsam durch diese Büsche schlagen und auf verschlungenen Pfaden in die Stadt hinuntersteigen und im schattigen Zimmer verweilen und vorher duschen –. Was hältst du davon?«

»Du liest nicht nur in meinem Körper, sondern auch in meinen Wünschen...«

»Darf ich sagen, was ich denke?«

»Sag es.«

»Du bist aber auch nicht gerade beim ABC stehengeblieben.«

»Findest du?«

»Finde ich.«

»Weißt du, daß du mich verrückt machst...«

»Ich hoffe es.«

Ja, er machte mich verrückt – ver-rückte mich und meine Welt, wie sie bis zu diesem Tag funktioniert hatte. Ich war frei. Das ist das Wort, das die Summe aller Gefühle darstellt, die ich bei ihm hatte. Freiheit.

Er liebt mich und meine Geschichte, ohne sie zu kennen. Es genügte ihm, daß wir im selben Augenblick zu lachen begannen, und er fragte nicht sezierend: »Warum bitte lachst du jetzt.« Er lachte einfach und küßte mich, und das war genug. – Nein, ich war nicht beim ABC stehengeblieben in den Jahren vor ihm. Aber ich hatte nicht gewußt, daß ich Gedichte lesen kann, und vor allem hatte ich nicht gewußt, daß ich Gedichte in mir hatte, die sich in Küsse verwandeln konnten und in Blicke und in eine Art zu gehen, die ich noch nie gespürt hatte. Ja, wirklich – ich ging anders. Und nicht nur, weil er mich beim Abstieg von dem Berg schon wieder umarmte. Ich war größer geworden seit gestern und weiter – anders kann ich es nicht sagen –. Ich hatte das Gefühl, daß mich nichts mehr umwerfen konnte. Kein Windstoß, kein Feind, kein tiefer Blick würde die Kraft haben, mich aus meiner Bahn zu werfen. Er hielt mich umarmt, aber gleichzeitig umarmte ich ihn – gab ich ihm genauso Halt und Sicherheit wie er mir. Es war kein gegenseitiges Umklammern, das in der Berührung lag, die wir teilten, während wir durch die Stadt gingen –. Es war ein gegenseitiges Lassen und Führen im selben Moment. Ich konnte ihn jederzeit loslassen und wieder zurückfinden, ohne zu stolpern und ohne unsicher zu sein. Wir wanderten durch die Straßen und spielten das Spiel des freien Fluges... Mit jedem Schritt lösten wir uns ein wenig mehr voneinander, bis nur mehr Arm auf Arm lag... bis nur mehr Hand auf Hand lag im Gehen... nur mehr Fingerspitze auf Fingerspitze... Dann ließen wir los – gingen einige Meter alleine und wußten trotzdem, daß der andere noch da war. Dann fingen die Bahnen wieder an, sich einander zu nähern, und dann trafen sich wieder die Finger, die Hände, die Arme, bis wir endlich wieder Seite an Seite, Hüfte an Hüfte, Wange an Wange weiter wanderten.

»Ist es so, wenn du fliegst?« fragte ich ihn.
»Du meinst, oben in den Wolken?«
»Ja.«
»So von Ewigkeit zu Ewigkeit...«
»Ja.«
»Hm, hm, so ist es, und so wird es auch sein, wenn du nicht mit mir fliegen willst... Ich werde trotzdem immer bei dir sein, bis du dich entschließt und wieder meine Hand nimmst.«
»Aber ich fliege doch mit dir.«
»Ja – jetzt und hier – auf dieser Straße... Ich spreche aber von der Ewigkeit – dort oben in den Sternen.«
Mein Gott, konnte er reden.
Jedes seiner Worte war so voller Schicksal, daß ich sofort wieder zu schmelzen begann.
»Ich werde für immer mit dir sein...«, hatte er gesagt... Ja, was wollte ich denn noch – vielleicht eine kandierte Kirsche obendrauf –?!
»Paß auf, sonst fliegst du mir durch das Glas –«, lachte er und holte mich ganz dicht zu sich, damit wir gemeinsam durch die Eingangstür paßten, von der nur ein Flügel offenstand.
»Hatten Sie einen schönen Tag –«, fragte der Portier mit so einer Mischung aus beruflicher Routine und wirklicher Freude darüber, endlich einmal Gäste zu sehen, die am Leben waren, daß ich ihm einen Kuß von meiner Hand zu seiner Loge blies.
»Verstehe«, sagte er. »Ich hoffe, Sie fühlen sich weiter wohl bei uns...«
O ja, ich fühle mich wohl – so wahnsinnig wohl unter

dieser Dusche, die lauwarmes Wasser über meinen Körper rinnen ließ – so lauwarm und weich, daß ich nicht im Traum daran dachte, den Hahn wieder zuzudrehen.
»Da fühlt sich jemand wohl...«, sagte er und stieg zu mir in den Zimmerregen.
»Sieht man das?«
»Das sieht man.«
Er nahm eine kleine blaue Flasche und schüttete etwas von dem weißen Cremebad in seine Hand. Langsam ließ er den Schaum über meinen Bauch rinnen und verteilte ihn über meinen ganzen Körper. Bis zu den Zehen überschüttete er mich mit dieser Duftorgie, und dann stützte ich mich mit beiden Händen an der Wand ab und rieb meinen nassen, eingeseiften Körper an seinem Bauch und an seinen Beinen. Er drehte das Wasser etwas wärmer, und so standen wir jahrhundertelang da und ließen uns überströmen, streichelten uns, rieben uns immer wieder mit dem Schaum ein, bis wir fast in den Ausfluß hinunterrutschten, um zu verdunsten, um irgendwo in Betschuwanaland als langersehnter Regen niederzugehen. Ich drehte langsam das kalte Wasser dazu, um es nicht so weit kommen zu lassen. Und dann öffneten wir die Augen und sahen zu, wie sich unsere Haut zu spannen begann.
»Kalt«, sagte er.
»Ja – kalt«, antwortete ich und drehte den Strahl auf eisig –.
»Eiskalt –«, rief er und hielt trotzdem durch.
»Ja – Eis – Eis – kalt«, brüllte ich und hielt es noch ein paar Sekunden aus, und dann drehte ich ab.

»Diese Frau will es genau wissen«, keuchte er, als er mich mit dem Badetuch abrieb, um mich wiederzubeleben.

»Ja – ganz genau«, stotterte ich unter seinen Händen, und dann half ich ihm, wieder einen trockenen Rücken zu bekommen und einen trockenen Po und einen trokkenen Po und einen –.

»Wenn du nicht aufhörst zu reiben, ist bald nichts mehr da.«

»Das wäre grauenhaft«, sagte ich und hielt seinen Hintern mit beiden Händen fest, damit er nicht wegfliegen konnte.

»Eben – was hältst du davon, statt dessen ein wenig zu liegen?«

»Du meinst, im Bett...«

»Warum nicht?«

»Ich weiß nicht, wie ich dort hinkommen soll.«

»Hmm.«

»Ich meine, wie soll ich dort hinkommen, ohne dich loszulassen.«

»Aha – verstehe.«

»Gib mir sofort eine Antwort mit deiner unbestechlichen Logik, die ich akzeptieren kann.«

»Hm – ich denke, wir könnten versuchen, daß du mich kurz losläßt und dann schnell zum Bett und dann dort wieder –.«

»Ich sage doch, ich kann dich nicht loslassen.«

»Aha – du kannst nicht.«

»Ich kann nicht.«

»Hm, hm, verstehe – dann hilft nur eines –«

»Und das wäre.«
»Zusammenarbeit.«
»Also gut.«
Ich umarmte ihn von vorne, so gingen wir wie ein neugeschaffenes Tier aus dem Bad zum Bett. Wenn ich den linken Fuß nach hinten schob, stellte er seinen rechten nach. Und bei meinem rechten Bein sein linkes, dann wieder rechts und links, rechts und links. Und so gelang es uns tatsächlich, ins Bett zu kommen, ohne meine Hände auch nur eine Sekunde von diesem Wahnsinnshintern zu nehmen.
»Geschafft.« Seufzend plumpsten wir auf das frisch gemachte Bett, bei dem sich das Stubenmädchen wirklich allergrößte Mühe gegeben haben mußte, die Spuren der letzten Nacht zu beseitigen. Daran erkennt man eben wirklich das gediegene Siebzehn-Sterne-Hotel. Selbst die Rolling Stones könnten hier gehaust haben –. Einen Tag später würde Zimmer 231 wieder so aussehen wie zuvor.
Ich lag rücklings auf dem neu gebauten Bett und hatte ihm im Fallen einen Schubs gegeben, so daß sein Schwanz in dem Moment, in dem wir auf den Decken landeten, genau vor meinen Mund rutschte. Das muß man mir erst einmal nachmachen. Aber ich glaube, es war Anfängerglück, gepaart mit einer ganz großen Gier danach, ihn in den Mund zu nehmen. Während dem ganzen Marsch zum Bett und schon vorher beim Duschen und erst recht beim Abtrocknen hatte ich nämlich bemerkt, daß er schon wieder anfing, groß zu werden. Wahrscheinlich raucht er nicht und trinkt er nicht und

ißt täglich fünf Ikura-Suhis, dachte ich und war glücklich darüber zu hören, wie er so laut stöhnte, daß er sich ein Kissen nehmen mußte, um es über sein Gesicht zu pressen, damit niemand die Rettung holen konnte. Da lag er jetzt, frisch gewaschen und braungebrannt, nach Jasmin duftend – seine Arme um das Kissen vor sein Gesicht gepreßt, ausgeliefert und ganz und gar mein Objekt. Ich fuhr mit der Zunge auf seinem Schwanz auf und nieder und streichelte dabei seine Beine und seinen Bauch und hörte zu, wie er heißer und heißer und tiefer und tiefer seufzte und stöhnte und fast schon schreien mußte...
»Schrei nur –«, sagte ich leise... »Schrei nur, wenn du willst.... Keiner wird dich hören...« Ich kniete mich zwischen seine Beine und hielt ihn mit beiden Händen fest, und dann verlängerte ich die so entstandene Höhle mit meinem offenen Mund, und so ließ ich mich immer wieder hinunter sinken und hob mich und ließ mich sinken und spürte, wie sich seine Bauchmuskeln anspannten, und wie er immer heftiger zu keuchen anfing und sich zu rollen begann –.
»Bleib schön da«, sagte ich und schleckte rund um seine Spitze seine zarte Haut, und dann nahm ich ihn wieder in den Mund, und jetzt kam es ihm so heiß und so stark und so heftig, daß ich mich fragte, was um Gottes willen geschehen wäre, wenn ich das nicht getan hätte. Er schmeckte warm und wie Artischocken mit Mandeln und Salz. Dann lag er auf dem Rücken, und sein Bauch zitterte... Seine Arme, die das Kissen vor sein Gesicht gepreßt hatten, entspannten sich und rutschten auf das Bett. Er drehte seinen Kopf zur Seite, um wieder Luft zu

bekommen, und ich drückte mein Gesicht auf seinen Bauch. Ich spürte, wie immer wieder zitternde Wellen durch seine Muskeln flogen, und legte meine Hände um sein Becken und drückte mit meinen Beinen gegen seine Oberschenkel, die er ein wenig gespreizt hatte.
Ich hielt ihn umarmt und sah in das Zimmer.
Langsam begann draußen die Sonne hinter dem Berg zu versinken, und die flach einfallenden Strahlen wurden immer roter und goldener, färbten den Tisch und die drei Stühle, die vor dem großen Fenster standen. Sie färbten den Tisch, und auf die Wand, die dem Fenster gegenüberlag, legten sie ein dunkelgoldenes Rechteck aus schwächer werdendem Licht.
Jetzt fuhr ein Motorrad vorbei... Ein einzelnes, tief blubberndes Motorrad auf dem Weg zu irgendeinem Waldgasthaus oder einem See. Der Fahrer gab langsam Gas. Ohne Hast und Angeberei ließ er seinen Motor an unserem Hotelzimmer vorbei blubbern – so langsam, wie es nur an diesen Sommerabenden geht, an denen alles am höchsten Punkt angekommen ist. Die Sonne, die Wärme, die drei bis vier Wolken am Tag, die über den blauen Himmel ziehen, die Hitze, die sich in den Mauern der Häuser eingenistet hat und über Nacht nicht mehr zu vertreiben ist, alles das ist in wenigen Tagen auf dem Höhepunkt.
Diese Zeit dauert nicht lange –. Es ist wie ein kurzer Film, der abläuft, ohne einen einzigen Kratzer, der störend über die Leinwand springt. Diese Tage rinnen aus der Sommerzeit wie alter Rotwein aus einem Krug. Duftend und lange vorbereitet vom Frühling und von der er-

sten kurzen Hitze Ende Juni. Diese Sonne ist aber noch nicht verläßlich. Die Sonne, die im Juni das Wärmen übt, kann noch irritieren. Ein einziger Regentag, und man wird zurückgeworfen auf die Tage im April, in denen man vorschnell ohne Pullover aus dem Haus gegangen ist. Man sitzt dann abends in einem Straßencafé und friert. Der Tag war vielleicht schon wirklich heiß, das Licht hat sogar geblendet, und die Schritte auf der Straße haben die Winterschwere verloren. Aber dann am Abend kommt der Wind, der noch eine März-Erinnerung in sich trägt, und man beginnt zu frieren. Das will man natürlich nicht wahrhaben, weil man die Zeit anschieben möchte. Und so geht man dann am Abend weg und läßt die Jacke zu Hause. Jedes Jahr ist es das gleiche. Jedes Jahr sitzt man dann da und spürt, wie sich der Körper zusammenzieht und sich nach einem Pullover sehnt. Vier bis fünf Grad sind es nur, die fehlen, höchstens –. Aber die vier bis fünf Grad machen den Unterschied aus zur Juliwärme, in die man sich hineinsinken lassen kann wie in ein warmes Bad. Kein feindseliger Eishauch fegt überraschend um die Ecken. Keine breiten Wolkenbänder decken für zwanzig Minuten die Sonne ab, keine Eiswürfel fallen vom Himmel, wenn es regnet. Kein nackter Mann liegt so hingegossen neben einem im Bett.
»Wollen wir essen gehen –«, fragte eine Stimme in meine Wetterbetrachtungen hinein –.
»Das ist eine wunderbare Idee.«
»Die Sonne geht nämlich unter, und wir sollten noch bei Licht an einem Tisch sitzen.«

»Ja.«
»Und wir sollten uns küssen.«
»Ja.«
»Und wir sollten...«
»Hmm?!«
»Du bist eine wunderbare Frau.«
»Findest du?«
»Ja.«
Ich drehte ihn auf dem Bett herum und legte mich quer über seinen Rücken –.
»Was wollen wir denn essen?!«
»Hmm – etwas Gutes.«
»Finde ich auch.«
»Vielleicht einen zartgebratenen Fisch mit einigen zartgekochten Petersiliekartoffeln und einem zarten Glas Weißwein dazu – was meinst du?«
»Du und deine zarten Ideen...«
»Weißt du, ich komme nicht so oft dazu in den Wolken.«
»Wozu?«
»Mit einer so zarten Frau essen zu gehen.«
»Nein?!«
»Nein.«
Hmm – warum sagte er das. War das eine Schmeichelei, weil der Tag sich dem Ende näherte, hatte er so etwas nötig? War es wirklich so, daß er in den Wolken nur von Einsamkeit umgeben war – ich konnte mir das schwer vorstellen.
»Fliegende Holländer landen doch öfter, um Proviant an Bord zu nehmen – oder?!«

»Alle sieben Jahre ist es erlaubt – nicht öfter.«
»Öfter nicht?«
»Öfter nicht.«
»Und wenn dich die Sehnsucht überkommt – was machst du dann?«
»Das muß ich ertragen...«
»Ja?«
»Ja.«
»Aber heute abend darfst du alles tun, was du möchtest, richtig?«
»Ich darf den ganzen Tag lang tun, was ich möchte.«
»Das ist gut – ich bin dabei.«
»Ja – du bist dabei... und wenn du willst, bist du es für immer – es ist allein deine Entscheidung.«
»Hat das Zeit bis nach dem Abendessen –«
»Ja, es hat noch Zeit.«
»Gott sei Dank – du riechst so gut.«
»Du wechselst das Thema.«
»Ich weiß. Du riechst wirklich so gut.«
»Ich schenke es dir.«
»Was?«
»Das, wonach ich rieche.«
»Ja?!«
»Ja. Wann immer du willst, wirst du mich riechen und –«
»Täglich?«
»Weißt du, was du da sagst?«
»Ja – ich will dich täglich riechen.«
»Ein schneller Entschluß.«
»Schneller Entschluß – bester Entschluß. Komm, wir stehen auf.«

Ich esse gerne.
Der zweite fundamentale Erkenntnissatz meines Lebens.
Ich esse gerne.
Natürlich ist das nicht der letzte Schritt auf dem Weg zur vollendeten Persönlichkeit, aber ganz sicher einer der wichtigsten. Das Schuld- und Sühnekapitel, das einige schwarzgekleidete Herren seit zweitausend Jahren über diesen Erdball ausgekippt haben, ist ja Gott sei Dank langsam dabei auszutrocknen. Aber ist es nicht eigenartig, daß man immer noch von einem kleinen Blitz durchzuckt wird, wenn man sich zu der bekennt, die man ist? Immer noch klingeln Pawlowsche Reflexglocken, wenn das denkende Abendländerhirn sein Leben endlich einmal zu genießen beginnt. Warum ist das so? Ganz einfach – weil sie versucht haben, uns auseinanderzureißen. Sie haben zweitausend Jahre lang versucht, die Impulse der Freude, der Lust, der Verspieltheit, der Unbekümmertheit, der Liebesfähigkeit zu zerstampfen und uns dafür Schuldgefühle einzupflanzen. Nichts Neues – ich weiß es. Aber für jeden einzelnen von uns ist es immer wieder neu, und jeden Morgen beim Biß in die mit Honig vollgetropfte Buttersemmel ist ein winziges Schuldecho

dabei, das uns Genuß als Sünde erleben läßt. Bei jeder durchtanzten Nacht an einem vom Vollmond beschienenen Strand tanzt der Zeigefinger des Kopfwehs mit, bei jedem Griff unter die Bettdecke weint das kleine Jesulein.

Kein Spaß – es weint bittere Tränen. Meine Großmutter hat es mir sogar bewiesen.

Ich war zwölf Jahre alt und lag in meinem Bett. Es war kurz vor Ostern – das weiß ich deswegen noch so genau, weil die Forsythien voll aufgeblüht waren –.

Na gut. Ich liege also im Bett und denke an den Liebesfilm, der an diesem Abend im Fernsehen gelaufen ist, und spiele zwischen meinen Beinen herum. Eine halbe Stunde, nachdem ich mich hingelegt habe, geht die Türe noch einmal auf, und meine Großmutter kommt an mein Bett.

»Ich wollte dir noch einen Gute-Nacht-Kuß geben«, hat sie gesagt, und sich über mich gebeugt.

»Gute Nacht, Großmutter«, habe ich gesagt.

»Gute Nacht, Linda... Linda?«

»Ja, Großmutter.«

»Hast du deine Hand wieder unter der Decke gehabt?«

»Nein, Großmutter.«

»Du sollst nicht lügen!«

»Ja, Großmutter.«

»Du weiß, daß das kleine Jesulein sehr traurig wird und weinen muß, wenn du dich da unten anfaßt?!«

»Aber Großmutter –«

»Nein, nein, hör auf damit.«

»Ist gut, Großmutter.«

»Also gute Nacht, Linda.«
»Gute Nacht, Großmutter.«
Sie schloß die Türe wieder hinter sich, und ich steckte meine Hand wieder unter die Decke und rieb mich noch lustvoller und tiefer, und plötzlich begann es zu regnen. Es begann plötzlich prasselnd zu schütten, als wären tausend Duschen über Duschen in unserem Haus aufgedreht worden. Die Türe öffnete sich, und sie steckte ihren Kopf wieder ins Zimmer.
»Siehst du, Linda, das kommt davon –. So sehr hat das kleine Jesulein noch nie geweint.«
»Entschuldigung.«
»Entschuldige dich nicht bei mir – entschuldige dich bei ihm für deine Sünden.«
»Ist gut.«
Sie zog die Türe ein zweites Mal zu und ließ mich mit meiner Verfehlung allein. Tja – so war das –. Da lag ich dann in der Dunkelheit und lauschte seinen Tränen. Ein bißchen hysterisch ist er schon, dachte ich mir – wegen meiner kleinen Muschi so einen Zirkus aufzuziehen. Aber, na gut –. Wenn meine Sünde wirklich so groß ist... so groß – aber halt –. Vielleicht war ich es ja nicht alleine. Vielleicht waren noch andere Sünder am Werk. Vielleicht waren es Sammeltränen, die er kollektiv über alle sündigen kleinen und großen Mädchen ausschüttete. Vielleicht regnete es überhaupt nur so viele seiner Tränen, weil ein Kloster in der Nähe war. Er ist ja ein Bigamist – nicht –, und da mußte er weinen, weil sein ganzer Harem jetzt wahrscheinlich dabei war, die Hand unter die Decke zu schieben und –. Jede Nonne ist ja eine Frau,

die mit Jesus verlobt ist... So ist es... Ja, so ist es – wenn eine Novizin zur Nonne erklärt wird – dann ist sie eine Braut Jesu, und er ist ihr geliebter Bräutigam... Also ist er ein Bigamist. All die vielen schwarzverhängten Mädchen mit ihrer grauen Haut und den schmalen Lippen und den flachen Schuhen, die seine Bräute sind und sich ein Leben lang ihren Liebsten mit Tausenden anderen Mädchen teilen müssen – das ist nicht lustig –. Jede Nacht liegen Zehntausende Jesus-Bräute in ihren schmalen Betten und blicken auf das Kreuz an der Wand und verzehren sich vor Sehnsucht nach ihrem Bräutigam – rein spirituell natürlich –. Und da kann es schon vorkommen, daß der einen oder anderen Sünderin die Hand zwischen die weichen Oberschenkel gleitet auf der Suche nach einer verlorenen Rosenkranzperle, und da bricht es aus ihm natürlich heraus –. Die Trauer, die tiefe Trauer über die Verfehlung einer seiner Angelobten. Ich verstehe das –. Oder vielleicht ist auch das eine Fehlinterpretation –. Vielleicht ist er nicht über die Berührung traurig, sondern darüber, daß er nicht bei all seinen Liebsten gleichzeitig sein kann, weil der Himmel so weit weg ist, in dem er es sich gutgehen läßt, während sich Hunderttausende Mädchen in ihren schmalen Betten nach ihm verzehren. Das scheint mir realistischer – nicht? Es muß aber auch wirklich schrecklich sein. Da hat man schon einmal den erhöhten Aussichtspunkt über das, was sich jeder Mann im tiefsten Inneren wünscht – über einen unüberschaubaren Harem, der einen inbrünstig anbetet und sich nichts mehr wünscht, als eine persönliche Begegnung –, und man kann nicht hinunter.

Das ist bei genauer Betrachtung ganz sicher der eigentliche Grund für die vielen Tränen.
Na gut – aber das war nicht mein Problem in dieser Nacht. Im Gegenteil –. Ich war froh, daß dieser Gedankengang mich endlich zu der Erkenntnis gebracht hatte, daß ich ja gar nicht gemeint war, wenn er zu weinen begann – sondern seine überspannten Familienverhältnisse. Beruhigt fing ich wieder an, mich zu strecken und zu streicheln, und schlief danach ruhig und zufrieden zu dem Geräusch der Tropfen, die auf mein Fensterbrett schlugen, ein.
Es gelingt mir leider nicht immer mit derartigen logischen Gedankengängen die wahren Inhalte hinter den Masken der Kultur zu entlarven – aber was soll's –. Jeder ist seines Glückes Schmied, und die Einsicht jener Nacht hatte zwar mir persönlich einen kleinen Erleichterungsschub gebracht – aber am Prinzip nichts daran geändert, daß wir die freudloseste und lustfeindlichste Kultur haben, die es auf diesem Planeten je gegeben hat. Wie soll man sich denn auch von diesem Echo befreien, wenn jeder Schritt, jede Tat, die dazu dient, diesen Ballast abzuwerfen – ja schon wieder nicht lustvoll geschehen kann, sondern in erster Linie aus Trotz.
Es ist ja nicht so, daß man den Seelendruck, den sie auf uns gehäuft haben, einfach abwirft und dann befreit weiterwandert – nein. Man wirft ihn vielleicht hie und da in ekstatischen Momenten von den Schultern – genießt kurz sein Leben – geht noch ein bis zwei Tage relativ unbeschwert seinen Weg, und am dritten Tag wird man wieder eingeholt von der Erziehung zur Lebensvernei-

nung, und das Spiel beginnt von vorn. Neunzig Prozent der Geistesenergie muß darauf verschwendet werden, dem Wiederauftauchen der Schuldgefühle sofort eine Absage zu erteilen. Und so ist man als denkender Mensch in sich selbst ununterbrochen an der Front und kämpft und kämpft, nur, um einmal das ABC des Lebens ungestört zu buchstabieren – ungestört – so, wie es gemeint ist – frei von Angst und frei von Schuld sich zu freuen. Sich zu freuen, daß man atmen, leben und lieben kann. So einfach wäre es – so einfach müßte es sein, aber leider werden wir noch ein paar Generationen darauf verschwenden müssen, bis wir ohne Irritationen gerne bumsen und ohne Irritationen gerne essen können.

Das Problem der Fettleibigkeit zum Beispiel wird dann von selbst verschwinden. Die Fettleibigkeit ist ja auch nur das Ergebnis der als oberstes Menschenziel angepriesenen Askese. Kein Eingeborenenstamm der Welt, der noch Sonnengott und Mondgott verehrt und bumst, was das Zeug hält, wenn Vollmond herrscht, kennt das Problem der Fettleibigkeit. Fettleibigkeit kann ja nur entstehen, wenn ich die Nahrungsaufnahme durch verblödetes Fasten und Askese-Vorschläge zu einer unnatürlichen Sache hochstilisiere. Jeder gesunde, unbeeinflußte Körper würde nur so viel essen, wie er braucht, um satt zu sein. Weil wir aber seit Thomas von Aquin Verzicht als eines unserer größten Geistesgüter pflegen, bewußt oder unbewußt, schämt sich der Mensch bei jedem Stück guten Kuchens, das er bekommt. Entweder hört er auf zu essen und versagt sich so den Genuß – bis er vor Gier platzt und drei Stück Kuchen zuviel ißt...

Oder aber er ißt gleich drei Stück, um sich selbst zu beweisen, daß er tun und lassen kann, was er will. Das Ergebnis dieser unfreien Handlungsweise ist – Fettleibigkeit. Der langen Rede kurzer Sinn – wir haben nichts gelernt, nichts, was man zur Existenz als Mensch braucht, hat man uns beigebracht –. Im Gegenteil. Die natürlich angelegten grundlegenden Regeln des Menschseins werden so lange verbogen und pervertiert, bis nur noch dicke, fettleibige Menschen übrigbleiben, die im Bahnhofsviertel in Peepshows gehen, wenn sie Lust erleben wollen, oder, im Gegenzug, übertrainierte Muskelasketen, die mit panikverzerrtem Blick durch die ozonverseuchte Luft taumeln, um aus ihrem Körper das letzte Restchen Natürlichkeit herauszuputschen. Eine Welt von Krüppeln an Geist und Seele ist das Ergebnis zweitausendjähriger Aufbauarbeit des Satans. Dies ist die Wahrheit, und mit diesem Satz im Kopf beugte ich mich über die Speisekarte.

In der Zwischenzeit waren wir nämlich schon lange am See angelangt. An meinem Lieblingssee, der eine halbe Stunde vor den Toren meiner Stadt liegt, und an dessen Ufer eines der besten und angenehmsten Restaurants zu finden ist.

Dieses Restaurant ist ein Reservat des Heidentums, und das ist es wahrscheinlich geblieben, weil es etwas abseits liegt und das ist, was man einen Geheimtip nennt. An den anderen Seen der Umgebung ist es auch lauter. Dort gibt es große Parkplätze und Tennishallen mit Saftbars, und Tausende Menschen quellen jedes Wochenende aus der Stadt wie aus einer Zahnpastatube, auf die man ver-

sehentlich draufgetreten ist, und verschmieren dort die Landschaft mit ihren neonfarbigen Kampfanzügen im Krieg gegen das Wohlbefinden.
Hier, in meinem Lieblingsrestaurant an meinem Lieblingssee war das nicht so. Die Bucht, an der das Haus lag, war etwas zu klein, um Tausende Menschen zu beherbergen, und auf dem Parkplatz hinter dem Hotel hatten höchstens vierzig Autos Platz. Das Ganze war nämlich ein Hotelrestaurant, um genau zu sein. Früher einmal muß es eine Frühstückspension gewesen sein, und jetzt ist es ein Hotelrestaurant geworden. Die Dinge entwickeln sich eben –. Aber diesem Ort der Kraft ist es Gott sei Dank gelungen, sich in einer altmodisch entspannten Weise zu entwickeln, die wohltuend ist. Familien und Liebespaare – das sind die meistvertretenen Gäste an diesem Ort. Liebespaare, die wahrscheinlich hier einmal als Familien landen werden, und Familien, die immer wieder hierher kommen, um den Ort zu feiern, an dem sie einmal als Liebespaare begonnen hatten. Das Haus sieht aus wie ein sehr großes einstöckiges Bauernhaus, weißgetünchte Mauern, auf denen ein Stockwerk liegt, das außen mit dunkelbraunem Holz verschalt ist, und vor den Fenstern im ersten Stock läuft ein altmodischer Holzbalkon rund um das ganze Haus, von dem aus man eigentlich in jedes Zimmer sehen könnte – wenn da nicht die grünen Holzjalousien wären –. Vor jedem Fenster und vor jeder Balkontüre schwingen grüngestrichene Holzjalousien auf, und so können neugierige Nachbarn nicht sehen, was sich in den Zimmern so tut. Komisch –. Ich könnte mir das überhaupt nicht vorstel-

len, Voyeur zu sein an diesem Ort. Durch eine eigenartige Übereinstimmung hat man hier immer das Gefühl, eine große Familie zu sein, in der jeder den anderen leben läßt und keiner daran denkt, den Nächsten zu stören. Das Resonanzgesetz, sage ich nur –. Das Resonanzgesetz, das besagt, daß Gleiches von Gleichem angezogen wird. Paracelsus hatte auch nach diesem Prinzip gearbeitet – nach dem Kälte mit Kälte geheilt wird und nicht mit Hitze. Nach jedem verfrorenen Winterspaziergang die Hände intensiv mit Schnee abreiben wärmt sie besser auf als direkte Hitze, die nur Schmerzen hervorruft – aber – ich bin nämlich eine Arzttochter, und da saugt man so etwas mit der Muttermilch ein, sozusagen. Aber wie auch immer – das Resonanzgesetz sorgt an diesem Ort dafür, daß er ein hermetischer Ort bleibt, der Menschen, die einen anderen Rhythmus haben, gar nicht erst anzieht. Und diejenigen, denen es hier gefällt, bringen auch wiederum nur Menschen hierher, von denen sie wissen, daß sie mit dieser Aura des Friedens und der Lust, die hier herrscht, glücklich sein können. Es ist nahezu ausgeschlossen, daß hier eine Gruppe von Hell-Angels die Füße auf die Tische donnert und ein mitgebrachtes Faß Bier anzapft – um es einmal etwas derb zu formulieren.
Auf der Terrasse dieses Hauses saßen wir nun und überlegten, was wir bestellen sollten. Es ist eigentlich keine richtige Terrasse im klassischen Sinn, sondern von der Hausmauer weg ist ungefähr fünf, sechs Meter weit Kies aufgestreut, und auf diesem Kies stehen die Tische lokker gruppiert. Es sind diese übriggebliebenen Holzti-

sche, die man früher überall in den alten Landgasthäusern hatte. Ich meine diese Tische mit den dunkelgrün lackierten Holzbrettern, aus denen die Tischfläche zusammengesetzt ist. Diese Art von Tisch ist es, an dem vier Menschen Platz haben und die man zusammenstellen muß, wenn eine große Gesellschaft Spaß haben möchte. Direkt an der Hauswand, von der man auf den See blicken kann, ist in derselben dunkelgrün lackierten Bauart eine lange, lange Holzbank angebracht, vor der vier bis fünf Tische stehen, und dort liegen auch flache Kissen zum Draufsitzen, und das sind natürlich die beliebtesten Plätze. Und dort saßen wir an diesem Abend und bestellten als erstes eine hausgemachte Fischsuppe. Von diesen Plätzen hat man den schönsten Blick über den See. Man sitzt mit dem Rücken zum Haus und spürt, wie die Wände noch von der Tagessonne strahlen, und weit draußen am See kreisen zwei Möwen auf der Suche nach unvorsichtigen Jungfischen. Am gegenüberliegenden Ufer, das ca. fünf bis sechs Kilometer weit entfernt liegt, sieht man ganz winzige Lichter von einer Ortschaft leuchten, und den Abschluß dieser Postkarte bilden hohe, breite Berge, an denen man ablesen kann, wie das Wetter am nächsten Tag wird. Ich habe diese Kunst von einem Bauern gelernt, der gleich neben dem Hotel seinen Hof hat. Es ist nämlich nicht so, daß glasklar daliegende Berge ein Zeichen für Schönwetter sind. O nein – weit gefehlt –, leichter Dunst muß sie umgeben, dann wird es schön. Leichter, blaugrauer Dunst muß sie unwirklich erscheinen lassen – dann strahlt am nächsten Tag die Sonne. Keine Ahnung, warum das so ist – aber der Bauer hat sich in dieser Prognose noch nie geirrt. Und so war ich sehr froh zu sehen, daß morgen wieder die Sonne scheinen würde. Am rechten Ufer des Sees war ein langgezogener Hügel, hinter dem jetzt die Sonne einen letzten Strahl hervorschleuderte und versank. Der Ober brachte uns die Fischsuppe und stellte sie vor uns hin. Sie war cremig und heiß, und einige kleine Wacholderbeeren schwammen wie dunkle Perlen in ihr.

»Was möchten Sie als Nächstes?« fragte er.

»Bestell du für uns, du bist hier zu Hause«, sagte mein Liebster, und so bestellte ich eine Lachsforelle vom Rost mit Petersilienkartoffeln und heißer Butter für zwei Personen.

»Darf ich Ihnen dann die gerösteten Mandelsplitter dazu empfehlen?« sagte der Helfer der Sinnlichkeit, und als ich bejahte, begab er sich zurück in das Allerheiligste der Verwöhnung – in die große alte Küche, in der noch ein Riesenherd aus früheren Zeiten in der Mitte stand. So ein Riesending mit einer umlaufenden Messingstange, an der man Tücher aufhängen kann oder Schöpflöffel.

Wir saßen nebeneinander an der Hauswand und blickten über den See.

»Hm...«

»Was denkst du?« fragte er.

»Was ich denke?«

»Ja.«

»Ich denke« – sagte ich, »ich denke, wie lange wir wohl so voller Ruhe bleiben können. So... so voller Liebe...«

»Warum diese merkwürdigen Sätze?«
»Tja, warum... Weil ich hier beinahe schon einmal mit einem Mann gesessen wäre, um auf den See zu blikken.«
»Hm, hm.«
»Stört dich das?«
»Nein.«
»Sicher nicht?«
»Nein – jetzt sitzt du mit mir hier.«
»Ja.«
»Warum bist du nie mit ihm hier gesessen?«
»Weil es schiefgegangen ist.«
»Verstehe...«
Er sagte ›verstehe‹ und drückte meine Hand und blickte wieder hinaus aufs Wasser. Ich war ihm dankbar, daß er nicht weiter fragte und bohrte, sondern vielleicht etwas ahnte und es dabei belassen konnte. Ich verstehe es nicht, um ehrlich zu sein. Nein, ich verstehe es nicht, habe es nie verstanden und werde es nie verstehen, wie das mit der Liebe ist. Wieso sie vorbeigehen kann – obwohl sie doch das ewigste Gefühl ist, das wir kennen. Im Moment, in dem wir es fühlen, ist das Leben ein ewiger Horizont, und doch tauchen plötzlich die Kampfflieger der Normalität auf und schießen die festeste Burg der Zärtlichkeit in Schutt und Asche. – Vielleicht ist es das, was ich nicht verstehe, das in Schutt und Asche schießen, wenn etwas zu Ende geht. So weh es auch tut – vielleicht müssen wir akzeptieren, daß auch die Liebe eine organische Sache ist, wie alle organischen Sachen geboren wird, Höhepunkte erreicht und abstirbt. Was ich nur

nicht verstehen will – und auch nie verstehen werde – ist, daß fast immer mit Haß endet, was so schön begonnen hat. Warum ist das so? Vielleicht, weil es bei einem von beiden früher begonnen hat, zu Ende zu gehen, und der andere sich betrogen fühlt um den gemeinsam erlebten Himmel und mit Wut darauf reagiert, daß es nicht mehr jeden Tag nach Rosen duftet. Vielleicht ist es das. Das grauenhafte Gefühl zuzusehen, wie die Rose verblüht, macht uns ärgerlich und wütend. Und das ist dann der Grund dafür, daß Menschen, die noch gestern eine Wohnung miteinander eingerichtet haben, heute mit Kettensägen das Ehebett und den alten Holztisch zersägen, weil der Scheidungsrichter gesagt hat, daß der Besitz ›zu gleichen Teilen geteilt werden soll ...‹ Ist es das – muß es so sein – kann es nicht anders sein ... Ich habe mir so sehr gewünscht, daß die Trennungskunst eine genauso hochgeschätzte Kunst sein sollte wie die Liebeskunst. Ist es nicht möglich, wenn sich die Wege schon auseinanderbewegen – ist es nicht möglich, einander zum Freund zu werden – und zumindest gelassen dem anderen und sich selbst zu helfen, wieder allein zu gehen? »Der Schmerz des Verlassenseins steht dem im Wege« – sagte mein Schutzengel in diesem Moment und legte seine heilenden Strahlen um mich, weil er spürte, daß ich drohte, melancholisch zu werden.
»Laß aus«, sagte er zu mir – und zeigte mir einen Vogel, der in einer der Birken am Seeufer dabei war, seinen Ruheplatz für die Nacht aufzuschlagen.
»Laß aus, und mach es das nächste Mal besser.«
Das nächste Mal besser machen – ja – das ist es, was ich

mir immer wieder vorgenommen habe und doch nie wirklich geschafft habe.
Einen Millimeter höchstens ist es mir gelungen, die klassischen Bahnen des Chaos zu verschieben – aber –
»Das ist auch schon genug«, sagte mein strahlender Begleiter und lächelte mir zu. »Ein Millimeter pro Leben ist genug.«
»Wie soll ich da jemals weiterkommen?« fragte ich ungeduldig.
»Du hast noch viele Leben vor dir«, sagte er lachend und wurde wieder unsichtbar.
Typisch – immer dieses Vertrösten auf später – dachte ich – aber wer weiß... Vielleicht hat er recht, und irgendwann einmal – Äonen später – bin ich durch das irdische Tal der Irrtümer hindurch und werde auch ein Schutzengel, der –
»Genau...«, lachte seine Stimme durch Zeit und Raum und tropfte etwas Leichtigkeit in meine schweren Erinnerungen.
Das Leben ist aber leider nicht ein eingetrockneter gelber Flußlauf hinter Akaba – es dampft und pulsiert und widerspricht sich selbst.
Es widerspricht sich selbst – das Leben – und das ist eine seiner vornehmsten Tugenden, obwohl es als Charakterschwäche gebrandmarkt ist. Kaum ruht der Ball der Lebendigkeit an einem Ort und behauptet von diesem Ort, der einzige Ort im Universum zu sein, an dem man liegen könne – kommt ein Erdbeben und läßt den Ball weiterrollen... Damit er in Bewegung bleibt und seiner Aufgabe gerecht wird, die im Rollen besteht. Warum

nur immer diese Angst vor Veränderungen und Wachheit und Vielfältigkeit?
Sicherheit.
Sicherheit, Sicherheit, Sicherheit.
Das ist das Hauptgebrüll, das in unserer Welt ein nichtendendes Echo hat, und das größte Echo gibt es in den sogenannten Liebesbeziehungen. Dabei sollte doch Lieben bedeuten, glücklich zu sein darüber, daß es dem geliebten Menschen gutgeht. Ist das zu schlicht gedacht? Heißt das nicht allzuoft: Ich möchte ja, daß es ihm gutgeht – aber es soll ihm nur mit mir gutgehen und mit sonst niemandem!
Ist das Liebe oder ist das Egoismus? Ist das Liebe oder ist das Besitzenwollen – Einsperrenwollen – Machtausübenwollen?
Ist die Steinzeit denn immer noch nicht vorbei? Mit all den Männern, die ich bis jetzt gekannt habe, war es dasselbe Spiel. Nein – nicht im üblichen Sinne. Es war nicht so, daß ich stumm daheim saß, während er nach einem Jahr der Zweisamkeit anfing wieder umherzuschauen, ob andere Mütter nicht auch schöne Töchter haben. Nein – so klassisch war es nicht – daß ich ihn daheim erwartet habe mit dem hölzernen Kochlöffel in der Hand. Im Gegenteil. Nach der großen Liebe, in deren Erinnerung ich eben zu versinken drohte, habe ich das Loslassen geübt und habe die Männer loslassen wollen. Ehrlich – ich habe sie ganz einfach loslassen wollen – wenn es sie hinausgezogen hat in den großen dunklen Wald. Ganz einfach – weil ich gelernt hatte, daß es ja ohnehin keinen Sinn hat, den Wind in einen Beutel stecken zu wollen –

oder – wie ein guter Freund einmal formuliert hat: »Keine Lawine läßt sich durch den Satz: ›Achtung, da kommt eine Lawine‹, in ihrer Bahn aufhalten.«
So weit, so gut –. Da bin ich also gesessen und habe toleriert und interessanterweise relativ leichten Herzens. Ein Herz, das nur dadurch schwer geworden ist, daß sie trotzdem immer noch lügen mußten. Ich glaube, zu viel Freiheit ist ein größerer Schock als die Androhung von Gefangenschaft. Ich habe gesagt: »Liebe – und tu was du willst«, und sie haben geliebt und getan, was sie wollten – und mir trotzdem vorgelogen, daß sie mir treu seien. Woran liegt das?
Vielleicht ein zu tief sitzendes Mißtrauen gegen den Zauber der Ehrlichkeit? Vielleicht, weil die Ausritte aus der Burg nur dann Spaß machen, wenn sie verbotenerweise geschehen – wenn sie also Sünde sind –. Wieder einmal stehen wir vor dem Phänomen der zwei Kuchenstücke zuviel... Da wir gelernt haben, daß alles Schöne verboten ist, wird der Anreiz durch das Verbot nur erhöht. Und dieser Anreiz fällt weg, wenn das Verbot wegfällt.
»Der Reiz des Verbotenen« – ein bekannter Schlagsatz. Aber wieviel Reiz des Erlaubten geht dadurch verloren... Wie viele verdorbene Mägen könnten wir uns ersparen, wenn wir erlaubterweise langsam und gut kauend ein Stück Kuchen essen, Zeit haben, um zu genießen, und dann leichten Herzens weiterwandern. Liegt es daran, daß wir den Druck brauchen, um uns von Sünde zu Sünde weiterzubewegen, wie eine Lokomotive den Druck in ihrem Kessel braucht, um ins Rollen zu kom-

men? Ist das nicht fürchterliche Zeitvergeudung? Bis man eines Tages wirklich soweit ist und sich weder von Zuckerbrot noch Peitsche beeindrucken läßt, dann ist man nämlich jenseits von Gut und Böse, und nichts macht einem mehr Spaß. Das ist wie bei den Heiligen, die ihren Status bei genauer Betrachtung ja erst dann erreicht haben, wenn einem schon der Gedanke an Schokoladentorte Übelkeit verursacht. Na gut – sie müssen eben lügen, diese kleinen Sünder, dachte ich und sagte einfach nur »aha«, wenn er zu einem Nachtfischen mit Freunden aufbrach.

Es war eigentlich alles ganz einfach. Er ging fischen, ich traf mich hie und da, um zu stricken – nichts hätte reibungsloser laufen können als diese Lady's Agreements. Aber nein. Aber nein – eines Tages fand er heraus, was die Wahrheit hinter meinen selbstgestrickten Pullovern war, und drehte durch. Ich stand fassungslos in der Zimmermitte und sah dieser Michael-Douglas-Imitation zu, die durch meine Wohnung tobte und alles zerkleinerte, was sich bewegen ließ. »Ich bringe ihn um – ich bringe ihn um – ich bringe euch beide um«, schrie er mit hochrotem Kopf völlig unliterarisch und steigerte sich in seine Raserei immer mehr hinein, je ruhiger ich im Auge des Taifuns dastand und zusah. Was bleibt einem denn auch anderes übrig, wenn sie anfangen, männlich zu werden und Gegenstände zu zertrümmern? Das ist ja eine ihrer beliebtesten Übungen, wenn sie sich eigentlich als die Schuldigen fühlen und eine Möglichkeit gefunden haben, dieses Schuldgefühl auf ihre Liebste abzuwälzen. Nur nicht zu nahe kommen in solchen Momenten, ist meine Erfahrung, seit ich einmal selbst Prügel bezogen habe. Ich weiß jetzt, wie sich eine Vase fühlt, wenn sie von männlicher Hand vom Kaminsims geschleudert wird und in tausend Atome zerbricht. Einmal habe ich geglaubt, mitwüten zu müssen mit so einer Krone der Schöpfung – das hat weh getan... Mehr möchte ich dazu nicht sagen. Es hat sehr weh getan, und ich habe lange gebraucht, nicht in völlige Männerhasserei zu verfallen nach diesem Punchingball-Erlebnis. Aber gut. Zurück zur Wahrheit. Sie wird einfach nicht ertragen. Sie wird nicht als Erleichterung empfunden – sie kann nicht gelebt werden.

»Hältst du die Wahrheit aus?« fragte ich meinen Geliebten, der in diesem Moment vom See zurückblickte und mich anlächelte.

»Kommt darauf an.«

»Vielleicht werde ich in Zukunft noch andere Männer lieben außer dir.«

Bist du denn wahnsinnig?! Linda – bist du völlig krank geworden?! Waren zu viele Wacholderbeeren in deiner Fischsuppe, oder ist es dir schon zu gutgegangen, so daß du Eselin hinaus mußt aufs Glatteis, um zu tanzen. Das sagt man nicht – das denkt man nicht einmal – am ersten Abend noch dazu. – Du spinnst ja wohl völlig – aber bitte. Genau das ist ja auch nur ein Beweis für meine Theorie – es muß ja so aus einem herausplatzen, wenn man sich dauernd mit dem Thema beschäftigt und zur Einsicht gelangt ist – nie wieder in Lüge leben zu wollen. Sicher ist er der umwerfendste Mann, dem ich je begegnen bin, zumindest ist er das immer noch an diesem ersten Tag – aber morgen ... und gar übermorgen ... Wie werden wir in zwei Jahren an diesem Tisch sitzen und auf die Forelle warten –. Weiß man es ... Möglich ist alles. Und ich will nie wieder in die verspiegelte Sackgasse der Sehnsucht hineinrasen, und darum muß man alles auf den Tisch legen und – aber Linda, doch nicht beim ersten gemeinsamen Abendessen, wo das Pflänzchen des Vertrauens doch eben erst Wurzeln schlägt. Das ist vorschnell und dumm und –.

»Ich hoffe, daß du alles erlebst, was du willst und was dir guttut.«

War das mein Schutzengel, der sich wieder einmal nicht zurückhalten kann, oder war es mein geliebter Fremder, der das gesagt hatte –. Nein, kein Schimmern an meiner Seite – kein Flügelrauschen – der Sender aus dem Jenseits war nicht anzutreffen, obwohl mir bewußt war, daß er sicher atemlos lauschte. Also war es der lebendige Mensch an meiner Seite, der das gesagt hatte.

»Ich hoffe, daß du alles erlebst, was dir guttut«, hatte er gesagt – und er hatte es so gesagt, daß ich ihm glauben konnte ... Mit Ruhe und ohne Hast in der Stimme.

»Warum?«

»Weil ich dich liebe.«

»Wie kannst du das sagen!«

»Was?«

»Daß du mich liebst.«

»Du sagst es ja auch.«

»Ja, aber ich bin mir sicher.«

»Ich auch.«

»Nach so kurzer Zeit?«

»Nach so kurzer Zeit.«
Er sah mir in die Augen, und diese Augen lächelten mich durch 472 Jahre hindurch an, und dann sagten wir nichts mehr, sondern saßen da und hielten uns an der Hand.
»Eigentlich ist das eine völlig dumme Ansicht – daß man nicht schon in der ersten Minute zu einem fremden Menschen sagen kann: »Ich liebe dich« – voreilig heißt das Wort der Sicherheitsingenieure der Beziehungen, die trotzdem täglich ihren Wagen an die Bande krachen. Worauf wartet man denn eigentlich, bis man diesen magischen Satz sagt – welche Sicherheit will man denn haben – welches Sprungtuch will man sich denn selbst aufspannen – denn darum geht es ja bei der Übereinkunft, nicht schon beim ersten Mal zu sagen: »Ich liebe dich.« Ab wann ist denn der andere würdig, diesen Satz zu hören – ab wann hat er denn alle security checks bestanden? Ab einer Woche ohne Irritation – ab einem Jahr – ab der Teilung der Miete plus Beteiligung an den Telefonkosten?! Sind das die Zeichen, daß wir uns ›sicher‹ sein können, diesen Satz der Sätze loszulassen? Eigentlich nur feige, dieses Zögern – und es gilt in Wirklichkeit nur dann, wenn es eine ganz normale Beziehung ist, deren Aufbau man erlebt und deren Dachfirst man dann mit diesem Satz ›ich liebe dich‹ krönt. Wie ein Wetterhahn, der sich ja auch bei jeder Windirritation dreht, wird der Satz dann bei Wohlverhalten nach rechts gedreht und bei bösem Betragen nach links gedreht, Richtung Liebesentzug.
So viel zum Aufbau einer vertraglich geregelten Bezie-

hung – aber bei Liebe? Bei wirklicher Liebe, die kein Abfallprodukt von Gewohnheiten sein sollte, sondern die Ursonne einer Beziehung, die urknallmäßig da ist und von der ersten Millisekunde an alles erhält – da ist doch dieser Satz nur eine fast überflüssige Vokalisierung von dem, was beide wissen, sehen und fühlen. Warum also dann nicht sofort diesen Satz aller Ängstlichkeit zum Trotz dem Liebsten zugeworfen als zusätzliches Geschenk? Wenn diese Liebe, von der ich spreche, da ist – dann beginnt ja gerade deswegen der Aufbau der Realbeziehung und das Teilen der Skiliftkosten und nicht umgekehrt. Angstfrei sein – angstfrei und nicht berechnend – das ist die Aufforderung des Schicksals, wenn wir einmal die Geburt einer Liebe miterleben dürfen – die zwischen zwei Menschen brennt.

Brennt – sage ich – nicht glost – nicht raucht – nein – brennt – so sehr brennt wie ein Steppenbrand in Kansas, wenn die Wirbelstürme das Land zuvor ausgetrocknet haben, so daß ein Funke genügt, und alles steht in Flammen. So sehr in Flammen, wie seine Augen durch mich hindurchrasten und jede meiner Zellen ausdehnten und atmen ließen. Ein Sturm an Lebendigkeit wehte aus seinen Augen hervor und verband sich mit meinen Blicken, die in sein Herz fuhren und dort alle Türen aufstießen, bis es keine Hindernisse mehr gab in diesem Blick. Ich fühlte, wie mein ganzes Wesen sich aufrichtete und diesen Mann ansah, der bei mir war und ohne jeden Zweifel lebte. Er lebte. Das war so klar wie das Wasser eines Gebirgssees, auf dessen Grund man die kleinsten Steine sehen konnte, so durchsichtig waren die Wassermassen.

Diese Augen können nicht lügen, dachte ich, und mußte nicht dabei lachen, obwohl ich diesen Satz schon von irgendwoher kannte. Er sah mich an, und es war wie eine einzige Weite in seinem Blick. Keine Angst, keine Unsicherheit, kein Absinken, kein Zögern.
»Und du?« fragte ich ihn.
»Ich...«
»Was hast du erlebt?«
»Ich bin noch nie hier gesessen – leider.«
»Und sonst –«
Er lachte und löste langsam unsere Umarmung auf, ohne mich dabei zu verlassen.
»Und sonst... da könnte ich viel erzählen... In all den Jahrhunderten sammelt sich so manches an...«
In all den Jahrhunderten – hatte er gesagt. Und mit diesem Satz war plötzlich ein seltsamer Ausdruck über seinem Gesicht gelegen. Es waren plötzlich wirklich Jahrhunderte darin gezeichnet gewesen, und ich war unsicher, ob ich ihn überhaupt hätte fragen sollen – Fragen über seine Herkunft, sein Leben – und –
»Ich bin nicht Lohengrin«, sagte er und war wieder der junge Mann, der mich gestern im Kaffeehaus angesprochen hatte.
»Nein – bist du nicht?!«
»Ich bin der Fliegende Holländer«, sagte er lachend und küßte mich kurz auf den Mund –. »Wenn ich Lohengrin wäre, dürftest du mich nichts fragen – weder, wie ich heiße, noch woher ich komme, noch was ich so vorhabe in meinem Leben – dann – und nur dann könnte ich bei dir bleiben auf ewig.«

»Mein Gott, ist das alles kompliziert mit euch Sagengestalten.«
»Ich bin keine Sagengestalt...«
»Ja – ich weiß.«
»Mein Leben sieht nur anders aus, als man es sich vorstellen kann.«
»Das beginne ich zu ahnen.«
»Du darfst mich alles fragen – du mußt mich sogar alles fragen – aus Liebe – und nur aus Liebe –, dann können wir auf ewig zusammenbleiben.«
»Auf ewig ist eine verdammt lange Zeit.«
»Das ist es – darum solltest du es dir genau überlegen, was du mich fragst – und was du von mir willst...«
Mit dem Satz »Die Forelle bitte sehr« beugte sich der Kellner in diesem kritischen Moment über unseren Tisch und präsentierte auf einer großen silbernen Platte dieses Wunderwerk abendländischer Kochkunst.
Wir nickten dankend dieser Bekanntmachung und beobachteten ihn, wie er mit oft geübten Bewegungen das zartrosa Fleisch von den Gräten hob. Er schnitt dabei am Rücken entlang und legte dann die Seitenteile des Fisches so zügig um, wie man die Seiten eines Buches umblättert. Durch diese schnelle Bewegung löste sich das Fleisch von den Seitengräten und landete auf unseren vorgewärmten Tellern. Auf eine Seite legte er ein paar Kartoffeln neben den Fisch, auf der anderen Seite ein kleines Häufchen gehobelter, gerösteter Mandeln, und zum Abschluß schwenkte er etwas zerlassene Butter über das Ganze, und stellte es vor uns hin.
»Das ist fast zu schön, um anzufangen«, sagte ich und

blickte andächtig auf dieses Gedicht an Düften und Farben.

»Das wäre nicht der Sinn der Sache – alles kalt werden zu lassen«, sagte er und griff zu seinem Messer und seiner Gabel.

»Du hast recht«, antwortete ich, und dann saßen wir eine Weile und aßen langsam, aber ohne uns zu unterbrechen, und stöhnten hier und da vor Wonne und Lust. Wieder ein Teil an ihm, in den ich mich einfach verlieben mußte – er stöhnte... Er stöhnte leise und mit so einer kleinen Kurve im Ton – so von oben nach unten – das Stöhnen begann gewissermaßen im Hals und rutschte ihm dann in den Bauch – so sehr liebte er sein Abendessen. Ich habe noch nie einen Mann getroffen, der mit einer derartigen Selbstverständlichkeit seine Lust auslebt – und das auf jeder Ebene – dachte ich und stöhnte bei jedem zweiten Bissen mit. Der Fisch war aber auch wirklich ein Wahnsinn –. Das Fleisch war fein wie Marzipan und die Haut knusprig und leicht salzig geröstet. Das Ganze war umrahmt vom Duft der frischen Petersilie, die auf den festen, kleinen runden Kartoffeln lag, von denen ich überhaupt nicht genug bekommen konnte.

Er stöhnte wieder, als er eine Portion von diesen herrlichen gehobelten Mandeln auf seine Gabel schob, auf der vorne eine Kartoffel vor einem Stück steckte.

»Du willst immer alles auf einmal – was?« sagte ich und baute mir auch so einen Bissen zurecht.

»Natürlich – das Leben ist zu kurz für halbe Sachen... mmm –.«

»Wenn du noch einmal so stöhnst, kommt es mir«, flüsterte ich.
»In Ordnung –...«
Er aß langsam mit einer Hand weiter und legte die andere auf mein Bein.
O Gott, ich verschlucke mich an einer Mandel, dachte ich – aber es war nur die plötzliche Welle an Erregung, die mich durchfuhr, als ich seine heiße Hand auf meinem Bein spürte, die er langsam höher schob. Die anderen Gäste waren so sehr mit ihren Spezialitäten beschäftigt, daß sie überhaupt nicht bemerkten, was sich an unserem Tisch abspielte. Gott sei Dank waren unsere Teller noch zur Hälfte voll – wir hatten also noch viel vor uns. Jetzt war er mit seiner Hand unter meinem Rock angekommen und schob mir langsam einen Finger hinein. Ich nahm einen Schluck von dem trockenen Weißwein, den wir bestellt hatten, und trank ganz langsam und ohne abzusetzen Schluck für Schluck das Glas leer, während er seinen Finger in mir hin und her bewegte – ich wurde so wild, daß ich dachte, jeden Moment aufschreien zu müssen, aber das verbot ja die Übereinkunft, daß man in einem Restaurant nur essen sollte und sonst nichts Böses tun. Er saß da und sah so aus, als wäre er nur an seinem Teller interessiert, und ich folgte seinem Beispiel und aß ruhig weiter. Der Wein drang in mein Blut, und ich spürte, wie meine Wangen rot wurden. Das Essen, der Wein, die Lust – alles vermischte sich zu einem einzigen dunkelroten Gefühl, und ohne Vorwarnung – mitten in dem Moment, als ich eine der letzten Kartoffeln in den Mund steckte, kam es mir so plötzlich und stark und

kurz, daß ich lauter aufstöhnte, als ich wollte. Einige Menschen an den Nebentischen sahen herüber, und ich lächelte zurück, und man konnte sehen, daß sie sich ein wenig wunderten.
»Sollte der Kellner doch eine Gräte übersehen haben?«
»Seltsam – in diesem wunderbaren Lokal – kaum zu glauben...«
Ich lächelte und griff zu seiner Hand und schob sie langsam wieder zurück auf den Tisch.
»Phantastisch – nicht? Der Wein ist ein Gedicht...«
Er lächelte mich an, als der Ober kam und die Gläser wieder auffüllte – die leergegessenen Teller abräumte und nach einer Nachspeise fragte.
»Ich bestelle?!«
»Du bestellst.«
»Wir hätten gerne zweimal Marzipanmus mit Amarena-Kirschen«, sagte ich und lehnte mich an die Wand zurück.
»Verrückter Kerl«, flüsterte ich ihm zu und küßte seinen Hals.
»Gott sei Dank...«, antwortete er und stöhnte schon wieder leicht auf. Und in dem Moment schoß mir der Einfall durch den Kopf, ein Lokal im altrömischen Stil zu eröffnen.
»Ich werde ein Lokal im altrömischen Stil eröffnen«, sagte ich und wartete auf seine Antwort.
»Warum?«
»Weil die Menschen dort auf Betten liegen können und vorher, nachher und gleichzeitig zum Essen –«
»Eine phantastische Idee.«

»Nicht wahr...«
»Das Dumme ist nur, daß du sie in Lizenz durchführen mußt, wenn du mit mir kommen willst.«
»Ich komme nachher mit.«
»Das ist leider ein Problem – weil ich immer nur eine Nacht, einen Tag und ein zweites Mal bis Mitternacht Zeit habe, um die Frau, die mich liebt, zu finden und mit auf mein Schiff zu nehmen.«
»So streng...«
»So lautet das Schicksal, das auf mir lastet.«
»Und wenn sich das nicht ausgeht?«
»Dann muß ich wieder sieben Jahre lang umherfahren bis ich wieder hinunter darf zur Erde, um es ein weiteres Mal zu versuchen.«
»So lautet das Schicksal?«
»So lautet das Schicksal.«
»Darfst du es sieben Jahre später mit der gleichen wieder versuchen?«
»Das ist mir noch nie passiert.«
»Was?«
»Daß eine Frau mich nach sieben Jahren wieder gerufen hat.«
»Gerufen?!«
»Ja.«
»Ich dachte, du suchst dir aus, wo du landest?«
»Nein, nein – ich werde gerufen – du hast mich ja auch zu dir geholt...«
»Ich?!«
»Ja, du...«
»Nie im Leben!«

»Doch, du hast mich zu dir geholt, damit du endlich all das erleben kannst, wonach du dich immer gesehnt hast.«
Peng – das saß –. So unverschämt selbstüberzeugt, wie der Satz klang, so recht hatte er doch in diesem Moment, in dem er ihn sagte. Ich hatte mich immer danach gesehnt, endlich einmal nicht allein zu sein mit meiner Lust und meiner Sehnsucht nach Hingabe und Zärtlichkeit und Verrücktheit auf beiden Seiten, und das von Anfang an –. Von der ersten Sekunde an wollte ich das Feuer leuchten sehen, ohne Wenn und Aber, und wollte meine Lust ausleben, wie es mir paßte. Ja, er hatte recht, ich wollte das Mögliche und das Unmögliche – ich – ich hatte ihn geholt. Nur ich. Ich hatte ihn aus meiner Welt geholt, die ich in mir hatte, und hatte ihn vor mich hingestellt und Wirklichkeit werden lassen.
»Für einen Traum sind wir aber sehr real«, sagte ich.
»Das ist kein Traum – alles ist möglich, wenn wir bereit dazu sind... Bist du bereit für den nächsten Schritt?«
»Wie sieht der aus...«
»Das Marzipanmus, bitte schön.« Der Kellner hatte ein Talent – das muß man schon sagen –. Ob ich jemals erfahren werde, wie der nächste Schritt aussieht – dachte ich und schob meinen Löffel in die Schale mit dem Dessert.
»Eine Aufmerksamkeit des Hauses...« Der Kellner war wieder an unseren Tisch getreten und hatte zwei kleine Gläser mit einer Flüssigkeit vor uns aufgebaut – klar wie Wasser. Es war auch ein Wasser – Feuerwasser war es von der besten Sorte. Es war ein duftender, öliger, kla-

rer Vogelbeerschnaps –. Die Krönung sozusagen der hochprozentigen Sünden, und mit seinem herben, bittersüßen Nachgeschmack war er genau das Richtige in der Komposition mit dem Marzipanmus...
Ich nahm einen winzigen Löffel von der Creme und schob ihn in den Mund – und an dem Punkt, an dem sich die Geschmacksnerven an den Eindruck gewöhnt hatten, ließ ich einen Tropfen Schnaps dazurinnen, der die Gewohnheit auf meiner Zunge aufwirbelte. Das ist es – dachte ich – der Tropfen Schnaps, der uns die Behaglichkeit der gewohnten Umstände immer wieder aufwühlt und zwingt, jeden Tag aufs neue aus dem Fenster zu sehen. Das ist es, was uns fehlt. Kaum haben wir das eingegangen, was man eine ›Beziehung‹ nennt.
»Sicherheit, Sicherheit, Sicherheit, Sicherheit...« hallt uns das Echo des Widerspruchs zurück, und da kann ich nur sagen, die einzige Sicherheit, die es in Wirklichkeit gibt, ist die Unsicherheit. Wenn man sich damit einmal angefreundet hat, ist man wieder sicher. Aber was soll's – die Trägheit ist eine nicht zu unterschätzende Kraft, und es wird noch zehntausend Jahre dauern, bis wir alle befreit werden von dem Aberglauben, das Glück läge darin, jeden Tag dieselbe Zeitung aufzuschlagen. Rede ich mir etwas ein?! Unterliege ich einem Zweckpessimismus, der versucht, sich mit der Realität der Welt anzufreunden, weil die wahren Sehnsüchte nicht befriedigt werden?!
»Jedes Glück will Ewigkeit – will tiefe Ewigkeit...«, habe ich einmal bei Hesse gelesen, und damit hat er völlig recht – nur dort steht ›will Ewigkeit‹ – das Glück will

Ewigkeit, das ist klar. Aber er hat nie geschrieben ›Jedes Glück bekommt Ewigkeit‹, weil er nämlich nicht dumm war. Was für ein Ausweg führt aus dieser Not der Kindersehnsucht, die ein ganzes Leben lang enttäuscht wird – enttäuscht vor allem in der Liebe? Gerade in der Liebe, die ja das größte Bollwerk gegen die Einsamkeit sein soll, liegt ja der größte Sprengsatz bereit, der gerade dieses Bollwerk wieder zum Einsturz bringt, der es immer wieder zum Einsturz bringt. Vielleicht ist alles nur eine Frage der Form, vielleicht ist das, was wir uns von der Liebe erhoffen, viel eher in der Freundschaft zu finden? Wer weiß? Gibt es nicht diesen schönen Satz, der da heißt: »Wer die Liebe erfahren durfte, weiß die Freundschaft zu schätzen...«
O Gott, rase ich in die Sackgasse der Genügsamkeit?! Das wäre ein schwerer Fehler an einem so schönen Abend wie heute. Nein – es ist nicht mit den sauren Trauben zu vergleichen, was ich meine. Eher schon mit vergleichenden Feldstudien. Ich habe zum Beispiel eine Freundin – man sagt dazu die beste Freundin, und wir kennen uns jetzt schon über zehn Jahre. Das ist eine lange Zeit, wenn man bedenkt, wie viele ewige Lieben in so einer Zeit vor die Hunde gehen, nicht? Und in diesen zehn Jahren ist unsere Freundschaft immer schöner, tiefer und vertrauter geworden, weil wir Veränderungen zugelassen haben, weil wir der Lebendigkeit keinen Riegel vorgeschoben haben. So einfach es klingt, so einfach war es auch in Wahrheit. Wir haben viele gemeinsame Stufen miteinander genommen und sehr viele Stufen ganz alleine –. Sie war einmal sogar ein Jahr lang im

Ausland, und ich habe nur eine einzige Postkarte bekommen, auf der draufgestanden ist, ›kein Schwanz ist so hart wie das Leben‹ –. Das war alles. Aber ich wußte – sie lebt. Sie atmet, und sie hat zumindest in dem Moment, in dem sie die Karte aufgegeben hat, an mich gedacht. Verdammt noch mal – darum geht es doch, oder? Daß man aneinander denkt und die Beziehung nicht unterbricht – wenn die Distanzen zwischen den Händen auch noch so groß sind. Sie ist wiedergekommen nach diesem Jahr und hat an meiner Türe geläutet – ganz einfach geläutet, und dann haben wir eine Flasche Rotwein aufgemacht und uns umarmt und all die Geschichten erzählt, die in diesem kurzen langen Jahr geschehen sind. Das ist es doch – darum geht es doch – das ist doch die Ewigkeit, nach der wir uns alle sehnen, oder spinne ich schon?! Nein – ich spinne nicht. Das Traurige an der Geschichte ist nur, daß ich diese Kontinuität, dieses Vertrautsein, diese Zärtlichkeit immer nur mit einer Freundin erlebt habe. Es ist die Wahrheit. Was soll ich machen. Und es ist auch eine Wahrheit, daß ich deswegen immer versucht habe, die Männer, die ich gekannt oder geliebt habe, zu meinen Freunden zu machen. Zu meinen Freunden, denen nichts wichtiger ist, als daß es mir gutgeht. Auch dann, wenn ich Dinge tue, die sie nicht begreifen. Selbst dann, wenn ich Schritte in meinem Leben setze, die sie überhaupt nicht begreifen und die vor allem ohne sie gegangen werden, selbst dann sollte doch die Liebe in der Freundschaft und die Freundschaft in der Liebe bestehen bleiben – dachte ich – und denke ich immer mehr.

Wahrscheinlich liegt es daran, daß die Freundin niemals hundert Prozent von meinem Selbst möchte. Das ist wahrscheinlich der Hauptgrund, daß man so gelassen mit Freundinnen erleben kann, was mit Männern einfach nicht möglich ist. Die liebste Freundin erlebt siebenunddreißig Prozent oder einundfünfzig Prozent oder manchmal gar sechsundachtzig Prozent von meinem Leben, und das genügt –. Wir teilen das, was zu teilen ist, und verlangen nicht mehr.

Wir verlangen eigentlich überhaupt nichts, und vielleicht ist das das Zauberwort: ›verlangen‹...

Die Männer wollen alles, immer – gleich, sofort, rund um die Uhr. Sie sehen dich, sie wollen dich – sie müssen dich erobern. Sie räumen alles aus deinem Leben, was dich bisher interessiert hat, und machen sich breit. Gnade Gott, es gibt irgendwelche anderen Männer, mit denen du dich gut verstehst. Duelle mit Äxten wäre das Richtige für sie, um dich ganz alleine zu ihrem Besitz zu machen. Da das aber aus der Mode gekommen ist, wird eben so lange Psychodruck gemacht, bis du nicht mehr mit Johannes ins Kino gehst oder mit Peter hie und da zum Skilaufen fährst. Dabei war es nie etwas Sexuelles mit den beiden – nein – sie waren einfach nur da und ein Teil des Lebens –. Ein kleiner Teil, der dein Rad rund gemacht und geölt hat, damit es besser rollen kann –. Das Rad deines täglichen Lebens. Weg damit – raus aus dem Fenster – hinweg –. In dem Moment, wo die große Liebe in dein Leben tritt, sollst du keine anderen Götter mehr haben neben deinem Herrn und Meister –. Selbst, wenn es nur kleine Hilfsengel sind, die das Leben einfach bunt machen – von Göttlichkeit weit entfernt – hinweg – hinaus und über die Klippe gestoßen. Der neue Hahn hat seinen Platz auf dem Hügel bezogen und muß dort alleine krähen und die Verfügungsgewalt über dein Leben haben. So ist es doch in Wahrheit, liebste Schwestern – das ist bei allem Softie-Gemauschel immer noch ihre innerste wahre Triebfeder, und sie setzen alles daran, dich zu fesseln und deiner vielfältigen Kontakte zu berauben, die für dich deine Freiheit bedeuten. Ganz einfach, weil das Wort ›Verlangen‹ noch nicht aus unserer Erlebniswelt gestrichen worden ist. Bei einer Freundin ist mir das noch nie passiert. Eine Freundin würde mich auch nie emotional erpressen. Das ist nämlich eine ganz beliebte Variante, die sie ausrollen, um an ihr Ziel des schrankenlosen Herrschens über dein Leben zu gelangen. Mit den Jahren hat sich nämlich doch eine gewisse Unabhängigkeitsbewegung breitgemacht, und Frauen sind nicht mehr bereit, jedes Hemd zu bügeln, das am Dienstagmorgen unter dem Waschtisch liegt; nicht jedes direkte oder indirekte Fahrverbot, das darauf hinausläuft, daß du Johannes nicht mehr treffen sollst, obwohl ›Batman I‹ im Kino um die Ecke wiederholt wird, hat Aussicht, befolgt zu werden.

Gott sei Dank übrigens wird ›Batman I‹ wiederholt – ›Batman II‹ war scheußlich... einfach unappetitlich dieser eklige Pinguinmann, dem dauernd schwarzes Blut aus dem Maul trieft... eklig.

Aber gut – ein typischer Fall von Hybris nach dem Erfolg von ›Batman I‹.

Aber wie auch immer – du bist stark geworden und willst

die schleppenden Blicke ignorieren, die dich dafür bestrafen sollen, daß du Johannes noch immer nicht aus deinem Telefonbuch herausgerissen hast –. Du willst dich fertigmachen, um zu gehen – peng – eine Magenkolik.
Eine Magenkolik bricht aus und zwingt den Liebsten mit eiserner Faust auf den Teppich im Wohnzimmer, wo er mit schmerzverzerrtem Gesicht sitzen bleibt und stöhnt.
»Geh nur, du kommst sonst zu spät ins Kino. Ich werde schon allein fertig mit dem Sterben...«
Also zum Telefon.
»Johannes, ich kann heute leider doch nicht – ja – vielleicht übermorgen – ja – schade – ja...«
So, dann sitzt man da und flößt dem Liebsten Tee ein und bringt ihm eine Wärmeflasche ins Bett und einen Toast mit Sardinen, die er eigentlich gar nicht essen dürfte – aber plötzlich ist die Kolik irgendwie besser geworden und das Sterben vertagt. Was sehen wir? Es haben sich nur die Mittel verändert, mit denen sie ihr Ziel erreichen wollen – nicht aber das Ziel. Und das Ziel heißt nach wie vor – Besitz.
Ich will sie alleine besitzen und meine Genetik fortpflanzen. So einfach ist die Lösung dieses Rätsels, warum sie seit neuestem so oft Magenbeschwerden haben. Meine Freundin hat das nicht. Meine Freundin hat eine blühende Gesundheit, und es würde ihr nicht im Traum einfallen, mich von irgend etwas zurückzuhalten, was ich tun möchte. Im Gegenteil – man wäre ja geradezu verblödet, wenn man dem geliebten Menschen die Flügel

stutzen möchte. Was hätte man denn dann – einen Papagei im goldenen Käfig, der gerade noch dazu fähig ist, seinen eigenen Namen zu krächzen – basta.
Nein danke –. Meine Freundin tut so etwas nicht, und darum sind wir auch eines Tages zusammengezogen und haben uns gegen diese zweibeinigen Urwaldbewohner verbündet, die sich von da an ihren Tee alleine kochen konnten. Es war eine phantastische Zeit, und sie hatte ihren Anfang in der Nacht genommen, in der sie nach ihrem Jahr der Abwesenheit plötzlich vor meiner Türe stand. Meine Christine – meine liebe, geliebte Christine.
Nein – sie gehört mir nicht – aber ich habe sie eben so sehr lieb, daß ich meine Christine sagen muß – meine liebe, kluge Christine.
Sie ist nämlich Psychologin, und die sind alle klug.
Also Christine zum Beispiel war sehr klug –. Ich habe nächtelang mit ihr vor dem Kühlschrank gesessen und Parmesan gegessen und Rotwein getrunken, der von der gestrigen Party übriggeblieben war. Ein Jahr lang haben wir alles geteilt, was sich so teilen läßt, und das war eine ganze Menge, bis auf – bis auf die Männer – die haben wir nicht geteilt – bis auf... also bis auf ein Mal – da waren wir dazu einfach in sehr guter Laune und... Also, das war so –.
Sie war doch damals nach dem Jahr, in dem sie woanders gewesen war, vor meiner Türe gestanden, und dann haben wir gelacht und uns umarmt und Rotwein getrunken. Am nächsten Morgen haben wir beschlossen, daß sie bei mir einziehen wird, weil sie keine Wohnung hatte

und keine Lust, wieder zu ihren Eltern zu ziehen – bis sie eine neue Bleibe gefunden hatte. Gut – wir haben also gelebt, gelacht und Wohnungen gesucht – mit nicht sehr viel Antrieb, muß ich sagen, weil wir eigentlich gar nicht wieder auseinander wollten – aber gut. Wir sind alle drei, vier Wochen einer Annonce nachgegangen und haben uns Wohnungen angesehen. An einem Tag lese ich in der Zeitung: »Kleine romantische Gartenhausetage zu vermieten, Telefon-Nummer 5342618.« Gut, wir rufen an – wir fahren hin – wir sehen uns das kleine romantische Gartenhaus an. Es war wirklich sehr romantisch – am Stadtrand, mit Schindeldach und Balkon... So ein Überbleibsel, das noch keiner Autobahnbrücke zum Opfer gefallen war. Der Vermieter war ein junger Mann, ein Student, der das Haus von seinen Großeltern geerbt hatte und ganz einfach Mitbewohner suchte, um nicht so einsam zu sein. Am fernen Stadtrand. Er wohnte unten, mit direktem Zugang in den Garten, und außen am Haus führte eine überdachte Treppe hinauf in den ersten Stock. Dort waren zwei Zimmer und ein kleines Bad. Die Küche war in seiner Abteilung, die man sich hätte teilen müssen. Christine war sehr verliebt in das Ganze, aber unentschlossen. Ich wußte nicht genau, ob sie mehr in das Haus oder in den Jungen verliebt war, weil, zum Schluß der Besichtigung sagte er: »Wollen Sie nicht noch auf ein Glas Wein bleiben – dann können wir die Konditionen besprechen.« Die Konditionen – süß. Süß – er war überhaupt ein sehr süßer Junge, das muß ich schon zugeben. Und daher habe ich mich nicht gewundert, daß Christine so schnell »Aber ja, gerne« gesagt hat. Es war ein heißer Sommertag, und im Garten vor dem Häuschen stand ein Liegestuhl. So ein alter klassischer Liegestuhl mit zwei Stoffbahnen zwischen den Hölzern in den Farben rot-gelb-weiß, mit einem Wort ›süß‹.

»Haben Sie Lust, sich ein wenig zu sonnen?« fragte er, und Christine sagte: »Leg dich doch in die Sonne – wir können ja inzwischen drinnen über die Konditionen sprechen.« Ich liebte sie. Ich liebte das Zittern in ihrer Stimme, wie sie das Wort ›Konditionen‹ sagte und wie in ihren Augen ein Spruchband aufleuchtete, auf dem ich lesen konnte – ›Gib mir eine halbe Stunde Linda ... Gib mir eine halbe Stunde‹. »Gut, ich lege mich in die Sonne«, sagte ich, und zog meinen Pullover aus.

»Gehen wir hinein«, sagte der Blonde zu Christine, und dann lag ich alleine in der heißen Sonne – nach einer Weile wurde es heißer und heißer, und ich mußte meine Jeans ausziehen und dann meinen BH und dann mein Höschen, und dann lag ich da und begann langsam zu verbrennen und ließ meine Phantasie laufen, um mich abzulenken. Waren sie unter der Dusche – lagen sie irgendwo auf einem Teppich im ersten Stock – oder ... Ich hielt das nicht mehr aus und stand auf. Es war ja ohnehin so heiß geworden, daß es ein Verbrechen gegen die Gesundheit bedeutet hätte, noch länger ungeschützt im Freien zu bleiben. Australische Zustände, sage ich nur – australische Zustände. Ich stand also auf und ging leise ins Haus. Die Terrassentür stand offen, und in seinem Wohnzimmer war es still und leer. Auf dem Eßtisch lag ein Mietvertrag und ein Kugelschreiber, aber von einem

Gespräch über die Konditionen schienen sie plötzlich abgehalten worden zu sein. Ich ging weiter und hörte plötzlich ein leises Stöhnen. Das war meine Christine. Ich hörte ihre Stimme aus der Küche kommen und bog vorsichtig um die Ecke. Sie saß auf einem Küchenstuhl und hatte ein Bein auf die Tischplatte gelegt und das andere auf seine Schulter. Das konnte sie deswegen machen, weil er vor ihr kniete und sie zwischen den Beinen küßte. Es war ein herrliches Bild... Beide waren sie ganz nackt und ineinander verkrallt, das heißt, Christine war ganz nackt. Er hatte seine weißen Sommerhosen bis zu den Knien heruntergeschoben, so daß ich seinen festen runden Po sehen konnte. Und wenn ich mich zur Seite drehte, konnte ich auch sehen, daß er sie bis jetzt nur geküßt hatte, weil er einen riesigen Steifen hatte, der nur darauf wartete, in meine Christine einzudringen. Er sonnt sich ohne Badehose, dachte ich – weil die braune Farbe seines Rückens nahtlos in seinen Po überging, und das war ein wunderschöner Kontrast zu seiner leichten, weiten Sommerhose. Er hatte die linke Hand um Christines Rücken geschlungen, und mit der rechten rieb er sich seinen Schwanz und gleichzeitig versank er mit seinem Mund immer tiefer zwischen ihre Beine. Christine hatte beide Hände in seine Haare gewühlt und preßte seinen Kopf immer mehr in sich hinein. Ich stand da und sah ihnen eine Weile atemlos zu, bis Christine meinen Blick spürte und die Augen öffnete. Wir sahen uns an, und ich sah, daß sie ein Spruchband laufen hatte auf dem stand: ›Komm her, komm her...‹ Ich kam einen Schritt näher und fragte mit meinen Augen – ›Wirklich – soll ich...‹ Und sie antwortete: ›Jetzt oder nie... jetzt oder nie...‹ Ich kann meiner Christine keinen Wunsch abschlagen, also ging ich näher und kniete mich hinter ihn, nahm vorsichtig seine rechte Hand und bog sie ihm auf den Rücken. Er zuckte kurz auf, aber Christine hielt seinen Kopf fest, und wahrscheinlich war er schon so in Trance, daß er gar nicht mehr wußte, was mit ihm geschah. Er blieb vor Christine knien und stöhnte nur laut auf, als ich mit meiner linken Hand seinen Arm auf seinem Rücken festhielt und mit meiner rechten langsam anfing, seinen Schwanz zu streicheln. Es war ein herrliches Gefühl, diesen schönen jungen Mann so wehrlos vor mir knien zu sehen und ihn dabei wahnsinnig zu machen, während er Christine wahnsinnig machte. Offensichtlich tat er das, weil sie immer lauter stöhnte, und daraufhin massierte ich seinen Schwanz um so zarter und gleichzeitig drängender, bis er es nicht mehr aushielt und sich aufrichtete und sich in Christine hineinschob. Er hielt die Stuhllehne fest, und Christine umarmte ihn, und so ineinander verkrallt konnten sie auch Gott sei Dank nicht umfallen. Ich streichelte seinen Rücken und seinen festen Hintern und dachte, so sieht das also aus, wenn man gebumst wird. Ich kniete mich wieder hinter ihn, zog ihm seine Hose ganz aus und schob seine Beine auseinander. Mit beiden Händen streichelte ich ganz vorsichtig die Innenseite seiner Oberschenkel und sah zu, wie er daraufhin immer wilder und wilder wurde, und dann war er soweit, und es kam ihm so lange und so zitternd, und er schrie so laut auf, daß ich Angst hatte, die Nachbarn würden die Polizei alarmieren. Also stand ich auf und hielt ihm meine Hand vor den Mund, so daß er nun mehr stöhnen konnte. Dann schob ich ihm einen Finger in den Mund und spürte, wie er daran saugte und saugte, um sein Schreien nicht mehr so laut herauszulassen. Über eine Minute lang muß es ihm gekommen sein, dann wurde sein Zucken langsamer, und seine Zunge wurde wieder weich, und dann sank sein Kopf auf Christines nackte Brust. Natürlich war sie nackt, meine geliebte Freundin – weil es wirklich einer der heißesten Tage des Jahrhunderts gewesen sein mußte. Langsam rutschte er wieder aus ihr heraus und rollte auf den Küchenboden. Da lag er jetzt – hingegossen wie Adonis. Er war ein schöner Mann – das muß man sagen –, obwohl ich diesen Ausdruck hasse – und obwohl es eigentlich nichts Peinlicheres gibt als sogenannte ›schöne Männer‹. Aber der – der war wirklich schön. Er hatte unglaublich schmale Hüften und schöne starke Oberschenkel und schlanke Waden und nicht zu viele Muskeln. Seine Muskeln waren schon zu erkennen, aber sie waren nicht so idiotisch heraustrainiert wie bei den üblichen Typen, die jeden Dienstag und Freitag, wie gesagt, zu den Gewichten rennen, damit sie hinterher so aussehen, als seien sie eigentlich Wildjäger und nicht harmlose Autoverkäufer. Na gut. Aber der sah nicht so aus, und so lag er vor uns und atmete tief ein und aus –. Einen Arm hatte er über das Gesicht gelegt – das rechte Bein lag angewinkelt am Boden, das linke hatte er gerade ausgestreckt. Ich sah zu Christine, die auf ihrem Stuhl eben wieder aus der Ohnmacht erwachte und mich anlächelte. Sie streckte beide Arme nach mir aus, und so ging ich zu ihr, und dann umarmten wir uns. Ich stand neben ihr und hielt sie fest, und sie legte ihren Kopf gegen meinen Bauch, und ich konnte spüren, wie heftig sie immer noch atmete. »Mir geht's so gut«, sagte sie, und ich streichelte ihr über das Haar, ihr wunderschön duftendes Haar – auch ein Grund weniger, Konkurrentinnen zu sein. Eine Blonde wie ich und eine dunkle – da gibt es keine Platzkämpfe – meistens zumindest...

»Schau, wie er daliegt«, sagte sie, und unser Adonis lag immer noch am Boden und sah uns nicht an. Träumte er etwas, das wir nicht wissen sollten? Warum hat er den Arm über den Augen, dachte ich, und in dem Moment stand Christine auf, nahm ein Tuch, das auf dem Tisch lag, und kniete sich neben seinen Kopf. »Bleib ganz ruhig«, sagte sie, als er sich kurz bewegte, und dann wikkelte sie ihm das Tuch um den Kopf und band es so fest, daß er nichts mehr sehen konnte. So lange hat er dort gelegen mit seinem Arm über dem Kopf, um nicht gesehen zu werden – jetzt hatten wir es ihm nur einfacher gemacht. »Ich werde alles mit dir tun, was ich will«, flüsterte Christine in sein Ohr, und als er stumm nickte, holte sie ein zweites Tuch und band seine Hände fest zusammen und hob sie ihm über seinen Kopf –. Dann stellte sie ein Tischbein zwischen die gefesselten Hände, so daß er sich nicht mehr bewegen konnte. Sie setzte sich mit weit geöffneten Beinen auf seine Brust und streichelte langsam seinen Bauch. Er begann wieder zu stöhnen und öffnete seine Beine. Ich stellte mich über ihn und fuhr langsam mit meinem Fuß über seine Hüften und seinen Nabel und seine Oberschenkel. Er streckte immer wieder seine Beine und zog sie an und streckte sie, so als wollte er im Liegen weglaufen, und nach ein paar Minuten wurde sein Schwanz langsam wieder größer. Christine beugte sich vor und nahm ihn vorsichtig in den Mund und schob dabei gleichzeitig ihr Becken hoch, so daß er sie küssen konnte, während sie an ihm saugte. Sie bewegte langsam ihr Becken in die Höhe, so daß er seinen Kopf ganz hoch strecken mußte, um sie zu erreichen. Dann setzte sie sich wieder ganz auf sein Gesicht, so daß er fast keine Luft bekam. Sie richtete sich auf und sah mich an... Ich stieg über ihn und ließ mich langsam auf seinen Schwanz herunter und holte ihn in mich hinein – er seufzte auf und fing an, Christine noch mehr zu küssen, und gleichzeitig stieß er sein Becken immer wieder in die Höhe, so daß ich mich an der Tischkante festhalten mußte, um nicht abgeworfen zu werden. Ich spreizte meine Beine, so weit es ging, und spürte, wie ich langsam anfing zu kommen, und dann platzte ich genau in dem Moment, in dem auch er kam, und dann war auch Christine dabei, und es war uns völlig egal, ob jetzt irgendwer die Polizei verständigte oder nicht...

Danach lagen wir alle drei am Boden, und ich glaube, ich bin sogar eine Zeitlang eingeschlafen, weil ich wie aus einem Traum aufwachte und mir etwas zu trinken holen mußte. Ich stand in der Terrassentüre und trank aus einer Flasche Orangensaft. Ich trinke sonst nie aus der Flasche, weil das nämlich eine ganz ganz schlechte Erziehung ist. Aber es war irgendwie völlig richtig, an diesem Tag und in diesem Moment schlecht erzogen zu sein. Als nichts mehr in meiner Flasche war, ging ich zurück in die Küche. Christine hatte ihm schon seine Fesseln abgenommen, und sie standen an den Kühlschrank gelehnt und küßten sich. Als sie mich kommen hörten, öffneten sie ihre Umarmung und nahmen mich zu sich. So standen wir da und sagten nichts. Das war auch gut so. Denn was hätte man in so einem Moment schon sagen sollen. Am Abend zogen wir uns wieder an, bestellten ein Taxi und fuhren heim. Christine hatte sich mit einem langen Kuß von ihm verabschiedet und gesagt: »So schön die Konditionen sind – ich kann das Haus leider nicht nehmen.«

So war das damals, und es war völlig klar, daß wir ihn nie mehr wiedersehen würden. Das geht auch nicht – es geht nicht... Man zerstört nur alles, wenn man versucht, solche Momente wiederzubeleben oder gar zu wiederholen. Es bekommt dann so etwas unnötig Peinliches und Kaltes, und das wäre unwürdig. Ich weiß nicht, welche Sternenkonstellationen dafür verantwortlich sind, daß zwischen Menschen in ganz seltenen Momenten die Schranken fallen, die ununterbrochen zwischen uns und unseren Trieben stehen. Ich weiß nur, daß das eine so seltene Konstellation ist, daß ich mir denke, vielleicht ist da ein Sternenbild beteiligt, von dem wir noch gar nichts wissen.

Ja – Christine...

Ein Jahr lang haben wir miteinander ganz dicht verbracht, und dann hat sie doch eines Tages ihre eigene Wohnung gefunden und ist ausgezogen –. Aber niemals – niemals, nie ist sie aus meinem Herzen ausgezogen – so wie die Männer immer wieder ausgezogen sind, mit de-

nen es doch eigentlich so viel inniger ist als bloß mit einer Freundin...
Sie ist ausgezogen, und nur die Qualität hat sich verändert – die Qualität unserer Freundschaft hat sich immer mehr vergrößert. Wo ich gehe und stehe, weiß ich, daß ich eine Freundin habe, die zu mir hält. Die hält – das ist das Wort – die nichts verlangt – nur hält...
Von welchem Mann konnte ich das schon sagen.
Na gut – aber sie haben ja auch andere Gehirne – die nicht so gut verkabelt sind wie die unseren. Die Frage ist nur, wie man damit umgehen soll, daß sie so ganz anders sind als wir.
Zurück zur Großfamilie?
Ich weiß es nicht.
Frauenhaus – Männerhaus?
Ich habe so viele Versuche beobachtet rings um mich herum, und letzten Endes sind sie alle gescheitert, weil ihnen die entscheidende Dimension der Freundschaft gefehlt hat.
»Bist du mein Freund?« fragte ich den Mann neben mir – diesen eigenartigen Fliegenden Holländer, mit dem alles auf eine kaum zu beschreibende Weise anders war.
»Bist du mein Freund?«
»Ich hoffe, daß ich es werden kann.«
»Willst du es werden?«
»Ja, das möchte ich sehr gerne.«
»Auch wenn ich Dinge tue, die du nicht verstehst, wirst du zu mir halten?«
»Ich denke, das ist der Sinn einer Freundschaft.«
So einfach sagte er das – so einfach sagte er: »Ich denke,

das ist der Sinn einer Freundschaft...« Und recht hatte er damit. Der Sinn einer Freundschaft ist es, zusammenzuhalten, wenn man den anderen nicht mehr versteht. Ja – zusammenhalten, wenn er sogar Dinge tut, die man im Traum nie tun würde – dann muß man zusammenhalten. Vielleicht macht der Freund oder die Freundin gerade ein Experiment durch, das sie an die Grenzen ihrer Person treibt. Vielleicht besteigt sie einen seelischen Achttausender ohne Atemgerät, und dann braucht sie ein Basislager, wenn sie zurückkommt, in dem ein Spirituskocher brennt und eine Kartoffelsuppe brodelt. Man muß nicht alles verstehen, was der liebste Freund tut – man muß ihm eine Kartoffelsuppe kochen, wenn er von den Expeditionen aus fernen Landen zurückkehrt.

»Ich werde dir immer eine Kartoffelsuppe kochen«, sagte ich und sah ihm fest in die Augen.

»Wirklich?«

»Wirklich.«

»Ich weiß, was das bedeutet«, sagte er, und nach einer langen Pause küßte er mich, ohne auf die anderen Gäste zu achten, für die wir mittlerweile die Attraktion des Abends geworden waren. Das ist ein eigenartiges Phänomen – das mit der Ausstrahlung, meine ich. Auf unbekannten Bahnen vollzieht es sich, daß aus Menschen, die eben dabei sind, etwas Richtiges zu erleben, goldene Aurastrahlen herausbrechen, die alle, die in ihre Nähe kommen, bemerken und davon angezogen werden. Das Glück, das ein Mensch empfindet, wenn er mit seinem Wesenskern in Harmonie schwingt, verbreitet sich um ihn wie ein unsichtbarer Ton, ein Ton, den alle hören

können. Aber eine Erklärung dafür können sie nicht finden. Man muß einfach hinsehen, wenn man Menschen begegnet, denen es gutgeht, weil sie zufällig einmal für ein paar Momente lang alles richtig machen, weil ihre Saiten richtig gestimmt sind und die Raumtemperatur angenehm ist. Unsere Raumtemperatur war perfekt an diesem Abend. Die Menschen um uns herum begannen zu lächeln, wenn sie uns zusahen, und das war ein Zeichen, daß wir etwas erlebten, das gut war, gut und richtig. Es war gut und richtig, mit diesem Mann hier zu sitzen und zu verschmelzen, ohne sich dabei zu verlieren.
»Das ist das Wort«, sprach mein Engel in diesem Augenblick.
»Was für ein Wort?« fragte ich und sah, wie er weit draußen über dem Wasser schwebte, obwohl seine Stimme wie immer in meinem Kopf war.
»Das Wort ist – ich verschmelze, ohne mich zu verlieren... Das, Linda, das ist das Wort – darauf hast du so lange gewartet und gehofft... Das ist das Wort – verschmelzen, ohne sich zu verlieren...«
Sein Bild verschwand über dem See, und auch in meinem Kopf wurde es nach einem kurzen Echo wieder still. Er hatte völlig recht. Ich verlor mich nicht in diesem Mann, und das war der noch nie erlebte Unterschied zu all dem, was vor ihm gewesen war. Entweder war ich verwundbar gewesen, wenn ich mir eingebildet hatte, jemanden zu lieben, oder aber ich blieb unbeteiligt und sah zu, wie mein Körper Übungen erlebte, die sehr viel mit Gewohnheit zu tun hatten, aber doch recht wenig mit dem, was man Hingabe nennt. Bei ihm war das alles

zum ersten Mal anders. Ich war mit ihm und spürte ihn, und ich war in ihm, und er war in mir. Und gleichzeitig verlor ich nicht die Koordinaten im Kopf, die die Landkarte meines persönlichen Lebens waren. Mein Leben, mit all den Flüssen und Hügeln und Tälern und Schluchten, aus dem mein Leben, die Landschaft meines Lebens besteht.

All das löste sich nicht auf, wenn ich ihn küßte –. Nein... Im Gegenteil –. Ich hatte das Gefühl, daß ich immer klarer wurde, je mehr ich zuließ, daß sein Wesen in mich hineinflog.

Ich wurde gewärmt und gehalten, und gleichzeitig fühlte ich, wie meine Flügel sich immer wieder öffneten und ich aufschweben konnte, um mich selbst zu überblicken.

Ganz klar und deutlich sah ich mein eigenes Leben vor mir liegen. Ich sah meine Wünsche und meine Sehnsüchte, meine versteckten Leidenschaften und meine Absichten.

Meine Absichten...

Sollte es nicht die große Schule des Lebens sein, letzten Endes absichtslos geworden zu sein? Kein Erreichenwollen – kein Habenwollen, kein Treffenwollen? Diese Absicht hatte ich aber immer in meinem Leben, wenn ich ehrlich bin. In Wirklichkeit wollte ich immer etwas ganz Bestimmtes um jeden Preis erreichen, und letzten Endes hat mir das Ziel immer wieder eine lange Nase gemacht und mich ausgelacht, weil mich der Wunsch, unbedingt zu treffen, verkrampft hat. Ich war verkrampft bei den Männern, die ich vor ihm in meinem Leben kennengelernt hatte, weil ich zutiefst in mir irgendeine Absicht

hatte, weil ich zutiefst drinnen etwas wollte von ihnen. Von dem einen wollte ich es auf Teufel komm raus erzwingen, daß er mir treu sein würde, obwohl ich schon beim ersten Kennenlernen an seiner Art zu lächeln erkannte, daß das nie der Fall sein würde. Trotzdem – trotzdem setzte ich alles daran, um meinen Willen durchzusetzen. Und wenn ich ehrlich bin, war ganz tief in mir auch eine gefährliche Lust am Leiden daran beteiligt. Jerry Hall hat einmal in einem Interview gesagt, die einzige Art, einen Mann zu halten, sei es, ihm jederzeit einen zu blasen, wann immer er es wolle. Selbst wenn man beim Kochen steht, sollte man die Milch überbrodeln lassen, wenn der einzige es möchte und auf die Knie gehen und ihm einen runterholen...
Na gut – dachte ich mir – wenn Jerry Hall das sagt, und der ist es ja immerhin gelungen, Mick Jagger zu fesseln... dann wird schon was dran sein. Also ging ich, so oft es mir einfiel, auf die Knie und lutschte ihm – er hieß übrigens Michael –, und lutschte ihm einen runter. Das wird ihn davon abhalten, ihn nach dem Kegeln der Kellnerin reinzustecken, dachte ich mir jedesmal, wenn er aus dem Haus ging, und an der Art, wie er lächelte, wenn er vom Sport zurückkam, erkannte ich, daß ich mich geirrt hatte. Also legte ich einen Gang zu –. Das, was ihn irrsinnig anturnte, waren Strapse und Stöckelschuhe...
Mein Gott – das gehört ja mittlerweile zur Standardausrüstung –. Aber als ich ihn kennenlernte, war ich noch etwas scheuer, als ich es jetzt bin. Und das erste Mal fühlte ich mich schon wie im Red-light-Distrikt, als er mich auf den Fußboden zerrte und, ohne die Hose aus-

zuziehen, vergewaltigte. Es war nur ein erster Versuch, den ich an diesem Abend gestartet hatte. Aber ich muß seit damals sagen, daß die Sexualität mancher Männer wirklich etwas von Knopfdruck-Mechanik an sich hat. Er saß an dem Abend im Wohnzimmer und betrachtete irgendeine Peep-Show auf irgendeinem Kanal, der mit seinen Tittengirls dem anderen Kanal mit seinen Tittengirls die Zuschauer wegnahm. Ich stand im Badezimmer und hörte die Kennmelodie der Früchteshow, in der es um Äpfel und Birnen und Melonen ging, und streifte langsam, um sie nicht zu zerreißen, meine sündteuren schwarzen Strümpfe über meine Beine. Ich hakte sie an den umständlichen Strapshaltern ein und rutschte dann mit meinen Füßen in die nagelneuen glänzenden Stökkelschuhe, die so hoch waren, daß ich kurz davor war, vornüber zu fallen. So angetan, wackelte ich ins Wohnzimmer und baute mich in der Türe auf.

»Na, läuft was Interessantes im Fern–«

Weiter kam ich nicht mehr mit meinem Satz – weil er schon auf mich zugerast war, den Hosenschlitz aufgeknöpft hatte und ihn mir ohne Anlauf hineinsteckte. Gott sei Dank hatte mich der Gedanke an seine Geilheit schon angeturnt, so lange ich noch im Badezimmer gewesen war. Denn so ohne jede Vorbereitung kann das ganz schön wehtun. Aber, wie gesagt – ich war schon feucht genug, und so lag ich plötzlich auf dem Bauch und betrachtete das Muster in meinem Indianerteppich, während er wie ein Stier in mich hineinstieß. Immer wieder und wieder –. Dabei rief er ununterbrochen: »Dir zeig ich's, du geile Drecksau – dir zeig ich's...!«

Fast hätte ich lachen müssen, weil es wie ein Monolog aus einem billigen Sexfilm klang. Aber an der Art, wie er mich nagelte – anders kann man nicht nennen, was er tat –, an der Art also, wie er mich nagelte, konnte ich erkennen, daß es kein Spaß für ihn war. Ich zog es also vor, nicht zu lachen, sondern spielte ihm einen herrlichen Orgasmus vor, weil ich wußte, daß ihn das so erregte, daß er immer kurz danach kommen mußte. Man erkennt ja auch an einem Zahnstocher, aus welchem Baum er geschnitzt ist – wenn man sehenden Auges ist. Ich erkannte, daß er ganz einfach ein Sexmonster war, und trotzdem wollte ich nicht danach handeln –. Man kann diese Kerle mit dem gewissen frechen Grinsen niemals dazu bringen, ein treuer Ehemann zu sein, der die Pfannen abwäscht und zu Hause bleibt. Das geht nicht. Und zutiefst unten weiß man es, noch bevor man sich mit ihnen einläßt. Trotzdem habe ich den klassischen Mechanismus in Gang gesetzt und ihn zähmen wollen. Meine Absicht war es, aus dem jungen Wolf, den ich in meinen Garten geholt hatte, ein zahmes Schoßhündchen zu machen. Erstens kann das nicht funktionieren, zweitens frage ich mich – warum man überhaupt möchte, daß es funktioniert. Das, was mich in dieser Zeit an genau diesem Typen fasziniert hatte, war ja, daß er ein junger Wolf war, der kein anderes Gesetz kannte als den Geruch von frischem Fleisch. Genau das war es ja, weswegen ich ihn haben wollte, weil ich zu diesem Zeitpunkt nicht geehrt, verwöhnt und zärtlich behandelt werden wollte. Ich wollte tief drinnen keinen Ryan O'Neil-Aufguß, der an meinem Bett kniete, wenn ich Kopfweh

hatte. Ich wollte ein hemmungsloses Tier, das mich in Strapsen auf dem Fußboden durchvögelt, mich liegenläßt, das Haus verläßt – die Nachbarin durchfickt und ohne zu duschen wiederkommt und mich ein zweites und ein drittes Mal fertigmacht. Ja – so etwas gibt es. Und dieser Wahrheit muß man in die Augen sehen und nicht immer auf der ›Zärtlichkeit und gegenseitigen Achtung-Harfe‹ herumklimpern. Unangenehm ist es nur, wenn man in dieser Phase steckenbleibt. Weil, mit der Zeit gehen die vielen Dessous, mit denen ich ihn halten wollte, ganz schön ins Geld. Nun gut – meine Absicht war, ihn zu ändern – wider besseres Wissen und jetzt... Jetzt sitze ich hier und sehe in mich hinein und habe keine Absicht. Ich stelle fest, daß ich zum ersten Mal in meinem Leben keine Absicht habe – schon gar nicht, diesen Mann hier neben mir festzuhalten oder Dinge von ihm zu fordern, die er nicht in sich trägt oder die er zur Zeit nicht will.
So wie es zum Beispiel mit Andreas war.
Ein irrsinniger Mann... Aber er wollte keine Kinder. »Noch nicht«, hat er immer gesagt: »Später – wenn wir beide sicher sind, vielleicht. Aber jetzt ist es mir noch zu früh...« Feigling, habe ich gedacht und ihn auf Teufel komm raus immer dann wahnsinnig gemacht, vor Lust, wenn ich Eisprung hatte. Irgendwann einmal hat er angefangen mitzurechnen – ist dahintergekommen, warum einmal im Monat an bestimmten Abenden die Wohnung voll war von brennenden Kerzen und leiser Musik, und hat mich verlassen. Ja – so einfach war das –. Er hat mich sang- und klanglos in derselben Nacht verlassen, und ich

bin alleine dagesessen mit meinem Champagner und meinem dünnen Negligé und der mißglückten Absicht, so schnell wie möglich Mutter zu werden.
Aus der Traum – dachte ich. Und war insgeheim doch recht froh, daß er nicht der Vater meiner Kinder geworden war, weil er einen schrecklichen Ordnungstick hatte. Schrecklich – ganz schrecklich –. Er kaufte immer zehn Hemden auf einmal und zwanzig Paar Socken und zwanzig Unterhosen und stapelte alles sauber-ordentlich, – quadratisch-praktisch-gut – im Kasten.
»Das spart Energie«, sagte er dann immer milde lächelnd, und von so etwas wollte ich, daß er der Vater meiner Töchter und Söhne werden sollte –. Nie und nimmer. Warum eigentlich – warum wollte ich es so sehr. Ganz einfach – weil er beim ersten Gespräch über dieses Thema ausgewichen war, und ich meinen Kopf durchsetzen wollte. Ja, so ehrlich möchte ich heute zu mir sein und zugeben, daß ich ein Dickschädel bin und voller Absichten, anstatt einfach eine junge Frau, die erlebt, was möglich ist.
»Bist du stolz auf dich«, sagte ich zu meinem Schutzengel, und als Antwort hörte ich ein feines Lachen.
›Der hat Humor‹, dachte ich. Entkörpert und jenseitig ist es ein Leichtes, absichtlos dahinzuleben –«
›Hast du eine Ahnung, wie schwer es ist, auf dich aufzupassen...‹, lachte er in diesem Moment in meine Gedanken hinein.
»Ein Leben lang schon achte ich auf dich, ob du wachst oder schläfst...«
Das hatte ich nicht bedacht. Ein Schutzengel ist ja im-

mer bei einem – egal, ob man ihn bewußt wahrnimmt oder nur erahnt. Immer – egal, ob man wacht oder schläft...

»Ist es denn so schlimm mit mir?«

»Nein«, sagte er, »es wird besser und besser.«

»Ja?«

»Ja – du bist dabei, deine wirklichen Möglichkeiten zu erahnen.«

»Meine wirklichen Möglichkeiten?«

»Ja – du läßt langsam deinen Willen hinter dir und lebst das, was wirklich möglich ist...«

Er hatte recht. Natürlich hatte er wie immer bei meinen letzten Erinnerungen gelauscht. Aber trotzdem war es so, daß er recht hatte. Ich wollte nichts. Ich hatte nichts vor. Keine Absicht trieb mich an, schneller oder langsamer zu sein, als das Tempo, das angesagt war. Ich saß neben einem Mann, von dem ich nicht viel mehr wußte, als daß er am Leben war und auf eine unbeschreibliche Weise dafür verantwortlich war, daß es mir gutging.

Das war es – und war das denn nicht genug? Ich saß da und wollte nicht wissen, was er so tat, um an sein Geld zu kommen – ob er verheiratet oder geschieden war – ob er eine Lebensversicherung hatte und wenn ja, in welcher Höhe –. Ich hatte keine Veranlassung, darüber nachzudenken, was morgen sein würde oder ob es heute nacht doch noch regnen würde. Ich saß einfach da und hielt seine Hand und blickte in die Kerze, die der Ober vor einer halben Stunde vor uns hingestellt hatte.

»Ich bin am Leben mit dir«, sagte ich und lehnte meinen Kopf an seine Schulter.

»Und ich mit dir.«
»Wollen wir an den See gehen?« fragte ich, und dann standen wir auf und gingen zum Ufer. Der Mond stand rund wie ein Tropfen aus Honig über den Bäumen, und das Wasser war pechschwarz.
»Ich möchte sehen, ob ich es noch kann«, sagte er, ließ mich los und bückte sich hinunter zu den Steinen, die am Ufer lagen.
»Aha – der könnte gut sein...«
Er nahm einen flachen, sehr runden Stein und schleuderte ihn waagerecht auf den See hinaus. Eins, zwei, drei, vier... fünf, sechs... siebenmal tanzte er über das Wasser, dann versank er und schickte viele hundert Wellenkreise an das Ufer.
Das Spiegelbild des Mondes löste sich zitternd auf, und mit einem Mal waren zwanzig kleine Monde an der Stelle, an der eben noch ein einziger gestanden hatte.
»Es geht noch«, lachte er und legte wieder seinen Arm um mich.
»Wann hast du das letzte Mal geworfen?«
»Ach, das ist eine Ewigkeit her«, sagte er und blickte zum Mond empor.
»Was meine Männer jetzt wohl tun...«
»Suchst du dein Schiff«, sagte ich und verliebte mich mehr und mehr in dieses zauberhafte Spiel, das wir jetzt schon einen Tag lang durchhielten. Bis jetzt hatte es noch keinen Riß in der Inszenierung gegeben, und es hätte mich überhaupt nicht gewundert, wenn plötzlich ein Windjammer mit mächtigen geblähten Segeln über die Scheibe des Mondes gezogen wäre.

»Sie sind dort oben und warten auf mich... Ich habe nicht mehr viel Zeit.«
»O du Ärmster.«
»Im Moment bin ich nicht arm...«
»Warum nicht?«
»Weil ich dich gefunden habe.«
»Du wirst nie wieder arm sein.«
»Ja?«
»Ja.«
»Wir werden sehen.«
»Was meinst du?«
»Heute nacht mußt du dich entscheiden, ob du mit mir kommen willst oder nicht.«
»Heute nacht?«
»Bis Mitternacht muß ich auf meinem Schiff zurücksein – mit oder ohne dir.«
Er hielt es wirklich durch. Das war bewundernswert. Kein Zucken in seinen Augen. Nicht das kleinste Lächeln, das man doch üblicherweise in den Augen hat, wenn man ein Spiel bis zum äußersten treibt.
»Bis Mitternacht ist noch sehr viel Zeit...«
»Ich weiß.«
»Ich denke, ich möchte, so lange ich kann, mit dir zusammensein«, sagte ich und versuchte, keine Sekunde lang zu lügen. »Du bist der wunderbarste Mann, der mir je begegnet ist, und ich erlebe jeden Augenblick mit dir wie eine Ewigkeit...«
»Meine Ewigkeit wird durch dich zu einem Augenblick...« sagte er und küßte mich.
Was macht man mit so einem Mann?

Ich liebe Romantik, und er scheint es irgendwie in meinem Paß gelesen zu haben, den ich vermutlich im Hotelzimmer habe fallen lassen.
»Wir könnten hier übernachten«, sagte ich, nachdem wir mit diesem Kuß zu Ende gekommen waren.
»Ich möchte nicht mehr fahren heute nacht – noch dazu, wo wir ja nur noch ein paar Stunden haben – bevor du wieder zum Mond fliegst.«
»Heißt das, daß du nicht mit mir kommst –«
»Das heißt, daß ich mich unendlich auf ein Frühstück mit dir freue – morgen früh – dort auf der Terrasse – mit Blick auf den See und total verliebt.«
»Du läßt mich also wieder gehen...«
»Ja, mein Geliebter, ich lasse dich gehen – um Mitternacht zum Mond zu fliegen ist nicht so günstig.«
»Nein?«
»Nein.«
»Also gut – dann werde ich dich ins Bett begleiten...«
»Das hoffe ich doch.«
Er nahm mich so zart wie noch nie zuvor um die Schultern, und dann wanderten wir noch eine Weile am Seeufer entlang, bevor wir zum Hotel zurückkehrten. Sie hatten ein Zimmer frei, und auch dieses Detail paßte so perfekt in den Abend wie der Espresso, den sie uns nach dem Dessert serviert hatten und der so schwarz und stark war, daß der Löffel darin steckenblieb.
Das Bett war groß und breit, das Bettzeug duftete nach der klaren Luft, die hier in der Nacht über dem See lag und schon seit ich denken kann auf dieselbe Art und Weise duftete.

»Ich war hier als Kind«, sagte ich, als wir das Licht ausgemacht hatten und nebeneinander lagen.
»Ja?«
»Ja.«
»Ich habe hier meine Freunde gehabt und meine Freundinnen, und im Sommer haben wir auf der Wiese gespielt, und hier in diesem See habe ich schwimmen gelernt.«
»Erzähl weiter.«
»Ich habe hier schwimmen gelernt, und hier habe ich auch in einer Nacht den ersten Kuß meines Lebens bekommen.«
»Erzähl.«
»Es war ein furchtbar heißer Sommer – so heiß, wie es unser Sommer ist –, und wir Kinder haben uns immer in der Nacht am See getroffen, um Piraten zu spielen.«
»Piraten?«
»Ja, Piraten. So was Ähnliches wie du.«
»Aha.«
»Ja – wir haben uns also getroffen und in mehrere Gruppen aufgeteilt und versteckt. Und dann wurde zuerst immer einer ausgelost, der die anderen suchen mußte.«
»Aha.«
»Ja – und an diesem Abend habe ich mich mit einem Jungen gemeinsam versteckt – zwischen zwei hohen Büschen – die waren ungefähr dort, wo du heute einen Stein geworfen hast.«
»Aha.«
»Ja – und da haben wir uns also versteckt und gewartet.«
»Wie alt warst du?«

»Ich war... warte einmal... ich glaube, ich muß sieben oder acht Jahre alt gewesen sein.«
»Hm, hm.«
»Da sind wir also in unserem Versteck gesessen und haben gewartet, ob man uns findet oder nicht. Ich kann dir sagen, es war das tollste Versteck von allen – weil die Büsche so offen auf der Wiese standen, daß kein normaler Mensch sich dort versteckt hätte.«
»Verstehe.«
»Gut – wir sitzen also so da und waren ganz eng aneinandergedrückt, damit man uns so wenig wie möglich sieht. Er hatte seine Arme so um mich gelegt, wie du es immer tust – weil ich nämlich meinen dunklen Pullover vergessen hatte.«
»Dunkler Pullover?«
»Na klar, zum Versteckenspielen zieht man doch logischerweise dunkle Pullover an, um nicht gesehen zu werden.«
»Verstehe.«
»Er hat also seine Arme um mich gehalten, und mit seinem Kopf war er ganz dicht an meiner Wange.«
»Und dann –«
»Dann habe ich ihn plötzlich angeschaut, weil er so gut gerochen hat.«
»Wonach?«
»Nach Sommer –«
»Wie riecht Sommer?«
»Sommer riecht nach Heu und Wasser und Wind und Blüten – und ich schaue ihn also an, und dann haben wir uns geküßt.«

»Einfach so –«
»Einfach so –. Und dann bin ich weggelaufen vor lauter Aufregung, und am nächsten Abend haben wir uns wieder getroffen und wieder geküßt. Und es war fast so schön wie mit dir.«
»Ich liebe dich.«
»Ich liebe dich auch.«
Ich lag in seinen Armen und hatte meinen Kopf auf seine Brust gelegt. Das Fenster stand offen, und ein sanfter Wind blähte die dünnen, durchsichtigen Vorhänge auf, und ich sah diese Wolke, die sich langsam über den Mond schob, wie um ihn zuzudecken. Die Grillen, die in den Bäumen saßen, machten Musik, und unten knirschte der Kies, weil der Ober die letzten Lichter löschte und die Stühle zurechtrückte. Langsam hörte ich, wie der Atem meines Liebsten tiefer und tiefer wurde und sein Körper sich mehr und mehr entspannte.
»Schläfst du schon...«, und er sagte nichts. Er schläft, dachte ich, und in diesem Moment sagte er ganz leise »Leb wohl...«
Er träumt schon, dachte ich und spürte, wie der Schlaf sich auch langsam auf mich herabzusenken begann.
Gute Nacht, heißt das – mein Liebster – und nicht Leb wohl..., dachte ich und schlief langsam und mit einem Lächeln ein.

Am nächsten Morgen erwachte ich von der Sonne, die ihre Strahlen flach auf das Bett warf, und er war weg. Ich lag eine Zeitlang da und sah auf das Kissen, das neben mir lag und in dem ich noch den Abdruck seines Kopfes sehen konnte, und auch sein Geruch war noch in der Decke, und irgendwie hatte ich das Gefühl, als hätte ich ihn eben noch gespürt, wie er meine Stirn geküßt hatte und gegangen war.

Wahrscheinlich schwimmt er ein wenig im kühlen See vor dem Frühstück – sagte ich zu mir, als ich mich anzog.

Und dann ging ich hinunter und kam an die Stelle, an der wir gestern abend noch Steine geworfen hatten.

Nichts – der Strand war menschenleer –. Nur weit draußen auf dem Wasser lag das Boot eines Fischers, der seine Netze auswarf.

Ich ging eine Zeitlang auf und ab, und dann setzte ich mich ans Ufer und wartete...

Niemand kam.

Nach einer Stunde ging ich zum Hotel zurück und bestellte Kaffee und Brot und Butter. Aber ich bekam keinen Bissen hinunter. Der Kellner sah mich auch so merkwürdig an und lächelte so seltsam, daß ich ihn fragen mußte, ob er meinen Mann gesehen hatte.

»Nein – es tut mir leid. Sie sind die erste heute morgen. Es ist ja auch noch sehr früh...«
Er hatte recht – es war noch sehr früh –, also blieb ich sitzen, bis es Mittag war und dann noch eine Weile und noch einen Gedanken lang, bis ich mir sicher sein mußte, daß er tatsächlich verschwunden war.
Was gab es noch für Möglichkeiten...
Die Stadt! Er war schon in die Stadt – wie, weiß der Kuckuck –, und dort wird er mich überraschen und im Caféhaus sitzen oder auf dem Zimmer warten. Ich bezahlte, setzte mich in mein Auto und raste zur Stadt.
Im Café war niemand, und als ich den Portier nach dem Herrn aus Zimmer 231 fragte, sagte er: »Sie sind doch gestern gemeinsam abgereist, gnädige Frau – das Zimmer ist schon bezahlt...«
»Gnädige Frau«, sagte er zu mir – sehe ich aus wie Barbara Bush – was soll der Schwachsinn –. Ich setzte mich in die Halle in einen der riesigen weichen Fauteuils und versank in den Kissen und in der Erkenntnis, daß er wirklich und wahrhaftig verschwunden war.
Ich war gelähmt vor Staunen und vor – ja, was war das für ein Gefühl – war das Angst, Traurigkeit – ich weiß es nicht genau. Ich weiß nur, daß eine unendlich große Leere plötzlich in mir war und eine absolute Stille.
Eine Stille, wie ich sie noch nie zuvor erlebt hatte.
Ich kann es kaum – doch – es ist so, wie wenn man auf dem Land bei Fremden übernachtet, und einige Kilometer weit weg führt eine Autobahn durch den Wald.
Den ganzen Tag über liegt das Summen der Autos unter allen anderen Geräuschen, unter jedem Gespräch, unter

jedem Klappern einer Kaffeetasse, unter jedem Rauschen der Bäume, liegt dieser unentwegt brummende leise Ton, der so andauernd da ist, daß man ihn überhaupt nicht mehr wahrnimmt. – Und plötzlich sitzt man mitten in der Nacht kerzengerade im Bett und erschrickt wie aus einem Alptraum, weil irgend etwas entsetzlich anders ist. Man hört den eigenen Atem – bildet sich ein, Schritte ums ganze Haus zu erahnen, wagt kaum, mit der Bettdecke zu rascheln, und auf einmal weiß man, was es ist –. Der Brummton ist weg. Es fahren keine Autos mehr, es ist zum ersten Mal wirklich still. Diese Stille ist so wuchtig, daß sie einen aus dem tiefsten Schlaf reißen kann – so sehr fehlt dieses Grundgeräusch in der Palette der Töne. So war es auch jetzt –. Ich war fassungslos, wie still es plötzlich war, wie lärmend, brüllend, tosend still. Seine Nähe hatte einen ununterbrochenen Klang gehabt. Seine Hände, seine Augen, einen ununterbrochenen Ton neben mir gespielt, der völlig unabhängig davon war, ob er etwas sagte oder nicht.

Er war wie der fehlende Ton zu meinem Ton. Und erst zusammengespielt waren wir ein Akkord gewesen, und jetzt war es still ohne ihn. Jetzt war ich nur noch ein einzelner Ton ohne Antwort und ohne Begleitung, jetzt war ich allein.

Ich saß da und blickte auf meine Hände und wußte, daß das keine vorübergehende Irritation war. Ich wußte, daß er sich keinen Scherz erlaubte, daß er nicht plötzlich durch dringende Geschäfte weggerufen worden war. Nein – er wird nicht in einer Stunde um die Ecke auftauchen und sagen: »Darf ich Anker werfen – schönste

Dame« – Er wird sich nicht neben mich in das andere weiche Sofa lümmeln und sagen: »Du wirst mit jeder Minute schöner –« so laut, daß der Portier schmunzeln müßte. Es wird nicht geschehen.
Ich saß da und sah auf meine Hände und wußte nicht, was ich tun sollte. Ich blieb sitzen und sah den Gästen zu, die zur Türe hereinkamen und an der Rezeption eincheckten. Ich beobachtete Paare, die im Lift verschwanden, und sah, daß sie nicht sofort übereinander herfielen. Ich spürte, wie der Portier immer öfter einen fragenden Blick zu mir schickte und schließlich sagte: »Darf ich Ihnen etwas servieren lassen – gnädige Frau.«
Sie brachten mir einen Armagnac, und schon der Geruch hat mir weh getan. Und so hielt ich das Glas in den Händen und wartete, bis der Alkohol verdunstet war, ohne daß ich einen Tropfen getrunken hatte.
Warum?
Das war die Frage, die übrigblieb – warum?
Warum? Was war hier los?
Was ist geschehen? Warum? Warum gestern um dieselbe Uhrzeit dieses Glück und nun diese Leere? Warum dieses Geräusch einer Fliege, die gegen das Glasfenster dort drüben summte, und warum das laute Ticken der großen Uhr neben der Rezeption, das ich gestern nicht gehört hatte.
Warum war er gegangen. Warum? Es kann doch nicht im Ernst so sein, daß er wollte, daß ich mit ihm komme – ich weiß ja nicht einmal, wo er wohnt, wie weit weg seine Stadt liegt und was er so treibt den ganzen Tag. Und was hätte ich denn tun sollen –. Alles aufgeben – alles hinter

mir lassen und auf Gedeih und Verderb zum Mond fahren? Das war ja eine tolle Geschichte mit dem Schiff und dem Mond. Aber mir scheint, er hat diese Metapher ernst gemeint. Mir dämmert langsam, daß er das ernst gemeint hat mit dem Wegfahren. Er wollte wirklich, daß ich alles liegen und stehen lasse und mit ihm komme. So wie im Film.

Ja, um Gottes willen, wir sind aber nicht im Film. Ich bin Linda Rosenbaum aus Fleisch und Blut, und ich habe noch einiges zu erledigen im Leben, das wichtiger ist, als mit dem wunderbarsten Mann der Welt fortzuziehen nach...

Warum eigentlich...?

Warum hatte ich Wichtigeres zu tun und vor allem – was?

Was war denn so wichtig, daß es wichtiger war als seine Brust in der Nacht zu spüren und die Hand auf seinem Bauch liegen zu haben am Morgen und nach dem ersten Kuß noch einmal einzuschlafen.

Mein Leben – mein Leben ist wichtiger –. Meine Wohnung, meine Kleider, mein Studium, mein zu ergreifender Beruf... Meine Freunde, mein Auto, meine Miete, meine Strafzettel hinter dem Scheibenwischer. Außerdem – warum ist er denn nicht bei mir geblieben und hat sein Leben um hundertachtzig Grad verändert. Warum hat er denn nicht alle Zelte abgebrochen und ist mir gefolgt – altbiblische Scheiße. »Dort, wo du hingehst, da will auch ich hingehen...« Das gilt nicht mehr, Freunde, und wenn, dann gilt es zumindest zu fünfzig Prozent für beide Teile. Selbst wenn er aus Visconsin stammen sollte und ich aus Rouen, gibt es keine Ausrede. Wir können uns auf halbem Weg auf den Azoren treffen und eine Schafzucht aufmachen. Selbst im weitesten Ozean ist eine Insel.

Es gibt auf dem Planeten keine geographische Ausrede. Jeder kann jedem auf halbem Weg entgegenkommen. Basta. Es tat weh – es tat höllisch weh, und ich hätte alles darum gegeben, wenn ich dieses Gefühl hätte aus mir herausschrauben können – gegen den Uhrzeigersinn herausschrauben und wieder harmlos und störungsfrei sein, wie ich es noch gestern war.

Es ging nicht.

Es war da...

Und es tat weh.

Es tat höllisch weh, und ich saß da, die Uhr tickte und tickte, und das Sofa, auf dem ich saß, begann mich langsam aufzufressen. Also stand ich dann irgendwann auf und ging nach Hause. Die Straßen waren schon leer, weil alle Menschen, die einander etwas zu sagen hatten, schon irgendwo beim Essen saßen oder ins Kino gegangen waren oder sonst irgend etwas taten, das schöner war, als allein durch die Stadt zu irren. Was ist das Gute an der Situation – dachte ich, als ich meine Wohnungstür aufsperrte und mich in der Küche auf den Boden setzte.

Ich habe einmal ein Seminar für positives Denken mitgemacht, und das Vaterunser, das sie uns dort mitgegeben hatten, war diese Frage: »Was ist das Gute an der Situation?«

Ich saß auf meinem Lieblingsplatz neben dem Kühlschrank und hatte keine Ahnung.

Was soll man auf eine so saublöde Frage auch antworten, wenn man verlassen worden ist. Wenn man geglaubt hat, zum ersten Mal im Leben jemanden getroffen zu haben, mit dem es nicht nötig ist, ›erst einmal die Begriffe zu klären‹ – bevor man ein Glas Wasser bestellt. Es war nicht nötig gewesen mit ihm – weil unsere Begriffe seit Jahrhunderten dieselben gewesen waren.
Also was ist das Gute an der Situation, von einem Mann verlassen worden zu sein, der völlig darauf vertraut, daß ich schon das Richtige bestellen würde? Welcher Mann tut denn so etwas – noch dazu am ersten Abend, wo die meisten doch nur damit beschäftigt sind, damit anzugeben, daß sie Wachtelbrüstchen auf französisch bestellen können... Ich hasse Wachtelbrüstchen.
Also, was ist gut daran? Was ist gut daran, nie wieder mit einem Mann essen gehen zu können und ihn anhimmeln zu können, weil er nicht so tut, als würde er etwas vom Wein verstehen. Nie wieder könnte ich so tun, als wäre es interessant zu hören, auf welchem Erfolgsquotienten der Raketenkurs der Karriere eines Bettnachbarn liegt – nie wieder könnte ich ertragen, daß jemand neben mir schnarcht. Ich dachte mir, sie schnarchen alle – ich dachte, das sei so wie das Amen im Gebet und würde erst aufhören, nachdem die Engländer Gibraltar an Spanien zurückgegeben hätten. Wir wissen, daß das nie geschehen wird, folglich hatte ich alle Hoffnung aufgegeben, bis er neben mir lag und zwei Nächte lang nicht geschnarcht hatte –. Nein – nicht geschnarcht – nicht ein bißchen, und das soll jetzt aus meinem Leben verschwunden sein? – Diese Erlösung –. Was ist das Gute an dieser Situation?!

Ich saß da und versuchte, ruhig zu bleiben. Es tat scheußlich weh im Herzen, sich vorzustellen, daß er wirklich für immer verschwunden sein sollte. Also fing ich an, mir Rettungsanker zu basteln, an denen ich mich festhalten konnte.

Gott sei Dank ist das schon jetzt geschehen – war einer dieser Rettungssätze, und nicht erst in zwei Jahren oder nach sieben Monaten oder so. Das wäre wirklich übel –. Ich hätte auch gar keinen klaren Kopf mehr gehabt für mein Studium, und außerdem wäre mein Bett zu schmal gewesen in meiner kleinen Wohnung um...

Und...

Dann war mein Kopf plötzlich leer, und mein Herz war leer, und die Hände und die Haut und die Augen, und meine Lippen, mein Körper und meine Seele und mein Geist war nun mehr ein einziger Ruf nach dem Ende dieser Ausreden. Ich schlang meine Arme um meine Knie – legte den Kopf darauf und konnte endlich anfangen zu weinen.

Ich sitze da und schaue dem Kellner zu, wie er etwas Mineralwasser in mein Campariglas schüttet. »Danke, genug –« sage ich an dem Punkt, an dem zweimal soviel Wasser wie Campari im Glas ist, und er geht wieder weg.
Ich sitze da und blicke auf den Fluß, der immer noch so langsam und breit durch meine Stadt zieht, und muß lachen.
Diese Nacht damals vor sieben Jahren war eine der traurigsten Nächte meines Lebens.
So einfach kann man das sagen. Sie war die traurigste Nacht meines Lebens, weil ich den roten Faden zum Glück noch nie so zum Greifen nahe gehabt hatte und weil er mir weggezogen wurde, ehe ich die Augen ganz offen hatte, um ihn wirklich zu erkennen.
Jetzt bin ich sieben Jahre älter und einige Versuche, das Glück zu finden, weiter, und so vieles hat sich verändert, daß man wirklich froh sein kann, daß der Campari noch immer so schmeckt, wie man es von ihm erwartet. Das ist ja der Sinn und das Geheimnis hinter den traditionellen Dingen auf diesem Erdball – daß sie einem zeigen, daß Ewigkeit möglich ist, wenn man nur tagein, tagaus dieselben Zutaten verwendet. Tagein, tagaus dieselben

Kräuter verarbeitet, und ein Aperitif von Weltformat schmeckt heute genauso wie vor sieben Jahren, und das ist ein kleiner Trost –. Eine kleine Konstante in dieser sich ununterbrochen verändernden Welt... Droht ein philosophischer Anfall? – Nein – nur ein kleiner Hauch von Sentimentalität, aber das wird doch am 20. August erlaubt sein – oder? Ich sitze da und habe alles so arrangiert, wie es damals war. Derselbe Tisch... derselbe Stuhl... derselbe Blick auf den Fluß... Alles ist so wie damals an diesem unglaublichen Tag, an dem er in mein Leben getreten ist. Mein Fliegender Holländer...
Jesus – was war das damals für ein Fest... Jetzt kann ich darüber lachen. Damals dachte ich, die Welt öffnet ihren Rachen und verschlingt mich vom Erdboden. Gott sei Dank ist das nicht geschehen. Gott sei Dank überlebt man alles – wie meine Großmutter immer zu sagen pflegte.
Was war das Gute an der Situation?
Ich habe damals, als ich ihn verloren habe, keine Antwort gefunden. Es konnte keine Antwort darauf geben, so lange ich bei jedem Mann, dem ich begegnete, nur sein Bild vor Augen hatte. Jeden Ton, jede Bewegung einer neuen Begegnung verglich ich mit ihm, mit seiner Art zu gehen und zu stehen, zu lachen und zu essen, und diese ununterbrochenen Vergleiche hatten überhaupt nichts Schönes und Gutes an sich – es war nur schmerzhaft. Schmerzhaft, in der Nacht aufzuwachen und seine Augen zu sehen, schmerzhaft, sein Lachen zu hören, das im Raum lag, wenn irgendwo an einem Nebentisch gelacht wurde – wenn auf diese falsche gesellschaftliche

Weise gelacht wurde, die so gar nichts mit seiner Art zu lachen zu tun hatte. Aber mit der Zeit begann dieser Vergleich zu dem zu werden, was das Gute an der Situation war. Langsam schweben zwei Möwen über den Fluß, suchen unvorsichtige Jungfische an der Oberfläche... Das Kaffeehaus ist sehr voll, und Gott sei Dank beginnen die ersten Gäste zu gehen und sich in irgendwelche Kinos oder Restaurants zu flüchten, so daß ich ungestört weiterträumen kann.
Der Vergleich mit ihm war – wie gesagt – in den folgenden Jahren das Gute an der Situation. Bis zu seinem Erscheinen in meinem Leben hatte ich immer irgend etwas in Kauf genommen. Ich hatte in Kauf genommen, daß Ungenauigkeit und Lieblosigkeit überspielt wurden und daß ich mich damit abgefunden hatte, daß das Leben so ist, wie es ist.
Das war der eine große Fehler meines Lebens gewesen. Der zweite Fehler waren meine Projektionen.
Ich hatte bis zu seiner Landung an meiner Bucht immer einen Projektor eingeschaltet, mit dem ich die Bilder meiner Sehnsucht auf beliebige Personen werfen konnte – so lange, bis ich wirklich glaubte, dem Osterhasen gegenüberzustehen, obwohl doch nur ein Igel meinen Weg gekreuzt hatte. All das verschwand am Tag, an dem er aus meinem Leben verschwunden war.
Ich sah alles klarer und deutlicher. Ich wußte, daß ich mich kurz in eine Art zu gehen verliebt hatte, wenn ich mich kurz in eine Art zu gehen verliebt hatte, und machte nicht mehr daraus. Ich wußte, daß ein charmantes Gespräch bei einem Abendessen die Einleitung dar-

stellte, mich ins Bett zu kriegen, und ich ließ mich auch kriegen, wenn ich es wollte. Aber ich fiel nicht mehr bereitwillig auf jede hübsch bemalte Fahne herein, mit der man mich in den Hangar lotsen wollte.
Ich wurde nach den dunklen Wolken des Schmerzes wieder klar – nein – ich wurde nicht wieder klar – ich bin zum ersten Mal in meinem Leben klar geworden. Das ist die Wahrheit. Der Schmerz, der in mir tobte, war der Beginn einer langen Reise Richtung Wahrheit – und das war das Gute an der Situation.
Die Schärfung der Empfindungen und des Blickes hatte sich verändert. Wie oft kann man in seinem Leben lieben? Ich weiß es nicht. Wirklich nur einmal...? Langsam beginne ich, es zu glauben. Langsam glaube ich, daß er die Liebe meines Lebens war und daß ich ihn verloren habe, um zu erkennen, daß alles andere nur eine Illusion ist. Ich bin in keine Sackgasse mehr hineingelaufen seit jener Nacht, und das war auch ein gutes Ergebnis dieser Situation. Mein Gott – sie tun immer so verliebt und versprechen dir den Himmel auf Erden, dabei geht es doch eigentlich nur ums Bumsen. Sind wir doch ehrlich – so ist es. Und wie schon früher erwähnt – ich bumse wirklich gerne. Und das kann man ja auch erleben, ohne gleich eine Wohnung einzurichten und gemeinsame Leasingraten für den Jaguar XJ6 zurückzuzahlen. Ich sei so unromantisch, haben mir in den letzten Jahren viele Männer gesagt. Ausgerechnet ich und unromantisch. Daß ich nicht lache. Nur weil ich sehr schnell das Thema gewechselt habe, wenn ihre Stimme wie ein Cello zu klingen begonnen hat, bin ich doch nicht unromantisch. Im Gegen-

teil – ich habe wahrscheinlich das erlebt, was man Romantik nennt, und war seit damals einfach nicht mehr bereit, so zu tun, als ob. Ich wollte niemanden betrügen, indem ich auch ›ich liebe dich‹ geflüstert habe mitten in der Nacht, wenn ich eigentlich nur nicht allein sein wollte und wenn er einen knackigen Hintern hatte. Nein – ich sage nicht, daß sie keine Empfindungen haben – im Gegenteil. Das Dumme ist nur, daß wir alle nicht gelernt haben, daß die Wahrheit viel schöner sein kann als die romantischste Lüge. Ich will meine wahren Gefühle und Sehnsüchte einfach nicht abnützen. Ich will den Satz ›ich liebe dich‹ nicht so oft aus meinem Mund fallen lassen, bis er so schäbig klingt wie Wahlversprechen von George Bush ›No new taxes‹. Das ist alles. Wer das nicht achtet und mit der Wahrheit nicht glücklich sein kann – der tut mir leid. Ist es nicht viel schöner, wenn man zu einem Papierflieger Papierflieger sagt und nicht Concorde... Was ist das Ergebnis, wenn man sich selbst belügt und die Dinge schöner machen will, als sie sind? Das Ding stürzt schon nach fünf Metern ab, und die Enttäuschung ist doppelt so groß. Wenn ich aber einen schönen Papierflieger habe, kann ich mich freuen, daß er tatsächlich fünf Meter weit geflogen ist und nicht schon nach dreieinhalb abstürzt so wie der letzte. Aber was soll's. Wahrscheinlich will die Welt belogen werden –. Ist nicht mein Problem. Und wenn ich so zurückschaue, war es immer noch besser, wenn jemand die Tür zu meiner Wohnung zugeworfen hat mit den Worten: »Du eiskalte Hexe«, als breitbeinig vorm Fernseher zu sitzen und auf das Essen zu warten.

Unsichtbare Gefahren sind die gefährlichsten und mit Unkraut zu vergleichen – unbemerkt ranken sie sich hoch und können einen Baum erwürgen.
Das Blatt von dem Kalender, auf dem dieser Spruch gestanden ist, habe ich mir aufgehoben und immer auf meinem Schreibtisch liegen. Ich bin stolz darauf, keine Kompromisse gemacht zu haben und so auszusehen, wie – wie – nein, ich will niemandem zu nahe treten. Aber es gibt zu viele, denen man ansieht, daß sie es zutiefst bereuen, nie die Kurve der Wahrheit genommen zu haben. Dann sitzen sie partnerschaftlich in irgendwelchen Restaurants und signalisieren nur mehr eines: »Obwohl wir schon seit siebzehn Jahren zusammenleben müssen, handelt es sich dabei um den größten Irrtum unseres Lebens – könnte bitte irgend jemand irgendwoher mit zwanzig Kilogramm TNT kommen und diese verfahrene Situation in die Luft sprengen – ja?!«
Nein, solche Abende zu erleben war nicht mein Lebensziel, und ich bin dem Wahnsinn Gott sei Dank oft genug von der Schaufel gesprungen.
»Ja – das bist du…«
Da war er wieder. Aufrecht saß er wie gewohnt schimmernd neben mir und beschützte mich.
»Hat nicht jeder Mensch einen Schutzengel, so wie du einer bist?« fragte ich ihn zum hundertsten Mal, seit wir einander kannten.
»O ja.«
»Warum passiert dann so viel Mißgeschick?«
»Jeder Schmerz ist nur ein Zeichen dafür, daß man etwas falsch macht.«

»Ja, aber warum muß man überhaupt so viel falsch machen – warum rollt es nicht von Anfang an – so wie ein Rad?«
»Das Rad deines Lebens mußt du dir selbst bauen.«
»Und wozu habe ich dich dann eigentlich?«
»Ich kann nicht verhindern, daß du durch Schmerzen lernst – ich bin nur bei dir, damit du nie die Hoffnung verlierst...«
»Und du kannst nicht den kleinsten Umweg verhindern.«
»Nein.«
»Nicht einmal Aids abschaffen? Ich hasse diese Gummis.«
»In der Apotheke gibt es die besonders dünnen – besonders reißfesten...«
»Das ist deine Antwort?«
»Das ist meine Antwort.«
»So machst du mir Hoffnung.«
»Wenn du zu Ende denkst, wirst du mich verstehen...«
Damit verschwand er wieder und ließ mich sitzen.
Zu Ende denken... zu Ende denken... Immer mußte er das letzte Wort haben. Das Dumme ist nur, daß er recht hatte –. Wenn ich die gesammelten Hinweise meines gesammelten Lebens zu Ende dachte, blieb nur ein Satz übrig: »Liebe, und tu, was du willst.« Tu, was du willst... Diesen Satz hatte er mir zum ersten Mal vor vielen Jahren gesagt, als er mir auf einer Landstraße erschienen war. Einfach so leuchtete da eine Gestalt vor mir, und ich wußte sofort – das ist mein Schutzengel. Ohne jeden Zweifel war das so, und diese Klarheit, die

ich in diesem Augenblick hatte, benutzte er und gab mir den wichtigsten Satz mit, den ich je gehört hatte ›Liebe, und tu, was du willst‹.
Ich bin jetzt viele Jahre älter, und an dieser Aufforderung hat sich nichts geändert. Im Gegenteil – sie wird täglich stärker. Sie wird in dem Maße stärker, in dem ich darauf komme, was ich will und was ich nicht will. Ich will mein Leben in Wahrheit und Freiheit führen. Ich will mich nicht belügen und von meiner Erkenntnis abbringen lassen, daß es keinen anderen Menschen gibt als mich selbst, der dafür verantwortlich ist, ob ich glücklich bin oder nicht. Ich bin meinem Weg voll Zärtlichkeit und Vorsicht gegangen und habe das Schönste erlebt, was es geben kann. Die gleichberechtigte Liebe zu einem anderen Menschen ohne Angst und ohne Zwang und ohne tötende Routine. Es hat nur zwei Tage gedauert und trotzdem ein Echo in mein Leben gesetzt, das mich bis zu meinem Tod begleiten wird. Das ist das Gute an der Situation – ich habe gelernt, wer ich bin, und ich habe gelernt, mit mir zu leben, ohne Masken zu tragen –. Was kann es für ein besseres Ergebnis geben als das.
Es war dunkel geworden, und der Mond stand groß und rund über der Stadt.
Ich saß da und blickte hinauf. Eine große Wolke schob sich langsam über die runde helle Scheibe, und sie sah tatsächlich aus wie ein großes Schiff mit vollen Segeln.
»Wenn man Augen hat, zu sehen – dann sieht man eben...« sagte ich zu dem Kellner, nachdem ich gezahlt hatte, und ließ ihn erstaunt zurück. Ich wanderte an das Ufer des Flusses und sah hinauf zu dem Schiff.

»Heute bin ich bereit«, sagte ich leise vor mich hin –. »Heute bin ich bereit...«

Ich blieb noch eine Weile stehen und ging dann langsam unter den Bäumen, die am Ufer standen, nach Hause. Nach ein paar Schritten kam mir ein Mann entgegen – er hatte einen schönen Gang, und im Vorübergehen sah ich ein Leuchten in seinen Augen. Als ich eben im Halbdunkel eines Baumes an ihm vorbei wollte, hörte ich seine Stimme.

»Bist du wirklich bereit...« Ich blieb stehen und sah zu dem Mann hinüber. Er kam näher, und dann erkannte ich ihn...

»Guten Abend...«

Er blieb vor mir stehen und sah mich an. Lange standen wir so, und er las in meinen Augen die Geschichte der letzten sieben Jahre.

»Ich dachte, du kommst nie wieder...«

»Es ist das erste Mal seit Hunderten von Jahren.«

»Warum –?«

»Die Frist ist um. Du hast mich ein zweites Mal gerufen...

»Ja – das habe ich...«

»Ich liebe dich.«

»Ich liebe dich auch...«

»Dann werden wir jetzt gehen...«

»Ja, laß uns gehen...«

Er nahm mein Gesicht in seine Hände, und wir küßten uns lange und ohne Hast. Dann legte er seinen Arm um mich, und wir flogen hinauf zu dem Schiff, das hoch oben vor dem Mond auf uns wartete.

Wir standen nebeneinander an der Reling, und er hatte seinen Arm um mich gelegt. Ich sah, wie der Anker gelichtet wurde und der Wind in die blutroten Segel strömte...
Ganz langsam nahmen wir Fahrt auf und fuhren auf und davon und weit, weit, weit hinein in alle alle Ewigkeit...

Anfang

Gabriel Barylli & Sharron Gold

Schmetterling

Roman

Band 11900

Zwei Leben, eine Liebe – zwei Perspektiven, eine Geschichte, eine Liebesgeschichte! Alles begann bei den Dreharbeiten zu einem Film, als er seinen heißgeliebten Schokoladenkuchen mit ihr teilte und sie sich in das sommersprossige Gesicht mit den grünen Augen verliebte, das so gar nicht ihren Idealvorstellungen entsprach. Die beiden erleben das ganz Besondere, das zwei Menschen miteinander verbinden kann, außergewöhnliche Nähe und Vertrautheit, und glauben, trotz der hohen Scheidungsrate, an ihre Liebe bis in alle Ewigkeit. Doch nach der romantischen Hochzeit in Venedig schleicht sich schnell heimtückische Ernüchterung ein: War es tatsächlich möglich, daß der Mann, der sie so sehr liebte, mit einer anderen Frau schlief? Ihren Zweifeln setzt sie lange Zeit die Außergewöhnlichkeit ihrer Liebe entgegen, bis der Anrufbeantworter keine Ausflüchte mehr zuläßt. Gibt es noch Beständigkeit, Glück und Vertrauen in einer Zeit, in der Beziehungen allenthalben zerbrechen?

Fischer Taschenbuch Verlag

fi 2254 / 1

Gabriel Barylli

Folge dem gelben Steinweg

Roman

Band 11483

Stephan Kowalski, der junge, begabte und erfolgreiche Schauspieler aus Gabriel Baryllis fulminantem Debütroman ›Butterbrot‹, ist auch der Ich-Erzähler dieser Geschichte. Das Bewußtsein der Verlogenheit und grenzenloser Mittelmäßigkeit, das ihm während der Premiere einer Othello-Inszenierung schlagartig offenbar wird, veranlaßt ihn zu einem klaren Schnitt: Noch während der Aufführung verabschiedet er sich von seinem Publikum und reist in eine andere Welt, nach Ägypten. Dort, an den Ufern des Nils, ist für ihn der Moment des Innehaltens, der Reflexion gekommen. Was bestimmte sein bisheriges Leben, wer waren die Menschen, die seinen Weg begleitet oder auch nur gekreuzt haben? Grundsatzfragen drängen sich auf. Fragen, die uns alle angehen, falls wir noch so ehrlich sind, sie überhaupt zulassen zu können. Und es geht um die Absurdität und Spießigkeit einer Gesellschaft, die meint, mit Geld alle Probleme aus der Welt schaffen zu können. Barylli spricht aus, was seine Generation an Unbehagen empfindet, wonach sie sich sehnt. Ein Buch, das auf jeder Seite Vergnügen bereitet, ohne daß der Kopf dabei zu kurz kommt.

Fischer Taschenbuch Verlag

fi 1022 / 9

Gabriel Barylli

Nachmittag am Meer

Roman

Band 14004

Ein bezaubernder, tiefgründiger Sommerroman – ein Rückblick auf die Lehrjahre des Gefühls. Ein Mann treibt im Meer und läßt seine Gedanken auf Reisen gehen. Bilder seines Lebens ziehen an ihm vorbei – Enttäuschungen und Schmerz, Haß und Leid, aber auch glückliche Kinderträume, leuchtende Erinnerungen an die erste Liebe und spirituelle Erfahrungen. Er durchlebt noch einmal den Nachmittag, an dem er beinahe ertrunken wäre, an dem er ein anderer geworden ist. Den Tag, an dem er Theresa kennenlernte…

»Baryllis Roman mit seiner optimistischen Lebensphilosophie ist eine erfreuliche Lektüre für einen Nachmittag am Meer.«

Münchener Stadtmagazin

Fischer Taschenbuch Verlag

fi 2230 / 1

Carsten Freytag

My California Girl

Roman

Band 13869

Michael Pichalski aus Dortmund fliegt zu einem vierwöchigen Sprachferienkurs mit einer Schülergruppe nach Kalifornien, an die heißesten Strände der westlichen Hemisphäre – denkt er. Der flippige, leicht chaotische Zwanzigjährige hegt hochgespannte Erwartungen: endlich weg von zu Hause, vom Schulmief, von der problematischen Freundin. Endlich Urlaub im Land der unbegrenzten Möglichkeiten. Doch die Wirklichkeit dort ist anders als in Hollywood-Filmen, High-School-Fernsehserien und MTV-Videos: Der Sprachunterricht ist nervig, die Sightseeing-Ausflüge sind desorganisiert, die Schülergruppe besteht aus einem Haufen von Langweilern oder überdrehten Weibern. Statt an palmengesäumten Ozeanstränden landet die Gruppe in einem staubigen Wüstenkaff. Unangenehme Überraschungen auch in der Gastfamilie, in der Pichalski untergebracht ist. Im Strudel der Ereignisse, in die Pichalski hineingerissen wird, verbessert sich nicht nur so ganz nebenbei sein Englisch; der große Chaot lernt auch, sozusagen im Crash-Kurs, was es heißt, Verantwortung für einen anderen Menschen zu übernehmen.

Fischer Taschenbuch Verlag

fi 496 / 7